Ouvrage publié sous la direction de
Sergio Goncalves

**Attols...Les oubliés**

© 2024, Sergio Goncalves
Édition : BoD · Books on Demand, 31 avenue Saint-Rémy,
57600 Forbach, bod@bod.fr
Impression : Libri Plureos GmbH, Friedensallee 273,
22763 Hamburg (Allemagne)
ISBN : 978-2-3225-4059-4
Dépôt légal : Avril 2025

# Atolls

*...Les oubliés*
**1er Partie**

# Préface

*L'imaginaire ne tient pas par un cursus scolaire mais par une Volonté... hasardeuse de la génétique !*

Je tiens à remercier mes premiers fans et ceux qui ont oeuvrés sur ce livre et Séverine Dinis, pour son aide à la mise en page.

C'est en écrivant que l'on devient...
« Raconteur d'histoires ».

# Introduction

Au cœur de la mer des Antilles, là où les eaux cristallines dansent sous la caresse ardente du soleil tropical, un archipel émerge, telle une vision surréaliste au milieu de l'immensité bleue.

Cet ensemble insulaire, composé de trois atolls majestueux, s'impose avec une présence presque surnaturelle, défiant l'horizon.

Deux de ces îles sont unies par une langue de terre, à la fois aride et vivante. Cette bande sableuse et rocailleuse s'étire comme un pont naturel, invitant à l'exploration.

Vue du ciel, cette fusion insulaire dessine une forme saisissante, évoquant un grand 8 aux courbes sensuelles, enlacé de criques aux contours inversés, comme sculptées par un artiste cosmique.

Sur un flanc, une muraille de rochers altiers se dresse, titanesque. Ces falaises vertigineuses, telles des lames de rasoir géantes, affrontent inlassablement l'assaut furieux des vagues.

Leur silhouette abrupte, ciselée par des millénaires d'érosion, incarne une forteresse indomptable face à la puissance de l'océan.

À l'opposé, un versant s'incline avec douceur, créant un contraste saisissant. Cette pente gracieuse s'étend à perte de vue, plongeant dans les eaux turquoise pour donner naissance à un lagon d'une beauté à couper le souffle. Ses eaux paisibles, miroitant sous l'éclat doré du soleil, offrent un spectacle hypnotique de reflets changeants.

Les deux atolls, jumeaux presque parfaits, partagent cette dualité fascinante entre force brute et douceur enchanteresse. Pourtant, à l'entrée de leur domaine se dresse un gardien imposant ; un volcan assoupi, témoin silencieux des âges, dont la présence ajoute une dimension épique à ce paysage déjà grandiose.

Au loin, comme une sentinelle solitaire veillant sur cet éden tropical, se profile la troisième île. Isolée et fière, elle se dresse à l'horizon, portant le nom évocateur et redoutable de « l'île du diable »

# Chapitre 1

## Côté sud

Une légère brise caressait la plage, portant le murmure des vagues se brisant doucement sur le sable fin et blanc.

À l'horizon, l'obscurité était percée par l'éclat vibrant de l'aube, dévoilant un ciel qui se teintait progressivement de bleu à violet dans un dégradé subtil, une merveille de la nature.

Les eaux sombres du matin se mêlaient aux nuages naissants, dessinant les contours d'un monde à la frontière du rêve.

Chaque matin, Percival se tenait là, émerveillé par ce tableau divin, reconnaissant d'en être le spectateur. Son allure athlétique, le résultat de journées passées en harmonie avec la nature, se découpait contre le paysage, les pieds ancrés dans le sable, les cheveux noirs caressant le sol. Cette scène matinale était pour lui un rituel sacré, un moment de communion pure avec les éléments.

L'aurore réveillait lentement la vie sur l'île, la plage abandonnée s'animant des chants ancestraux de la création. Cet éveil quotidien était une symphonie pour les sens, une ode à la vie qui reprenait son cours.

Après ce moment d'intimité avec l'aube, Percival s'approchait de sa pirogue, l'œuvre de ses mains habiles, façonnée dans le bois tendre du Tianina. Ce matériau, bien que fragile avec le temps, était choisi pour sa légèreté, exigeant un renouvellement tous les deux ans. Sa pagaie et son grappin étaient l'œuvre d'une essence plus robuste, sculptés dans le bois d'un arbre de la famille des malvacées, connu pour sa résistance et sa beauté, qui servait également à l'artisanat local. Le fer de son harpon et de son couteau venait d'un échange insolite, quatre fers à cheval transformés en outils de survie, symboles d'une ingéniosité née de la nécessité.

Ces instruments étaient les témoins d'une vie façonnée par l'environnement, par les échanges et les adaptations constants.

Les eaux claires du lagon dissimulaient à peine les coraux, théâtre d'un ballet aquatique étincelant sous les premiers rayons du soleil. C'était dans cet espace, entre lumière et ombre, que Percival trouvait sa passion, la pêche, un art qui lui avait été transmis par Joaquim, le maître marin de l'île, qui avait vu en lui, dès son plus jeune âge, un successeur digne de ce savoir ancestral.

Percival avait appris à connaître l'océan comme sa propre âme, naviguant entre les récifs et les courants avec une aisance qui défiait l'entendement. Sa vie était un témoignage vivant de l'union entre l'homme et la mer, une symbiose parfaite qui inspirait respect et admiration.

Ce matin-là, Percival lançait son filet avec une précision infaillible, fruit d'années d'expérience. Chaque geste était calculé, laissant peu de chance aux poissons, engourdis par la fraîcheur de l'aube, de lui échapper. Vivant au rythme du soleil plutôt que de l'horloge, son existence était guidée par la lumière, l'instinct, et un lien profond avec son île.

— Tu as déjà fini ?

Percival se retourna pour apercevoir Luc ramer dans sa direction.

— Pas tout à fait, mais la pêche a été bonne.

— Oui, je vois ça. C'est l'avantage de ceux qui se lèvent à l'aurore. Lui adressa Luc sans une once de jalousie.

— Le poisson n'est pas très vivace pour l'instant, et je ne pense pas que tu auras beaucoup de difficulté à en faire autant. Lui répondit-il avec un léger sourire. Les autres ne sont pas encore prêts ?

— Ils ne vont pas tarder à mouiller leur barque. Tu sais bien que le temps ne nous est pas compté. Rétorqua Luc avec un brin de malice.

— Moi non plus, Luc. Mais j'aime me lever et voir le soleil poindre le bout de son nez et illuminer l'horizon, c'est toujours pour moi un ravissement.

— C'est bien que tu ne t'en lasses pas, au moins, ta besogne est faite.

Percival se borna à hocher la tête et à finir de ranger ses prises remuantes.

— Bien, il est temps pour moi de me mettre au travail.

— Je te souhaite une bonne pêche Luc !

— Merci, mon ami. Maintenant, je suppose que tu vas profiter de l'océan comme à ton habitude ?

— Pendant que je le peux encore, oui !

— N'oublie pas que tu n'es pas un poisson et qu'il faut parfois respirer ! Lui lança Luc d'un ton taquin tout en poussant sa barque pour rejoindre son lieu d'ouvrage.

Percival leva la main dans sa direction en souriant.

Bien qu'il fût solitaire dans son travail, Percival respectait les autres pêcheurs, tels que Luc, qu'il croisait parfois. Ces rencontres étaient brèves, marquées par un respect mutuel pour leur dévotion à la mer, même s'ils ne partageaient pas de moments de camaraderie. Pour Percival, la solitude n'était pas un fardeau, mais une partie intégrante de sa connexion avec l'océan.

C'était sous l'eau que Percival se sentait véritablement chez lui. Plongeant dans le silence de l'océan, il oubliait presque la nécessité de respirer. Sa maîtrise exceptionnelle de l'apnée lui permettait de s'aventurer plus profondément et plus longtemps que quiconque. Cette capacité, bien que remarquable, l'exposait à des dangers extrêmes, flirtant avec les limites de la résilience humaine.

À chaque descente, il affrontait l'ivresse des profondeurs, un état où la pression et le manque d'oxygène pouvaient désorienter, rendant floue la distinction entre la montée et la descente. Malgré ces risques, Percival poursuivait sa quête sous-marine, une lutte contre la nature elle-même.

Les habitants de l'île, bien qu'admiratifs, craignaient pour sa sécurité. Éloise, particulièrement, percevait la tension entre l'art de Percival et les dangers qu'il encourait. Elle voyait, à chaque retour, la joie de la découverte mais aussi l'ombre de la lutte pour la survie. L'apnée, pour Percival, était à la fois un cadeau et une malédiction, le plaçant sur le fil ténu entre la vie et la mort.

Éloise, observant depuis la plage, semblait être la seule à comprendre pleinement sa quête d'absolu, son besoin d'être un avec l'océan.

Percival remontait avec sa prise, un mérou fièrement au bout de son harpon, et retrouvait la terre ferme où Éloise l'attendait.

— Combien de fois t'ai-je dit de ne pas te promener ainsi ? La voix de Percival, chargée d'une inquiétude palpable, rompit le calme matinal de la plage.

Éloïse, ses longs cheveux châtains bouclés volant au gré du léger souffle alizéen, ne semblait pas troublée par sa remontrance. Vêtue seulement d'une chemise de coton usée qui lui arrivait au-dessus des genoux, elle incarnait une liberté et une insouciance qui défiaient les normes de l'île. Cette désinvolture, face aux dangers et notamment à la loi draconienne sur le péché de luxure, exacerbait l'inquiétude de Percival.

— Tu as fait bonne pêche ce matin ! tenta-t-elle de dévier le sujet, esquivant ainsi une confrontation directe avec l'objet de son affection grandissante.

— Ne détourne pas la conversation. Réponds-moi, insista Percival, trahissant une préoccupation allant bien au-delà de la simple désapprobation. Son regard, empreint d'une affection qu'il peinait lui-même à définir, se posa sur elle, révélant un mélange complexe de sentiments, d'admiration et de frustration.

— Oui, je sais, tu me l'as dit plusieurs fois. Mais j'aime être ici, près de l'eau, et il n'y a personne d'autre ! La réplique d'Éloïse, pleine d'audace, dissimulait mal son désir de capter l'attention de Percival, de le pousser à la voir non plus comme l'enfant qu'elle avait été, mais comme la femme qu'elle était devenue.

— Moi, je suis là ! L'objection de Percival contenait un sous-entendu lourd de conséquences, reconnaissant tacitement l'évolution de leur relation, bien qu'il peine à l'admettre.

Leur échange, ponctué de regards et de silences chargés de non-dits, était un ballet complexe où chaque geste, chaque mot, révélait une intimité grandissante, contenue par la différence d'âge et le rôle protecteur que Percival s'était octroyé.

Il se baissa, ramassa ses affaires, et lui tendit son bas de vêtement.

— Mets au moins ça ! Son ton, bien que sévère, cachait mal l'affection profonde qu'il éprouvait pour Éloïse, un mélange de respect pour la jeune femme indépendante qu'elle était devenue et d'une inquiétude croissante face au monde qui les entourait.

— Tu peux te retourner ! lui lança-t-elle d'un ton effronté, un éclat de défi dans le regard.

Percival prit au dépourvu se retourna prestement, et pour cacher son embarras, il reprit aussitôt.

— Comment va Lucie ? réagit-il, soudainement soucieux, révélant par cette préoccupation une fenêtre sur sa capacité à aimer, à se soucier profondément des autres, malgré le masque d'indifférence qu'il tentait de maintenir.

— Mal !... Et cela serait bien que tu leur rendes visite !

Percival, contrecarré, ne répondit pas, et il redémarra sa tâche en soupirant. Éloise n'insista pas au risque de l'irriter. Alors elle reprit elle aussi son travail sans dire un mot de plus.

Il la regarda œuvrer discrètement contre sa volonté, et s'étonna lui-même de l'attention différente et attractive qu'il avait sur elle depuis quelques mois. Mais Éloïse coupa court à ses pensées lascives en lui posant une question directe.

— Pourquoi viens-tu tous les jours aux premières lueurs, alors que tous les autres ne le font pas ?

— Parce que j'aime ça !

— Ce n'est pas la seule raison n'est-ce pas ?

Percival releva la tête et la regarda perplexe.

— Qu'est-ce que tu me dis là ?

— Ce que quelques-uns pensent !
— Et, pourrais-je savoir ce qu'eux et toi pensez ?
Éloise le toisa avec douceur.
— Ton père !
Ce terme le désorienta quelque peu durant un instant, puis il reprit avec une certaine retenue dans sa voix.
— Mon père ! Cela fait longtemps que je l'ai oublié.
— En es-tu bien sûr ?
— C'est ce que vous pensez tous, et bien vous avez tort !
— Et pourquoi cela ? Tu n'as jamais su ce qui lui était advenu, et il serait logique que ces interminables moments de scrutation sur l'horizon ne soient que de l'attente, qu'un jour il revienne.
Percival se remit au travail en lançant sommairement.
— Il m'a abandonné un beau matin et cela depuis près de quinze ans, alors s'il avait dû réapparaître, il l'aurait déjà fait.
— L'espoir, c'est ce qui nous tient tous, non ?
— Écoute Éloïse, tout homme qui s'est aventuré un jour ou un autre sur cet océan ne sont jamais revenu, donc pourquoi voudrais-tu que pour moi ce fût différemment ?
— Je ne sais pas, tu communiques tellement peu, que l'on te sent toujours en colère contre tout le monde.
— Ce n'est bien sûr pas de la colère, de la réserve peut-être, ou bien que j'apprécie la solitude. Mais certainement pas pour autre chose ni pour quelqu'un de précis, alors tenez-vous-le pour dit ! La tirade sèche qu'employa Percival contraint Éloise à en rester là, et à reprendre le travail.
Après avoir chargé les paniers sur une sorte de brancard, munie en son bout de deux petites roues fabriquées à partir d'un rondin de bois, ils s'attelèrent à le traîner hors de la grève, quand des bruits de sabots sur le sable parvinrent à leurs oreilles. Six cavaliers approchèrent au galop.
Il planta sa carriole, et regarda la jeune fille d'un air inquiet. Le groupe s'arrêta à quelques coudées, et un des hommes poussa sa monture tout près d'eux.

Percival déposa un genou à terre en baissant la tête, Éloïse se contenta de s'incliner.

Il les fixa un instant agressivement, puis fit le tour du chargement et se replaça devant le couple. Ce silence n'augurait rien de bon, tous connaissaient ici la cruauté qui caractérisait si bien le bras droit du régent surnommé « Norbert le noir ». Cet individu de cinquante ans au visage buriné sur un corps gras et flasque n'inspirait que du dégoût et de la peur. Mais il était le cousin du seigneur de l'atoll, et celui-ci lui laissait tout pouvoir, de vie ou de mort, tant qu'il servait la communauté avec autant d'ardeur.

Les cinq gardes portaient leurs cottes de mailles et l'épée dans le fourreau, cela n'avait pas échappé à Percival, car cette tenue indiquait que les cavaliers étaient en chasse...à l'homme.

— Messire, comme vous pouvez le voir la pêche a été bonne ! clama Percival pour rompre cette tension tangible. Le chevalier ne quittait pas des yeux Éloïse, mais aujourd'hui son regard n'était pas uniquement courroucé, une lueur quelque peu libidineuse s'y mêlait, rendant son irritation d'autant plus palpable. Il invectiva d'ailleurs sa colère.

— Est-ce une tenue correcte pour une jeune demoiselle ? Pourquoi vos bras ne sont-ils pas recouverts, ne connaissez-vous pas la Loi ? La novice redressa la tête, l'œil impétueux, prête à répliquer, mais le pêcheur, anticipant le conflit, se releva en lui coupant la parole.

— Messire Norbert, pardonnez-lui, j'en suis le responsable !

Le regard du seigneur se tourna sur lui, mais Percival réagit aussi vite.

— J'avais ce matin besoin de ses services, et n'étant pas prête, je lui ai tendu ce bas et ce haut indécent, que j'ai pris au hasard sur sa table, et je ne lui ai pas laissé le temps de s'habiller convenablement !

— Vous l'avez donc vue nue ? brailla-t-il, horrifié.

— Bien sûr que non, Messire, elle était dans sa chambre et je les lui ai donnés par la porte !

Éloise, que la colère gagnait, s'avança en direction de Norbert.

Percival, connaissant bien cette expression sur son visage et avant même qu'elle ne puisse parler, d'un bond il la gifla violemment, ce qui la projeta au sol.

L'homme fut surpris par sa réaction, la jeune fille aussi d'ailleurs.

— Excusez-la, monseigneur ! Ce n'est encore qu'une enfant pleine de fougue. Et je l'ai punie pour qu'elle ne vous manque pas de respect, par une quelconque phrase immature !

— Pour une personne affable comme vous l'êtes, votre tenue vestimentaire n'est pas des plus respectueuses non plus, monsieur le beau parleur ! jeta-t-il dédaigneusement.

— Et je m'en accuse ! Mais je suis marin, et même si je ne porte que ma longue tunique, cela n'excuse en rien ma faute. Je demeure, juste derrière ce bosquet comme vous le connaissez, et je ne pensais pas rencontrer âme qui vive ce matin !

Les règles n'étaient pas aussi strictes pour les hommes et Norbert le savait bien, mais le ton faussement affable qu'employa Percival l'irrita au plus haut point, et de plus, le regard aimant, teinté d'un intérêt indécent d'Éloïse sur le pêcheur, le contraria tout pareillement.

— Cependant, vous m'avez manqué de respect en punissant la damoiselle vous-même. Je suis ici-bas, le seul à pouvoir juger de qui mérite quoi, et ce n'est certainement pas vous ! Et pour cela, je décide que vous méritez quatre coups de baguette, ne suis-je pas juste en cela ?

Percival saisit l'enjeu sous-jacent. Il fixa Éloïse tout en fronçant les sourcils, en espérant qu'elle comprenne de ne surtout pas commettre un acte inconsidéré.

— Vous l'êtes, messire, juste ! Je conviens que j'ai outrepassé mes privilèges, et que je ne mérite aucune faveur de votre part pour avoir jugé sans en posséder ni le droit ni la capacité !

Sur ce, il se retourna vivement, montrant son dos, prêt à subir la punition.

Un des gardes mit pied à terre, mais Norbert le stoppa net en levant silencieusement le bras. Cette tâche ingrate, comme tant d'autres, revenait systématiquement à ce chevalier nommé Victor, car il adorait cela. Mais dans ce cas précis, le seigneur descendit de sa monture, saisit dans la main de l'homme la verge, et administra avec satisfaction sa sanction.

Percival serra les dents et ne laissa aucun cri fuser, ce qui irrita d'autant plus Norbert qui lui en donna un de plus.

Percival se retourna face au cousin du régent et s'inclina.

— Merci, messire !

L'exaspération prit place sur l'agacement de Norbert, et pour ne pas perdre la face, il se hissa sur son cheval en hurlant.

— Aujourd'hui, pas de part pour toi ! Emporte la totalité de ton chargement au château, et ne t'avise surtout pas d'en prélever quelques-uns !

Il partit aussitôt en trombe suivie par ses hommes, sauf par un des cavaliers. Celui-ci s'approcha, et adressa un sourire embêté au jeune pêcheur, avant de rattraper le groupe.

Éloïse se releva d'un bond et se dirigea auprès de Percival.

— Ce Norbert n'est qu'un chien galeux !

Elle aperçut du sang filtré à travers sa tunique, et elle tendit sa main pour regarder ses blessures, mais il la saisit par le bras, le visage fermé.

— As-tu au moins compris ce qui s'est passé ?

Éloïse fut surprise par la force qu'il employa à lui serrer le membre.

— Oui ! Dorénavant, je m'habillerai de circonstance, car mon insouciance porte préjudice à ceux que j'aime ! De plus, je tiens à m'excuser pour ce que tu as subi, cela te va ?

Percival, exaspéré, soupira. À aucun moment elle ne se rendit vraiment compte qu'elle marchait sur le fil du rasoir. Il connaissait les sentiments qu'Éloïse lui portait, mais elle se mettait en danger, tout autant qu'à ses proches, en le montrant ainsi aux yeux de tous. Les hommes la désiraient, et rien ne les arrêterait.

La plage avait retrouvé son calme, et seul au loin, les embarcations des autres pêcheurs qui lançaient encore leurs filets rompaient celui-ci.

Il la raccompagna chez son père, car elle n'avait plus que lui au monde.

— Ton père n'est pas là ?

— Non, mais ne t'inquiète pas, je ne suis plus une fillette, si des fois tu ne t'en étais pas rendu compte.

— Bien sûr que je m'en suis rendu... compte ! Mais malheureusement, je ne suis pas le seul !

— Voilà que tu recommences !

— Je ne recommence rien. Mais prends garde à toi ! Et si tu as besoin de moi, tu sais où me trouver.

Elle franchit la porte sans lui avoir répondu.

Percival n'y prêta aucune attention, car il connaissait le caractère bien trempé et vif d'Éloïse, et il y avait de quoi.

Sa mère expira quelques jours après lui avoir donné la vie de complication due à un mauvais accouchement.

Son grand frère se pendit quelques années plus tard, mais celle-ci était trop petite pour en avoir un souvenir bien précis. Ce jeune frère souffrait du « mal de vivre », un symptôme courant parmi les habitants de l'atoll, et bon nombre d'entre eux mirent fin à leurs existences de bien différente façon.

Ce mal inguérissable, Percival l'interprétait très bien. Il le ressentait lui-même parfois.

L'être humain n'était pas fait pour vivre en vase clos dans un si petit espace, et sa manière à lui d'échapper à ce sentiment incontrôlable, c'était ses plongées dans le monde sous-marin.

Et son rêve utopique... fuir un jour cette prison paradisiaque.

# Chapitre 2

## Côté nord

Au crépuscule, de l'autre côté de l'atoll, Augur, un homme de stature robuste, aux mains calleuses témoignant de décennies de labeur devant l'enclume, se tenait devant son four reconstruit. Ses cheveux grisonnants étaient tirés en arrière, révélant un visage marqué par le temps et la chaleur des flammes. Enveloppé dans un grand tablier de cuir épais, usé par le travail mais impeccablement entretenu, il contemplait le feu avec une intensité qui trahissait son engagement profond envers son art.

Ce soir-là, il ne s'agissait pas seulement de forger une épée ; c'était le défi d'une vie, une quête personnelle pour honorer Siegfried le sage, leur chef. La demande de Siegfried n'était pas légère. Forger une lame digne des dieux eux-mêmes, une lame qui scintillerait avec honneur entre les mains des walkyries. Dans ce projet, Augur voyait une chance de lier son nom à la légende d'Asgard.

Le processus de forgeage était un rituel presque sacré, marqué par la répétition d'actions qui poussaient le corps et l'esprit à leurs limites. Chaque coup de marteau sur le fer incandescent était un témoignage de la volonté d'Augur de transcender son art. La chaleur suffocante de la forge, les étincelles volant à chaque impact, et le bruit assourdissant du marteau contre l'enclume remplissaient l'espace, créant une atmosphère de création primordiale.

À ses côtés, Ahrgna le noir, un géant d'homme à la peau tannée par le feu, aux muscles sculptés par le travail physique, aidait Augur dans cette tâche herculéenne. Leur collaboration était un ballet silencieux, où chaque mouvement était synchronisé à la perfection, fruit de nombreuses années d'amitié et de travail commun. Ahrgna, avec sa barbe épaisse et ses yeux brillants d'une lumière combative, était l'incarnation même de la force tranquille, indispensable à la réussite de leur entreprise. Le travail était harassant, poussant les limites de l'endurance humaine.

Refaire le four avait été la première épreuve, nécessitant de soulever et de positionner des briques lourdes et réfractaires sous un soleil de plomb. Ensuite, choisir les minerais demandait une connaissance profonde des entrailles de la terre, une quête épuisante dans les profondeurs de l'ancien volcan. La fusion du fer et du carbone dans le creuset était une danse dangereuse avec le feu, exigeant une précision et une attention constantes pour éviter la catastrophe.

Chaque étape du processus ajoutait des couches de complexité, marteler le métal jusqu'à ce qu'il prenne forme, le plonger dans l'eau pour le tremper, puis le chauffer à nouveau pour en affiner la structure. La fatigue s'accumulait, les bras tremblaient sous l'effort, mais la vision de l'épée finie poussait Augur et Ahrgna à dépasser leurs limites. Pour la garde et le pommeau, il rajouta du fil de cuivre qu'il inséra par martelage dans de fines gorges creusées à la surface du métal pour le rendre encore plus résistant. Ils purent dormir enfin pendant quelques heures, après que la lame a l'état brute fut finie. Puis, vint ensuite le polissage et l'affutage, et en se relayant pendant la course entière du soleil, ils parvinrent à rendre ce morceau de fer sombre, en une étincelante et magnifique lame. Augur colla sur le manche, un cuir de requin-tigre du plus bel effet, sertit le médaillon au couleur de Siegfried le sage, et dans un coin de celui-ci, il déposa son poinçon.

Lorsqu'enfin l'épée prit forme, brillante et mortelle, le duo s'autorisa un moment de repos, leurs visages éclairés par la lueur de la création achevée. Leurs vêtements étaient trempés de sueur, leurs bras marqués de coupures et de brûlures, témoignages silencieux de leur dévouement.

Augur aperçut une vieille tuyère en fer dans un coin de la pièce, aussi sans même réfléchir, il frappa de toutes ses forces, et coupa en deux le tuyau.

Il releva l'épée et la tendit devant les yeux de son ami.

— Aucune ébréchure, ni même de trace ! lança-t-il avec admiration pour le travail exceptionnel de celui qui était leur vrai maitre forgeron à tous. M'avoir révélé quelques-uns de tes secrets ne te gêne pas ?

— Je n'ai aucun secret Ahrgna, seuls l'expérience et le travail font de toi un bon forgeron. Tu es encore jeune, mais d'ici quelques années tu seras à ton tour aussi, et peux être encore plus aguerrie que moi. Le plus important dans cet art, c'est de ressentir la matière, le point de fusion, et celui de connaitre quand le laisser vivre, respiré, avant que ton objet ne se casse. Et pour cela, l'entendre au plus profond de ton âme. Le fer et l'acier prendront la forme que tu souhaites que si tu le comprends et le devines, je me répète peut-être, mais c'est ainsi que tu progresseras pour devenir le meilleur de ta génération.

— Je te remercie Augur de m'avoir choisi pour ton œuvre, qui est au demeurant magnifique, et Siegfried, saura t'honorer quand il la verra de ses propres yeux, cette offrande digne de la table des dieux.

Augur fut ému de ses mots sincères tout en tendant son ouvrage aux cieux.

— Une digne épée pour un digne homme ! murmura-t-il.
En tendant l'épée vers les étoiles, ils ne présentaient pas seulement le fruit de leur labeur, mais un pont entre le monde des hommes et celui des légendes.

*******************

La grande salle commune, baptisée « Skali », baignait dans une quiétude inhabituelle. Ce long bâtiment, dépourvu de toute ouverture à l'exception de l'entrée principale, contrastait avec l'ambiance chaleureuse qui le caractérisait habituellement. Le toit, recouvert d'épaisses bottes d'herbe, laissait échapper de la fumée par un orifice central, tandis que le poids de cette couverture reposait sur de massives poutres, taillées et ornées avec une attention méticuleuse.

Le Skali accueillait le Jarl, sa famille et ses proches. Vingt âmes y vivaient en permanence, tissant les fils d'une communauté soudée.

Ce jour-là, tous avaient revêtu leurs plus beaux atours, fruits du labeur de mains expertes, héritières d'un savoir-faire ancestral transmis de mère en fille. La fausse fourrure qu'ils portaient, tissée à partir de la toison non traitée des moutons puis mélangée aux fils de coton, trame après trame, était une prouesse technique très appréciée. Les colliers et broches, chefs-d'œuvre d'ivoire façonnés par les bijoutiers de l'île à partir de dents de morses et de cachalots, témoignaient de la richesse de leur culture. Ces précieux matériaux leur étaient offerts par les pêcheurs, qui, guidés par les vigiles depuis le sommet du rocher, s'aventuraient en mer, parfois plusieurs jours durant, à la rencontre de ces mammifères marins, mais en prenant bien garde de ne pas s'approcher de « l'ile de Ragnarök ».

Dans un recoin du Skali, deux femmes, vêtues de longues robes sombres qui accentuaient leur mystérieuse présence, lançaient des runes taillées dans le granit noire. Seules les magiciennes et sorcières étaient initiées à cette pratique divinatoire, faisant d'elles des figures essentielles de la communauté. Aujourd'hui, elles cherchaient à percer le mystère de la maladie qui rongeait le Jarl, une insuffisance cardiaque, terme étranger à leur époque.

Sur le coin d'un banc, un jeune guerrier observait la scène d'un œil ému. Ses traits nordiques, ses yeux d'un bleu profond et ses cheveux blonds, baignés par la lumière tamisée du Skali, ainsi que sa barbe soigneusement entretenue, le désignaient comme un noble de sang. La chaleur tropicale, à l'opposé du climat rude de leurs terres ancestrales, ne semblait pas l'affecter outre mesure. Des générations d'adaptation les avaient endurcis, mais les traditions restaient ancrées dans leur cœur, préservant une identité dont ils tiraient une immense fierté.

Cependant, la sérénité du jeune homme était troublé. La perspective de perdre son père, pilier et guide, ébranlait ses convictions. Les jours d'insouciance étaient révolus, confronté à la dure réalité d'un monde adulte, il se retrouvait à un carrefour émotionnel, tiraillé entre la douleur personnelle et la nécessité de montrer une force inébranlable, digne de leur Jarl.

— Comment vas-tu, Erik ?

Une voix grave et délicate le sortit de son indolence. Le jeune homme tourna la tête dans sa direction et poussa un sourire de circonstance.

— Cela peut aller, Olaf, je te remercie !

Celui-ci remua ses sourcils, peu convaincu par sa réponse, mais il n'insista pas, par sollicitude envers lui.

— Où sont ma mère et ma sœur ? demanda Erik

— Elles s'affairent avec d'autres à préparer le déjeuner.

— Bien…

Ce « bien », lancé avec détachement, toucha ce grand et fort guerrier en le voyant lutter désespérément contre cette douleur qui l'habitait, pour faire honneur à son père et à tous. Alors, il déposa sa main sur son épaule, et sans un mot, il le laissa avec son noble combat solitaire.

Erik le regarda sortir, comme il le faisait à chaque fois depuis sa petite enfance, avec envie et honneur. Envie, car il souhaitait un jour dégager autant d'aura, de force tranquille et de panache que lui. Honneur, car ce mot le caractérisait à merveille, par sa conduite exemplaire, aussi bien pour le dévouement qu'il témoignait toute sa vie à son jarl, et son abnégation pour ce peuple qu'il aimait par-dessus tout. Erik oublia un instant ses questionnements viscéraux, et se leva pour le rejoindre à l'extérieur.

— Tu t'es décidé à sortir un peu, Erik ? lui demanda Olaf, ravi de le voir prendre sur lui.

— Je ne peux faire moins que toi, fidèle Olaf, alors que je connais l'attachement que tu as pour mon père.

— Je te remercie de ce témoignage sincère, mais tu n'en fais pas moins que moi, Erik, et n'en doute pas un instant. Je conçois le désarroi qui t'habite en ce moment, et cela est tout à fait légitime. J'ai été moi-même dans cette situation à la mort de mes parents et pourtant j'étais plus mature que toi. Il n'existe aucun âge quand l'aile de la mort plane sur les tiens. Aussi, ne te mets pas martel en tête sur l'image que tu dois montrer à tous. Tu en fais déjà beaucoup, trop peut-être, car tu es en droit de vivre ton futur deuil comme tu le ressens, et non pas en fonction de qui que ce soit.

Erik hocha la tête.

— Tu as raison, Olaf, comme toujours d'ailleurs. Mais le moment n'est pas approprié pour se torturer par avance. Aussi, je vais m'enquérir auprès des miens s'ils ont besoin de mes bras ou d'autre chose. Cela me permettra de penser un peu moins à mes tourments personnels.

Olaf remua sa grosse barbe en une espèce de sourire et tourna les talons, laissant Erik scruter les environs.

Le centre du village avait adopté pareillement l'ambiance lourde de l'intérieur du Skali. Les hommes et les femmes qui déambulaient à leurs occupations le faisaient avec peu d'enthousiasme, ce qui démontrait bien l'estime qu'ils avaient tous pour leur Jarl. Cette marque de respect ne manqua pas de toucher encore plus Erik. Mais ne voulant pas s'appesantir sur cette humeur collective, il préféra se montrer plus enjoué. Aussi, il se mit à arpenter le chemin principal, n'oubliant pas de saluer cordialement tous les passants.

— Erik !

Il se retourna dans la direction d'où provenait l'interpellation et aperçut Arne qui se dirigeait vers lui. Arne avait quelques années de moins que lui, et pourtant il le considérait comme son frère. Depuis leur plus tendre enfance, ils ne s'étaient jamais quittés et étaient devenus inséparables. Un même sein les avait unis après la mort en couche de sa mère, et ce n'était pas celui de la sienne non plus, car Frigge, malgré deux enfants, n'avait jamais eu aucune montée de lait. Aussi, ce fut une nourrice habitant dans la grande demeure qui s'était chargée de ce travail, et ce sein les lia à jamais.

— Arne, que fais-tu ici ? Tu n'es pas avec Gislinde ?

— Je l'étais jusqu'à présent, mais ta sœur m'a gentiment envoyé chercher du poisson au port.

Erik esquissa un sourire.

— Elle te mène par le bout du nez, et il serait bien temps que tu t'affirmes un peu.

— Bah, qui pourrait bien la mater ?

— Toi, je l'espère bien un jour.

— Eh bien, ce jour n'est pas encore arrivé. Alors, pour le moment, il me faut du poisson.

Erik l'attrapa par l'épaule, en riant charitablement pour le taquiner.

— Mon pauvre Arne, allez, viens, je t'accompagne.

Ce petit intermède fit le plus grand bien à Erik, et tous deux se dirigèrent vers la jetée.

****************

Depuis cinq jours déjà, l'atmosphère pensive qui enveloppait l'endroit infligeait à Siegfried une sourde irritation. Malgré l'étreinte affaiblissante de la maladie, il se refusait à accepter cette torpeur qui semblait avoir emprisonné ses proches. Il les observa un à un, laissant affleurer les souvenirs de moments partagés, des instants cruciaux de sa vie qui les liaient indéfectiblement. Ces réminiscences n'étaient pas teintées de regrets face à son départ imminent, mais plutôt empreintes des joies communes qui avaient enrichi son existence. La mort, partie intégrante de la vie, n'était qu'un passage vers une autre lumière, une vérité ancestrale. Pourquoi donc maudire cette transition naturelle, élément essentiel du cycle éternel de l'existence ? Chaque vie, dans son unicité, contribuait à l'édification de la suivante. Siegfried avait de longue date embrassé cette philosophie, et voir ses proches s'abandonner au désespoir le peinait profondément. L'esprit normand, immergé dans ce perpétuel renouvellement entre le terrestre et le spirituel, avait toujours embrassé ce cycle, depuis les origines jusqu'aux générations futures. Mais ici, sur cette île isolée, les enseignements et croyances des anciens semblèrent s'être dissipés. Ainsi, avec une dignité naturelle, il se leva, captant l'attention de tous par sa soudaine vigueur. Leur stupeur muette n'était que le prélude à son irritation grandissante.

— Mes jours parmi vous sont désormais comptés, c'est une évidence pour moi comme pour vous. Mais ce n'est point la fin de notre héritage, ni de vos propres vies ! A l'instar de ceux qui m'ont précédé et de ceux qui suivront, notre culture perdurera à travers les âges. Je m'en vais en paix, satisfait des bienfaits que j'ai pu semer pour le bien de tous. Notre isolement sur cette île n'a en rien terni notre cohésion. Aujourd'hui, c'est vers une grande aventure que je me dirige. Réjouissez-vous pour moi ! De pouvoir enfin rejoindre les rangs des guerriers au Walhalla, de partager l'hydromel avec nos illustres ancêtres, ne ternissez pas mon ultime voyage par votre chagrin.

Sa voix, à la fois grave et empreinte de joie, résonna dans les cœurs, ravivant la flamme de l'esprit Viking en chacun.

— La mort n'est pas une fin, mais le début d'une nouvelle existence ! Je souhaite ne plus voir vos visages assombris par la peine, mais partir entouré de votre joie et de votre fierté, comme l'ont fait nos ancêtres, et comme le feront, je l'espère, les générations à venir.

Galvanisés par ses mots, tous se levèrent, une ovation retentissante emplissant la salle.

— Par Odin et le marteau de Thor !

Cette effervescence inhabituelle attira ceux qui se tenaient à l'extérieur. Frigge, les cheveux relevés en chignon, les clés des coffres du Skali à la ceinture, signe de sa position de femme du chef, s'avança, sa silhouette encore gracieuse malgré les années, curieuse de cette animation soudaine.

— Que se passe-t-il, Siegfried ?

— Je ne supportais plus cette atmosphère morose. Il ne sied pas à notre culture de pleurer les vivants comme s'ils étaient déjà partis. Je souhaite quitter ce monde dans la paix, entouré de joie et de sérénité, non dans une ambiance qui m'est insupportable.

Connaissant intimement les pensées de son mari, Frigge sut qu'elle devait le soutenir sans réserve dans ses derniers désirs. Tout au long de sa vie, Siegfried avait été un homme de valeur, affrontant le bon comme le mauvais avec dignité. Elle ne pouvait faire moins que d'honorer sa demande. S'emparant de deux gobelets sur la table, elle en tendit un à Siegfried, puis, se tournant vers l'assemblée avec énergie, elle lança.

— Buvons ensemble tant que nous le pouvons encore ! Bientôt, il ne partagera plus que l'hydromel avec les nobles Walkyries !

La foule répondit par un cri unanime, levant leurs coupes.

— Aux Walkyries, aux Walkyries !

La salle retrouva l'atmosphère vibrante des jours de gloire, sous le regard ému de Siegfried et de Frigge, unis dans cet instant de communion.

Erik et Arne, accompagnés de Gislinde qui les avait rejoints au port, portaient chacun une caisse de poissons. Arrivés près du Skali, ils déposèrent leur cargaison sur une grande table dressée à l'extérieur, surpris par l'agitation émanant de l'édifice, inquiets, ils accélérèrent le pas vers l'entrée alors qu'Olaf en émergeait.

— Que se passe-t-il ? interrogea Erik, l'inquiétude perçant dans sa voix.

— Ne vous alarmez pas, les enfants. Votre père se porte bien, les rassura Olaf.

— Alors, d'où vient cette clameur ?

Olaf leur narra les événements survenus pendant leur absence, captivant l'attention des trois jeunes gens stupéfaits par son récit. Une fois son histoire terminée, Erik exprima, non sans suspicion.

— C'est donc bientôt la fin ?

— Que dis-tu là, mon frère ? s'enquit Gislinde, tandis que la perplexité se lisait sur le visage des deux autres.

— J'ai souvent entendu dire, et je l'ai moi-même constaté, qu'une brève rémission survient souvent peu avant la fin. Comme si les dieux t'offraient l'occasion de mettre de l'ordre dans ta vie ou de faire tes adieux. Cela peut paraître étrange, mais je l'ai déjà observé à plusieurs reprises.

— Erik a raison. Moi aussi, j'ai été témoin de telles situations, mais le moment n'est plus à ce débat. Vous devez tous les trois embrasser la volonté de Siegfried et, à l'instar de Frigge, « faire bonne figure ». M'avez-vous bien compris ?

Ils hochèrent la tête d'un commun accord et suivirent Olaf, échangeant des regards à la fois brefs et résolus.

Ils s'arrêtèrent un instant à l'entrée du Skali, ébahis devant la vue de Siegfried debout, buvant et riant. La scène leur semblait presque irréelle, comme un écho du passé. Rapidement, ils se ressaisirent et se mêlèrent à la foule. Gislinde et Arne se rapprochèrent de Frigge, observant Siegfried avec curiosité, pendant qu'Erik s'avançait vers lui.

— Père, je suis heureux de vous voir ainsi !

La joie d'Erik évoqua chez Siegfried un sourire chaleureux, et il le prit dans ses bras avec affection.

— Et moi, je suis comblé de te voir libéré de cette ombre qui assombrissait ton visage, mon fils Erik. Jamais je n'aurais pu rêver d'un meilleur successeur. Je suis convaincu que tu seras un « Jarl » exceptionnel, annonça-t-il, l'éclat dans le regard.

— Le choix revient au peuple, mais si telle est sa volonté, je m'y soumettrai, père.

— Je n'ai aucun doute à ce sujet, Erik. Reste fidèle à toi-même et guide-les avec amour, fierté et noblesse, quel que soit le prix à payer, même face aux pires tempêtes. Es-tu prêt à embrasser cette destinée ?

— Je le suis, père.

— Parfait ! Alors rejoins-nous et célébrons ensemble !

À cet instant, Gislinde et Arne, timbales levées, interpellèrent Erik.

— Frère, voici venir la commande de notre père !

— Je vois ça, sœurette. Le moment ne pourrait être mieux choisi !

L'arrivée d'Augur, portant son œuvre soigneusement enveloppée, suscita une vague de curiosité. Il se fraya un chemin à travers la foule, genou à terre, offrant son travail avec humilité.

— Voici, mon seigneur.

Siegfried l'aida à se relever.

— Relève toi, mon ami. Je ne suis ni ton roi ni celui de quiconque ici. Je ne suis qu'un homme parmi d'autres, choisi par le peuple.

Cette humilité lui valait l'admiration et la fidélité indéfectible de tous.

— Ce travail m'a-t-il demandé trop de toi ?

— Non, le dévouement à cette tâche est insignifiant comparé à l'honneur de l'avoir réalisée pour vous.

— Tu es trop généreux, Augur. Méritoire est-elle, cette arme ?

— Plus que vous ne pourriez l'imaginer... Seigneur, répondit Augur en présentant son cadeau.

Siegfried, ému, déballa l'arme destinée à l'accompagner dans son ultime voyage. Sous les rayons filtrant par l'ouverture centrale du Skali, la lame scintilla, captivant les cœurs et suscitant une admiration silencieuse.

Sans retenue, une larme de gratitude roula sur sa joue. Augur avait surpassé ses attentes, et son nom serait loué au banquet du Walhalla comme celui du plus grand forgeron de tous les temps.

— Prends garde, Loki ! annonça Siegfried, arme levée, sous les acclamations de l'assemblée.

Posant une main sur l'épaule d'Augur, il ajouta.

— Les dieux sauront que tu en es le créateur... Mon frère.

Cette reconnaissance profonde toucha Augur, qui, avant même de pouvoir exprimer sa fierté, fut félicité par tous les présents.

Olaf, surpris par ce regain d'énergie chez Siegfried, se demanda quelles étaient les implications de cette force nouvelle.

Erik, partageant cette interrogation, posa discrètement la question à son père.

— Tout va bien, père ?

Debout, droit et fier, l'épée en main, il incarnait la quintessence de leur culture guerrière. Son annonce, pleine de détermination, éveilla chez tous un sentiment de respect mêlé d'incrédulité.

Avec une vigueur renouvelée et un regard empreint de tendresse, Siegfried répondit avec force.

— Que l'on m'apporte mon armure !

Cette demande, tranche dans le tumulte, laissant l'assemblée pantoise. Siegfried se tenait là, imposant, la main fermement posée sur le pommeau de son épée nouvellement acquise, le regard tourné vers l'avenir.

— Aujourd'hui est un bon jour pour mourir, et je souhaite partir dignement, selon les rites de nos ancêtres, déclara-t-il, sa voix emplissant la salle d'une énergie presque palpable.

Cette affirmation, bien que choquante, rappela aux présents l'essence même de leur culture. une existence vécue avec honneur et un départ embrassé avec bravoure.

La révélation de Siegfried, loin de semer le doute sur sa santé mentale, fut perçue comme l'expression ultime de sa foi en les traditions vikings. Erik, bien que surpris, ne put qu'admirer la résolution de son père.

— Père, nous ne sommes en guerre contre personne, tenta-t-il, cherchant à comprendre.

Un sourire énigmatique éclaira le visage de Siegfried.

— Mon conflit n'est avec nul autre qu'avec moi-même, peut-être avec ma conscience, clarifia-t-il, dissolvant l'atmosphère tendue.

L'incompréhension fit place à une curiosité mêlée d'admiration. Frigge, s'approchant de Siegfried avec une prudence empreinte d'affection, chercha à saisir l'origine de cette soudaine exaltation.

— Qu'est-il advenu, mon ami ?

Siegfried, capturant doucement le visage de Frigge entre ses mains, lui offrit un sourire rassurant.

— Ne t'inquiète pas, mon amour. Un flot de vie nouvelle coule en moi. Les dieux, connaissant mes regrets et mes désirs, m'offrent cette chance inespérée de conclure mon existence selon le plus noble des destins vikings.

— Mais comment pourrais-tu réalisé ceci ici-bas ? Et en aurais-tu seulement la force ?

— J'ai ma petite idée, et la force ?...Je leurs fait confiance !

Elle n'avait pas revu autant de vie dans ses yeux depuis des mois, et même si elle ne comprenait pas ce qui se passait sur l'instant, elle sentie en son fond intérieur qu'il lui fallait l'acceptée.

Frigge, bien qu'incertaine, se tourna alors vers ses enfants, partageant un moment de communion silencieuse, les invitant à accepter ensemble cette décision hors du commun.

— Mon époux a toujours été guidé par une force intérieure exceptionnelle. Si aujourd'hui, il ressent ce besoin impérieux de suivre son cœur, nous lui devons notre soutien inconditionnel, confia-t-elle, la conviction empreinte dans sa voix.

— Je ne crois pas au miracle mère, mais force est de reconnaitre qu'il s'est passé quelque chose qui nous à échapper à nous simples mortels, et je pense que ma sœur est du même avis, n'est-ce pas Gislinde ?

Les mots restèrent bloqués dans sa gorge mais elle répondit par l'affirmative en secouant sa tête.

Pendant ce court interlude Siegfried constata la surprise visible et légitime qui émanait de la salle, aussi cela amena Siegfried à un vrai rire franc qui déchira la vision fascinante que tous avaient ressentie en le voyant presque ressuscité et halluciné.

— je n'ai pas perdu l'esprit mes frères, mais ne sommes-nous pas des normands ? Clama-t-il d'une voix tonitruante

La stupéfaction était encore de mise parmi toute l'assemblée, et cela ne lui avait pas échappé, aussi il reprit donc plus posément.

— je me suis efforcé à faire respecter nos traditions du mieux que je l'ai pu, du moins, je l'espère de tout cœur. Car mon âme, transpire de l'essence même de cette force spirituelle qui fait de nous des guerriers d'exceptions. Cependant, ces grandes histoires de batailles contées par nos anciens, transmis par les leurs, me laisse un gout d'amertume. Je ne veux pas mourir

dans mon lit, mais l'épée à la main, dans un beau combat qui plaira à nos ancêtres et à nos Dieux d'Asgard !
Ses yeux pétillaient d'une lueur de sincérité absolue, et le doute de sa folie passagère disparu dans ceux de tous ces proches.
Mais ou voulait-il en venir ?
La salle, un instant suspendu au temps, se laissa envahir par une atmosphère de célébration, d'acceptation et de fierté, unie dans la reconnaissance d'un homme, d'un Jarl, dont la vie et les choix continueront d'inspirer les générations futures.

Siegfried leva la main et la posa sur l'épaule de son ami Olaf qui se tenait près de lui sur sa droite, celui-ci se mit au garde-à-vous sans même en avoir pris conscience.

— Pas de ça, mon fidèle ami. Ce combat, c'est avec toi que je veux le mener !

Cette déclaration secoua profondément Olaf et ceux qui avaient entendu, malgré le ton bas employé par Siegfried, cette demande inattendue.
La superbe du vaillant capitaine s'évanouit en un instant. Olaf, qui avait rejoint Siegfried à l'âge de quinze ans, l'avait toujours vu comme un mentor, un leader incontesté, qui n'était pas encore Jarl à leur rencontre mais dont le destin était clairement tracé.

— Je ne peux accepter, mon seigneur. Ce que vous me demandez là dépasse mes forces, articula Olaf le cœur lourd.

— Bien sûr que tu le peux. N'es-tu pas mon plus fidèle et meilleur ami ? insista Siegfried, ses yeux scrutant ceux d'Olaf.

— Sans aucun doute, c'est pourquoi je ne pourrais lever mon épée contre vous, répondit Olaf, l'émotion brouillant sa voix.

Siegfried, avec une fermeté bienveillante, serra l'épaule d'Olaf.

— Tu es incontestablement la meilleure lame de nous tous. Je ne saurais rejoindre la table des Dieux si mon ultime combat n'est pas à la hauteur de mes aspirations, ni des leurs. Me comprends-tu ?

Olaf, déchiré, saisit finalement la profondeur du regard de Siegfried et la sincérité absolue de sa demande. Avec une résignation solennelle, il inclina la tête.

— Par respect pour vous, pour notre histoire et pour les dieux d'Asgard, que ce combat marque les esprits !

Un frisson parcourut l'assemblée, un mélange de respect et de fierté vibrant dans l'air. Leur Jarl, debout, fier, choisissait de défier le destin dans l'arène de l'honneur et de la tradition.

— Que les dieux soient témoins de ce moment ! scandèrent-ils.

L'annonce de Siegfried, loin de semer le doute sur sa raison, fut interprétée comme la manifestation ultime d'un guerrier désireux de rencontrer la mort comme il avait vécu, en combattant.

Erik, bien que bouleversé, ne put qu'admirer la résolution de son père. La décision de Siegfried d'entamer ce dernier duel avec Olaf, son ami de toujours, symbolisait la quintessence de l'esprit viking, une fusion entre le courage, l'honneur et l'amour profond pour les siens.

La salle, un instant suspendu entre l'émoi et l'admiration, se transforma en un cocon de chaleur humaine, de chants et de toasts, célébrant la vie, la mort et l'éternel cycle des guerriers.

Dans le cœur de chacun, l'image de Siegfried, prêt à embrasser son destin avec le sourire, insuffla un sentiment de piété, comme face à une incarnation vivante des valeurs ancestrales.

Siegfried releva la tête, son regard balayant l'assemblée, et réitéra avec majesté.

— Aujourd'hui est un bon jour pour mourir.

Et dans cette salle où résonnaient les échos d'un passé glorieux, tous se tenaient, unis dans le présent, témoins du dernier acte d'un Jarl qui, même dans l'approche de sa fin, enseignait encore la force de vivre et de mourir en Viking.

# Chapitre 3

Percival, comme à l'accoutumée, ramena une belle cargaison de poissons de toutes sortes. Il en garda une petite partie pour lui, malgré la menace faite par Norbert, et chargea le reste dans sa carriole comme impôt pour la cour du seigneur. Tous les habitants de ce côté de l'île devaient payer en nature une part de leur travail, soixante-dix pour cent de leur labeur. Seuls les dépendants de la cour étaient exonérés de cette dîme injuste. Les meilleurs morceaux tirés de l'océan, de l'élevage et de la culture paraient la bonne table du maître et de ses proches. Le reste servait à nourrir les trente soldats et les personnes à leur service, ce qui représentait près de la moitié des occupants de ce petit territoire. Nul au pouvoir n'avait réussi à imposer, depuis l'arrivée des premiers chrétiens sur ces plages, une organisation intelligente des ressources apportées avec eux du vieux continent, et de celles de cette terre, autrefois luxuriante et riche.

Depuis quatre générations, toute la lignée de souverains n'avait eu pour loisir que de vivre décemment sans se soucier de leur peuple. Si le système de débrouillardise n'avait pas été appliqué par les autres, l'existence même de tous n'aurait pu perdurer jusqu'à aujourd'hui.

La vie était dure et dure était la vie... mais seulement pour certains.

Percival arriva aux portes du village. Il emprunta la ruelle pavée de grosses pierres rondes qui rendaient le transport difficile, et il maudit une fois de plus le grand-père du seigneur actuel. Celui-ci ne l'avait fait faire que par prétention, et non pour un aspect pratique, car un chemin de terre aurait été bien plus agréable à la circulation. Toutes les maisons en bois, une trentaine tout au plus, étaient concentrées tout autour du château fait de bloc taillée.

L'édifice était d'une taille déraisonnée par rapport à la surface des terres l'abritant, surtout avec cette église qui le dominait, adossée au fond de son jardin privé. Percival, et il n'était peut-être pas le seul, se posait souvent cette question sur la provenance de ces roches qui ne venaient assurément pas de l'île. Un puits de pierre semblable à celle du château trônait au milieu de la place, et c'était le seul endroit où tous se servaient en eau potable, bien que parfois elle fût légèrement saumâtre mais consommable.

Quand Percival franchit la grande porte qui donnait sur la cour, un soldat portant l'uniforme conforme à tous les autres s'approcha de lui. Sa stature imposante et sa carrure large, marquées par les années de service militaire, imposaient le respect. Geoffray, avec ses cheveux châtains courts et sa barbe bien entretenue, offrit un sourire en coin à Percival, un geste de camaraderie qui trahissait leur longue amitié.

— Tu veux un coup de main ?

Percival se retourna et aperçut le cavalier qui lui avait souri la veille.

— Si tu veux, mon chariot est lourd et vos pavés ne me facilitent pas le travail !

— Tes blessures non plus, je suppose !

— Ah ! Tu parles des coups de fouet sur la plage ? Non, ça ne me fait mal que quand je transpire !

Geoffray, le grand gaillard aux traits légèrement burinés par la vie de soldat, sourit aux éclats, dévoilant de belles dents blanches mises en valeur par son teint, somme toute, commun à tous sur l'île.

— Ça te passera dans quelques jours !

La plaisanterie ne fut pas vraiment du goût de Percival qui reprit plus froidement.

— Moi, certainement, mais après qui étiez-vous en chasse, car pour lui, vous ne serez pas aussi charitable, je suppose ?

Le soldat changea d'expression sur-le-champ et planta son regard dans celui du pêcheur.

— Ne pousse pas le bouchon, Percival. As-tu oublié que nous étions de proches amis par le passé ?

— Non, je n'ai rien oublié, Geoffray ! Mais depuis que tu es au service de Norbert, tu as bien changé.

— Bien moins que tu ne le penses ! En tant que capitaine de la garde, j'ai encore un peu d'influence sur lui, et n'oublie pas qu'il n'est que le cousin du roi. Il ne peut pas tout se permettre non plus.

— Oui, mais tu ne m'as pas répondu, qui était ce pauvre fugitif ?

— L'un des menuisiers, André, qui, plutôt que d'honorer la commande qui lui avait été faite, a préféré se noyer depuis plusieurs jours dans l'alcool.

— C'est un peu normal, après tout, il vient de perdre sa femme de cette fichue maladie qui sévit sur notre île.

Geoffray soupira, l'air désolé.

— Je le comprends aussi, mais tu connais Norbert !

— Et notre suzerain, qu'en pense-t-il, lui ?

— Je ne suis même pas sûr qu'il soit au courant de quoi que ce soit ici-bas !

— Donc ?

— Donc... Trois coups de fouet et une remontrance.

Ce fut au tour de Percival de soupirer, mais il ne répondit pas et reprit le bras de sa charrette. Geoffray se mit à l'arrière pour pousser lorsqu'il aperçut la cargaison.

— Bonne pêche comme d'habitude, il n'y a rien à redire, tu es bien le meilleur de tous !

Tout en tirant, Percival se demanda comment il pouvait supporter, par ces chaleurs, ce pantalon serré en cuir de porc, et sa cotte de mailles sur une tunique épaisse, mais surtout ces petits bottillons qui lui arrivaient au milieu des tibias. Aussi, il lui lança.

— Et toi, tu n'as pas chaud avec tout ton accoutrement ?

— Bah, on s'habitue comme on peut, et je n'ai surtout pas le choix !

-Tu n'étais pas mieux en caleçon, pieds nus, comme quand on était enfants ?

— Bien sûr que c'était plus agréable, mais mes fonctions me l'imposent maintenant.

— Tes fonctions ? Celles de parcourir l'île de long en large, d'arrêter ceux qui ne peuvent payer leur taxe, et de protéger l'église et tes maîtres d'une éventuelle rébellion, pour ce qu'ils font subir à tous les tiens !

— Les miens ?

— Oui ! Les habitants de cette terre... sont les tiens !

Son ami fronça les sourcils, et un léger agacement se dessina sur son visage.

— On n'a jamais eu le même point de vue sur nos choix respectifs, cela, je l'admets. Mais prends garde, parfois tu frôles les limites de l'insulte avec ceux qui peuvent te causer bien des ennuis.

-Tu me menaces ?

— Je ne parle pas de moi, et tu le sais que trop bien. Mais fais attention à Norbert, lui, il ne t'aime pas du tout, et si tu n'étais pas si bon pêcheur... !

Percival reconnaissait que son ami était loin d'être son ennemi, même si parfois il en doutait un peu malgré lui. En

posant sa carriole près de la porte des cuisines, il lui lança amicalement.
— Je sais que je te pousse souvent à bout. Alors parfois, je laisse aller ma rancœur même contre ceux qui ne le méritent pas, et crois-moi, tu n'es pas le seul à me le dire !
— Éloïse te l'a dit aussi ! lança-t-il malicieusement.
— C'est encore une enfant, tu es fou ou quoi ! répondit sincèrement Percival.
— Pas pour tout le monde, je te l'assure ! Surtout, garde bien un œil sur elle !
Percival avait compris l'allusion à ce pervers de Norbert et tout en frappant à la porte de bois, il coupa la conversation avec son ami.
— Je te remercie, Geoffray, et je suivrai ton conseil.
Le cavalier hocha la tête aimablement et quitta Percival pour rejoindre ses quartiers.

*************

Au cœur d'une contrée où les collines embrassent le ciel, près d'une carrière ancestrale d'où étaient extraites les pierres des édifices alentours, deux hommes se trouvaient dans une fâcheuse posture. Leur chariot, surchargé de pierres, avait succombé sous le poids, son axe brisé gisant dans la poussière. Joseph et Luc, avec leurs mains calleuses, tentaient de redresser l'axe à l'aide d'un long morceau de bois, le visage marqué par la frustration.

Au loin, une silhouette de taille imposante émergeait, contrastant avec l'environnement par sa stature légèrement enveloppée. Aldebert, reconnu et apprécié de tous comme la figure bienveillante du village, avançait avec un mélange de détermination et d'aisance maladroite. Ses cheveux désordonnés et son sourire chaleureux le précédaient, tandis que la nature malhabile de ses mouvements trahissait la puissance sous-jacente de ses muscles.

C'est alors que Joseph l'aperçut s'approcher.

— Aldebert, Aldebert ! » L'appel de Joseph résonnait, porteur d'espoir. À cette sollicitation, Aldebert accéléra, son souffle se faisant légèrement plus lourd, chaque pas marqué par une volonté palpable. Se rapprochant, son visage s'éclaira d'une expression enjouée, ses yeux brillant d'une intention altruiste.

— Tu as cassé ta charrette, Joseph ? » demanda-t-il, luttant légèrement pour articuler chaque mot avec clarté. La chaleur de sa voix compensait la simplicité de sa question, révélant le défi constant qu'il rencontrait pour s'exprimer. Aldebert incarnait la détermination, ne laissant ni les obstacles de la parole ni ceux de la coordination entraver son élan à contribuer. Son aspiration à soutenir autrui transcendait les barrières physiques et communicatives. Chaque action et parole reflétait sa résolution à dépasser les perceptions extérieures de ses capacités, à montrer qu'au-delà du visible, résidait un individu débordant de volonté et de participation active.

— Oui, Aldebert. Luc et moi, nous ne sommes pas assez forts pour la réparer seuls, » avoua Joseph, le regard baissé.

Luc irrité, ajouta.

— Je lui avais bien dit que c'était trop lourd. Mais tu sais, Aldebert, Joseph a toujours eu les yeux plus gros que le ventre.

Examinant le chariot endommagé, Aldebert hocha la tête.

— L'axe doit être changé.

— Nous avons une pièce de rechange, mais impossible de soulever ce poids pour l'installer, admit Luc, l'embarras perçant dans sa voix.

Sans mot dire, Aldebert saisit le levier des mains de Luc et, avec une force qui semblait défier les lois de la nature, souleva le chariot. Mais le bois craqua sous l'intense pression, rompant l'instant de triomphe.

— Nous devons alléger la charge, conclut Joseph, un voile de découragement dans le regard.

Aldebert, déterminé, s'approcha à nouveau du chariot, et sous le regard ébahi de ses amis, souleva l'ensemble.

— Un rocher en dessous ! ordonna-t-il, sa voix grondant comme le tonnerre. Vite!

Avec empressement, ils calèrent une pierre robuste sous l'essieu, et Aldebert reposa doucement le chariot, leur exploit conjoint scellant un moment de camaraderie inébranlable.

— Aldebert, tu es un véritable titan, s'exclama Luc, son irritation précédente dissoute dans l'admiration.

Joseph ajouta.

— Une force de la nature, c'est ce que tu es. Un sourire timide éclaira le visage d'Aldebert, ses joues prenant une teinte rosée de modestie.

— Allons à présent réparer ce chariot. Reprit Luc.

— Et la prochaine fois, écoute Luc, Joseph. dit Aldebert avec un clin d'œil complice, avant de reprendre son chemin, laissant derrière lui deux amis reconnaissants, leurs cœurs réchauffés par sa générosité.

Aldebert se dirigeait vers la demeure d'Henri et Lucie, le cœur lourd mais les pas décidés. L'air frais de la fin d'après-midi caressait son visage, porteur de souvenirs des jours meilleurs partagés avec le couple. Les rires faciles, les soirées passées à discuter sous les étoiles, tout cela semblait maintenant appartenir à une autre vie.

Arrivant à la petite maison de galet qui avait toujours été un havre de chaleur et d'accueil, Aldebert fut accueilli par un silence inhabituel. La maison, jadis remplie de lumière et de vie, portait maintenant l'ombre d'une tristesse insondable. Lucie, assise sous l'arbre où ils avaient partagé tant de bons moments, semblait une apparition, perdue dans une méditation profonde ou peut-être dans le vide de ses propres pensées.

Aldebert s'approcha doucement, respectant le silence comme un sanctuaire. Son cœur se serra en voyant combien la maladie avait changé Lucie. Les marques de la souffrance dessinaient sur son visage une carte d'un voyage que personne ne voudrait entreprendre. Pourtant, dans son silence, il y avait une dignité, un combat silencieux contre un ennemi invisible.

— Lucie, murmura-t-il avec une douceur infinie, mais sans attendre une réponse, il continua vers la porte pour ne pas perturber sa tranquillité.

Henri l'accueillit avec une mélancolie palpable, son regard oscillant entre son ami et sa femme. Le désarroi d'Henri était un miroir de sa propre impuissance face à la maladie qui dévorait l'esprit et le corps de Lucie. Leur amour, jadis si vibrant et vivant, semblait maintenant suspendu dans un entre-deux, un lieu de souffrance et d'espoir mêlés.

— Comment va-t-elle, vraiment, Henri ? demanda Aldebert, posant la question que son cœur redoutait mais devait connaître.

La réponse fut un soupir, un aveu d'impuissance face à la maladie.

—Elle survit, Aldebert. Certains jours sont meilleurs que d'autres. Mais elle est loin de la Lucie que nous connaissions.

Le silence qui suivit fut un hommage à leur peine partagée. Mais Aldebert, malgré les tourments qui agitaient son âme, cherchait une lueur d'espoir, un moyen de rallumer la flamme de la vie dans les yeux de Lucie.

— Et si nous allions voir le vieux Grégoire ? Un peu d'air frais, du travail manuel, cela nous fera du bien à tous, proposa Aldebert, espérant distraire Henri de sa vigilance constante.

Henri hocha la tête, reconnaissant l'intention bienveillante derrière la proposition.

— Oui, allons-y. Lucie sera bien ici. Elle a sa sonnette, au cas où elle aurait besoin de quelque chose.

Ensemble, ils quittèrent la maison, laissant derrière eux un silence chargé d'émotions non dites.

La route vers la maison de Grégoire leur offrit un moment de répit, un instant volé à la cruelle réalité de leur quotidien. Le travail chez Grégoire fut un baume pour leurs âmes meurtries, leur rappelant que malgré les épreuves, la communauté et l'amitié offraient un soutien indéfectible.

De retour chez Henri, le crépuscule enveloppait déjà le monde dans sa douce étreinte. Aldebert se permit un dernier regard vers Lucie, toujours à sa place sous l'arbre, comme une sentinelle veillant sur les souvenirs d'un bonheur révolu.

— Prends soin d'elle, Henri. Et de toi aussi, souffla Aldebert en partant, laissant derrière lui un ami et une promesse silencieuse de revenir, de ne jamais les abandonner à leur solitude.

La nuit tombait doucement sur le village, enveloppant chaque maison, chaque cœur, dans son voile de mystère et de mélancolie. Mais même dans l'obscurité, il restait un fil d'espoir, ténu mais tenace, un rappel que même les plus longues nuits finissent par céder la place à l'aube.

*****************

Dans l'enceinte du jardin, quatre hommes déambulaient en grande discussion, à l'ombre sous une arcade ouverte qui faisait le tour de l'enclos, lequel était joliment composé. Au fond, un mur de bambous rosés et jaunes trempait ses racines dans une mare créée par la main experte d'un homme. Un peu plus en avant, quelques bosquets d'Opuhi aux grandes feuilles vertes, ornés de corolles rouges en grappes du plus bel effet, venaient titiller un groupe de petits arbustes du nom de tiare, parés de fleurs blanches à grandes pétales qui distillaient une odeur subtile. Puis, ponctuellement, une variété différente d'arbres fruitiers, de la goyave au papayer, créait un chemin à travers ce verger pour rejoindre un grand bosquet de palmiers encore chargés d'ananas.

Le premier homme, visiblement fringant avec sa tunique beige brodée de fil d'or, cachant difficilement un embonpoint certain, semblait être « Louis le Faste », seigneur de ce territoire. À ses côtés, « Norbert le Noir », cousin de sa seigneurie, puis « Jacques le Bon », grand argentier de la cour, avec un gros livre sous le bras, et « Lucien Grevais », l'homme vêtu d'une soutane noire et d'un crucifix taillé dans un corail blanc, n'était autre que le prêtre qui terrorisait tous les paroissiens par ses oratoires et son comportement violent.

Ils se dirigèrent vers une grande table de bois sculptée de motifs religieux, qui se trouvait à l'ombre sous un bosquet de petits palmiers. Louis prit place le premier, puis fut suivi par ses convives qui lui emboîtèrent le pas, soufflant de soulagement. Ils n'étaient assis que depuis peu quand deux dames de service leur apportèrent des boissons fraîches sorties du caveau sous le castel, et elles ne s'attardèrent pas à traîner dans les parages, de peur de les contrarier.

Les hommes burent d'un trait ce jus de papaye qu'ils appréciaient particulièrement par ces journées déjà chaudes. Puis, le seigneur de ces lieux s'adressa à Jacques, son argentier.

— Pourquoi nous avoir réunis aujourd'hui par cette canicule ?

— Monseigneur, il est grand temps de revoir la situation dans laquelle nous nous trouvons tous.

— Oui, je sais, vous nous en aviez déjà parlé il y a peu.

— Oui, mais aucune décision n'a été prise depuis, et les choses se dégradent de mal en pis.

— Vous avez toujours tendance à exagérer un peu notre soi-disant situation, et si je ne m'abuse, nous ne manquons de rien !... À part peut-être quelques chevaux pour nos soldats, s'immisça Norbert sur un ton désinvolte.

« Jacques le Bon » n'aimait pas Norbert, car il avait toujours eu une mauvaise influence auprès de Louis, et souvent, celui-ci avait gain de cause sur le suzerain. Cela était certainement dû au fait que Norbert lui avait si fréquemment mâché le travail, prenant les décisions les plus rudes, pour que tout ce petit groupe d'élus en profite au mieux possible.

— C'est cela le problème, nous, nous ne manquons de rien, mais votre peuple, Sire, lui manque de tout ! coupa Jacques sèchement.

Le regard que porta Norbert sur lui ne le dérangea nullement, pour cet affront de ne pas s'être adressé à lui, et que sans même le regarder, Jacques puisse l'ignorer aussi effrontément devant cette petite assemblée. Jacques était estimé par tous les habitants de ce côté de l'île, et se le mettre à dos ne serait pas pour Norbert une bonne solution pour son avenir, aussi il préféra se taire.

— Et que veut dire cela ? reprit Louis.

— Je me suis montré depuis feu votre père plutôt stérile, ce que je regrette aujourd'hui. Avec vous-même, je l'ai été jusqu'à présent, mais les choses doivent changer, et il en est bien temps, car nous sommes tous au bord du précipice maintenant.

Le ton autoritaire et ferme employé par Jacques avait quelque peu dérangé les convives à cette table, et un silence pesant s'abattit violemment dans ce jardin. L'argentier fixa tour à tour les trois autres hommes d'un regard qui en disait long sur cette certitude, et malgré son âge avancé, aucun d'eux ne manifesta le moindre reproche.

Puis, Louis se reprit, car il lui semblait avoir perdu un peu de sa superbe devant son assemblée après cette tirade totalitaire et sans égard pour son rang.

— Je me suis toujours montré généreux envers vous, et je reconnais vos services et votre loyauté rendus à ma famille. Mais je n'accepterais jamais que vous me donniez de leçon, ni même de menace, soit-elle bien doucereuse, sans que je puisse vous les excuser. Aussi, pour ne pas ternir l'attachement que je porte à votre égard, je vous saurais gré de bien vouloir m'expliquer une bonne fois pour toutes, et avec respect, ce qui m'aurait échappé dans vos propos.

« Louis le Faste » n'était pas un mauvais homme, et Jacques le savait bien, car n'avait-il pas été présent le jour de sa naissance, et vu de ses propres yeux l'isolement dans lequel ses parents l'avaient élevé. Tout lui avait été épargné pour qu'il puisse vivre une vie sans aucun tracas et un avenir des plus radieux. Comment aurait-il pu être au courant des problèmes réels de ses sujets alors qu'il vivait lui-même dans une cage dorée.

— Mon seigneur, si mes paroles vous ont heurté, je m'en excuse, là n'était pas mon propos, mais vos conseillers, par contre, étaient visés...

Norbert et le prêtre furibond se levèrent d'un bond.

— Rien ne vous autorise à nous accuser de quoi que ce soit ! cracha Norbert, suivi de Lucien Grevais qui appuya aussitôt.

— C'est une injure aux lois divines que de colporter de tels propos !

Jacques resta impassible devant ses futurs ennemis, mais Louis sauva cette situation explosive par un rugissement sans appel.

— Silence !

Le monarque, habituellement placide, montra par son ton une fermeté et une autorité sans égales, et tous deux reprirent leurs places en silence.

— Je ne tolérerai pas de tel débordement à ma table, tenez-le-vous pour dit ! Et vous, Messire Jacques, nuancez un peu votre verbe pour éviter ce genre de riposte, sommes-nous d'accord ?

Les trois hommes acquiescèrent de la tête humblement, non sans une pointe d'exacerbation.

— Reprenez là où vous en étiez ! reprit-il en s'adressant à Jacques, courtoisement mais de manière préventive.

Jacques posa sur la table un gros livre usé, paré des armoiries de la famille de « Louis le Faste ».

Cet ouvrage appartient à votre lignée depuis quatre générations, « Paul le Fier », votre arrière-grand-père, qui était un des premiers hommes à avoir posé le pied sur ce rivage. Et ce livre, seules quatre personnes avant moi l'ont eu entre leurs mains. Il contient la liste de tout ce qui a pu être sauvé lors du naufrage, et à sa lecture, j'ai été étonné de voir tout ce qui en avait réchappé, et ceci tenait déjà du miracle. La liste est par conséquent trop longue à lire, mais l'essentiel tient dans les denrées et le bétail transportés.

Jacques marqua un moment de silence, après avoir remarqué une forme de scepticisme se dessiner sur leurs visages, certainement par rapport à la direction que prenait son discours. Alors, il reprit calmement, en essayant d'être le plus concis et clair que possible.

— Les premiers arrivants étaient au nombre de quatre-vingt-deux, et nous sommes cent-quatre-vingt-quinze âmes à ce jour, ce qui veut dire que nous n'avons pas énormément engendré de générations futures.

Il marque une légère pause, son regard scrutant brièvement chacun de ses interlocuteurs.

—Mais au vu de notre situation, cela n'est peut-être pas un mal, car nos ressources sont maintenant insuffisantes pour le nombre d'habitants vivant ici.

Il continue, un soupçon d'amertume teintant sa voix. Il s'arrêta un instant, comme pour laisser le poids de cette réalité s'installer parmi eux.

Le premier argentier stipulait que douze chevaux et quinze vaches et trois mâles avaient été sauvés, trente porcs, vingt-deux moutons, douze chèvres, trente-quatre poules et coqs, et vingt lapins constituaient le cheptel à leur arrivée. Puis, pour les semences, quinze barils de blé, dix de maïs, et huit d'orges. Il égrène les chiffres, chaque animal mentionné accompagné d'un geste de sa main, comme s'il les présentait visuellement à son auditoire.

— Sur les dix premières années, hormis les cultures qui n'ont pas vraiment progressé, certainement dû au terrain peu propice et au manque d'eau non saumâtre, le bétail lui, a vu sa population augmenter par huit, et cela, en constante progression durant tout le mandat de cet homme, certainement très qualifié pour avoir permis cela. Puis, sous son successeur, les choses n'ont que très peu évolué, et finalement sous le mien, le constat est terrible ! Je dois le reconnaître, cet échec est le mien avant tout...

Son ton se fait plus bas, plus intime, comme s'il partageait un échec personnel profond.

— Et nous sommes revenus, pratiquement à notre point de départ, et si nous n'agissons pas efficacement à partir de maintenant, j'ai bien peur que la chrétienté sur cette île ne s'éteigne avec nous !

— Je vous trouve bien pessimiste et dur avec vous-même, Messire Jacques ! reprit Louis, un brin inquiet.

— Non, je suis réaliste !

— Donc, notre survie ne tiendrait qu'à notre cheptel ? L'île ne recèle-t-elle pas ses propres ressources ? Et nous ne mourrons pas de faim, ni de soif, à ce que je sache ! s'immisça Norbert d'un ton un rien narquois.

— Au rythme où vont les choses, d'ici peu, il n'y aura plus de lait pour les enfants, plus de fromage, de cuir, d'œuf, de viande animale et j'en passe ! Et c'est sans compter sur l'humeur de notre peuple face à toutes ces privations, qui viennent directement sur notre grande table de festin, et cela, ils ne le toléreront plus très longtemps !

Le ton sec employé par Jacques apporta une réponse aussi sèche de la part de Norbert.

— Eh bien, qu'ils viennent, la garnison les recevra bien !

Louis comprit que la discussion allait s'envenimer. Aussi, il se leva calmement et tendit les mains en un signe de silence.

— Les esprits s'échauffent, alors je pense que ce sera tout pour aujourd'hui !

L'intonation solennelle du suzerain fut saisie de tous, et ils se levèrent sans un mot pour prendre congé, quand Louis s'adressa à Jacques.

— Restez avec moi et dites-m'en plus sur ce que j'ignorais jusqu'à ce jour !

Norbert resta figé un instant, le visage écarlate, persuadé que cette conversation privée ne pouvait que le desservir, mais sous le regard insistant de son cousin, il sortit malgré tout, accompagné du prêtre qui ne s'était que peu exprimé, car il savait que son tour viendrait au moment voulu.

# Chapitre 4

Erik et Arne descendaient des falaises escarpées, leurs montures, bien que marquées par l'effort, avançaient avec assurance sur le terrain exigeant. Ces chevaux robustes, dotés de caractéristiques adaptées aux défis du nord, étaient équipés de selles simples, composées d'une épaisse couverture et d'une assise en cuir, le tout maintenu par une sangle sous le ventre et agrémenté d'étriers rudimentaires, mais joliment ornés.

L'apparence de sa monture préoccupait peu Erik, confronté à la pression du temps. La décision du jarl ayant rapidement circulé à travers l'île, il se hâtait de rassembler tous ceux en mesurent d'orchestrer un banquet d'adieu. Ce soir, l'intention était de ne négliger personne. deux cent vingt Normands se joindraient à eux, prêts à rendre un dernier hommage à leur chef dans une atmosphère mêlant fierté et nostalgie.

Au cœur des préparatifs, Dietmar, l'intendant, coordonnait l'agencement des grandes tables dans la cour du Skali. Avec l'aide précieuse des cuisiniers, l'installation avançait rapidement, l'air embaumé par les effluves alléchants des plats en cours de cuisson. Pour cette occasion, Dietmar ne lésinait sur rien, profitant d'une abondance rare dans les greniers. Fier de surpasser le travail de ses prédécesseurs, il était conscient que sans la détermination et l'engagement de la communauté, son rôle n'aurait pas le même impact. L'esprit de solidarité qui animait l'île, malgré leur isolement forcé, contribuait à une ambiance paisible et solidaire.

Après avoir soigné leurs chevaux, Erik et Arne se dirigèrent vers l'effervescence du groupe où Frigge, leur mère, les attendait avec Gislinde, leur sœur. L'absence de leur père parmi les convives incita Erik à s'enquérir de sa situation.

— Père n'est pas ici ?

— Il est sur la plage, avec Olaf, répondit doucement Frigge.

La tranquillité de Frigge masquait mal son inquiétude, perceptible dans le moindre de ses regards. Erik, sentant son trouble, chercha à en savoir plus.

— Quelque chose vous préoccupe, mère.

Contemplant Erik, Frigge voyait en lui la force et la détermination de son père, mêlées à une sensibilité propre qui le rendait unique. Avec un sourire teinté d'émotion, elle effleura sa joue.

— Ce soir, je perds un compagnon de vie et un guide. Sa disparition me pèse, mais je me console à l'idée qu'il s'en aille selon ses vœux. Il va nous manquer à tous, profondément.

Elle se détourna ensuite, plongeant dans l'agitation des préparatifs, une manière pour elle de canaliser sa peine. Erik, la regardant s'éloigner, mesurait toute la dignité et la force de sa mère, pilier inébranlable de leur famille.

Rejoignant Arne et Gislinde, déjà immergés dans une discussion animée, Erik ne put qu'admirer la ressemblance frappante de Gislinde avec leur mère. Le projet d'union entre Gislinde et Arne, rêvé de longue date, semblait plus proche que jamais.

— Les préparatifs avancent-ils bien ?

— Grâce à vous, tout s'organise à merveille. Les tâches sont distribuées, et la soirée promet d'être inoubliable, confirma Arne.

— Et pour le festin ?

— Ne t'en fais pas, Erik. Les fruits de mer, les légumes, les cochons de lait, les agneaux... la liste est longue.

Erik sourit, impressionné par la variété des mets. Sur cette île, rassembler une telle diversité de victuailles relevait de l'exploit, témoignant de l'ingéniosité et de la détermination de leur communauté à faire de ce banquet un moment mémorable. Rassuré mais toujours anxieux, Erik aspirait à ce que cette soirée soit parfaite, à la hauteur de l'hommage qu'ils s'apprêtaient à rendre. Leur peuple, uni dans l'adversité, se préparait à célébrer la vie et l'héritage de leur chef avec toute la grandeur qu'ils méritaient.

*******************

Le soleil amorçait sa descente dans le firmament, et sur les eaux calmes de l'océan, son reflet fusionnait avec ses rayons pour ne former qu'un immense grand huit à la crinière de feu. Siegfried ne pouvait détourner son regard de cet astre souverain, et semblait porter le même feu ardent dans les yeux. Olaf, qui se tenait à ses côtés, fut troublé par ce reflet éclatant qui lui donnait l'apparence d'en être presque un lui-même.

Olaf fit quelques pas en arrière pour respecter cette contemplation mystique, face à ce qui l'attendait dans le royaume du Walhalla. La silhouette de Siegfried, auréolée de centaines de flèches d'or dans cette lumière intense, semblait prendre vie et fusait de tout son être, confirmant ce qu'Olaf pensait à cet instant. Comment n'aurait-il pas été touché par la grâce, alors qu'Olaf l'avait vu aux portes de la mort si souvent ces dernières semaines, et qu'il se trouvait à cet instant, aussi vivant. Ce combat qu'il avait accepté par sincère ardeur pour celui qu'il considérait comme un frère, allait certainement représenter pour Olaf la plus grande et seule bataille d'émotion de sa vie.

Siegfried se retourna, les yeux encore pleins d'étoiles, et déclara d'une voix presque surnaturelle.
— Je suis prêt maintenant !
Olaf se ressaisit et posa affectueusement sa main sur son épaule.
— Avant de retourner au village, sache, mon frère, que tu emporteras un peu de moi au Walhalla, mais c'est avec joie que ce soit le cas... par moi !
Siegfried enlaça vigoureusement Olaf dans ses bras et le serra fortement.
— Merci pour toutes ces années passées à mes côtés, mon frère ! Mais avant de rentrer, je voudrais une dernière fois monter à la cime de la couronne, pour m'adresser à Odin !
Sans un mot, Olaf acquiesça d'un hochement de tête, et tous deux enfourchèrent leur monture pour gravir les quelques centaines de coudées qui les séparaient de ce lieu où Siegfried aimait à se rendre.
Durant leur chevauchée, Siegfried put admirer pour l'ultime fois la magnificence de ce territoire, si petit soit-il. Ils traversèrent les plantations de bananiers plantains, de citronniers verts, de goyaviers, de manguiers, et de papayers, avant de franchir la limite des parties cultivées d'orges, de blé, de patates douces, de manioc. Puis, en arrivant près du sommet, le petit marécage parsemé de bouquets de roseaux multicolores, de tiaré, d'Opuhi, et de diverses autres plantes, plus belles les unes que les autres. Mais ce qui ravit le plus Siegfried, ce fut ce grand réservoir peu saumâtre qu'ils avaient tous creusé pour en faire une retenue d'eau pour cet élément précieux, propre à leur agriculture. Ce petit filet sortant de dessous de gros rochers remplissait lentement cette construction, qui, une fois pleine, était relâchée dans des dizaines de petits canaux irriguant les plantations, avec

discernement pour ne pas la vider trop rapidement. Tout cet ouvrage était entretenu régulièrement pour son bon fonctionnement, et ce système, imaginé par Dietmar, rendit les récoltes beaucoup plus abondantes. Siegfried lui en était grandement reconnaissant.

Arrivés à destination et avant que la nuit ne tombe, le Jarl profita des dernières lueurs de lumière pour se pencher du haut de cette crête et admirer l'immensité de cet océan, devenu en fin de journée presque noir. Les alizés s'étaient rafraîchis, annonçant les pluies tant attendues par tous. La saison hivernale approchait, et avec elle, la migration des grands mammifères marins que tous les pêcheurs de l'île attendaient avec impatience. Cependant, ce soir-là, Siegfried laissa de côté ces pensées, car il n'en avait plus le temps.

Il s'approcha de l'œil d'Odin et baissa la tête en signe de respect, Olaf en fit de même. Ce totem, fait d'acier et représentant une épée de la hauteur de deux hommes, avait dans sa garde une protubérance arrondie de couleur grise formant un globe, autour duquel des paupières avaient été dessinées. Il y en avait une cinquantaine répartie dans l'atoll, dont quelques-uns se trouvaient dans les plus grosses demeures, comme le Skali. Ces sculptures, probablement réalisées par les premiers colons, suscitaient toujours des interrogations chez les Normands. Mais ce qui semblait sûr, c'est qu'elles inspiraient une certaine ferveur, étant encore régulièrement entretenues.

Siegfried releva la tête et leva les bras, les paumes face au ciel, et clama d'une voix puissante.

— Préviens les walkyries, Odin, et prépare la grande table du Walhalla, car cette nuit, je serai parmi vous !

Cette proclamation se répandit comme un roulement de tonnerre, et portée par la brise, un écho retentit jusqu'à la grande place où tous l'attendaient. Un silence pesant s'abattit sur l'assemblée, et chacun comprit que l'heure était venue. Tous levèrent les yeux au ciel et, la nuit tombée, découvrirent une constellation chargée d'étoiles comme rarement ils l'avaient vue. Les regards des Dieux plongeaient sur cette cour, et tous en ressentaient profondément la présence.

Les feux brûlaient de toutes parts et la grande place devant le Skali n'avait jamais été aussi illuminée. L'effervescence reprenait son cours juste au moment où le Jarl et Olaf faisaient leur retour de l'expédition. Erik, accompagné de sa mère, se hâta de les rejoindre, une expression d'appréhension subtilement voilée illuminant son visage.

— Tout est en ordre, père ! s'exclama Erik avec un enthousiasme non dissimulé.

— Oui, mon fils. Tout est prêt pour la cérémonie ? interrogea le Jarl, son ton empreint d'une douce autorité.

— Nous n'attendions plus que toi ! La réplique d'Erik, pleine d'impatience.

— Parfait ! Alors, que les festivités débutent sans plus tarder !

Avec une tendresse manifeste, Siegfried enlaça son épouse. Ensemble, ils avancèrent vers l'assemblée qui les accueillait avec des acclamations et un tapage joyeux sur les tables. Ces dernières débordaient de mets variés, de bières, de liqueurs, et d'une abondance de fruits. Ce soir, la générosité était de mise, sans aucune retenue. Frigge prit place à sa table, tandis que Siegfried, avec une bienveillance rayonnante, saluait chaque convive. Son fils observait, le cœur gonflé de fierté, l'amour mutuel et indéfectible liant le Jarl à son peuple. Un amour destiné à traverser les âges.

Trois heures durant, les festivités se poursuivirent avec une intensité croissante. Les tables, peu à peu, se vidèrent de leurs richesses culinaires et de leurs boissons variées. Les chants traditionnels du peuple normand, héritage d'un lointain passé, résonnèrent avec force et passion. Tous, sans exception, portèrent un toast à Siegfried, l'homme du jour.

Les danses, oubliées puis ressuscitées pour l'occasion, animèrent la soirée, créant une atmosphère d'unité et de joie collective.

Siegfried, dont les yeux brillaient d'une joie profonde, adressa un regard empli de gratitude à ceux qui avaient rendu ce moment possible, pour cette journée exceptionnelle, il leur était infiniment reconnaissant d'avoir retrouvé une santé miraculeuse. Cependant, le moment le plus poignant était encore à venir. Un simple échange de regards avec Olaf suffit pour que ce dernier saisisse l'intention profonde de son ami. Dans un silence respectueux, il se leva et s'inclina avec une solennité touchante, captant immédiatement l'attention de l'assemblée qui comprenait l'importance du geste.

Avec une majesté naturelle, Siegfried s'avança au centre de l'espace, sous le regard attentif de tous. Il invita sa famille à se joindre à lui. Frigge, Gislinde, et Erik s'approchèrent, empreints de la même dignité. Siegfried prit la main de Frigge, plongeant son regard dans le sien, et lui confia, d'une voix chargée d'émotion.

— Aucune autre femme n'aurait pu combler ma vie comme tu l'as fait. Nos enfants sont le témoignage de notre amour et ta force a été mon ancre. Même si ce soir marque la fin de notre contact physique, sache que mes yeux continueront de te voir, jusqu'à ce que nous nous retrouvions parmi nos ancêtres.

Un frisson parcourut l'assemblée, témoignant de la force du lien unissant Siegfried à sa famille. Frigge, bien que secouée par l'émotion, répondit avec une voix tremblante.

— Mon cher époux, aucun homme n'aurait pu me rendre aussi comblée. Ta grandeur, ta noblesse et l'amour que tu portes à notre peuple sont la source de mon admiration. Ton choix de fin est respecté, mais ton absence me sera insupportable jusqu'à nos retrouvailles au Walhalla. Ce soir, ton départ se fait avec la dignité de celui qui a toujours vécu en homme d'honneur.

Les adieux se firent dans une atmosphère chargée d'émotion, chacun exprimant son amour et sa reconnaissance à Siegfried, qui, avec une sérénité empreinte de noblesse, faisait face à son destin.

L'armure du Jarl, composée d'une chemise de mailles, d'une cuirasse lamellaire en cuir, d'un casque avec protection nasale, et d'un bouclier, fut apportée. Deux femmes proches, vivant dans le « Skali », revêtirent leur seigneur avec soin, tandis qu'Augur et Ahrgna vinrent présenter leur offrande scintillante.

Olaf, s'étant éclipsé un peu plus tôt, arriva également équiper et se positionna face à son ami. La stature ainsi armée du noble bras droit impressionna fortement l'assemblée. Tout ce cérémonial se déroula dans une communion silencieuse parfaite, et Siegfried, maintenant prêt, rompit ce silence par une clameur retentissante.

— Que cette nuit soit propice à une belle bataille !

Une tension fébrile s'abattit sur la place. Ils allaient assister pour la première fois à un combat à mort, pratique courante dans leur contrée d'origine. Mais ici, sur ce territoire, l'événement bouleverserait de nombreux habitants dans les jours à venir.

— Frères et sœurs vikings ! J'ai apprécié chaque jour passer à vos côtés, nobles pêcheurs, agriculteurs, sculpteurs, charpentiers, et vous, femmes, sans qui nous n'existerions même plus. Transmettez à vos enfants notre héritage, racontez-leur nos racines, nos voyages, nos batailles, nos rois qui, bien avant nous sur le grand continent, ont laissé leurs empreintes aux quatre coins du monde. Peut-être un jour verrez-vous surgir une armada de vaisseaux normands. Ainsi, vous pourriez quitter ce coin de sable pour découvrir ce qui nous a tous manqué… la grande aventure. Ce soir, je serais honoré de ne pas voir vos mines tristes, mais de ressentir votre enthousiasme pour la joie que j'éprouve à l'idée de rejoindre, après ce que j'espère être, un glorieux combat. Et Olaf, en grand ami, me donnera cette occasion d'aller m'asseoir à la table d'Odin, et de tous les nôtres déjà installés. Alors, que la bataille commence !

Après avoir mis son casque et saisi son bouclier, Siegfried pointa son épée en direction d'Olaf, qui en fit de même. Puis, d'un signe de tête empli de gratitude, le Jarl chargea sur son ami et abattit sa lame sur le bouclier d'Olaf. Siegfried enchaîna une série d'attaques simples, puis fit volte-face et contre-attaqua, mais Olaf resta en défense, adoptant une garde longue. Le duel se prolongea ainsi.

Alors que l'acier s'entrechoque contre le bouclier dans un vacarme résonnant à travers la place, Erik se tient droit, poings serrés, une stature de résilience face à l'inéluctable. Chaque mouvement de Siegfried sur le champ de bataille suscite chez lui un mélange complexe d'admiration et d'une terreur voilée. Son regard, brûlant d'une fierté intense, trahit la tempête d'émotions qui l'agite. À chaque assaut lancé par son père, son cœur bat à tout rompre, partagé entre la volonté de voir Siegfried briller une dernière fois et l'angoisse de l'approche du dénouement qu'ils ont tous accepté.

Frigge, dans sa retraite solitaire, entrelace ses doigts dans un geste qui évoque une prière vers les divinités ancestrales. Sa stature, empreinte d'une force tranquille et d'une dignité inébranlable, contraste avec la tempête d'anxiété visible dans le fond de ses yeux. Elle observe chaque mouvement, chaque confrontation, retenant son souffle sur le destin de ce combat. Par instants, elle murmure le nom de Siegfried, ses paroles se perdant dans l'air nocturne, portant des vœux muets non pour sa victoire, mais pour qu'il trouve la paix dans cet ultime affrontement.

Changeant de tactique, Siegfried varia le rythme, cherchant à déjouer la stratégie d'Olaf, mais ce dernier s'adapta aussitôt et reprit ses distances, toujours en défense. Les échanges se firent plus violents, et les premiers souffles d'effort se firent entendre.

La foule, retenant son souffle, fut saisie par le spectacle d'un véritable combat qui surpassait tous leurs entraînements. La technique des deux combattants ne laissait aucun doute sur leur supériorité, fruit d'un apprentissage rigoureux.

Les ombres des deux hommes dansaient au rythme des mouvements des flammes et du fracas des lames.

Siegfried, sentant la fatigue le gagner et comprenant la stratégie défensive d'Olaf, le saisit pour lui murmurer en corps à corps.

— Tu ne me rends pas justice, Olaf. C'est avec un véritable combat que je pourrais gagner ma place auprès des dieux. Mon ami, ne me déshonore pas en restant sur ta position, frappe !

Olaf, voyant dans les yeux ardents de son « frère » cette supplication désespérée, repoussa Siegfried avec le cœur noué et porta un coup violent de haut en bas, décidé à respecter la promesse faite ce matin même.

Le Jarl para sans peine l'assaut agressif avec le plat de sa lame et, de son bouclier, repoussa Olaf tout en effectuant un quart de tour pour le frapper à la cuisse. Mais cette technique simple fut aisément bloquée par son adversaire, qui adopta une posture plus offensive en cherchant le coup direct. L'intensité du combat s'accrut, pour le plaisir de Siegfried, qui obtenait enfin la bataille tant désirée.

La foule, un tissu sombre ourlé par la lueur vacillante des torches, assiste à la scène avec une tension palpable. Des murmures traversent l'assemblée, des exclamations étouffées s'élèvent et s'estompent, telles des vagues se brisant contre le rivage. Ils sont les témoins d'un moment qui transcende l'histoire, la fin possible d'une ère, et le poids de cet instant pèse sur chaque esprit. Des regards échangés en silence véhiculent un mélange de respect, de peur et d'admiration pour le guerrier qui affronte son ultime bataille.

Les techniques parfaites déployées par les deux adversaires, alliant fluidité, grâce, technicité et violence, transformaient leur humanité aux yeux de la foule en deux entités presque mythiques. Sous son casque, Olaf peinait face à l'ardeur infatigable de Siegfried, reconnaissant chez son aîné une maîtrise et une puissance d'attaque dignes d'un grand guerrier. Il envisagea ce que Siegfried aurait pu devenir dans d'autres circonstances, mais l'heure était venue pour ce vaillant combattant, et les dieux le lui firent ressentir, par un serrement de poitrine. Dans un dernier élan puissant, Siegfried brisa l'épée d'Olaf, l'obligeant à reculer. Mais ses yeux prirent soudain une lueur translucide, et avant de tomber, Olaf apercevant cela, d'un geste rapide, enfonça ce qui restait de sa lame sous la cuirasse de Siegfried jusqu'à la garde. La douleur fulgurante ramena Siegfried à la réalité pour un bref instant avant qu'il ne tombe à genoux, suivi de près par Olaf qui le regardait avec un mélange d'adoration et de douleur.

— Tu as eu ton combat, et j'ai fait de mon mieux, sois en sûr.
— Merci d'avoir été un si fidèle compagnon, murmura affectueusement Siegfried.

Une communion profonde s'établit entre eux pour quelques secondes, jusqu'à ce que le Jarl s'effondre, laissant Olaf et son peuple dévastés par la perte d'un grand parmi les grands

# Chapitre 5

Lucie, contre l'avis d'Henri, s'était levée. Elle erra dans la maison, sanctuaire de souvenirs autrefois vivaces, désormais ternes. Ce matin, ces réminiscences ne suscitèrent aucun frisson, aucun écho dans son cœur asséché. Vide, son esprit errait, fantôme dans son propre foyer.

Une quinte de toux la secoua, violente, révélant des stigmates cramoisis sur ses paumes. Étrangement, cette vision ne l'ébranla point. Devant le miroir de la cuisine, son regard croisa son reflet émacié. Une ombre de sentiment traversa son visage, fugace, avant de s'évanouir dans l'indifférence qui enveloppait son être. Elle avança vers la porte, l'entrebâilla, comme pour inviter le monde extérieur dans son univers cloîtré. Chancelante, elle prit la direction du bosquet, chaque pas un défi à la gravité. Ses jambes, fléchissant sous le poids de son corps, semblaient vouloir la trahir, mais elle n'y prêta guère attention, poussée par une volonté obscure.

Au bosquet, s'appuyant contre le filao, elle reprit son souffle, un geste mécanique plus que nécessaire. Lucie semblait plus spectre que vivante, silhouette flottante au gré des caprices du vent. Le hasard fit que ses doigts effleurèrent la corde d'une balançoire improvisée par Henri. Ce simple contact fut l'étincelle dans la nuit de son âme. Une vague de souvenirs l'envahit, forçant un souffle profond à travers ses lèvres. Les brumes qui voilaient sa vue et sa conscience commencèrent à se dissiper, révélant un kaléidoscope de souvenirs. Elle resta un instant suspendu, déchiffrant le tumulte de son esprit.

La réalité de sa condition la frappa de plein fouet, mais aussi la fugacité de l'éclaircie dans son esprit embrumé.

Consciente de l'inexorable déclin, elle trouva dans ce moment de lucidité la force de grimper sur la branche basse, nouant la corde autour de son cou. Une pensée pour Henri, pilier face à l'adversité, traversa son esprit. Elle espérait que son dernier acte lui transmettrait sa gratitude éternelle.

Aucun son ne s'échappa, aucun geste de regret. Seule la nature reprenait ses droits, indifférente à l'acte solitaire de Lucie. Une existence s'éteignait, tandis que le monde continuait, imperturbable, à tisser le fil de la vie et de la mort, éternels compagnons.

Lucie, désormais libérée, n'était plus qu'une étoile filante dans l'immensité du cosmos, une étincelle éphémère dans le cycle sans fin de l'existence.

*****************

Gérald, le tailleur de la cour, glissa dix deniers dans la paume d'Henri, récompensant son travail dans l'atelier. Satisfait des étagères nouvellement ancrées au mur, il ne lésina pas sur le paiement. Sur l'île, l'argent se faisait rare, et le peu en circulation changeait de mains principalement par échange de services. Ainsi, les riches travaillaient moins, au grand dam des moins fortunés. Ces deniers, donc, peignirent un sourire sur les lèvres d'Henri, une aubaine pour lui, et surtout, pour elle.

Après s'être procuré de la viande pour Lucie, en manque de vitalité, Henri se dirigea vers la boulangerie d'Éluard, père d'Aldebert. Dans le prolongement de la demeure principale, l'annexe de la boulangerie se dressait fièrement, témoignant du métier ancestral d'Eluard. Ses murs de pierre épais offraient une fraîcheur bienvenue durant les étés ardents. De robustes poutres en chêne soutenaient le plafond, tandis que le sol en terre battue racontait les allées et venues incessantes des générations de meuniers et de boulangers. À l'arrière, un four à pain monumental, édifié en roc et en argile, occupait le cœur de l'espace, son souffle chaud animant la pièce d'une vie propre. Des sacs de farine étaient empilés avec soin contre les murs, à côté de paniers d'osier remplis de pains de formes diverses, prêts pour la vente du matin. La porte grinça sur ses gonds alors qu'il entrait, saluant l'artisan occupé près du four.

— Bonjour, Éluard !
— Et à toi, Henri ! répondit-il en glissant une miche au cœur de la fournaise avant de se retourner, un pain croustillant à la main. Pour vous deux.
— Merci, mais voilà de quoi payer. Henri posa un denier sur le comptoir, sous le regard embarrassé d'Éluard.
— Ce n'est rien Henri. Avec tout ce que Lucie endure, je sais que chaque moment compte pour toi.
— Elle ne me demande rien, Éluard. Le vrai problème, c'est le temps qui manque pour tout. Mais, ta générosité me touche.
— Ce n'est qu'un juste retour, après tout ce que vous avez fait pour mon Aldebert. Peu auraient été aussi prévenants, vu son état.
— Aldebert n'a rien d'un infirme, juste un rythme différent.

L'échange fut bref, Henri insistant pour ne pas récupérer sa monnaie, promettant de revenir.

Sur le chemin du retour, Henri s'arrêta au cimetière, lieu de repos de leur fils perdu. La douleur de cette perte, similaire à celle rongeant Lucie, les avait profondément marqués. Henri, malgré le chagrin, veillait sur la tombe brièvement, évitant de sombrer dans le désespoir.

— Henri, Henri ! Aldebert, essoufflé, venait de le rejoindre.
— Je t'ai vu chez mon père, tu veux que je prenne tes affaires ?

— Non Aldebert.
— Je peux venir avec toi voir Lucie ?
— Oui Aldebert. Vient, mais en silence, la journée fut longue.

Leur marche vers la maison se fit en compagnie, Aldebert cueillant des fleurs pour Lucie, un petit geste qui adoucit le cœur d'Henri.

Devant une porte ouverte, signe inhabituel, Henri déposa ses achats, l'inquiétude naissante. Lucie était absente. Après un appel resté sans réponse, il parcourut le jardin, suivi d'un Aldebert également anxieux.

— Où peut-elle être ? s'inquiéta Aldebert.
— Cherche en haut, je m'occupe du reste, ordonna Henri, avant de se figer, terrassé par une douleur fulgurante à la vue d'une scène indescriptible.

Dans un effort surhumain, il se précipita vers Lucie, criant après Aldebert pour qu'il coupe la corde. Le temps suspendu, Henri espéra contre tout espoir un miracle qui ne vint pas. Quand Aldebert revint, couteau en main, il était trop tard. La bonté de Lucie ne fut pas récompensée, laissant Henri figé dans le chagrin et la colère, tandis qu'Aldebert, perdu, tentait de comprendre, frappé par la réalité brutale, et face à la scène déchirante, il fut saisi d'une stupeur glaciale. Henri, la voix brisée par le désespoir, le pressa de nouveau.

— Aldebert, vite !

Avec une promptitude mêlée d'hésitation, Aldebert s'exécuta, les mains tremblantes, libérant Lucie de son funeste lien. Henri la recueillit dans ses bras, une lueur d'espoir vacillante dans son regard. Toutefois, le froid de l'absence confirmait le cruel verdict, Lucie avait quitté ce monde, emportant avec elle une part de son âme.

Le silence retomba sur le lieu, seulement troublé par le souffle irrégulier d'Henri et les sanglots contenus d'Aldebert. Les fleurs, témoins silencieux de ce drame, jonchaient le sol, contrastant avec la gravité du moment.

— Aldebert, murmura Henri, la voix éraillée, va chercher du secours. Dis-leur... Dis-leur ce qui s'est passé.

Aldebert, les yeux embués de larmes, acquiesça avant de s'éloigner à contrecœur, laissant Henri seul avec son chagrin. Dans ce silence pesant, Henri se pencha vers Lucie, lui murmurant des mots d'amour et de regret, des promesses d'un ailleurs où la souffrance n'existerait plus.

****************

Eloïse, le souffle court et le front perlé de sueur, se précipitait vers la plage. Elle était convaincue de trouver Percival là, malgré l'heure tardive. Les larmes brouillaient sa vue, tandis que la douleur marquait son visage d'une empreinte indélébile. Parvenue au bord de l'eau, elle balaya du regard le rivage désert, son cœur battant la chamade. Elle était sur le point de rebrousser chemin vers la cabane de son ami, lorsqu'elle aperçut une silhouette émerger des flots. D'une voix éraillée par l'urgence, elle appela Percival.

À une distance où les bruits se perdent, Percival crut percevoir un appel. L'agitation d'Eloïse, visible même de loin, tranchait avec son calme habituel. Il s'empressa de regagner la terre, pagayant avec une énergie désespérée. Avant même d'avoir pu échouer son embarcation, Eloïse se jetait dans ses bras, submergée par un torrent de larmes. Inquiet, Percival s'enquit de la cause de tant de désarroi.

— Que se passe-t-il, Eloïse ?

Tentant de maîtriser ses sanglots, elle parvint à articuler entre deux hoquets.

— Lucie... Lucie s'est donnée la mort, pendue au coteau sud...

Le choc fut brutal pour Percival, qui serra Eloïse contre lui. Il savait combien Lucie comptait pour elle. Car après le décès de sa mère, alors qu'Eloïse n'était encore qu'une enfant, Lucie l'avait prise sous son aile, devenant bien plus qu'une figure maternelle.

— Son mari, Henri, est-il au courant ?

Eloïse, reprenant peu à peu ses esprits, hoqueta.

— C'est Aldebert qui nous a prévenus. Mon père est parti avec lui.

Percival acquiesça, le cœur lourd. Il connaissait l'affection qui liait Henri à Lucie, une union façonnée par l'amour et la complicité. Sans un mot de plus, il prit Eloïse par la main, déterminé à les rejoindre au plus vite.

Le silence qui enveloppait leur marche était chargé de souvenirs. Percival repensait à leur enfance, à ces journées insouciantes passées avec Henri et Geoffray, à l'époque où les étés semblaient éternels et les amitiés indestructibles. Les leçons de vie, souvent difficiles, leur avaient appris à chérir chaque instant passé ensemble, conscient que le temps transforme inévitablement les liens, mais ne les efface jamais.

Quand ils arrivèrent sur le lieu du drame, Lucie reposait à terre, les bras croisés, le visage exsangue. Sa tunique beige avait été soigneusement replacée. Henri, assis sur un rocher, le front dans ses mains, sanglotait. Aldebert, quant à lui, semblait désemparé, tournant en rond, l'air hagard, face à cette tragédie qui le dépassait.

Jean, le père d'Eloïse, était accroupi, remettant en ordre les cheveux châtains et ondulés de Lucie. Lui, qui avait été confronté à de nombreuses pertes durant sa carrière, semblait profondément affecté. Son expérience l'avait endurci, le rendant souvent parcimonieux en gestes ou en paroles affectueux, mais la gratitude qu'il éprouvait pour ce que Lucie avait fait pour sa famille restait intacte.

Eloïse s'approcha de son père et posa silencieusement sa main sur son épaule en signe de soutien. Puis, elle s'agenouilla, caressa la joue de celle qui avait été une mère et une grande sœur pour elle, et l'embrassa tendrement, la gorge nouée par le chagrin.

Percival, conscient de la souffrance de son ami, hésita un moment avant de s'approcher d'Henri. Il se souvenait de Lucie, qui avait partagé les mêmes bancs d'école qu'eux, de son caractère enjoué, et surtout, de la beauté qui l'illuminait. Tous les adolescents de leur époque, y compris Percival, avaient été charmés par elle à un moment ou un autre. Mais il n'avait jamais envié Henri quand Lucie avait choisi ce dernier, convaincu qu'il la méritait plus que quiconque. Les qualités de leader d'Henri, toujours à faire les bons choix et à les faire respecter, avaient naturellement attiré Lucie vers lui.

En passant devant Aldebert, Percival lui fit un signe de tête, mais ce dernier ne répondit pas, perdu dans son désarroi. Lucie avait toujours soutenu le robuste Aldebert, l'aidant chaque fois qu'il en avait besoin, et Percival pouvait imaginer l'incertitude qui pesait désormais sur son avenir.

À l'approche de Percival, Henri releva le visage, l'air hébété.

— Je suis désolé, murmura sincèrement Percival.

Il fallut un moment à Henri pour répondre, cherchant à retrouver une lucidité éphémère.

— Tu as sorti la tête de l'eau ? répliqua Henri, l'intonation teintée d'amertume.

Percival resta silencieux, reconnaissant la justesse de l'observation, leurs rencontres s'étant raréfiées ces derniers mois.

— Oui, tu as raison, et je le regrette, admit-il.

Henri fixa Percival, puis, baissant les yeux, reprit d'un ton plus modéré.

— Excuse-moi, je sais combien tu tiens à l'océan. C'est ton refuge, et ça te permet d'oublier un peu notre misère commune.

Sa voix se durcit vers la fin, une note d'agressivité perceptible que Percival ne pouvait ignorer, mais que pouvait-il ajouter que tout le monde ne sache déjà.

— Hormis la pêche, pourquoi ne venais-tu plus nous voir ?

— Pour être honnête, voir Lucie changer jour après jour me déchirait le cœur.

Henri acquiesça, comprenant.

— Oui, Lucie n'était plus la même après la mort de notre fils, et avec sa maladie, la voir ainsi, dépérir jour après jour, était insupportable pour moi aussi.

Après un moment de silence, Percival reprit.

— Que vas-tu faire pour Lucie ?

Henri leva les yeux, encore ému.

— L'enterrer à côté de notre fils.

Jean se redressa et s'approcha des deux amis, affichant une expression empreinte de prudence.

— J'ai entendu ta demande, mon garçon, mais la tâche s'annonce compliquée. Je parle bien sûr du point de vue de notre clergé.

— Pourquoi donc ? demanda Percival, surpris, sous le regard interrogateur d'Henri.

— Comme vous le savez, notre prêtre est connu pour son arrogance et sa combativité. Accepter d'enterrer Lucie dans notre cimetière, elle qui a choisi de mettre fin à ses jours, ne sera pas simple.

Les mots de Jean frappèrent Henri comme un coup de massue. Soudainement animé d'une énergie impulsive, il surprit l'assemblée. Il ramassa un caillou et la lança avec force vers l'œil peint sur la croix, criant.

— Ta présence est partout sur cette île, et pourtant, tu n'as rien fait... Es-tu seulement là ?

La violence de son acte et de ses paroles stupéfia les témoins. Les croix en acier, ornées d'un œil au centre d'un globe gris, étaient sacrées. Si quelqu'un d'autre avait assisté à la scène, l'île entière aurait été alertée en un instant. Henri se baissa pour ramasser une autre pierre, mais avant qu'il ne puisse la lancer, Aldebert le retint par le bras.

— Ne fais pas ça, Henri. Ce n'est pas juste. Que dirait Dieu à Lucie si elle te voyait agir ainsi ?

Aldebert était bouleversé. Il partageait la souffrance de son ami mais considérait son geste comme impardonnable. Il tentait désespérément de lui faire comprendre que cette action pourrait compromettre l'entrée de Lucie au paradis.

— Elle nous a quittés, Henri. Elle ne voudrait pas te voir commettre de telles fautes.

La pression exercée par Aldebert sur son bras ramena Henri à la raison. Le désarroi dans les yeux de son ami suffit à apaiser sa colère.

Éloïse s'approcha et prit sa main dans la sienne. Ce geste tendre, de la part de celle que sa femme chérissait tant, le calma immédiatement. Henri observa chacun des présents avec gratitude, puis, le regard posé sur le corps de Lucie, murmura.

— Je refuse qu'elle soit enterrée dans une fosse commune.

Percival, conscient de la tension que cette demande pouvait générer et des possibles répercussions avec l'église, pris la parole.

— Ne pourrait-on pas omettre de mentionner son suicide ? Dire simplement qu'elle est décédée de sa maladie ?

Tous se tournèrent vers Percival, qui craignait d'avoir été maladroit. Jean répondit d'un ton instinctif.

— Ce serait aller à l'encontre des lois divines !

Henri le fixa intensément, et répondit avec calme mais fermeté.

— Quelles lois divines ? Celles imposées par ceux qui nous dominent ? Dieu nous a oubliés, abandonnés dans ce coin maudit de l'océan.

— Chacun rendra des comptes devant l'éternel, ce n'est pas à nous d'en juger. Mais son amour pour nous est indéniable, même si nous pouvons parfois en douter, je l'admets.

— Moi, je ne reconnais rien. Nous vivons un enfer sur cette terre depuis l'arrivée de nos ancêtres sur ces rivages.

Ces mots pénétrants semblèrent ébranler Jean, qui se ressaisit rapidement, comprenant la douleur qui habitait Henri.

— N'oublie pas, Henri, que si nous sommes ici, c'est parce que nos aïeux ont choisi de partir en croisade pour libérer le tombeau du Christ. Le Créateur ne nous a pas oubliés. Il a pour nous des desseins que nous ignorons, mais il ne nous abandonnera pas.

— Ce qu'il juge bon pour nous ? Peut-être aurait-il mieux valu nous laisser périr en mer.

La tension montait. Éloïse se rapprocha de son père pour le calmer et dit avec sévérité.

— Lucie est là, sans vie, et vous vous comportez comme des enfants. Aucun respect pour elle !

— Je déteste cette conversation ! ajouta Aldebert, visiblement effrayé par ces débats idéologiques.

Percival tenta de désamorcer la situation qu'il avait involontairement exacerbée.

— Tout ceci nous dépasse. Ce qui importe maintenant, c'est de décider quoi faire pour Lucie. Jean, retournez à vos occupations. Nous trouverons une solution.

— Dois-je mentir ? demanda Jean, mal à l'aise.

— Pas du tout. Il suffit simplement de ne rien dire. Ce ne sera pas un mensonge, mais un secret partagé entre nous.

Bien que réticent, Jean reconnaissait la bonté de Lucie de son vivant. Il acquiesça et les laissa seuls, partagé entre son devoir et sa compassion.

***********

Pendant ce temps, la grande messe se déroulait dans la chapelle attenante au château. La majorité des habitants étaient rassemblés sur les bancs, écoutant avec une appréhension marquée l'oraison fervente de leur prédicateur. L'ambiance spirituelle, normalement associée à ces lieux sacrés, était éclipsée par une atmosphère lourde de crainte. Le prêtre, Lucien Grevais, se tenait debout dans sa chaire, son visage animé et rougi par la passion de son sermon. Sa voix, amplifiée par l'acoustique impressionnante de la salle, ne faisait qu'alourdir le sentiment d'oppression ressenti par ses paroissiens.

— Dieu est en colère et nous le fait ressentir. Quatre de ses enfants ont péri ce dernier mois, poursuivant une série déjà bien trop longue. Et pourquoi subissons-nous ce fléau divin ? Parce que nous nous détournons de lui ! N'a-t-il pas sacrifié son fils Jésus, qui, tout au long de sa vie terrestre, a servi son père jusqu'à son ultime sacrifice ? Et pourtant, vous hésitez sans cesse à servir ceux qui œuvrent en son nom ! Oui, l'Église est son représentant sur Terre, et nos seigneurs en sont les élus !

Les fidèles comprirent le message implicite de ce discours et réalisèrent que leur situation allait encore se durcir.

Mais avant que les premières plaintes ne puissent s'exprimer, Lucien descendit de son estrade et s'avança vers son auditoire suivi de ses dix moines, gardiens de la foi.

Assis en silence sur des chaises derrière la chaire, visibles de tous, ils arboraient sur leur tunique de coton marron, une grande croix de bois, ceinturée non par une simple cordelette, mais par un ceinturon en cuir, auquel était attaché un fourreau pour leur épée. Cette garde rapprochée du prêtre, par son aspect fanatique et impitoyable, inspirait une terreur encore plus grande chez les habitants de l'île que celle de leurs propres seigneurs.

— Il n'y a pas de rédemption sans souffrance sur cette terre. Si je dois rétablir les lois divines avec force sur notre territoire, pour vous permettre d'atteindre le salut, au jour du jugement dernier, je le ferai, avec ferveur, et détermination.

L'ardeur fanatique du prédicateur, propagea une onde de trouble parmi l'assemblée, qui fut soudainement interrompue par l'ouverture brutale de la grande porte d'entrée.

Des soldats firent irruption dans l'édifice, suivis de près par le régent, Louis le faste, accompagné de Jacques le Bon, son argentier.

Les dix moines, surpris, portèrent la main à la garde de leur épée, mais le prêtre, d'un geste apaisant, s'adressa aux nouveaux venus.

— Que signifie cette intrusion abrupte dans ma maison, sire ?
— N'est-ce pas ici le meilleur endroit pour s'adresser à tous ?

Louis suivi de quelques officiers, s'approcha de l'orateur, sous le regard interrogateur de son cousin Norbert le Noir, qui était assis au premier rang de la chapelle.

L'arrivée inattendue du souverain, surtout dans de telles circonstances, accrut l'anxiété légitime de l'assemblée. Cependant, la bienveillance de cet homme apaisa quelque peu leurs craintes.

— Les temps sont durs pour nous tous. Peut-être que Dieu teste notre foi à travers ces épreuves, ou souhaite simplement évaluer nos âmes, notre solidarité. Alors que je prononce ces mots, je vois des visages marqués par la vie, des yeux qui reflètent à la fois l'espoir et la résignation. Moi-même, j'ai péché par orgueil, vivant dans l'opulence, sans mesurer les épreuves que vous endurez, pour notre bien-être.

En évoquant cela, sa voix flanche légèrement, trahissant une émotion sincère, et il reprit.

— La maladie a emporté beaucoup d'entre nous, des visages que je ne connaissais pas, et j'en ressens maintenant le poids sur ma conscience. Il baissa les yeux, honteux, avant de rencontrer à nouveau le regard de ceux qui ont perdu des êtres chers.

— J'ai été tenu à l'écart de ces maux, de la réalité de votre condition, car mon sang noble ne devait pas se mêler au vôtre. En disant cela, il fit une pause, son regard balayant l'assemblée, cherchant à transmettre son regret non seulement par des mots, mais par une expression sincère.

— Cela, je le regrette profondément.

Un soupir s'échappa de ses lèvres, alors qu'il tenta de rassembler ses pensées, sentant le poids de ses aveux sur son cœur.

— Mais, un homme ici présent, a brisé cette barrière de rang avec une honnêteté exemplaire, me révélant sans détour, les véritables problèmes au-delà des murs de ma résidence dorée. Il tend la main vers Jacques le Bon, son geste invitant non seulement cet homme honorable à se joindre à lui, mais aussi symbolisant son désir de se rapprocher de tous ceux qu'il a négligés. Son regard, empli de gratitude et de respect, se pose sur lui, tandis que dans le silence qui suit, on peut percevoir le début d'une réconciliation, d'une compréhension mutuelle qui transcende les différences de rang et de condition.

— Venez à mes côtés !

L'argentier, malgré une hésitation non pas due à la maladresse, mais, à la conscience des répercussions de ses prochains mots, surtout de la part du cousin du roi et de l'ecclésiaste, s'avança tout de même. Il était temps de jeter les dés pour le bien du peuple.

— Vous connaissez tous Jacques et l'appréciez à sa juste valeur, ce qui me semble judicieux. Pendant que nous vivions dans l'opulence, il n'a cessé de passer son temps parmi vous. Qui mieux que lui pouvait rapporter la vérité ? Pour cela, je lui serai reconnaissant tant que je vivrai dans notre royaume, si petit soit-il. Sa voix, empreinte de gratitude, soulignait l'importance de Jacques dans ses yeux.

— Et parce que notre territoire est petit, nous n'avons pas su le faire prospérer comme il se doit. Au contraire, nous avons dilapidé ses ressources. Dorénavant, il sera interdit de toucher à notre bétail, quel qu'il soit. Il est temps que la nature reprenne ses droits. Son ton se faisait plus ferme, annonçant une décision d'une importance capitale pour l'équilibre écologique de l'île.

— Votre dîme sera réduite à vingt pour cent au lieu de soixante-dix pour cent. Il est temps pour nous aussi de montrer notre solidarité. Son regard balayait l'assemblée, cherchant à mesurer l'impact de ses paroles sur son peuple.

Les habitants, peu habitués à voir leur monarque en dehors de son cadre habituel, écoutaient, un mélange de surprise et d'espoir naissant sur leurs visages.

Jamais depuis son enfance, il n'avait été permis au souverain de se mêler au peuple, et ce changement de posture était accueilli comme un signe de bon augure.

— A dater de ce jour, Jacques le Bon, deviendra commandant en chef de l'armée royale...

Sa déclaration fut abruptement interrompue par Norbert, qui, outré, se leva pour contester. Mais le régent, anticipant cette réaction, leva la main avec autorité, réaffirmant sa décision sans laisser place au doute.

— Je sais que cela vous déplaît, mon cher, mais vous êtes aussi soumis à mes jugements.

Sa fermeté était palpable, et Norbert, confronté à cette détermination inattendue, reprit sa place, son regard trahissant une tempête intérieure.

Le souverain, sans fléchir sous le regard accusateur de l'ecclésiaste, poursuivit

— Je me plie devant notre Seigneur et respecte ses lois. Mais ici, dans cette île isolée, même Dieu comprendrait certaines dérives.

Sa conviction était évidente, marquant un moment de tension palpable entre les deux hommes.

— Je suis votre souverain !

Sa déclaration finale, ferme et sans appel, laissait entendre qu'une nouvelle ère s'annonçait pour l'île. Une ère de liberté et de compréhension mutuelle, sous sa « réelle » gouvernance. Puis, il promit un avenir meilleur pour son peuple, un avenir où la survie et la sérénité seraient à la portée de tous.

En quittant la salle, encadré par ses soldats, il emporta avec lui l'espoir renaissant de son peuple, ému et fier, d'avoir pour la première fois, réellement assumé son rôle de souverain.

# Chapitre 6

Toute la nuit et la journée durant, après la mort de Siegfried, les festivités avaient retenti dans tout le village. Chacun était venu se recueillir auprès du corps du Jarl, partageant ses sentiments sincères. Seule Frigge restait à l'écart, plongée dans des pensées profondes, aussi calme qu'impénétrable. Erik, absorbé par les préparatifs funéraires, ne remarqua pas cet état inhabituel chez sa mère. Gislinde, observant sa placidité, se disait que la perte de l'être aimé la rendait insensible aux préparations de la soirée. Elle espérait que sa mère se reprendrait avant la cérémonie. Cependant, ce qui attendait son frère et elle dépassait leur imagination.

Des menuisiers, aidés par des sculpteurs de l'île, avaient sans relâche préparé un drakkar magnifique pour le dernier voyage de leur chef. Erik, admiratif devant l'esthétique de la barque, se questionnait sur sa réalisation en un temps si court. Il apprenait alors que ces hommes, pressentant la mort imminente de Siegfried, s'étaient attelés à cette tâche immédiatement. Cette marque d'amour et de respect touchait Erik profondément, nourrissant l'espoir d'un jour, pouvoir rendre hommage à ces hommes.

Olaf, impliqué dans chaque étape de la commémoration, cherchait à masquer son malaise, né de la bataille avec son ami. Une part de lui accompagnerait Siegfried dans son voyage, partagée entre la perte de son meilleur ami et un sentiment de responsabilité involontaire. Toutefois, au fond de lui, il était convaincu que son mentor, désormais au Walhalla, lui serait éternellement reconnaissant.

La soirée approchait, et tout était presque prêt. Augur déposait dans les mains croisées de son Jarl la magnifique épée forgée par ses soins, une œuvre dont il était fier et qui attestait de son dévouement. Erik, se tournant vers sa sœur assise à côté de leur père, demanda d'une voix douce.

— Il est presque l'heure. Où est notre mère ?

Gislinde, levant les yeux, répondit avec une pointe d'inquiétude.

— Je ne sais pas.

Erik posa sa main sur l'épaule de sa sœur, dans un geste réconfortant.

— Il était un bon père. Ne t'inquiète pas, nous le retrouverons un jour et formerons à nouveau une famille, pour l'éternité.

Un sourire timide apparut sur le visage de Gislinde.

— Je le sais, mais je m'inquiète pour notre mère.

— Elle est forte, plus que tu ne le crois, la rassurait Erik.

— C'est vrai, mais il y a autre chose. Elle a demandé à Arne de l'accompagner dans sa promenade sur l'île, et ils ne sont toujours pas de retour.

Erik, soucieux, acquiesça. L'absence de leur mère, particulièrement en ce jour, était troublante.

Peu après, Frigge apparut, suivie d'Arne, l'air sombre. La sérénité sur le visage de leur mère intriguait Erik et Gislinde.

— Tout va bien ? s'enquit Erik, l'air inquiet.

Frigge, avec un sourire rassurant, s'approcha pour étreindre tendrement son fils, puis sa fille, leur demandant un moment seul avec leur père. Leur consentement donné, ils sortirent en silence, laissant place à un moment d'intimité.

À l'extérieur, Erik interrogeait Arne, cherchant à comprendre l'origine de son malaise. Gislinde se joignait à eux, poussée par la même inquiétude.

— Pourquoi sembles-tu si perturbé ? Et d'où venez-vous ? demanda Gislinde.
— Votre mère avait besoin de réfléchir, de prendre du recul sur sa vie, expliquait Arne, hésitant.

Les frères et sœurs échangèrent un regard troublé, pressentant que les paroles à venir de leur mère changeraient à jamais le cours de leur vie.

Arne les fixa tour à tour et lâcha en baissant la tête.

— Votre mère va vous parler, ne m'en demandez pas plus, je vous en prie ! La voix suppliante de leur ami ne laissait aucun doute sur la tourmente à venir.

La tension palpable dans l'air, Erik empoigna doucement Gislinde par la taille, une tentative de réconfort face à la pâleur qui envahissait son visage. L'attente, lourde et pesante, fut brusquement interrompue par l'arrivée de leur mère. Sa démarche, d'une sérénité presque irréelle, exacerbait leur anxiété. Arne se déplaça discrètement, leur accordant un moment d'intimité nécessaire.

Frigge les contempla avec un mélange d'admiration et de fierté insondable. Levant les yeux vers le ciel étoilé, elle murmura d'une voix empreinte de douceur et de paix.

— C'est une bonne nuit ce soir.

Le ciel nocturne, piqué d'étoiles scintillantes, se reflétait dans ses yeux, lui conférant l'aspect d'une entité céleste. Une brise légère jouait avec ses cheveux détachés, les faisant danser autour de son visage avec la grâce des blés ondulant sous le vent. Écartant délicatement une mèche rebelle, elle posa sur Erik et Gislinde un regard empli d'une profondeur incommensurable.

— Je vous aime comme j'ai aimé votre père, et la vie m'a comblée au-delà de mes espérances. Mais comme votre père, j'aimerais suivre nos vieilles traditions. Je me suis promenée toute la journée, non pas pour fuir mes responsabilités, mais pour faire le point avec moi-même. Et je pense sincèrement et avec lucidité à ce que j'attends de mon avenir, et j'ai décidé d'accompagner dans son dernier voyage, votre père.

Leurs réactions face à cette révélation étaient un mélange de stupeur et de refus. Bien qu'éduqués dans le respect des coutumes ancestrales, la décision de leur mère leur semblait inconcevable, un pont trop loin dans le respect de traditions qu'ils croyaient appartenir au passé.

Après un moment de silence, Erik, luttant contre l'émotion qui étranglait sa voix, répliqua.

— C'est une mauvaise blague, mère !

Frigge les saisit par les mains, son sourire empreint d'une détermination troublante.

— Vous avez accepté les dernières volontés de votre père, alors vous en ferez de même pour moi, n'est-ce pas ? Je ne demande pas à ce que vous compreniez ma décision, mais au moins respectez-la.

— Mais père était de toute façon condamné, ce n'est pas la même chose, toi tu n'as pas de problème ! rétorqua Gislinde avec une pointe d'amertume.

— Si, ma fille, j'ai un problème, votre père ne sera plus à mes côtés.

— Et nous alors ? Tu peux imaginer l'impact que cela aura pour nous deux ! insista Erik, la voix ébranlée par l'émotion.

Frigge caressa leurs visages avec une tendresse infinie.

— J'ai pensé à cela toute la journée et je ne me fais pas de soucis pour votre avenir, même si cela peut vous paraître égoïste. Rien ne me fera renoncer à ma décision. Ainsi, j'aimerais pouvoir partir l'âme tranquille, sans voir pour la dernière fois sur vos visages ces grimaces, mais plutôt, peut-être pas de la joie, mais au moins un peu d'amour. Et je vous en serai reconnaissante. Maintenant, je dois aller me préparer, car je pense que nous avons déjà pris du retard pour la cérémonie.

La protestation d'Erik était à la fois désespérée et résolue.

— Mais comment vas-tu faire ? On ne peut te laisser brûler vive !

— Arne, répondit-elle avec une tranquillité déconcertante.

Leur regard se tourna vers Arne, une question muette dans leurs yeux.

— Qu'as-tu à voir avec tout ceci ?

— Mon fils, Arne n'a rien à voir avec cela. Ma demande à ce que ce soit lui qui m'honore lui a été très difficile, et pourtant, il a finalement accepté d'accéder à mon souhait. Alors, ne le blâmez pas pour le courage qu'il a montré à mon égard ! Est-ce assez clair pour vous deux ?

Le ton ferme de Frigge, marquant à la fois sa décision irrévocable et son amour inconditionnel pour eux, apaisa leur colère. Acceptant la volonté de leur mère avec un respect silencieux, ils acquiescèrent, un mélange complexe d'émotions se reflétant dans leurs yeux.

— Je dois me préparer, et je vous verrai une dernière fois avant cela. Je ne veux plus voir de colère sur vos visages à ce moment-là, car je ne veux pas emporter avec moi comme dernier souvenir de vous ces visages d'exaspération.

Sur ces mots, Frigge se dirigea vers le Skali, laissant derrière elle un silence empli de réflexion et d'émotion brute, leurs cœurs alourdis par l'imminence de l'adieu.

Le silence, tel un voile épais, s'était à nouveau posé sur eux, apaisant les esprits tourmentés. Leurs regards se croisèrent, empreints d'une tranquillité précaire, leur cœur battant à l'unisson dans un moment suspendu. Arne, rompant le silence de sa voix ébranlée, partagea son cœur.

— Je vous aime aussi tous les deux, et je comprends vos interrogations. Lorsque votre mère m'a confié son souhait, ma réaction fut semblable à la vôtre, voire plus vive. Me voir en instrument de sa décision fut le plus ardu des fardeaux. Mais face à sa conviction, et son amour pour votre père, je n'ai pu que respecter sa volonté. Je ne demande que votre compréhension, espérant un jour votre pardon pour l'estime immense que j'ai pour eux, et pour l'honneur qu'elle m'a fait en me choisissant.

Erik et Gislinde, muets, absorbaient ses mots, un tourbillon d'émotions silencieuses entre eux. Leur cœur, bien loin d'accepter cette réalité, se trouvait contraint par le devoir de respecter cette volonté étrangère.

— Comment vas-tu t'y prendre, alors que tu n'as jamais tué, ne serait-ce qu'un lapin ? lança Erik, sa voix teintée d'une froideur involontaire.

— Pourquoi me parles-tu d'un lapin !... Crois-tu vraiment que je serais resté impuissant en temps de guerre ? C'est cela que tu penses de moi ? répliqua Arne, une lueur de défi dans le regard.

— Non, bien sûr, c'était maladroit de ma part. Mais comment ? insista Erik, sa curiosité l'emportant sur son malaise.

— Voudrais-tu vraiment connaître les détails, ou peux-tu te contenter de savoir que ce sera fait avec respect ? répondit Arne, son ton marquant la gravité de l'acte à venir.

— Je veux savoir, insista Erik.

— Dans nos traditions, l'étranglement ou le poignard étaient de mise. Frigge a choisi le poignard, déclara Arne, sa voix chargée d'un poids ancestral.

Gislinde, agacée par la tournure morbide de la conversation, intervint.

— Assez, Erik ! La méthode importe peu. Mère a fait son choix, et Arne se trouve dans une position délicate. Ne rendons pas cela plus difficile pour lui.

L'arrivée d'Olaf mit fin à leur échange tendu.

— La plage vous attend. Il est temps de conduire Siegfried à sa dernière demeure.

— Bien, que tout se fasse selon sa volonté, répondit Frigge, émergeant du Skali dans une robe d'une élégance simple, ses cheveux relevés en un chignon qui défiait le temps. Sa grâce intemporelle brillait d'une lumière propre, défiant les années.

Elle leur adressa un regard empreint d'amour, un sourire serein aux lèvres.

Ce n'est qu'un aurevoir. Jusqu'à notre prochaine rencontre, je vous souhaite toute la joie que cette île m'a apportée. Je ne me fais aucun souci pour vous.

Leur réponse se perdit dans le tumulte de leurs pensées, la réalité de l'instant leur échappant totalement, et ils s'éloignèrent vers la plage.

Frigge, d'un pas assuré et léger, s'approcha d'Arne, lui offrant un dernier sourire d'une tendresse infinie.

— Je t'aime autant que j'aime mes enfants. Tu seras un merveilleux époux pour Gislinde, un frère loyal pour Erik. Nul autre que toi n'aurait pu m'offrir ce repos auprès de mon mari. Porte ce souvenir comme un honneur, avec la fierté de mon éternelle gratitude.

Le cœur d'Arne trembla, mais il resta stoïque, déterminé à honorer cette femme d'exception. Frigge, inspirant une dernière fois l'air marin qu'elle chérissait, s'allongea paisiblement. Arne, d'une main soutenant sa tête, de l'autre armé de son couteau, plongea son regard dans le sien, aussi vaste et profond que le ciel nocturne. Un geste rapide, et le silence retomba, un silence brisé seulement par un cri qui se répercuta jusqu'à la plage.

Erik et Gislinde, saisissant l'écho de ce cri déchirant, comprirent avec une douleur aiguë que le dernier souhait de leur mère était accompli. Leur cœur lourd, ils avancèrent vers la plage, laissant derrière eux Arne et le souvenir d'une mère dont la force et l'amour résonneraient à jamais dans leurs âmes.

# Chapitre 7

Le lendemain matin, de l'autre côté de l'île, se déroulèrent les derniers sacrements pour l'enterrement de Lucie. Henri l'avait revêtue de sa plus belle robe grise à col montant, dissimulant ainsi les marques laissées par la corde sur son cou. La cérémonie se tenait en petit comité, Henri n'ayant pas diffusé l'annonce, préférant une discrétion qui lui convenait. Après tout, la nouvelle de la disparition de Lucie, déjà connue pour sa maladie, ne surprendrait personne. Le prêtre, Lucien Grevais, abrégea son prêche, son esprit et son auditoire étant ailleurs, répondant ainsi, sans le savoir, au souhait d'Henri d'inhumer Lucie discrètement à côté de son fils dans le cimetière du village.

Percival et Aldebert aidèrent Henri à creuser la tombe, sous le regard mélancolique d'Eloïse, profondément affectée par la perte de son âme sœur. Le silence régnait pendant la mise en terre, soulignant le poids de leur chagrin commun. Une fois la tâche accomplie, ils formèrent un cercle autour de la tombe, unissant leurs mains dans un dernier hommage.

— Que ta nouvelle existence auprès de notre enfant soit plus douce que celle que tu as endurée ici-bas. Mes pensées t'accompagneront chaque jour, en attendant le moment de nos retrouvailles...

Leur recueillement fut interrompu par un bruit à l'entrée du cimetière. Geoffray, en tenue de soldat, s'approcha, le visage marqué par un sincère chagrin.

— Je suis venu dès que j'ai été informé, déclara-t-il à Henri.

Henri le regarda, perplexe.

— Que fais-tu là ?

— Cela peut te sembler étrange, mais bien que je ne sois jamais venu vous voir, j'ai toujours suivi de loin l'évolution de sa maladie. Je n'ai jamais oublié nos liens d'amitié.

— Je l'avais presque oublié, moi, répliqua Henri, son ton glacé trahissant sa peine.

— Je n'ai aucune excuse, si ce n'est mes obligations envers la garde qui m'ont éloigné. Cela ne t'apaisera pas, et je le comprends, mais sache que vous restez mes amis.

Geoffray s'inclina légèrement et déposa un petit bouquet sur la tombe fraîchement creusée.

— Je suis désolé de n'avoir pu être là pour Lucie, mais mes pensées l'accompagnent dans l'au-delà, auprès de notre seigneur.

— Peut-être le vôtre, mais certainement pas le mien, rétorqua Henri, son amertume coupant l'air comme une lame.

Ce commentaire malheureux fit tressaillir l'assemblée, et Aldebert se mit à marmonner de nouveau, agité.

— Je comprends ta douleur, Henri, mais attention à ne pas défier notre créateur, intervint Geoffray, choqué.

— Alors, qu'il me foudroie sur-le-champ. Ce serait une bénédiction, lança Henri, d'un ton défiant.

Percival et Eloïse, comprenant l'ampleur de sa détresse, le saisirent, tentant de le calmer et d'éviter d'autres paroles emportées par la colère.

— Pardonne-lui, Geoffray. Sa peine le submerge, s'excusa Eloïse.

Aldebert, tournant sur lui-même, répétait inlassablement

— C'est pas bien, Henri. Pas bien !

— Ce n'est rien, Aldebert. Henri est simplement en colère, tenta de rassurer Geoffray, son regard bienveillant se posant sur le géant émotionnel.

— Non, je ne suis... commença Henri, avant d'être interrompu par une pincée discrète de Percival, le réduisant au silence.

— Laisse-le, Geoffray. Il serait préférable que tu nous laisses seuls le temps de calmer les esprits, avant que la situation ne dégénère davantage.

La présence de Geoffray, autrefois un lien d'amitié indéfectible, semblait désormais de trop, bien qu'il ne leur en tienne pas rigueur. Son absence prolongée avait, sans doute, laissé des traces sur leur amitié d'enfance. Après un dernier salut, Geoffray s'éloigna, laissant derrière lui un silence lourd de non-dits et de chagrins partagés.

****************

Lucien Grevais se trouvait dans ses appartements lorsque Marie entra, un plateau à bout de bras. L'ecclésiastique, debout devant la fenêtre, se retourna et observa le plateau, qui lui semblait bien maigre.

Marie le déposa sur la table et s'apprêtait à repartir vers ses quartiers lorsque Lucien l'interpella d'un ton sec.

— Qu'est-ce que ceci ?

— Votre dîner, mon seigneur.

— Je sais ce que c'est. Mais pourquoi semble-t-il si peu garni ?

Marie, visiblement nerveuse et inquiète, répondit.

— Monsieur Jacques, décide désormais de la répartition des repas. Je suis désolée si cela vous déplaît. Il y a du poisson, des coquillages, des œufs d'albatros...

— Peu importe ce qu'on m'a servi ! hurla-t-il, renversant le plateau d'un geste brusque.

Deux moines en faction devant la porte pénétrèrent précipitamment dans la pièce, mais Lucien, furieux, les renvoya immédiatement à leur poste.

— Je maudis ce « Jacques » et ses réformes. Qui est-il pour diriger nos vies ? Ici, c'est l'Église, et je suis le représentant de Dieu sur cette île.

Il se contint, conscient que des oreilles indiscrètes pourraient l'entendre. Pour calmer sa colère, il ordonna à Marie de se baisser et de ramasser les débris. Connaissant d'avance ce qui l'attendait dans cette position, elle subit l'assaut du prêtre sans un cri, résignée après tant d'années d'abus.

Marie, bien que simple à ses yeux, possédait une beauté naturelle. À vingt-six ans, son apparence et sa jeunesse satisfaisaient encore les désirs de Lucien.

Après l'acte, le visage empourpré, Lucien se redressa, se rhabilla et lui ordonna méchamment de faire de même.

— Tu es l'œuvre de Satan, destinée à me tourmenter. À cause de toi, je dois maintenant me punir. Sorts d'ici et fais pénitence pour m'avoir contraint à cette souillure !

Marie se releva, indifférente à ses paroles, convaincue que si un monstre résidait dans cette pièce, c'était bien lui. Dieu en était témoin. Elle sortit, laissant Lucien seul avec ses démons.

Lucien saisit un fouet à plusieurs lanières de cuir, releva sa tunique pour exposer son dos marqué de cicatrices, et se flagella tout en récitant des versets bibliques, espérant ainsi obtenir le salut éternel.

*************

À l'entrée de la grande salle du réfectoire, Geoffray fut saisi par une quiétude inaccoutumée, un contraste frappant avec le brouhaha habituel. Les murs de pierre, habituellement résonnants des rires et des conversations des hommes, renvoyaient aujourd'hui un silence presque solennel. La lumière tamisée filtrant à travers les hautes fenêtres jetait des ombres dansantes sur les tables en bois massif.

Parmi une dizaine de soldats, cramoisis par le sable et le soleil, se trouvait Victor. Sa stature imposante et son regard perçant, chargé d'une hostilité à peine voilée, trahissaient son mécontentement. Ces hommes, marqués par les rigueurs de conflit insulaire et la rudesse des éléments, formaient un groupe à l'écart, un îlot de fidélité à « Norbert le Noir » au sein d'une mer d'incertitude.

Geoffray, dont l'allure commandait le respect autant que ses décisions, traversa la salle avec une assurance inébranlable. Il rejoignit un coin où ses alliés s'étaient rassemblés, et s'assit à côté de Paul, son lieutenant de longue date. Leur complicité était palpable, témoignant d'années de confidences échangées.

— Plutôt maigre, le déjeuner aujourd'hui, n'est-ce pas ? commenta Geoffray, son sourire démentant le sérieux de la situation.

— En effet, mais n'est-ce pas à nous de montrer l'exemple ? rétorqua Paul, tentant de masquer son inquiétude derrière une légèreté forcée.

La préoccupation de Paul n'échappa pas à Geoffray. Le poids du commandement leur imposait des sacrifices, mais c'était la première fois qu'il voyait son ami si troublé.

— Qu'est-ce qui te pèse, ? Les tensions avec les hommes ?

— Ils s'adapteront, j'en suis convaincu. C'est autre chose...

— Quoi donc ? Ton visage est un livre ouvert pour moi. Paul marqua une pause, son regard se perdant un instant

dans le vague.

— C'est ma fille, souffla-t-il finalement.

L'inquiétude de Geoffray s'intensifia, un voile d'ombre passant sur son visage ensoleillé par les campagnes.
— Elle est tombée malade ?
Paul secoua la tête, sa frustration palpable.
— Que se passe-t-il donc sur cette île ? Pourquoi les enfants, innocents et éloignés de toute faute, sont-ils les premières victimes ? Ce n'est sûrement pas le courroux divin que notre prêtre évoque avec tant de zèle.
Geoffray posa sa main sur l'épaule de Paul, un geste de soutien muet. Les mots lui manquaient pour apaiser la douleur d'un père, la réalité de leur condition pesant lourd sur leurs épaules.

************

Au même moment, Jean, le père d'Eloïse, revenait de sa visite quotidienne aux nouveaux cas, infectés par cette maladie maudite. Les symptômes, toujours identiques, la fièvre, l'amaigrissement, la toux, puis le sang dans les expectorations, tout cela tournait en boucle dans son esprit. Des années auparavant, dans la modeste bibliothèque du château qui ne contenait qu'une dizaine d'ouvrages anciens, il avait lu un texte d'Hippocrate décrivant ces manifestations sous le terme de
« Phtisie », l'ancien nom de la tuberculose. Mais aucun remède n'était mentionné pour ces maux pulmonaires, le laissant désarmé face à ce fléau.
Comment se transmettait-elle ? Par quel vecteur ? Pourquoi les enfants étaient-ils les plus touchés ? Ces questions le hantaient, accentuant son sentiment d'impuissance.
Jean, avec sa stature modeste, n'imposait pas par sa taille mais par l'intensité de son regard. Ses cheveux, clairsemés et d'un blanc pur, témoignaient des nombreuses années de labeur

et des nuits sans sommeil. Son visage, émacié par la fatigue, portait les stigmates d'une bataille incessante, non seulement contre la maladie qui ravageait son île, mais aussi contre l'impuissance qu'il ressentait face à elle.

Absorbé par ses réflexions, Jean ne réalisa pas qu'il avait traversé une grande partie de l'île avant de se retrouver sur les hauteurs, à proximité d'une des croix qui jalonnaient le paysage. D'un pas incertain, il s'approcha de l'une d'elles et se prosterna à son pied, l'esprit trop accablé pour comprendre pleinement sa démarche, sans autre recours, il tenta la prière.

— Ces derniers jours, je n'ai pas trouvé un instant pour le recueillement, car je consacre tout mon être à combattre ce fléau. Je me sens seul, démuni, incapable de trouver une solution. Je sais que tu as un vaste monde à veiller, mais ici, nous sommes isolés, peut-être loin de ton regard. Si seulement mes mots pouvaient t'atteindre, je te demanderais une seule chose. mettre fin à cette hécatombe. Sinon, je crains que notre peuple ne soit condamné à disparaître de ce monde. Je pourrais continuer ainsi des heures, mais quel sens cela aurait-il si tu ne m'entends pas ? Je m'en remets donc à toi, mon Dieu.

Jean resta tête baissée en signe de prosternation, enveloppé dans le silence, seul le cri des oiseaux marins et le murmure de l'océan lui répondant. Après un long moment, il se releva, jetant un dernier regard à la croix, prêt à repartir, quand une voix rauque et lointaine murmura.

— Le lait des vaches !

Se retournant brusquement vers la croix, Jean interrogea.

— Est-ce toi, mon Dieu, qui me parles ?

Le silence retomba, épais, interrompu seulement par le bruit du vent. Persuadé que quelqu'un lui jouait un tour, il scruta les alentours, mais l'île semblait déserte.

— Il y a quelqu'un ? insista-t-il, sa voix portée par l'écho.

La solitude de l'endroit ne laissait place qu'à deux possibilités, soit une intervention divine, soit les prémices de la folie. Cependant, l'idée répétée, le lait des vaches, le frappa soudainement d'une révélation.

— Bien sûr !

Un frisson le parcourut de la tête aux pieds, illuminant son esprit d'une lueur d'espoir. Peut-être venait-il de trouver une piste vers la cause de cette malédiction.

# Chapitre 8

Erik se tenait sur la plage, son regard perdu vers l'horizon infini, où le ciel et la mer se fondaient dans une étreinte lointaine.

Il réfléchissait aux paroles de son père. Devenir Jarl n'était pas seulement une question de naissance, il fallait le mériter. Et dans le souffle du vent et le murmure des vagues, il sentait l'appel de son destin. Mais, il fut interrompu dans ses pensées par un mouvement derrière lui.

— Quelle magnifique journée nous avons encore, entendit-il.

Se retournant avec sérénité, il aperçut Olaf, qui gardait une distance respectueuse. D'un signe de tête silencieux, il le salua. Olaf, comprenant l'invitation tacite, s'approcha et posa une main réconfortante sur son épaule.

— La cérémonie d'hier soir était empreinte de beauté et de solennité, n'est-ce pas ? lança-t-il dans une tentative de briser la mélancolie de son ami.

Erik acquiesça doucement, son silence éloquent.

— Ce que Frigg a accompli, c'était au-delà de l'honorable, insista Olaf, cherchant à raviver l'esprit de combativité chez son ami.

— C'est une vérité que je ne saurais nier, répondit enfin Erik, sa voix teintée d'une tristesse profonde.

— Pourquoi alors cet air sombre ? N'est-ce pas un destin glorieux qu'ils ont rencontré, un voyage ensemble vers le Valhalla, une fin que beaucoup nous envieraient ?

Erik, les yeux emplis d'une lueur de respect envers Olaf, souffla.

— Ta sagesse résonne en moi, mais il est des blessures que seul le temps sait guérir.

Leur conversation fut soudain interrompue par le son lointain et urgent d'une trompe d'alerte. Le moment de contemplation cédait la place à l'action.

— Les baleines ! Les baleines sont là ! s'exclama Olaf, son regard se fixant vers le promontoire le plus élevé de l'île, avant de s'élancer vers le port.

— Attends, je te suis. Peut-être que l'appel de la mer et le frisson de la chasse m'aideront à oublier, ne serait-ce qu'un instant, cette peine, confia Erik, une étincelle de détermination naissant dans ses yeux.

Les deux amis se précipitèrent vers le port, où l'effervescence avait déjà pris ses quartiers. Les guetteurs, après des jours d'attente, avaient enfin signalé la présence des cétacés au large.

La rade bourdonnait d'une activité fébrile. Sigmund, le chef harponneur, déjà sur place, orchestrait la préparation avec une autorité naturelle. Sa stature imposante, marquée par les années et les éléments, imposait respect et admiration.

Alors qu'Olaf et Erik s'apprêtaient à embarquer, Sigmund interrogea Erik d'un ton où perçait une pointe de surprise.

— Erik, que fais-tu ici ?... Tu n'as jamais participé à une telle chasse !

— Aujourd'hui, je choisis d'apprendre, de m'immerger dans l'inconnu, répliqua Erik avec une conviction renouvelée.

Sigmund bien qu'hésitant, acquiesça, conscient de l'importance de ce rite de passage.

Les barques, sous les ordres fermes de Sigmund, glissèrent sur l'eau vers les géants de l'océan. La présence imminente des baleines à bosses, majestueuses et insaisissables, offrait un spectacle à couper le souffle. Leur danse aquatique, ponctuée par les jets d'eau formant des arcs-en-ciel sous le soleil, captivait l'ensemble des chasseurs.

Au-dessus, un essaim d'oiseaux marins piaillait, électrisé par l'effervescence en dessous. Leurs vols erratiques et plongeons audacieux ajoutaient une dimension vivante et sauvage à la scène, comme s'ils participaient eux aussi à cette danse ancestrale de la vie et de la mort.

L'excitation des pêcheurs montait à mesure qu'ils approchaient des cétacés. L'adrénaline affluait, pulsant dans leurs veines avec chaque coup de pagaie qui les rapprochait de ces créatures imposantes. Cette chasse n'était pas seulement une quête de subsistance, elle était un rituel profondément ancré dans leur culture, un moment où l'homme et la nature se confrontaient dans un respect mutuel.

La chasse devint un ballet nautique, où chaque embarcation jouait un rôle précis sous le commandement de Sigmund. L'objectif était clair, isoler une baleine du groupe, pour l'empêcher de rejoindre les profondeurs abyssales.

Alors que les baleines approchaient, le danger devenait palpable, mais la détermination de l'équipage, guidée par l'expérience de Sigmund, leur permit de naviguer avec adresse et courage.

Ce jour-là, Erik découvrit non seulement la fraternité des marins face aux défis de la mer, mais aussi une voie vers la guérison de son âme, emportée par l'immensité et la beauté brute de la nature. Cette expérience transcenda la simple chasse ; elle devint un pèlerinage spirituel, une communion avec le cycle éternel de la vie, où la mort et la renaissance se côtoyaient dans un même souffle de vie.

Erik fut impressionné de voir ces gigantesques mammifères, ondulant au fil de l'eau dans un ballet gracieux et presque silencieux, mais si mortel à la fois. D'un simple coup de mâchoire ou de nageoire, ils auraient pu briser nos canots en un instant, inspirant ainsi un profond respect chez tous les présents.

Sigmund, debout à l'avant de la barque, les bras tendus, tenait fermement son harpon. Lorsque l'animal fut à portée, il hurla et lança l'arme avec une force et une précision professionnelle, la plantant profondément dans le corps du mammifère.

— Laissez filer la corde maintenant, mouillez-la sans retenue pour éviter qu'elle ne brûle, et assurez-vous qu'elle soit bien sécurisée pour ne pas vous échapper des mains !

La douleur provoqua une plongée immédiate de l'animal, cherchant à se libérer de cette entrave douloureuse. C'était le moment tant redouté par les pêcheurs.

— Maintenant, nous devons attendre. Les fonds ici ne sont pas assez profonds pour qu'il puisse nous entraîner avec lui, mais soyez prêts à couper la corde si nécessaire !

Les cœurs battaient à l'unisson, à leur paroxysme. Si le cri des oiseaux et le souffle maintenant lointain de ses congénères n'avaient pas dominé l'ambiance, un silence pesant aurait régné.

Voyant Erik tendu au possible, Olaf prit la parole.

— Cette attente peut durer quelques minutes comme quelques heures, tout dépend de l'animal. Mais le véritable danger survient si celui-ci remonte à la verticale, juste sous notre barque. Si la baleine ressort près de nous, nous devrons frapper l'eau de toutes nos forces avec nos rames pour la repousser vers le récif. Alors, nous lancerons nos harpons et, dans le meilleur des cas, attendrons qu'elle s'épuise pour lui asséner le coup de grâce.

Erik, ayant déjà observé ces scènes depuis le sommet des falaises, connaissait la procédure. Mais se trouver au cœur de l'action était une tout autre expérience, faisant comprendre à Olaf l'inquiétude qu'il éprouvait pour son ami.

— Merci, Olaf. J'espère me montrer à la hauteur, répondit Erik, reconnaissant.

L'attente s'étira sur près de deux heures, durant lesquelles aucun mot ne fut échangé, l'attention de chacun étant entièrement captée par la possible remontée du mastodonte.

Ce calme avant la tempête, typique de ces parties de pêche, pouvait se dérouler sans anicroche comme se transformer en enfer sur mer pour ces hommes courageux. Le moment de vérité arriva enfin lorsque la baleine bondit hors de l'eau, éclaboussant toutes les embarcations qui commencèrent à tanguer dangereusement. Elle refit surface tout près du canot d'Erik, qui resta brièvement figé par la surprise.

Olaf, saisissant un harpon, le lança tel un javelot vers la bête en parfaite synchronisation avec les autres pêcheurs, et tous firent mouche sans exception.

Puis, les hommes se mirent à frapper la surface de l'eau avec vigueur, poussant des cris surhumains, dans l'espoir d'effrayer le mammifère et de le diriger là où ils le souhaitaient.

Les cordes se déroulèrent rapidement et, lorsqu'elles se tendirent dans un choc violent, il ne restait plus qu'à attendre, en se cramponnant du mieux possible pour éviter d'être éjecté de la barque.

La folle course de l'animal dura un moment, puis il ralentit, la fatigue commençant à se faire sentir chez ce maître de l'océan. Mais ce n'était pas l'unique raison. Sentant la profondeur diminuer, le cétacé fit volte-face et se dirigea droit sur les barques.

Sigmund, au loin, hurla.

— Coupez le cordage et pagayez de toutes vos forces !

Le chef de canot, Wilfried, trancha la corde d'un geste précis, et tous se mirent à ramer avec acharnement pour tenter de dévier la trajectoire de l'animal.

La vue du mastodonte fonçant droit sur eux insuffla une énergie supplémentaire à leurs efforts musculaires déjà intenses, et les mouvements des rames gagnèrent en puissance.

Seul Sigmund n'avait pas coupé sa corde, car il tirait dessus, faisant souffrir l'animal pour le diriger vers lui, mais il avait pris soin de se placer près des rochers.

— Serrez fort, je vais l'attirer sur moi ! Beugla-t-il.

Le mammifère, tiraillé dans ses chairs, dévia légèrement sa course, évitant ainsi les premières barques. Cependant, celles situées non loin de Sigmund ne purent éviter la collision. Les hommes sautèrent heureusement à temps dans l'eau avant de voir leur embarcation voler en éclats, tandis que la baleine poursuivait son chemin vers le chef harponneur.

Les violents remous créés par sa gigantesque queue entraînèrent quelques pêcheurs sous l'eau, mais heureusement, aucun ne se trouvait directement en dessous, évitant ainsi une mort instantanée.

— Revenez maintenant et harponnez-la de nouveau !

Les autres barques accélérèrent pour se repositionner près de l'animal et le harponner à nouveau, armés du deuxième des trois harpons que chaque canot possédait à bord.

— Voilà, comme ça, viens ici, mon joli !

Sigmund, bien placé, car le mammifère ne pouvait l'atteindre à cause des rochers sous-marins qui lui labouraient les flancs, envoya sa pointe directement au-dessus de la tête en hurlant.

— Je suis désolé, frère des mers, mais nous avons besoin de ta graisse !

Le cétacé, incapable de progresser, se retourna violemment et, d'un puissant coup de nageoire levé très haut, l'abattit à quelques centimètres du canot de Sigmund, fort heureusement sans les atteindre. Mais la force de la vague ainsi créée les projeta tous sans exception dans l'océan.

Étourdis par le choc, ils tentèrent de regagner les rochers au bas de la falaise ou de rejoindre leur embarcation du mieux qu'ils le pouvaient.

— C'est à vous maintenant, et ne le ratez pas ! Brailla Sigmund en s'éloignant à la nage.

Il ne restait plus que trois embarcations, et elles s'étaient suffisamment rapprochées pour piquer à nouveau l'animal. Les trois lanceurs atteignirent encore une fois leur cible, rendant le mastodonte ivre de colère et de douleur.

À cet instant précis, Erik vivait sans aucun doute l'expérience la plus terrifiante de sa vie. Observer ce géant des mers battre violemment la surface de l'eau avec sa queue, dans l'espoir d'écraser certains des naufragés, était d'une terreur absolue.

— Il fonce sur nous ! reprit-il, la voix empreinte d'anxiété.

Quand l'animal fendit les eaux en soufflant dans un vacarme assourdissant, se retrouvant à quelques mètres seulement de son canot, Erik, qui aurait dû se contenter d'être un simple spectateur, comprit qu'ils n'échapperaient pas à la collision.

— Prépare-toi à sauter de la barque, Erik ! hurla Olaf, inquiet.

Dans un premier temps, Erik se leva, prêt à plonger dans l'eau, mais, dans un réflexe surprenant, il se ravisa. Saisissant le dernier harpon sur la cale, il prit appui sur le rebord de la barque et, d'un bond prodigieux, s'élança dans les airs, la pointe du harpon dirigée vers le cétacé. Tout en hurlant, il le planta au sommet du crâne.

La barque ne résista pas au choc et se brisa comme un fétu de paille, projetant les pêcheurs à plusieurs mètres dans l'océan.

Erik, cependant, resta accroché, puisant toute l'énergie de son corps. Lorsque l'animal ouvrit grand sa mâchoire, il profita de l'occasion pour caler son pied sur son œil et enfonça plus profondément son harpon. À ce moment-là, la bête plongea, disparaissant sous l'eau, emportant Erik avec elle.

Les hommes à l'eau s'accrochèrent aux autres barques, fixant les eaux troubles, espérant revoir apparaître l'animal et Erik vivants.

L'océan se teinta de rouge, et il fallut deux bonnes minutes avant que le cétacé ne remonte à la surface... sur le flanc.

Cependant, Erik ne réapparut pas immédiatement. Alors que les hommes s'apprêtaient à plonger à son secours, le jeune guerrier émergea de l'eau, inspirant profondément.

Les pêcheurs, soulagés de le voir réapparaître, poussèrent des cris d'admiration.

— Par Odin et son fils Thor !

Ces cris de joie durèrent quelques minutes, avant même qu'ils ne pensent à le hisser à bord, tant ils étaient émus que personne n'ait péri au cours de cette chasse et par l'acte héroïque et inoubliable d'Erik. Alors que les cris de liesse s'élevaient autour de lui, Erik comprenait que ce n'était pas seulement sa victoire, mais celle de son peuple. Dans ses veines coulait la promesse d'un avenir sous sa protection, un avenir où son peuple continuerait à prospérer.

Cependant, cette action audacieuse resterait gravée dans toutes les mémoires et serait contée autour des feux pour de longues années, tous fiers d'avoir pu assister à cet événement mémorable.

# Chapitre 9

Sur l'autre rive de l'île, Jean, perturbé par une voix mystérieuse émanant d'une source inconnue, avançait avec appréhension vers la demeure d'Henri. À ses côtés, sous l'ombre rafraîchissante d'un bananier, se trouvaient Percival et Eloïse, offrant leur soutien par leur simple présence. La tension semblait s'être apaisée suite à la résolution du conflit concernant Lucie par Henri, mais l'apparition inattendue du père d'Eloïse suscitait de nouvelles inquiétudes.

— Quelle est la raison de cette visite impromptue ? interrogea Henri, son ton trahissant son irritation.

— Je remarque que, mis à part Aldebert, nous sommes tous réunis, observa le père.

— Qu'y a-t-il, père ? demanda Eloïse, la curiosité perçant dans sa voix.

— Ne vous alarmez pas, rien de grave. Cependant, j'ai quelques questions à poser à Henri, expliqua-t-il calmement.

Percival, avec une courtoisie manifeste, se leva pour offrir sa place, ayant noté l'essoufflement prononcé de Jean.

— On dirait que tu as couru un marathon, commenta-t-il avec une pointe d'humour.

— Tu n'es pas loin de la vérité, Percival. J'arrive du sommet de la falaise, et oui, je suis quelque peu épuisé, avoua Jean, un sourire fatigué aux lèvres.

Eloïse, prompte et attentive, lui tendit un verre d'eau qu'il but d'un trait.

— Merci, ma chère, dit-il, touché par son geste.

Le regard d'Henri oscillait entre curiosité et préoccupation, se demandant quelle était cette information si essentielle que le père d'Eloïse désirait tant obtenir.

— Qu'aimerais-tu savoir ? s'enquit Henri, résigné mais ouvert.

— Je ne souhaite pas raviver de douloureux souvenirs, donc je m'excuse par avance. Cependant, pour satisfaire ma propre quête de vérité, je dois te faire remémorer certains aspects que je sais être pénibles pour toi, commença le père avec tact.

— Je t'écoute, répondit Henri, marquant son accord d'un signe de tête.

— Ton enfant consommait-il du lait de vache ? Lucie en buvait-elle également ? Cette question directe suscita un silence interrogatif parmi les amis.

— Pourquoi cette question sur le lait de vache ? s'étonna Henri, visiblement déconcerté.

— Réponds-moi simplement, insista le père, l'intensité de son regard accentuant l'importance de sa demande.

— Oui, il me semble que c'était le cas, admit Henri après une pause.

— Il te semble, ou en es-tu certain ?

— Oui, de temps à autre, confirma Henri avec hésitation.

— Et toi, en consommais-tu ?

— Non, je préférais le lait de coco. Jamais de lait de vache pour ma part, clarifia Henri, ses réponses peignant progressivement une image plus nette.

— Sais-tu si les autres malades en consommaient aussi ? La question suivante de Jean ajoutait une couche de mystère à leur conversation.

— Je suppose que oui, mais sans certitude. Pourquoi cette focalisation sur le lait ? L'incompréhension d'Henri était palpable.

— Car je crois avoir une piste sur l'origine de l'épidémie, révéla Jean, son sérieux captant l'attention de tous.

Le sérieux et la sincérité de Jean immobilisèrent ses amis, qui le dévisagèrent, suspendus à ses lèvres. Henri reprit la parole, tentant de dissiper le voile de mystère.

— Je ne saisis pas où tu veux en venir avec ces suppositions. Beaucoup consomment du lait de vache sans tomber malades, objecta Henri, sceptique.

— C'est exact, et c'est ce qui a rendu ma réflexion difficile au départ. Mais si je me rappelle bien, l'île abrite trois troupeaux de bovins. un appartenant à notre suzerain, un autre sur le versant sud, et le dernier, appartenant au vieux Grégoire, sur le versant nord. C'était bien chez lui que tu te fournissais, n'est-ce pas ? La déduction de Jean semblait le rapprocher d'une vérité inattendue.

— En effet, c'est chez lui que je me procurais mon lait. Pour les autres, je l'ignore, admit Henri, une lueur d'inquiétude naissant dans ses yeux.

— Je suis presque certain que tous les malades s'approvisionnaient également chez lui. Cependant, une question me tracasse. Récemment, la fille du lieutenant Geoffray est tombée malade. Si elle se servait dans les réserves royales, pourquoi est-elle également affectée ? Jean exprimait ses doutes, chaque mot ajoutant du poids à sa théorie.

— Et pourquoi le lait serait-il en cause ? S'il est frais, il n'est pas censé être nocif, intervint Percival, son scepticisme miroitant celui d'Henri.

Jean baissa les yeux, cherchant les mots pour expliquer sa quête sans sembler irréaliste.

— Une voix, lâcha-t-il soudain, captant de nouveau l'attention de ses amis avec cette révélation inattendue.

— Une voix ? Tu veux dire... une intuition ? tenta Percival, cherchant à comprendre.

Jean hésita, conscient que la vérité pourrait sembler invraisemblable, mais opta pour une réponse qui pourrait leur paraître plus plausible.

— Exactement. Autrement, qui d'autre... Il se leva brusquement, désireux d'éviter d'autres questions embarrassantes.

— Pour en revenir au lait de vache, certaines maladies peuvent effectivement se transmettre par ce biais, bien que cela reste rare. Vu notre situation, je suis convaincu qu'il y a un lien. Je vais donc poursuivre mes recherches et voir si mes soupçons se confirment, conclut Jean, déterminé à suivre cette piste jusqu'au bout.

Tandis qu'il s'éloignait précipitamment, ses amis restaient là, perplexes face à sa détermination.

Percival rompit le silence qui s'était installé.

— Ton père me semble... différent.

— Il a toujours été un peu à part, mais là, c'est vrai qu'il agit de manière étrange, répondit Eloïse, partageant son ressenti.

— C'est le seul médecin de l'île. Il a souvent été d'une grande aide, mais là, je me demande s'il n'est pas dépassé par les événements, ajouta Percival, pensif.

— Il ne dort plus depuis des semaines, à cause de l'épidémie. Je sais qu'il m'oublie parfois, mais je peux comprendre. J'ai seulement peur que tout cela finisse par nuire à sa santé, confia Eloïse, l'inquiétude teintant sa voix.

Henri, silencieux jusque-là, plongé dans ses pensées, se laissa aller à une confession inattendue.

— Si ce que dit ton père au sujet du lait est vrai... alors je suis seul responsable de la mort de mon fils et de Lucie.

Cette déclaration frappa de plein fouet Percival et Eloïse.

— C'est moi qui allais chercher le lait chez le vieux Grégoire, simplement parce qu'il demandait moins en échange, poursuivit Henri, le regret empreignant chaque mot.
— Tu n'es responsable de rien. Si les vaches de Grégoire sont à l'origine du problème, comment aurais-tu pu savoir ? Même lui ne doit pas en être conscient. Il faut que tu te débarrasses de cette culpabilité, rassura Percival, posant une main amicale sur l'épaule d'Henri.

Eloïse s'approcha de Henri, bouleversé, et l'entoura de son bras dans un geste de soutien et d'affection. Ils restèrent ainsi, unis dans leurs pensées et leurs conjectures, cherchant des réponses dans le silence qui les enveloppait.

*****************

Aldebert déambulait nerveusement dans la pièce principale de la demeure de sa marâtre, Berthe, qui était devenue sa belle-mère durant sa tendre enfance. Après le décès tragique de sa mère biologique lors d'une des grandes tempêtes de la décennie, Berthe, alors seule dans une aile du château en tant que cousine éloignée de "Louis le Faste" et fervente croyante, avait épousé Eluard, le meunier et boulanger du village.

Cet environnement, à l'image de Berthe, reflétait à la fois la robustesse et la chaleur. Berthe elle-même incarnait la figure maternelle par excellence, avec ses cheveux tirés en un chignon strict, ses yeux perçants empreints de bonté et d'autorité. Vêtue d'un tablier de lin usé par le temps mais impeccablement propre, elle se mouvait avec une efficacité et une aisance qui trahissaient des années de pratique. Sa présence emplissait la pièce, imposant respect et ordre sans qu'un mot ne soit nécessaire.

Dotée d'un caractère indomptable, Berthe avait su s'imposer face à Aldebert, un enfant réputé pour sa difficulté à gérer, aggravée par son handicap. Avec le temps, elle avait fini par l'apprécier sincèrement et, renonçant à ses fonctions d'enseignante auprès des enfants de l'île, elle s'était dévouée corps et âme à la prise en charge de son mari et de son beau-fils.

— Qu'est-ce qui te trouble à ce point, Aldebert, pour que tu arpentes ainsi la pièce sans fin ?

Il ne répondit pas et continua de marmonner, perdu dans ses pensées.

Berthe arrêta son rouet, posant sa pelote de laine sur la table.

— Cesse de tourner en rond et parle-moi. Que se passe-t-il ?

Aldebert la fixa, tortillant ses doigts avec nervosité. Son handicap, habituellement discret dans ses interactions quotidiennes, devenait un obstacle insurmontable lorsqu'il était fébrile. Sa difficulté d'élocution s'accentuait, ses mots se bousculant dans sa gorge, rendant sa parole hachée et parfois inintelligible. Berthe, habituée à ses luttes, faisait preuve d'une patience remarquable, l'encourageant d'un signe de tête ou d'un mot doux à prendre son temps. Malgré ses efforts, Aldebert se trouvait souvent frustré, la peur de ne pas être compris ajoutant à son anxiété.

— Est-ce que Dieu entend tout... voit tout ?

La question prit Berthe au dépourvu, mais elle y répondit avec simplicité pour en faciliter la compréhension.

— Dieu a créé la terre, le ciel et l'univers. Comment pourrait-il ignorer quoi que ce soit ?

Aldebert baissa les yeux, murmurant à nouveau.

Berthe le connaissait suffisamment pour interpréter ces signes de détresse.

— Dis-moi ce qui t'inquiète, Aldebert.

— Henri... Henri a crié après Dieu, avoua-t-il, sans lever le regard.
— Ah, je vois... Mais tu sais, Henri est en colère contre Dieu car il a perdu Lucie. Notre Seigneur comprendra.
— Oui, mais... il a jeté un caillou sur une des grandes croix.

Berthe, étonnée, leva les yeux au ciel un instant, puis reprit d'un ton légèrement plus froid.

— Ce n'est certes pas bien, mais je suis convaincue qu'Henri regrette déjà son geste.
— Je ne crois pas qu'il regrette. Il est vraiment en colère contre Dieu.

Berthe pressentait qu'Aldebert ne lui disait pas tout.

— Aldebert, si tu sais quelque chose de plus grave, tu ne devrais pas le garder pour toi. Dieu n'accepterait pas que tu caches de telles choses sans te confesser."

Aldebert leva soudainement la tête, une panique visible dans son regard, puis recommença à marcher de long en large, ses doigts se tordant avec angoisse.

— Je ne peux pas... je ne peux pas le dire !
— Qu'est-ce que tu ne peux pas dire ?
— Lucien... Lucien est méchant, je ne peux pas !
— Lucien ? Notre prêtre ?
— Oui, oui, il est méchant !

Berthe réalisa alors que le problème était bien plus sérieux que la simple colère d'Henri

— Qu'a fait Henri, Aldebert ?"

Mais il continua de déambuler, marmonnant de plus en plus fort.

— Apaise-toi, Aldebert. Dis-moi ce qu'a fait Henri.
— Henri voulait que Lucie soit enterrée avec son petit garçon.
— C'est naturel, il n'y a rien de mal à cela. Pourquoi es-tu si bouleversé ?

— Lucie s'est pendue ! s'exclama-t-il, s'arrêtant net.

Pour un instant, Berthe crut mal comprendre, mais le regard tourmenté d'Aldebert confirma ses mots. Elle se leva et s'approcha de la fenêtre, fixant silencieusement l'église au loin, le dos tourné, sous le regard troublé de son beau-fils.

-C'est donc pour cela que la cérémonie a été précipitée. Percival et Eloïse sont-ils au courant ? demanda-t-elle calmement.

— Pourquoi parles-tu de Percival et d'Eloïse ? bredouilla Aldebert.

— Vous étiez tous présents aux funérailles de Lucie.

Refusant d'impliquer ses amis, Aldebert, malgré son handicap, choisit de nier leur présence.

— Non, ils ne savent rien. Il n'y avait que moi et Henri.

— Henri et moi, combien de fois devrai-je te le répéter ? Mais es-tu conscient du péché grave que vous avez commis ?

La voix exaltée de Berthe accentua l'anxiété d'Aldebert.

— C'est un péché, je sais... mais Lucie était bonne, Dieu ne peut pas la punir. Elle était malade, et Henri l'aimait tant...

-Tais-toi !

Elle l'interrompit brusquement, et Aldebert, hagard, se figea sur place.

Connaissant chacun d'eux depuis leur enfance et les appréciant malgré tout, Berthe se trouvait déchirée entre ses convictions religieuses inébranlables et son affection pour eux. Comment naviguer dans ce dilemme sans conséquences pour eux ou pour elle-même ?

— Ne me mens pas. Percival et Eloïse, savent-ils la vérité ?

Aldebert lutta pour maintenir sa version.

— Ils n'étaient pas là, juste Henri et moi... Mais tu ne diras rien, n'est-ce pas ?

Berthe se retourna et s'assit, le fixant intensément, puis, sans un mot, reprit son travail de filage.

# Chapitre 10

Tous étaient présents dans le Skali, et le récit de cette chasse à la baleine, un rien exagéré, fit le tour de chaque homme, femme, et enfant de ce côté de l'île. Cette histoire était déjà devenue une partie du folklore et des grandes légendes de leur peuple, et Erik se retrouva maintes fois obligé de la raconter à nouveau. La soirée, empreinte de joie, de cris idéologiques, et d'amitiés pures et dures, lui permit de mettre de côté ses peines pour embrasser un sentiment de plénitude. Cependant, ce moment de réjouissance était assombri pour Erik par l'absence d'Arne. Lorsqu'il aperçut Gislinde, avec ses cheveux blonds tressés en longues nattes, se tenant légèrement à l'écart, son cœur se serra. Ses yeux bleus perçants, reflétant une tristesse atténuée par la force de son caractère, le touchèrent profondément. Erik se leva alors et s'approcha d'elle.

— Arne n'est pas ici ? tenta-t-il de percer sa carapace.

L'expression de celle-ci se mêlait d'animosité et de tristesse, un conflit émotionnel palpable dans l'air humide du Skali

— Non, mon frère, depuis la cérémonie, je ne l'ai pas revu.

— Tu sais où il peut être ?

— Chez son père, Dietmar, je suppose !

— Cela a été une dure épreuve pour lui, peut-être a-t-il besoin d'un peu de recul.

— Oui, c'est certainement ça !

Erik sentit encore une petite animosité chez elle envers Arne.

— Tu te montres injuste avec lui, ma sœur. Ce que mère lui a demandé, peu auraient pu le faire, et si Arne l'a fait, ce n'est uniquement que par amour pour Frigge. Et je présume qu'elle ne lui a pas laissé trop le choix non plus.

Il y avait une légèreté dans leurs interactions, même si le poids des émotions non dites restait palpable.

Gislinde se retourna, et tout en effectuant du rangement, inutile d'ailleurs, elle murmura.

— Je ne le sais que trop bien, et c'est à moi que je m'en veux, de réagir ainsi, comme une idiote.

Erik la retourna, puis la serra dans ses bras, et lui déposa un baiser sur la joue.

— Tu n'es pas une idiote. Tu aimes Arne, et tu regrettes simplement qu'il ne soit pas ici pour qu'il te serre dans ses bras, au lieu des miens, n'est-ce pas ?

Gislinde sourit et le repoussa.

— Cela se peut, mais toi, tu es un vrai idiot, tout comme avec ta fichue baleine d'ailleurs ! Tu aurais pu mourir, t'en rends-tu compte ?

— Je le sais, mais on ne me le dit pas assez souvent, que parfois je me conduis en imbécile, à part toi bien sûr.

Erik s'éloigna en riant pour rejoindre les hommes, laissant Gislinde secouer sa tête d'un air navré pour son enfantillage, mais qui lui redonnait un peu de baume au cœur après tous ces drames de ces derniers jours.

*****************

Le lendemain matin, Erik enfourcha son cheval et se mit à galoper vers la maison de Dietmar, située dans les hauteurs de l'île. Alors qu'il traversait le village, il passa devant des éleveurs de bétail déjà à l'œuvre depuis l'aube. Leurs salutations chaleureuses ponctuèrent son passage, marquant leur étonnement de le voir arpenter l'île si tôt. Il longea ensuite les plantations luxuriantes et les champs verdoyants, le cœur réchauffé par la vue de cette terre florissante. L'ascension vers la ferme offrait un panorama saisissant sur l'île, où la mer étincelante encerclait un paysage vibrant de vie.

Arrivé dans la cour de la vaste ferme en bois du père d'Arne, il attacha sa monture à un pilier et se dirigea vers l'entrée. C'est là que Dietmar l'accueillit, sa silhouette imposante se découpant contre le ciel matinal. Ses traits burinés par le temps et son regard pénétrant témoignaient d'une vie passée à braver les éléments. Vêtu simplement, l'autorité naturelle et la bienveillance émanaient de lui, faisant de Dietmar une figure respectée de tous.

— Tu es bien matinal, Erik ! lança Dietmar, un sourire accueillant illuminant son visage.

Erik se retourna, surpris, et fit face à l'homme qui s'approchait.

— Je vous salue, maître intendant ! répondit-il, inclinant légèrement la tête en signe de respect.

— Laisse de côté les formalités. Bientôt, tu seras notre nouveau Jarl ! rétorqua Dietmar, son ton empreint d'une confiance fraternelle.

Un léger malaise saisit Erik à ces mots.

— Je suis désolé, Dietmar, mais rien n'est encore décidé pour le moment, répliqua-t-il, une pointe d'incertitude dans la voix.

— Eh bien, ouvre grand tes oreilles et tes yeux, et tu verras que le choix est déjà fait parmi les tiens, insista Dietmar, posant une main rassurante sur l'épaule d'Erik.

Voulant éviter de s'attarder sur ce sujet qui le mettait mal à l'aise, Erik changea rapidement de conversation.

— Arne dort encore ?

— Ces derniers jours, il n'a guère trouvé le sommeil, avoua Dietmar, son expression s'assombrissant légèrement.

— Oui, je comprends. C'est pour cela que je suis venu le voir, confia Erik, son inquiétude pour son ami transparaissant dans sa voix.

— Ne t'inquiète pas, il s'en remettra. Il lui faudra juste du temps pour accepter ce sacrifice. Et vous, comment surmontez-vous la perte de vos parents ? demanda Dietmar, sa voix empreinte de compassion.

La réponse d'Erik fut emplie d'une sérénité mélancolique.

— Ils ont eu tous les deux ce qu'ils souhaitaient et sont partis dans la mort, unis comme ils l'ont été dans la vie. Je suis heureux pour eux.

— C'est bien, mon garçon. Tu es déjà prêt pour être... Jarl, conclut Dietmar, un sourire fier et encourageant sur les lèvres.

Son approbation fut scellée par une claque amicale sur l'épaule d'Erik, un geste qui, dans leur culture, équivalait à un rite de passage. Erik, touché, sentit un mélange complexe d'émotions l'envahir. la fierté, bien sûr, mais aussi une lourde responsabilité envers sa communauté.

— Arne est parti tôt lui aussi ce matin. Il a rejoint les hommes responsables de la retenue d'eau. Les grandes pluies s'annoncent pour bientôt, et quelques travaux d'aménagement sont nécessaires pour les recevoir, continua Dietmar, son regard se perdant vers l'horizon où les premiers signes du travail commençaient à se dessiner.

Erik acquiesça, reconnaissant la gravité de la tâche. Son ami, son frère d'armes, était là-bas, s'attelant déjà à la besogne. Sans un mot de plus, il se dirigea vers sa monture, le cœur battant d'une détermination renouvelée.

Le voyage jusqu'à la retenue d'eau lui offrit un moment de réflexion. Le paysage, façonné par des générations de labeur acharné, témoignait de la persévérance de son peuple. La vision de Dietmar, vingt ans plus tôt, de creuser cette immense fosse pour irriguer les terres en contrebas avait porté ses fruits, transformant des terres arides en un sol fertile. C'était là un héritage tangible de la sagesse et de la prévoyance.

Arrivé sur les lieux, Erik fut accueilli par la vue d'Arne, méconnaissable sous sa couche de boue, mais inébranlable dans son effort. Leur salut, échangé à distance, fut un symbole de leur lien indéfectible.

— Voilà le tueur de baleine ! s'exclamèrent les hommes en chœur, leur rire chaleureux brisant le calme matinal. C'était un respect, une camaraderie qui transcendait les simples mots, une reconnaissance des épreuves qu'ils avaient toutes et tous traversées.

Arne, mettant de côté sa pelle, s'approcha d'Erik. Son regard sérieux, presque grave, trahissait les tourments intérieurs qu'il tentait de masquer.

— Heureusement que Gislinde n'est pas là, sinon elle ne t'aurait pas reconnu, lança Erik, tentant d'apporter une touche de légèreté à leur rencontre.

— Que fais-tu là de si bonne heure ? La question d'Arne, chargée d'une gravité inattendue, résonna entre eux, suspendant le temps.

— Gislinde se fait du souci, et moi aussi, avoua Erik, son ton se teintant soudain d'une solennité rare. Il y avait dans ses paroles une profondeur, un appel au partage du fardeau qui pesait sur leurs épaules.

— Eh bien, tu vois, il n'était pas nécessaire de s'en faire, tenta Arne, esquivant la conversation, son regard fuyant trahissant sa détresse.

Erik, dans un geste empreint d'une douce fermeté, stoppa son ami. Il y avait dans son geste une invitation à la confiance, à l'ouverture.

— Attends, avant de t'exprimer. Tu as toujours fait partie de notre vie, et ce que Frigge t'a demandé n'était aussi que la marque de notre affection familiale. Mais ton absence ne fait qu'accroître notre isolement face à la disparition de nos parents, et nous n'avons jamais eu autant besoin de toi, ma sœur et moi, que maintenant. Et pour en finir, sache que ce que tu as fait pour notre mère, ne peut être une plus grande preuve de l'attachement que tu éprouves, je l'espère, pour nous.

Les mots d'Erik, chargés d'une sincère émotion, trouvèrent écho dans le cœur d'Arne. Sans mots, il se jeta dans les bras de son ami, l'étreinte témoignant du poids de la culpabilité et de la douleur qui commençaient enfin à se dissiper.

— Je te remercie, Erik... Le tueur de baleine ! L'humour d'Arne, bien que timide, marquait un retour vers la lumière, une étincelle d'espoir dans le creuset de leurs épreuves partagées.

Erik, jouant le jeu, repoussa légèrement Arne avec une feinte irritation, ses yeux pétillant d'une énergie contagieuse.

— Tu ne vas pas t'y mettre toi aussi ! Sa voix, pleine de fausse sévérité, ne put masquer son amusement.

— Eh bien si ! De plus, je t'ai vu faire ! rétorqua Arne, un sourire espiègle étirant ses lèvres crottées de boue.

Le regard d'Erik se teinta d'une surprise feinte, avant de se muer en une expression de complicité.

— Comment cela ? Du haut de la falaise, et je peux t'assurer que j'ai tout vu ! Arne, les yeux brillants d'aventure, semblait prêt à défier le monde entier.

— Le spectacle d'ici haut a dû te paraître ridicule ? Erik, se prêtant au jeu, adopta une posture exagérément sérieuse.

— Effectivement, du bord de la falaise, tout cela me paraissait bien petit. Mais d'en bas, les choses devaient être autrement, concéda Arne, son ton soudainement plus mature, rappelant la gravité de leurs vies.

Erik, capturant l'instant de sérieux, laissa rapidement place à un sourire chaleureux.

-Tu ne peux pas t'imaginer à quel point ! Et d'avoir frôlé la mort d'aussi près, m'a encore plus donné envie de vivre. Cela a été pour moi un moment inoubliable, et je ne sous-estimerai plus jamais ces braves pêcheurs, car il faut être un peu fou pour faire ce qu'ils font, confia-t-il, son regard porté vers l'horizon, reflétant une sagesse bien au-delà de ses années.

Arne, captivé par les paroles d'Erik, se redressa, un éclat de défi dans le regard.

— Alors, je le ferai aussi un jour ! Tacla-t-il, l'air crâne, une étincelle d'audace illuminant son visage jeune et déterminé.

Un cri soudain interrompit leur conversation, attirant leur attention vers l'origine du son. Ils observèrent Aymeric, un fermier du flanc sud, se précipiter vers eux, épuisé et pâle, une expression de terreur peinte sur son visage. Sortant du fossé, les hommes se regroupèrent autour des deux amis.

— Qu'est-ce qu'il se passe ? interrogea un ouvrier, l'inquiétude dans la voix.

— À en juger par son expression, rien de bon, rétorqua Erik, laconique.

Aymeric, à bout de souffle, lutta pour reprendre son souffle.

— Un désastre... un véritable désastre s'est produit, haleta-t-il.

Arne, le prenant par l'épaule, l'encouragea à se calmer.

— Respire, et dis-nous ce qui est arrivé, demanda-t-il d'une voix apaisante.

— Vous devez le voir de vos propres yeux, insista Aymeric, son regard agité trahissant l'ampleur de la catastrophe.

Sans hésiter, Erik et Arne se dirigèrent vers leurs chevaux.

Arne aida Aymeric à monter en selle derrière lui et ils partirent au galop.

— Où allons-nous ? demanda Erik.

— Chez le vieux Harald, répondit Aymeric, l'urgence dans la voix.

— Entendu, je prends les devants, lança Erik, conscient du poids supplémentaire ralentissant Arne.

Ils traversèrent le flanc sud, s'étendant jusqu'aux limites marquées par un volcan dormant, frontière naturelle entre leur terre et celle voisine.

Vivant seul depuis le décès de sa femme, le vieux Harald et son fils Ulrike avaient choisi de rester, nourrissant la terre qui en retour, les comblait de ses bienfaits.

Erik fut le premier à arriver. Sans attendre d'arrêter complètement son cheval, il sauta à terre et inspecta les environs, l'intuition lui disant que quelque chose de grave s'était produit.

Quand Arne les rejoignit, l'inquiétude pesait lourdement dans l'air, un silence presque palpable enveloppant la ferme.

— C'est trop calme ici, murmura Erik, scrutant les alentours.

Le doigt tremblant d'Aymeric pointa vers la grange.

— Là, c'est là que se trouve Harald.

Approchant prudemment, ils franchirent le seuil de la grange, leurs yeux s'adaptant lentement à l'obscurité.

Arne fut le premier à remarquer une silhouette suspendue. Sans un mot, il signala sa découverte.

— Là-haut, chuchota-t-il.

Ce qu'ils virent les glaça d'horreur. le corps du vieux Harald pendait, un crochet lui transperçant la gorge. La scène macabre, marquée par la violence de l'acte, les fit reculer, aussi pâles que l'avait été Aymeric à leur rencontre. Il était impensable qu'un tel acte de violence pût surgir dans leur communauté, un acte qui rappelait la première trahison, celle de Caïn envers Abel. Cet acte barbare marquait non seulement la perte d'un des leurs mais aussi l'effondrement d'une innocence collective, le premier meurtre depuis près de cent cinquante ans sur cette île autrefois préservée de la violence humaine.

— C'est lui ? balbutia Aymeric, les yeux écarquillés.

Leurs visages, témoins muets de l'horreur, parlaient d'eux-mêmes. Erik, reprenant son sang-froid, posa la question qui brûlait toutes les lèvres.

— Où est Ulrike ?

— Quand j'ai découvert Harald, tout ce à quoi j'ai pensé, c'est à fuir, avoua Aymeric.

— Il nous faut fouiller les lieux. Aymeric, prends mon cheval, va chercher du renfort, ordonna Erik, reprenant le contrôle de la situation.

Aymeric s'élança sans hésiter vers le village.

— Penses-tu qu'Ulrike puisse être impliqué ? demanda Arne, l'esprit encore sous le choc.

— Peu probable. Ils s'entendaient bien, et Ulrike n'aurait pas eu la force de faire une chose pareille, réfléchit Erik.

La réalisation qu'ils étaient sans défense dans une situation potentiellement dangereuse les fit agir. Arne saisit une fourche comme arme improvisée.

— Trouve-toi quelque chose, Erik. On ne sait jamais, prévint-il.

Saisissant une masse, ils préparèrent à fouiller la maison, conscients que chaque pas pourrait les mener vers de nouvelles révélations dans cette tragédie qui avait brisé la tranquillité de leur communauté. Ce jour marquait un avant et un après pour leur île, un paradis perdu où la marque de Caïn avait finalement laissé son empreinte.

Le fatras régnait à l'intérieur de l'habitation, confirmant une lutte acharnée en son cœur. Après une inspection méticuleuse de chaque recoin, Erik et Arne durent se rendre à l'évidence. la maison était désormais vide de vie, enveloppée d'une atmosphère lugubre qui leur serrait l'âme, une sensation de désolation qu'ils ne pouvaient ni expliquer ni ignorer.

Dans leur recherche, Erik tomba sur une épée abandonnée au sol, témoin silencieux des événements passés. La saisissant, il la considéra un instant, réfléchissant à ce qu'elle révélait.

— La violence de l'affrontement est indéniable, mais l'absence de sang ici indique que Harald a été tué à l'extérieur, conclut-il, posant un regard analytique sur les lieux.

— Et toujours aucune trace de son fils. Malgré tes doutes, tu crois vraiment qu'il n'est pas derrière tout ça ? murmura Arne, la voix chargée d'incertitude.

— Difficile à imaginer, mais nous ne pouvons écarter aucune possibilité. Explorons les environs, proposa Erik, déterminé à découvrir la vérité.

Leur sortie les mena à la petite cour derrière la maison, aux abords de la jungle dense. Cette étendue sauvage, frontière naturelle avec les terres des Francs, était peu fréquentée, à l'exception d'Augur et de quelques autres en quête de pierres volcaniques précieuses pour la forge.

— C'est étrangement calme, trop calme même, observa Arne, scrutant les profondeurs ombragées de la forêt.

— Oui, c'est inquiétant... commença Erik avant d'être brutalement interrompu par un danger imminent.

Réagissant avec une rapidité instinctive, il esquiva un projectile volant mais ne put empêcher Arne d'être touché et de tomber inconscient. Sans un instant d'hésitation, Erik se précipita vers la source de l'attaque, épée en main, prêt à affronter la menace.

Sa charge audacieuse fut brutalement stoppée par un coup puissant qui l'envoya au sol, le souffle coupé. Une ombre imposante se détacha, hurlant un cri de guerre sauvage, mais Erik, dans un ultime réflexe, évita de justesse un coup de hache mortel. L'intervention soudaine d'Olaf et de ses hommes fit fuir l'assaillant, sauvant Erik d'un destin funeste.

Couvert de sang, Erik tenta de se relever, trébuchant sur un corps décapité dans son effort désespéré pour se mettre en sécurité.

— Ici, je suis ici ! Sa voix, empreinte d'horreur et de confusion, brisa le silence lourd de la scène macabre.

Quand les guerriers d'Olaf arrivèrent, le spectacle qui s'offrait à eux défiait toute croyance. Même pour des Normands aguerris, cette violence inouïe était un choc profond, remettant en question leur propre invulnérabilité.

— Séparez-vous, fouillez prudemment cette jungle, ordonna Olaf, sa voix tranchant le silence oppressant.

Les hommes s'enfoncèrent dans la jungle, armés mais hésitants, conscients que ce qu'ils avaient découvert allait à l'encontre de tout ce qu'ils avaient connu.

Dans le tumulte qui suivait la découverte macabre, Olaf s'approcha d'Erik, écartant doucement les mèches de cheveux collées par le sang pour mieux examiner son visage.

— Vilaine blessure, constat a-t-il avec une pointe de préoccupation.

— Ce n'est que du sang, rétorqua Erik, tentant de minimiser son état avec une touche d'indifférence feinte.

— Le sang, c'est une chose, mais ton arcade semble sérieusement amochée. Qu'est-ce qui t'a frappé avec une telle force ?

Erik, rencontrant le regard scrutateur d'Olaf, marqua une pause, pesant ses mots avant de répondre.

— Son poing.

— Tu en es sûr ? La blessure paraît bien profonde pour cela, s'étonna Olaf, son expérience de guerrier le rendant sceptique.

— Peu importe ce qu'il a utilisé. Ce que je sais, c'est que je n'aurais jamais cru possible une telle barbarie, homme ou démon, souffla Erik, un frisson d'horreur passant dans sa voix.

Le regard d'Olaf se posa brièvement sur le corps décapité, son expression assombrie par la gravité du moment.

— C'est Arne ? demanda-t-il, une inquiétude soudaine dans la voix.

— Pourquoi penses-tu que ce soit lui ?

— La stature, le gabarit... cela correspond, non ?

— Non, ce n'est pas lui. Je crois savoir qui c'était, rassura Erik, un soulagement teinté de tristesse dans sa voix.

Se relevant avec difficulté, Erik refusa l'aide tendue par Olaf et se dirigea vers l'arrière-cour. Là, Arne venait de reprendre conscience, son visage marqué par la confusion et l'effroi en découvrant l'origine de son assaut.

Approchant, Erik n'était pas surpris de reconnaître dans cette tête séparée du corps le fils d'Harald.

— Pourquoi sa tête se trouve ici, alors que son corps est là-bas ? questionna Olaf, perplexité et circonspection mêlées dans sa voix.

Erik, fixant le visage figé dans une expression de terreur éternelle, posa une question étrange à Olaf.

— Combien pèse une tête humaine ?

Surpris par cette interrogation, Olaf répondit néanmoins.

— Autour de quatre kilogrammes.

Après un bref moment de réflexion, Erik incita Olaf à tester leur théorie avec une courge du potager, approximativement du même poids que la tête.

— Celle-là semble convenir, indiqua Erik, désignant une courge bien ronde.

Olaf, après avoir arraché la courge et l'avoir évaluée, retourna auprès d'Erik.

— Bien, lance-la aussi loin que tu peux, de toutes tes forces !
Avec une hésitation momentanée, Olaf s'exécuta, projetant la courge qui atterrit à une dizaine de mètres.
— Entre dix et douze mètres, n'est-ce pas ? confirma Erik après observation.
Olaf acquiesça, intrigué par la démonstration.
— Celui qui a lancé cette tête a dû le faire depuis derrière ces arbustes, à une vingtaine de mètres de distance. Si Arne n'avait pas été sur son chemin, elle aurait parcouru encore quelques mètres. Cela indique une force peu commune, conclut Erik, son esprit analytique assemblant les pièces du puzzle.
— Où veux-tu en venir, Erik ? interrogea Olaf, cherchant à saisir la portée de cette déduction.
— Qui, sur cette île, possède une telle stature et une force aussi phénoménale ? Je ne connais personne correspondant à cette description, souligna Erik, son intuition de guerrier en éveil.
— L'as-tu vu ?
-Oui, mais juste un instant, et ma vision était troublée. Ce que j'ai vu... Ce n'était pas un homme, ou alors il portait un étrange déguisement. Son visage était dissimulé derrière des lanières de cuir, et je suis certain qu'il aurait pu me briser sans effort.
Le regard d'Olaf, plein de questions, se tourna vers le hangar, avant de revenir vers Erik, la gravité de la situation se dessinant clairement entre eux.
— Écoute, Erik, il est temps de te ramener au village pour soigner cette blessure, décida Olaf, coupant court à leur enquête.
Erik acquiesça, la réalité de leur vulnérabilité s'imposant à eux.

Ensemble, ils aidèrent Arne à se relever, son état nécessitant également des soins, et se dirigèrent en silence vers le village, laissant derrière eux plus de questions que de réponses.

# Chapitre 11

Jean traversa l'arche du château, l'anticipation et une légère appréhension mêlée dans son pas. Sa quête fut brusquement interrompue par une voix grondante, teintée de suspicion.
— Que cherchez-vous ici, Jean ?
Le cœur de Jean manqua un battement. Norbert, l'air sombre et fatigué, était assis sous le manguier, scrutant Jean avec intensité.
— Salut, messire Norbert, bredouilla Jean, tentant de dissimuler son trouble.
— Des nouvelles du palais, peut-être ?
Non, je suis là pour Paul... et sa fille, ajouta-t-il avec hésitation.
— Elle est malade ? L'inquiétude perçait dans la voix de Norbert, son regard soudainement affûté.
— Oui, la pauvre. Comme tant d'autres, souffla Jean, son visage se voilant d'une ombre de tristesse.
Norbert se massa le front, une moue contrariée se dessinant sur ses lèvres.
— Et Paul, est-il... ?
— Non, messire, il va bien, rassura Jean rapidement, espérant apaiser l'anxiété palpable de Norbert.
— Comment va Éloïse, alors ? La curiosité de Norbert semblait maintenant teintée d'une douceur inattendue.
Jean sentit une méfiance s'insinuer en lui face à ce changement de ton, son regard se faisant plus aigu.
— Bien, répondit-il d'un ton qui se voulait neutre, mais qui trahissait sa froideur.

— Elle n'est plus une enfant, Jean. Norbert esquissa un sourire mélancolique, ses yeux perdus dans un souvenir lointain.

Jean frissonna sous le poids de ce regard, une indignation muette montant en lui.

— Elle me semble toujours aussi innocente, répliqua-t-il fermement, son désir de protection pour Éloïse éclatant au grand jour.

— Ne me sous-estime pas, Jean. Je vois clair dans ton jeu, gronda Norbert, son ton devenant soudainement acide.

Jean soutint son regard, une étincelle de défi dans les yeux.

— Seigneur, vous me parlez de ma fille. Comment pourrais-je la percevoir autrement ? Sa voix tremblait d'émotion contenue.

— Peut-être es-tu aveuglé par tes obligations, rétorqua Norbert d'un ton plus apaisé, mais lourd de sous-entendus.

Le dialogue fut interrompu par un silence lourd, chacun mesurant les non-dits entre les mots. Jean, sentant la tension retomber, prit congé avec une révérence contrainte, laissant Norbert à ses pensées sombres.

En se dirigeant vers la caserne, le poids de la conversation avec Norbert pesait sur Jean. Sa détermination se renforça, cependant, à l'idée de protéger les siens. Il trouva Paul isolé, plongé dans une tâche mécanique, l'esprit visiblement ailleurs.

— Je ne vous dérange pas, espère-je ? La voix de Jean se voulait légère, mais un fil de tension y perçait.

Paul releva la tête, son visage marqué par une lassitude profonde. Un sourire fatigué se dessina sur ses lèvres.

— Tout est calme, pour le moment, admit-il, essayant de chasser ses propres nuages noirs.

— Les nouvelles directives prennent du temps à s'appliquer. Jean, perdu dans ses pensées, hocha distraitement la tête avant de réaliser l'implication de la remarque.

— Vous n'êtes pas venu discuter politique, j'imagine ? Paul le regarda, un sourcil arqué, une lueur d'intérêt dans les yeux.
— Non, en fait... Avez-vous droit à un quota de lait en tant que garde ? Jean posa la question, l'air presque gêné de l'aborder.
Paul le fixa, surpris.
— Étrange question... Mais oui, un litre par jour pour ceux ayant des enfants en bas âge. Sa réponse était mécanique, mais son intrigue était palpable.
Cette réponse fit chanceler Jean, un éclair de compréhension traversant son esprit. Son visage se décomposa, révélant un mélange de désarroi et de révélation.
— Tout va bien ? Paul s'inquiéta, se penchant légèrement vers lui, son expression empreinte de préoccupation sincère.
— Oui, ne vous en faites pas. Jean tenta un sourire rassurant, mais ses yeux trahissaient son trouble.
— On dirait que le ciel vous est tombé sur la tête. Paul observa Jean, non convaincu par ses assurances.
— C'est l'impression que j'ai... J'avais cru trouver la source de l'épidémie, mais il semble que je me sois trompé. L'aveu de Jean était teinté de découragement, sa voix baissant d'un ton.
— Mon intention n'était pas de vous décourager. Que pensiez-vous ? Paul s'adossa à un mur, croisant les bras, son intérêt éveillé.
Jean soupira, une lourdeur dans son geste.
— Je suspectais le lait, peut-être celui de Grégoire... Sa confession semblait lui coûter, son regard fuyant celui de Paul.
Il se redressa, alerte.
— Quel rapport avec Grégoire ? Sa question fusait comme une flèche, piquant directement au vif du sujet.

— Peu importe désormais. Jean se leva, une résolution soudaine dans son mouvement. Mais Paul n'était pas homme à laisser les choses en suspens.

— Non, c'est important. Nous consommons son lait depuis peu. Son ton était ferme, insistant.

Jean, voyant Paul s'agiter, se leva à son tour.

— J'espérais ne pas avoir à en venir là, mais une inspection s'impose. Sa détermination était palpable, contagieuse même.

— Si vos craintes sont fondées, Grégoire serait responsable ? La tension monta chez Paul, son désir d'action clairement exprimé.

— Calmons-nous. Si c'est vrai, Grégoire ignorait probablement tout. Jean tentait de tempérer leur élan, conscient des implications de leurs actions.

Il faut vérifier ! Le cri de Paul résonna, attirant Geoffray et Jacques le Bon.

— Quel est le problème ? interrogea Geoffray, son arrivée imposant un silence respectueux.

— C'est Grégoire et ses vaches, expliqua Paul, maîtrisant difficilement sa colère.

Geoffray, voyant Jean en difficulté, s'approcha.

— De quoi s'agit-il ? Sa question, bien que posée à Paul, était clairement destinée à éclaircir la situation pour tous.

— Je voulais vérifier une théorie sur l'épidémie. Pourriez-vous m'aider à inspecter une bête de Grégoire ? Jean se risqua, son regard croisant celui de Geoffray, cherchant son appui.

Geoffray, après un bref instant de réflexion, acquiesça, son visage trahissant une soif de vérité.

— Et si vous avez raison, quelle suite ?

— Peu de chances de guérison, je le crains. Jean baissa les yeux, la réalité de leur situation pesant lourdement sur ses épaules.

— Et si Grégoire est en cause ? lança de nouveau Paul, Faut il le punir?
— Je vous l'ai déjà dit, il ne peut être blâmé, répliqua Jean, cela ne servirait à rien.
Jacques, jusqu'alors silencieux, intervint pour calmer les esprits.
— Nous ne pouvons accuser sans preuve. La nature est parfois cruelle, et seul le destin sait pourquoi. Si Jean a raison, cela pourrait sauver des vies, peut-être est-ce là une volonté divine.
Avant de partir, Jacques se tourna vers Geoffray, son regard plein de gravité.
— Agissez selon votre conscience. Peut-être trouverez-vous la paix en voyant les faits, Paul. Un malheureux destin, rien de plus.
Geoffray posa une main sur l'épaule de Paul, un geste de soutien et de solidarité. Paul, résigné mais reconnaissant, acquiesça.
— Espérons que Jean ait raison. Sa voix portait un mélange de résolution et d'espoir, signifiant leur engagement commun dans la quête de la vérité, quelle qu'elle soit.

******************

Le vieux Grégoire avait fait un choix audacieux en établissant sa ferme sur le versant nord. À cette époque, jeune et vigoureux, il n'était pas intimidé par le dur labeur que cela exigeait. Grâce à une volonté de fer et un travail acharné, il avait transformé ce coin de terre ingrat en un domaine prospère. Mais les années passant, son corps ne répondait plus avec la même énergie, et la solitude de sa condition, sans famille pour l'épauler, rendait chaque tâche de plus en plus pénible.

  Son exploitation offrait peu en retour, son cheptel s'étant drastiquement réduit. Il survivait grâce à l'échange de son lait contre des denrées et à l'exploitation de ses maigres cultures. Se satisfaisant de peu, Grégoire trouvait malgré tout sa vie suffisante. Après avoir trait ses vaches, il portait le lait à une cabane nichée dans l'ombre rafraîchissante d'un bosquet, lorsqu'il fut alerté par le bruit de chevaux au galop.

  Six cavaliers firent halte devant lui, descendant de leurs montures avec une solennité qui le prit au dépourvu.

  — Que me vaut cette visite inattendue ? interrogea-t-il, intrigué et légèrement inquiet.

  — C'est une visite de triste augure, Grégoire, répondit Jean, l'expression empreinte de regret.

  — À voir votre nombre, j'imagine que les nouvelles ne sont guère réjouissantes.

  — Ils sont simplement venus m'accompagner pour une tâche déplaisante. Cependant, avant toute chose, consommez-vous le lait de vos vaches ? La question de Jean était directe, mais son ton se voulait doux, pour ménager le vieil homme.

  — Non, cela fait longtemps que je n'en bois plus. Mon estomac ne le tolère plus, avoua Grégoire, un voile de nostalgie passant brièvement sur son visage.

  — C'est pour cela que vous n'avez pas été touché. Mais je crains que vos bêtes ne soient malades, confia Jean, la gravité de ses paroles alourdissant l'atmosphère.

  — De quoi parles-tu exactement, Jean ? La confusion et l'inquiétude se mêlaient dans la voix du vieillard.

  — Je suis navré de l'annoncer ainsi, mais il semblerait que les personnes atteintes par cette épidémie aient consommé votre lait. Les mots tombèrent comme un couperet, laissant Grégoire momentanément abasourdi.

— Je comprends que cela soit difficile à accepter. Cependant, pour en avoir le cœur net, il est nécessaire d'examiner l'une de vos vaches, poursuivit Jean avec tact.

— Sacrifier une de mes bêtes ? Mais elles sont tout ce que j'ai ! L'angoisse transparaissait dans la voix tremblante de Grégoire.

— Je sais, et je partage votre peine. Mais il en va de la santé de la communauté, insista Jean, sa voix chargée d'empathie.

Leur échange fut brusquement interrompu par l'action impulsive de Paul qui, dans un élan soudain, mit fin aux souffrances d'une des vaches. La scène se déroula si rapidement que tous en restèrent stupéfaits.

— C'est fait, annonça Paul, sa voix dénuée de toute émotion, alors que le silence retombait lourdement sur l'assemblée.

Grégoire vacilla, le spectacle de sa vache gisant au sol le bouleversant profondément. Jean fut prompt à le soutenir, offrant un appui solide au vieil homme ébranlé.

— C'était une nécessité, Grégoire. Bien que cela soit douloureux, nous devions agir, murmura Jean, sa compassion teintant ses paroles.

Sans s'attarder davantage, ils laissèrent Grégoire face à son désarroi. Geoffray, comprenant la détermination derrière l'acte précipité de Paul, se tourna vers Jean pour connaître la suite des opérations.

— Comment procéder à présent ? demanda-t-il, son ton empreint de respect pour l'expertise de Jean.

— Il faut ouvrir l'animal de la gorge au ventre, pour inspecter, expliqua Jean, s'efforçant de maintenir son professionnalisme.

— Paul, à vous d'agir, déclara Geoffray, posant un regard significatif sur son lieutenant.

Lorsque Paul eut terminé sa tâche, l'air était lourd, chargé d'une tension palpable. Tous les regards se tournèrent vers Jean, qui, d'un pas déterminé mais respectueux, s'approcha de la dépouille de l'animal pour procéder à l'examen. Avec une précision chirurgicale, il ouvrit la carcasse, révélant l'intérieur à la lumière du jour déclinant. La découverte fut immédiate et sans appel.

Jean s'arrêta, le souffle court, tandis que les autres observaient en silence.

— Regardez, dit-il, la voix teintée d'une gravité profonde, attirant l'attention sur les ganglions lymphatiques anormalement enflés qui parcouraient le cou de l'animal jusqu'à ses poumons. Ces derniers étaient marqués par des lésions ouvertes et des tumeurs noirâtres, témoins silencieux de la maladie qui avait ravagé le bétail de Grégoire.

Geoffray, bien que n'étant pas versé dans l'art de la médecine, ne put s'empêcher de frissonner devant la vue. Les implications étaient claires, et le poids de la découverte semblait peser sur toutes les épaules.

Jean se redressa, fermant les yeux un instant, comme pour rassembler ses forces.

— Ces tumeurs, ces lésions... cela confirme nos pires craintes. La maladie qui a touché le village provient bien de ces bêtes, annonça-t-il d'une voix sombre, marquant une pause pour laisser ses mots imprégner l'esprit de chacun.

Le silence qui suivit était lourd d'émotion. Grégoire, le regard fixé sur la triste scène, semblait perdre toute contenance. La réalité de la situation s'imposait cruellement à lui, et malgré la compassion visible sur le visage de ses visiteurs, il se sentait submergé par un sentiment de culpabilité et d'impuissance.

Geoffray posa une main rassurante sur l'épaule de Jean, un geste d'appréciation et de respect pour le courage et l'expertise dont il avait fait preuve.

— Et maintenant ? demanda-t-il, sa voix trahissant une pointe d'inquiétude.

Jean prit une profonde inspiration avant de répondre.

— Nous devons prendre des mesures drastiques pour empêcher la propagation de cette maladie. Il nous faut abattre le reste du troupeau et incinérer les corps, déclara-t-il, conscient de la gravité de sa proposition.

Les soldats, comprenant la nécessité de l'action, se mirent au travail sans attendre davantage d'instructions, exécutant la sombre tâche avec un respect silencieux pour la vie qui était en train d'être prise. Grégoire, les yeux emplis de larmes, regardait la scène, déchiré entre la douleur de la perte et la réalisation que, peut-être, son sacrifice contribuerait à sauver des vies humaines.

Une fois le bûcher érigé et les flammes s'élevant vers le ciel, Geoffray se tourna vers Grégoire, son expression empreinte de compassion.

— Vous serez dispensé de la dîme pour compenser cette perte. Le château est là pour vous soutenir, lui promit-il, cherchant à offrir un semblant de réconfort au vieil homme accablé.

Grégoire acquiesça, les mots de Geoffray apportant un maigre réconfort face à l'ampleur de sa tragédie.

— Je vous suis reconnaissant, murmura-t-il, sa voix brisée par l'émotion. Mais le poids de cette découverte... Comment pourrais-je ne jamais l'oublier ?

Dans le crépuscule naissant, tandis que les flammes consumaient les derniers vestiges de la maladie, chacun méditait sur les événements de la journée, conscient que les répercussions de cette découverte résonneraient longtemps dans les cœurs et les esprits de tous ceux qui y avaient assisté.

****************

Berthe se tenait dans l'ombre solennelle du confessionnal, son visage marqué par une angoisse profonde, tandis que le prêtre Lucien, manifestement agité, semblait lutter contre sa propre impatience.

— J'espère, commença-t-elle d'une voix ébranlée par l'inquiétude, que vous ne tiendrez pas rigueur à Aldebert pour avoir simplement cherché à aider son ami.

Lucien resta silencieux un moment, son esprit assailli par le souvenir amer de la commémoration de Lucie et la douloureuse révélation d'un acte qu'il considérait comme une trahison envers un sacrement sacré.

— Et qu'en est-il pour Aldebert ? insista Berthe, sa voix tremblante trahissant sa peur des conséquences.

— Il peut être votre beau-fils, Berthe, mais aux yeux de Dieu, il se trouve sur le même plan que Henri. Toutefois, en considération de votre lien avec notre suzerain, une pénitence de seulement quinze coups de fouet lui sera infligée, révéla Lucien d'un ton où la fermeté se mêlait à une réticence palpable.

Berthe, bien que choquée, avala difficilement sa salive, retenant à peine un frisson. Consciente de la colère qui bouillonnait dans le cœur de son confesseur et craignant d'aggraver la situation d'Aldebert, elle réprima son envie de plaider davantage pour son beau-fils.

— Et Henri ? osa-t-elle demander à nouveau, espérant peut-être une clémence similaire.

— Cela ne vous concerne plus, madame. Ce qu'il a commis, même par amour, ne saurait excuser l'outrage fait envers le Seigneur... et le fait de m'avoir délibérément trompé, cracha Lucien, sa dernière phrase empreinte d'une amertume qui fit vaciller le cœur de Berthe.

Après un moment de silence où la tension semblait palpable, Lucien fixa Berthe sans détours, lui signifiant qu'il était temps de conclure cet échange douloureux.

— Vous pouvez sortir maintenant. Et pour votre pénitence, vous réciterez dix "Pater Noster", décréta-t-il, lui laissant aucune autre option que l'obéissance.

Berthe quitta le confessionnal, le cœur lourd, partagée entre le soulagement d'avoir sauvé sa conscience spirituelle et le poids de la culpabilité pour n'avoir pu alléger le sort d'Aldebert. Sa démarche était celle d'une âme tourmentée, cherchant paix et rédemption dans un monde où la justice divine semblait parfois impénétrable.

De son côté, Lucien sortit de l'isoloir avec une précipitation qui trahissait son trouble intérieur, marmonnant des paroles que seul son cœur tourmenté pouvait comprendre. Rejoignant la salle où les moines s'affairaient, il lança d'une voix qui ne souffrait d'aucune contestation.

— Amenez-moi Henri et Aldebert, immédiatement !

****************

Percival était assis sur le sable fin, son regard perdu vers l'horizon où le ciel se mêlait à la mer dans une étreinte lointaine.

Ce jour-là, son esprit n'était pas captivé par la splendeur du large, mais embrouillé par une quête de sens et de réconciliation intérieure. Il se reprochait amèrement son absence auprès de ceux qu'il chérissait, conscient que son retrait volontaire l'avait enfermé dans une solitude pesante. Seule Eloïse, avec sa présence constante et bienveillante, avait bravé les murailles qu'il avait érigées autour de lui. Bien qu'il se montrât distant, sa gratitude envers elle était immense. Il savait qu'il lui fallait changer, évoluer, sous peine de se voir abandonné par tous.

Quinze ans auparavant, la mort de sa mère lors d'une grossesse tragique avait été un coup du sort cruel, laissant derrière elle un enfant mort-né et un foyer brisé. Simon, son père, marqué par le deuil et l'incapacité de surmonter cette perte, avait choisi l'exil solitaire de l'océan, laissant à Percival, alors âgé de dix-sept ans, le fardeau d'une double absence. Ce tournant l'avait contraint à mûrir prématurément, à s'endurcir face aux épreuves de l'existence, au prix d'un certain détachement émotionnel envers autrui.

Cet examen de conscience insuffla à Percival une détermination nouvelle, l'incitant à repenser sa manière d'interagir avec ceux qui, malgré tout, lui avaient tendu la main. Décidé à rompre avec l'isolement, il était résolu à renouer avec la communauté de l'île, à se réintégrer parmi ses pairs pour échapper au spectre de l'isolement qui avait consumé son père.

Après avoir trié sa pêche matinale, il conserva juste le nécessaire pour subsister et, une fois sa dîme honorée, décida de distribuer le surplus aux nécessiteux de l'île. Il remonta vers sa cabane, laissant derrière lui les traces de ses pas dans le sable, pour y déposer sa part. Avant de repartir, il enfila une chemise, un geste de bienséance qui le préservait des regards réprobateurs.

En rangeant sa ration dans un panier, son attention fut captée par un bocal en verre, posé nonchalamment sur la table et empli d'une poudre blanche énigmatique. Il le saisit, intrigué par sa facture d'une perfection inhabituelle sur l'atoll. À côté, un message écrit à la craie lui était adressé. « **À remettre à Jean pour soigner la phtisie, deux pincées de poudre dans un verre d'eau, trois fois par jour.** »

Après une brève inspection des alentours, qui ne révéla rien, Percival, enveloppé dans le mystère de cette découverte, se dirigea vers la demeure de Jean et Eloïse.

Apercevant Eloïse s'affairant au linge, il s'approcha discrètement et déposa un baiser furtif sur sa joue. La surprise d'Eloïse fut totale, mais elle se radoucit rapidement après la réaction spontanée de Percival.

— Imbécile, tu m'as fait peur ! s'exclama-t-elle, une lueur de malice dans les yeux.

— Excuse-moi, j'aurais dû prévenir. Mais je ne retirerai pas mon geste, répliqua Percival, un sourire timide ourlant ses lèvres.

Leur échange, ponctué par cette marque d'affection inattendue, marquait un tournant dans la relation de Percival avec Eloïse, témoignant de son désir de changer, de s'ouvrir à nouveau au monde.

-...Ton père est là ? demanda-t-il finalement, cherchant à reprendre une contenance, conscient du pas qu'il venait de franchir vers une nouvelle vie, moins solitaire.

— Non, mais ces derniers temps, je le vois peu, répondit Eloïse, une pointe de froideur dans sa voix, manifestement affectée par le soudain changement d'attitude de Percival.

— Et sa quête concernant les vaches de Grégoire ? a-t-il poursuivi, cherchant à détourner la conversation sur un sujet moins personnel.

— Il est allé voir Paul au château et n'est pas encore rentré, expliqua-t-elle, son ton laissant transparaître une inquiétude latente.

Conscient du malaise qu'il avait involontairement créé, Percival choisit de clore cette conversation devenue tendue.

— Je te laisse un peu de poisson. Je vais visiter les fermes isolées avant de me rendre au château ; peut-être le croiserai-je là-bas.

— Ta pêche a été si abondante ?

— Pas spécialement. Mais depuis l'allégement des impôts par Jacques le Bon, j'ai plus que nécessaire. Il me semble juste d'en partager avec ceux en besoin.

L'attitude enjouée de Percival piqua la curiosité d'Eloïse.

— Qu'est-ce qui t'arrive ce matin ? Une révélation ?

Percival laissa échapper un sourire.

— Disons que j'ai décidé de m'ouvrir davantage, de renouer avec la vie sociale de l'île.

Eloïse, surprise mais visiblement réjouie par cette nouvelle, choisit de répondre à cette ouverture par un geste affectueux.

— Dans ce cas, je suis heureuse de t'accueillir à nouveau parmi nous. Voilà pour célébrer ton retour, dit-elle en lui offrant un baiser sur la bouche.

Leur moment fut interrompu par l'arrivée de Jean. Percival, surpris et légèrement embarrassé par cette intimité soudaine, s'écarta précipitamment.

— Voici ton père. Il semble de bonne humeur.

— Oui, bien mieux que ce matin, répliqua-t-elle avec un sourire.

Jean les rejoignit, enveloppant sa fille dans une étreinte chaleureuse avant de se tourner vers Percival avec un air triomphant.

— La pandémie est terminée. Les vaches de Grégoire étaient bien la source.

— Et quelle a été votre solution ? demanda Eloïse, soulagée.

— Avec l'aide de soldats envoyés par Jacques, nous avons dû prendre la décision difficile d'abattre et de brûler le troupeau.

Percival, concerné, demanda des nouvelles de Grégoire.

— Pour Grégoire, c'est compliqué. Il n'est pas malade, mais la perte est dure. Le plus difficile sera de vivre avec la responsabilité de cette tragédie.

— Je lui rendrai visite. Et pour les malades ?

— Hélas, il est trop tard pour eux, admit Jean, l'ombre d'une tristesse passant sur son visage.

Percival, se souvenant du mystérieux bocal trouvé chez lui, le présenta à Jean.

— J'ai trouvé ceci chez moi, accompagné d'un message sur la façon de soigner la phtisie.

Jean examina le bocal avec incrédulité.

— Est-ce sérieux ?

— Absolument. Si tu veux, je peux te montrer le message.

Intrigués, ils se dirigèrent vers la cabane de Percival, laissant Eloïse seule avec un sentiment mêlé d'inquiétude et d'espoir face à cette révélation inattendue.

***************

Arrivés dans la cabane de Percival, Jean examina le message avec attention, ne pouvant nier l'évidence de sa présence. Il s'assit, visiblement bouleversé par la découverte, et observa de nouveau le bocal avec stupeur.

— Qui aurait pu m'envoyer cela, et pourquoi chez toi ? demanda-t-il, perplexe.

— Je n'en ai aucune idée. Peut-être parce que ma demeure est isolée, contrairement à la vôtre, suggéra Percival.

— Mais quel besoin de tant de mystère ? remettre ce bocal en main propre aurait été plus simple, ajouta Jean, intrigué par les intentions derrière cet acte.

Percival acquiesça, puis pointa du doigt la conception inhabituelle du récipient.

— Avez-vous remarqué à quel point sa fabrication est exceptionnelle ?

Jean se pencha pour une inspection plus minutieuse, constatant alors la qualité supérieure du bocal qui lui avait échappé jusque-là.

— En effet, je ne connais personne capable d'un tel travail ici.

— Autant de mystères, n'est-ce pas ? dit Percival, capturant l'attention de Jean avec un regard intense.

— Et à propos du château, de son église, et des effigies disséminées sur l'atoll, cela ne vous a jamais interpellé ?

Jean, dérouté par ces questions soudaines, prit un moment pour répondre.

— Non, je ne vois pas où tu veux en venir, avoua-t-il.

Percival, désireux de partager ses interrogations, s'avança.

— Ces questions me hantent depuis longtemps. Je n'en ai jamais parlé, de peur d'être pris pour un fou.

Jean, touché par la sincérité de Percival, l'encouragea à continuer.

— Récemment, j'ai moi-même vécu quelque chose d'inexplicable. Je t'écoute.

Percival reprit, sa voix trahissant son agitation.

— La grandeur de ces bâtisses et le temps record de leur céation m'interrogent. Comment, en si peu de temps, avec si peu de moyens, nos ancêtres ont-ils accompli de tels exploits ?

Jean réfléchit un instant avant de répondre.

— Peut-être par bateau, lors de l'arrivée de nos ancêtres.

— Impensable. Le volume de matériaux nécessaires dépasse l'entendement. Et pourquoi ériger tant de monuments ? Leur disparition soudaine, l'âge uniforme de la première génération, le pacte avec les Normands sans trace de conflit...

Percival, maintenant pleinement engagé dans la conversation, approfondit l'une des énigmes les plus troublantes de l'île.

— Imaginez, Jean, une communauté prospère s'évanouissant du jour au lendemain, laissant derrière elle uniquement des enfants, tous d'approximativement le même âge. C'est ce qui s'est passé ici, sur notre île. Comment expliquer une telle disparition, sans trace, sans témoignage ?

Jean, absorbé par le récit, hochait la tête, signe de sa perplexité croissante.

Percival continua, sa voix empreinte d'une gravité certaine.

— Ce qui est encore plus mystérieux, c'est l'absence de lutte pour la survie. On aurait pu s'attendre à des signes de conflit, des vestiges de batailles pour les ressources ou contre d'éventuels envahisseurs. Rien de tout cela. Comme si, du jour au lendemain, les adultes s'étaient volatilisés, laissant derrière eux des constructions impressionnantes et une génération d'adolescents pour perpétuer leur héritage.

Jean, touché par la profondeur de cette réflexion, ajouta.

— Et ces enfants, sans guidance, ont dû reconstruire, repartir de zéro. La résilience dont ils ont fait preuve est remarquable.

— Exactement, reprit Percival. Et puis, il y a ce bocal et son contenu.

Jean regarda à nouveau le bocal, comme s'il pouvait y trouver des réponses à ces questions séculaires.

— C'est une perspective fascinante, Percival. Ce bocal, ce message, pourraient être des vestiges d'un savoir perdu, une clé pour comprendre non seulement la disparition de nos ancêtres mais aussi leur vie, leurs luttes, et peut-être même leurs espoirs.

Percival acquiesça, son esprit en ébullition face à l'ampleur des mystères de leur île. Toutefois, Percival sentait que le moment était venu pour Jean de partager son expérience.

— Je pense qu'il est temps que vous me racontiez ce qui vous est arrivé, après que j'aie partagé mes propres tourments, insista Percival.

Jean se leva et sortit de la cabane, s'arrêtant au seuil pour contempler le ciel. Rejoint par Percival, tous deux observèrent ensemble le firmament, dans l'attente d'une révélation.

— Crois-tu en Dieu, Percival ? demanda Jean, son regard perdu dans l'immensité céleste.

— Oui, bien sûr. Comment ne pas croire, devant la beauté de ce monde ? répondit Percival, captivé par la vue.

— Et si Dieu choisissait de s'adresser à toi, comment le ferait-il ?

— La question prit Percival au dépourvu.

— Par la voix, une manifestation, ou peut-être une sensation intérieure ?

— Par la voix, rétorqua Jean, sa voix empreinte de tourment. Jamais je n'aurais imaginé cela possible, mais j'ai entendu une voix... externe, nasillarde, métallique, à l'opposé de ce que j'aurais pu concevoir.

Percival afficha un scepticisme prudent.

— Vous avez entendu Dieu ?

— Je ne sais pas. Mais les paroles de cette voix se sont avérées véridiques.

L'intensité de Jean monta d'un cran, et Percival, ne souhaitant pas l'irriter, adoucit le ton de sa réponse.

— Excusez-moi, Jean, mais pourriez-vous être plus précis ? Vos mots restent énigmatiques pour moi.

Jean, réalisant l'importance de moduler son discours, continua avec une certaine retenue.

— La pandémie me préoccupait profondément, me laissant impuissant. Devant une des effigies, je me suis agenouillé pour prier. Je m'apprêtais à partir, déçu par le silence, quand cette voix m'a soudainement interpellé. "Le lait des vaches".

— "Le lait des vaches", c'est tout ? s'enquit Percival.

— Exactement. Au début, je pensais à une plaisanterie. Mais il n'y avait personne, et la voix semblait émaner de l'effigie elle-même. Cela m'a guidé vers le lien entre le lait et la maladie.

La sincérité de Jean était indéniable, ses yeux brillant d'une vérité incontestable. Percival, déjà accablé par ses propres mystères, n'avait aucune raison de douter.

— Ne trouvez-vous pas cela étrange, Jean ?

-Absolument, surtout maintenant, avec ceci, admit Jean, examinant à nouveau le bocal.

Percival, tout aussi perplexe, reprit.

— Que comptez-vous faire avec cette poudre ?

— L'utiliser. Après tout, pourquoi toute cette mise en scène sinon ?

# Chapitre 12

La soirée avançait déjà, enveloppant l'île d'une ombre inquiète. Les hommes du village, rassemblés en cercle, affichaient tous une tension palpable sur leurs visages marqués par l'inquiétude. Erik, le front barré d'une cicatrice fraîchement recousue, se tenait aux côtés d'Arne, dont le visage tuméfié témoignait des récentes épreuves. Gislinde, à leur vue, avait pâli d'horreur, non seulement à cause de leurs blessures mais aussi face à leur récit, une histoire si terrifiante qu'elle dépassait l'entendement.

— Cet homme a disparu comme par magie, raconta Wilfried, le chef de canot, encore secoué par les événements dans la jungle. Deux heures de recherche acharnée, et pas la moindre trace.

— Comme s'il s'était évaporé ? sans laisser de sang ni de signe de son passage ? questionna Erik

— Insinues-tu que je mens, ou que ce n'était pas un homme ? demanda Wilfried, interprétant mal le silence d'Erik.

— Je n'accuse personne. Mais comment expliquer cette disparition ?

— Ce n'était ni un homme... ni un démon. Wilfried reprit, soulignant sa perplexité face à l'inexplicable.

— Tu répètes ces insinuations ! Penses-tu vraiment à un démon, parce qu'il a disparu sans trace ? Pour moi, c'était simplement un homme astucieux, ou peut-être dérangé. Quelle autre explication pourrait-il y avoir ? Erik essaya de rationaliser, malgré l'étrangeté de la situation.

— Ce qu'il a fait, à ce pauvre Harald et son fils, sans parler de toi et Arne... cela dépasse l'entendement. Aucun de nous n'aurait la force pour un tel acte, conclut Wilfried, son regard sombre sous-entendant l'ampleur de leur mystère.

La conversation s'intensifia jusqu'à ce qu'Olaf intervienne, cherchant à apaiser l'atmosphère électrique.

— L'essentiel, maintenant, est d'empêcher que cela se reproduise. Je propose une surveillance accrue de nos frontières, de jour comme de nuit. Des hommes sont déjà en poste, armés et vigilants.

— Crois-tu vraiment qu'un de nos voisins soit derrière cela ? demanda Erik, cherchant à comprendre la suspicion d'Olaf.

— Je ne peux l'affirmer, mais la prudence est de mise. Mieux vaut prévenir que guérir, répondit-il, sa décision imprégnée de sagesse.

Erik se leva, son cœur lourd à l'idée des funérailles à venir.

— Les bûchers sont prêts. Il est temps de rendre hommage à nos morts et de les honorer dignement, annonça Ragnar le Brun, rompant le silence lourd.

— Que cela soit fait, déclara Erik, sa voix emplie de résignation face à la tâche douloureuse qui les attendait.

***************

Thorvald avait passé une journée éprouvante, consacrée au nettoyage de la digue en prévision des pluies imminentes, ce qui l'avait considérablement retardé pour le dîner. Nommé responsable en chef de cette construction vitale par Dietmar il y a quelques années, il possédait une connaissance approfondie de l'ouvrage, justifiant pleinement sa nomination grâce à ses compétences exceptionnelles d'ingénieur et de leader. Sa ferme, bâtie en torchis et mottes de terre, se dressait non loin de la réserve d'eau, lui permettant d'intervenir rapidement en cas d'urgence. Amoureux des hauteurs, il avait choisi cet emplacement pour la vue qu'il offrait.

Dix ans de mariage avaient donné naissance à deux fillettes, Berti et sa sœur cadette, séparées par deux ans. Berti, l'aînée, ne manquait jamais une occasion de souligner son âge supérieur, surtout lorsque son père rentrait tard après avoir passé du temps avec ses amis. Néanmoins, l'amour qui unissait la famille était indéniable.

Après une longue journée de travail, Thorvald appréciait de s'évader un moment pour respirer l'air marin qu'il chérissait tant, surplombant l'île depuis la falaise. Cette nuit-là, sous un ciel dégagé illuminé par une pleine lune, la clarté lunaire baignait l'île d'une lumière tamisée, lui permettant de distinguer chaque recoin de son domaine. Inspirant profondément l'air iodé et expirant avec force, il ressentait une euphorie bienvenue. Imprégné de cette tranquillité, il décida finalement de rejoindre sa famille, en paix avec lui-même.

À son arrivée, Myla l'accueillit avec un mélange de reproche et de soulagement.

— Ton repas t'attend, mais il sera froid !

— J'ai une faim de loup, je pourrais même manger mes doigts ! répondit-il avec un rire fatigué.

— Eh bien, tu devrais commencer, car je suis sur le point de tout ranger à cause de ton retard !

Comprenant l'agacement de Myla, Thorvald la rejoignit pour l'embrasser tendrement.

— Tu es éblouissante ce soir.

Son sourire trahissait son indulgence face à son retard.

— Les filles sont-elles couchées ? s'enquit-il, espérant détourner la conversation des reproches attendus.

— Oui, mais elles attendent ton baiser pour s'endormir.

— Je ne manquerai pas d'aller les voir, après avoir mangé.
— Attention, pas de sursauts effrayants ce soir. Après ce qu'elles ont entendu cet après-midi, mieux vaut éviter de les inquiéter davantage.
— Que s'est-il passé ?

Myla, surprise par son ignorance des événements du jour, s'assit face à lui tandis qu'il prenait place pour dîner.

— Tu n'as pas entendu parler de la tragédie de Harald et de son fils Ulrick ?
— Non, désolé. Les préparatifs contre les pluies m'ont tenu éloigné du village.
— Ils ont été sauvagement assassinés. Leur crémation se déroule probablement en ce moment.

L'appétit de Thorvald s'évapora à cette nouvelle. Il repoussa son bol, submergé par l'émotion.

— Par qui ?
— Personne ne sait. Erik et Arne ont été blessés. Erik a aperçu quelque chose, mais sans pouvoir en dire plus.
— Un conflit avec un Normand, peut-être ? Ou un chrétien ?
— Ou un démon, avança Myla d'une voix grave.
— Un démon ? C'est absurde !
— Certains le pensent. Ils disent qu'il vient de l'île de Ragnarök.
— Ridicule. Et toi, qu'en penses-tu ?
— Je l'ignore, mais j'espère qu'ils trouveront rapidement le coupable.

Thorvald perçut l'inquiétude persistante de sa femme, même après avoir tenté de minimiser les craintes liées aux rumeurs d'un être surnaturel. Comprenant son angoisse, il se leva et la prit dans ses bras pour la réconforter.

— Ne t'inquiète pas, cette affaire sera bientôt résolue.

— Cette affaire ? s'indigna-t-elle, offensée par la banalisation de l'événement.

— Pardon, mon choix de mots était maladroit. Harald et son fils étaient des hommes de bien. Je regrette de ne pas être présent pour leur rendre hommage.

— Il n'y a rien que tu puisses faire, tu n'étais pas au courant, lui rappela-t-elle.

Thorvald acquiesça et soupira, tentant d'alléger l'atmosphère tendue qui s'était installée entre eux.

-Ces derniers temps j'ai peut-être un peu négligé tout le monde, n'est-ce pas ?

Elle le repoussa doucement avec un sourire et l'encouragea à aller voir leurs filles avant qu'elles ne commencent à pleurer. Cependant, Berti et Gerda coururent vers lui avant qu'il ait pu faire un pas, cherchant ses bras réconfortants.

— Il est bien tard pour être encore debout, mes chéries !

Après les avoir embrassées, il les souleva, une dans chaque bras. Thorvald admirait ses filles, émerveillé par leur présence. L'aînée, avec ses cheveux roux et son visage espiègle, et la cadette, blonde aux yeux clairs hérités de sa mère. Leur naissance avait transformé cet homme autrefois insouciant.

— Tu rentres tard, papa, remarqua Berti, l'aînée.

— Oui, ma chérie, mais le travail m'attendait.

— Papa, il y a un vilain homme dehors, ajouta Gerda, montrant une fausse bravoure.

— Ne vous inquiétez pas, ici, c'est notre foyer, et il n'a pas le droit d'entrer.

Le ton dramatique adopté par Thorvald n'amusa pas Myla.

— Tu adores leur faire peur, n'est-ce pas ? lui reprocha-t-elle.

Il s'apprêtait à répondre quand un bruit sourd venu de l'extérieur les interrompit.

— Qu'est-ce que cela peut être ? s'inquiéta Myla.

— Je ne sais pas, mais reste avec les filles, je vais vérifier.

Thorvald saisit son épée avant d'ouvrir la porte, laissant sa famille dans l'incertitude. Dehors, le silence nocturne régnait, sans indice d'une présence indésirable. L'espace d'un instant, même Thorvald se laissa influencer par les rumeurs d'un esprit malveillant. Cependant, après avoir minutieusement inspecté les environs sans rien découvrir d'anormal, il retrouva son calme habituel. Sur le seuil, il se retourna pour rassurer sa famille avec un sourire.

Mais soudain, un frémissement sinistre, un mélange de chair et d'os brisés, parvint aux oreilles de Myla. Les yeux gris de son mari, Thorvald, se teintèrent d'un rouge sanglant. Son sourire, auparavant serein, se figea dans le temps, qui, pour quelques secondes interminables, sembla suspendu. Soudain, Thorvald s'effondra, une masse inerte, le crâne arrière brisé par un coup fatal.

Face à cette horreur, Myla ne poussa pas un cri, pas plus que ses filles. Même lorsqu'une silhouette déformée et terrifiante prit la place de l'homme qu'elles chérissaient tant, aucun son ne franchit leurs lèvres. Cette créature abjecte, haletante, serrait dans sa main la hache encore maculée du sang noble de Thorvald.

Myla, reprenant ses esprits comme si un éclair de lucidité l'avait frappée, resta d'un calme olympien. Sans un battement de cil, elle posa doucement ses deux filles au sol, fixant l'entité monstrueuse de son regard imperturbable.

Berti et Gerda, empreintes de l'aplomb de leur mère, demeurèrent immobiles, un calme forcé enveloppant leurs jeunes cœurs. Cependant, lorsque l'ombre menaçante fit un pas vers l'intérieur, Myla repoussa ses enfants et saisit d'un geste déterminé le grand couteau posé sur la table, avant de leur crier avec force.

— Courez au village !

Elle se lança alors sur l'assaillant avec une agilité surprenante, le couteau prêt à frapper. Mais l'adversaire, d'un mouvement vif, intercepta sa main dans une étreinte de fer, la repoussant avec violence au centre de la pièce.

Gerda, plus agile, réussit à s'échapper par la porte. Berti, la suivant de près, fut brutalement arrêtée par le manche de l'arme, tombant lourdement, le sang jaillissant de ses oreilles.

Transpercée de douleur à la vue du corps inerte de son enfant, Myla se releva, une rage incommensurable la propulsant de nouveau vers ce monstre. Il subit ses assauts, ses coups et griffures, avant de la rejeter au sol, lui coupant le souffle.

Le silence fut rompu uniquement par la respiration saccadée de l'agresseur. Il l'observa un moment, et lorsque Myla tenta de se redresser, il s'approcha et s'assit sur elle de tout son poids, compressant l'air de ses poumons avec une cruauté glaciale. Avec une désinvolture horrifiante, il enfonça ses doigts autour de sa trachée, arrachant sa vie sans la moindre hésitation.

Dans ses derniers instants, une larme coula alors que Myla fixait le corps sans vie de sa fille, et tandis que la bête s'acharnait sur elle, elle eut une ultime pensée lucide, maudissant l'entité qui lui avait volé son existence et celle de ses proches.

*****************

Dans l'obscurité perçante de la nuit, Gerda, malgré ses huit printemps, puisait dans des réserves de courage insoupçonnées. Chaque pas l'éloignait du carnage inimaginable qui venait de déchirer sa famille, ses petites jambes la propulsant à travers les méandres et les dénivelés abrupts de l'île. La forêt, dense et menaçante, semblait s'ouvrir devant sa détermination, ses pieds nus affrontant sans relâche la rudesse du sol, les racines traîtresses et les pierres coupantes. La douleur, bien présente, s'estompait face à l'urgence de sa mission. atteindre le village pour alerter les siens.

La lune, bienveillante, éclairait son chemin à travers les branches entrelacées, créant un labyrinthe d'ombres et de lumières où chaque souffle, chaque bruissement de feuille, semblait porter l'écho de la tragédie. Gerda, le cœur battant à tout rompre, ignorait combien de temps elle avait couru. Les bois semblaient s'étendre à l'infini, un dédale naturel où la notion du temps se perdait. Mais l'instinct, plus aigu que jamais, la guidait infailliblement vers la sécurité, au-delà des collines escarpées et des vallons de son île natale.

Les pensées de Gerda vacillaient entre les images terrifiantes de la tuerie et la force inébranlable de l'espoir. Chaque pas était un acte de rébellion contre le destin cruel qui avait frappé sa famille. Sa course, marquée par un dénivelé qui aurait éprouvé les plus endurants, était le témoignage silencieux de sa volonté farouche de survivre, de porter le deuil et la vengeance de ceux qu'elle avait perdus.

Enfin, les premières lueurs du village apparurent, tel un phare dans la nuit. Ses poumons brûlaient, ses muscles criaient grâce, mais Gerda ne s'arrêta pas avant d'avoir franchi les derniers obstacles. Elle s'effondra, épuisée mais invaincue, à l'entrée du village, devant le Skali. Le silence de la nuit fut brisé par le souffle haletant de l'enfant, qui, dans un dernier élan de conscience, chercha désespérément à alerter les siens avant que l'obscurité ne l'engloutisse.

*****************

La foule s'était dissipée dans un murmure contraire à l'accoutumée, laissant derrière elle le silence solennel d'un adieu à Harald et Ulrick. Ce silence était chargé d'une consternation profonde, tandis qu'une angoisse subtile mais palpable s'infiltrait dans le cœur de chacun, témoignant de la gravité du drame sans précédent qui avait frappé l'île. Erik et ses proches, derniers à quitter les lieux, partageaient ce sentiment d'étrangeté, loin de la communion espérée lors de ces rites de passage vers l'au-delà.

— Le Valhalla ouvrira-t-il ses portes à leurs âmes tourmentées ? souffla Aymeric, sa voix trahissant un poids de culpabilité pour ne pas avoir su prévenir ce destin cruel.

— Pourquoi en serait-il autrement ? rétorqua Erik, cherchant à insuffler une lueur d'espoir. Ils n'ont pas succombé sans résister. Et toi, ne te charge pas d'un fardeau qui n'est pas le tien. Sinon, tu aurais rejoint leur funeste sort.

Aymeric, peinant à trouver les mots, fut interrompu par Erik, dont le regard complice tentait de dissiper les ombres du doute.

— Ta voix porte les échos de ton âme, inutile de dissimuler ta peine. Mais si culpabilité il doit y avoir, alors qu'elle soit partagée, car aucun de nous n'est exempt de remords. Toutefois, je te promets, la justice frappera celui qui a ourdi cette noirceur.

C'est alors que Freyre, ayant précédemment accompagné les femmes au "Skali", réapparut soudainement, son retour précipité semant l'étonnement parmi les présents.

— Venez vite ! lança-t-elle, l'urgence perçant sa voix.

— Quelle est cette nouvelle tourmente ? s'interrogea Olaf, l'âme inquiète.

Reprenant son souffle, Freyre articula avec peine.

— Une enfant, gisant dans un état déplorable à nos portes, a été trouvée."

Peut-être guidés par un sinistre pressentiment ou une inquiétude grandissante, ils se rassemblèrent, formant une unité solidaire qui se mit en mouvement, laissant derrière eux Freyre, qui tentait de récupérer de son élan.

Ils franchirent le seuil du "Skali" telle une marée humaine, leur arrivée tumultueuse nécessitant l'intervention apaisante de Gislinde.

— Apaisez vos cœurs, l'enfant a repris conscience, elle repose dans la pièce voisine.

— Qui est cette âme égarée ? s'enquit Erik, son inquiétude palpable.

— Gerda, fille de Thorvald et de Myla. Mais que fait-elle ici seule à cette heure ? S'alarma Arne, son esprit assailli de questions, lui qui avait vu le père de l'enfant à l'aube même.

— Son esprit semble voilé de confusion, admit Gislinde. Venez, mais en silence, de peur de l'effrayer.

Conscients de la fragilité de l'enfant, seuls Erik et Arne furent invités à la suivre. Ils découvrirent Gerda, allongée, immobile, son regard fixé au plafond, seul signe visible de son inquiétude, ses doigts s'entrelaçant nerveusement. Arne, retenu par Erik, insista.

— Laissez-moi l'approcher. Elle me connaît bien, et sa confiance m'est acquise.

Gerda, reconnaissant en Arne un visage familier, se redressa légèrement, sa voix tremblante révélant une peur enfantine.

— Un homme mauvais... chez nous... Papa et maman...

Les mots de Gerda furent un écho glacial pour Erik et Arne, qui perçurent immédiatement la gravité de la situation.

Arne, se relevant avec lourdeur, rejoignit Erik et les autres, son visage marqué par une ombre préoccupante.

— Armez-vous de courage, la nuit nous appelle. La détermination d'Erik galvanisa l'assemblée, prête à affronter l'obscurité pour rétablir l'ordre.

— Quel est ce mal qui persiste ? demanda Olaf, pressentant l'ampleur du drame.

— Le mal que nous pensions éloigner... est revenu, lâcha Erik, la gravité teintant chaque syllabe.

— De qui parles-tu ? Olaf frissonna, anticipant une réponse qu'il redoutait.

— De cette abomination, cracha Erik, son dégoût palpable.

Cette déclaration suffit à galvaniser chacun. Les torches, saisies dans un élan unifié, devinrent les flambeaux d'une quête vengeresse. Leur chevauchée fut une course contre le temps, les montures poussées à leurs limites dans l'urgence de la situation.

Approchant de la demeure de Thorvald, le silence fut leur allié, chaque homme tendu, l'oreille aux aguets, l'épée au poing.

— Vous, avec moi. Arne, garde l'extérieur, sois nos yeux, murmura Erik, sa voix chargée d'inquiétude.

— Je suis prêt à me battre à vos côtés. Pas de surprise cette fois, insista Arne, le regard ferme.

— Non, reste. Nous avons besoin de toi ici, en cas de..., coupa Erik, sans attendre de réplique.

Sans un mot de plus, Erik, Olaf, et Wilfrid s'aventurèrent à l'intérieur, découvrant avec horreur Thorvald, son destin tragiquement scellé. La brutalité de la scène les poussa plus avant, le cœur battant, scrutant chaque ombre.

Wilfrid, paralysé par l'horreur à la vue de Myla, s'effondra à l'extérieur, rendu malade par l'atrocité. Erik et Olaf, découvrant à leur tour le sort funeste de Myla, furent secoués d'une rage muette.

En sortant, leurs visages défaits annoncèrent aux autres l'impensable. La nouvelle de la cruauté subie par la famille frappa chaque cœur, un mélange de peur et de colère s'entremêlant.

— Ont-ils tous été... ? la voix d'Arne trahissait sa crainte d'une réponse affirmative.

— Ce n'est pas l'œuvre d'un homme... mais d'un monstre, hurla Wilfrid, l'effroi transperçant sa voix.

Olaf tenta de ramener un semblant de calme, insistant sur le besoin de précision face à l'horreur. Erik, reprenant le contrôle, souligna l'urgence de leur mission. retrouver cette menace, quelle qu'elle soit.

Conscients de leur nombre limité, ils convinrent d'une stratégie pour le lendemain, tout en se préoccupant du sort des corps de Thorvald et Myla. C'est alors qu'Arne rappela l'existence d'une autre possible victime, Berti, plongeant le groupe dans une nouvelle urgence.

Erik réagit instantanément à la question d'Arne.

— Séparons-nous en trois groupes et cherchons dans les moindres recoins ! Mais restez sur vos gardes, et à la moindre alerte, vous n'aurez qu'à crier !

Erik, Olaf et Arne prirent chacun le commandement d'un des groupes, et ils se dispersèrent d'un pas rapide tout autour de la périphérie du terrain. Les nerfs étaient à fleur de peau, et le sang battait fort au niveau des tempes. Malgré cela, le désir de retrouver la fillette saine et sauve leur permettait de surmonter leur peur face à l'inconnu. Cette peur, sensation complètement étrangère à ce peuple, était pour la première fois latente en chacun d'eux, mais nul ne s'attarda à l'analyser, tant ils étaient submergés par l'adrénaline. Aucun recoin ne fut négligé, et l'ardeur mise à la recherche de la fillette finit par payer.

— Venez, j'ai trouvé des traces de sang !

Arne venait de hurler au loin, ameutant les deux autres groupes qui filèrent promptement dans la direction du cri. Ils trouvèrent Arne non loin de la réserve d'eau.

— Il retourne vers la jungle, regarde Erik !

Une tache de sang suintait encore sur un rocher.

— Voilà pourquoi il ne laisse que peu de traces ; il profite de chaque rocher sur son chemin, je suis sûr qu'il doit se trouver près de la falaise, c'est un bon chemin caillouteux pour lui.

Aymeric fut le premier à courir, suivi par tous les autres sur le montant qui rejoignait la muraille naturelle, et à aucun moment il ne relâchasa cadence, jusqu'àce qu'il arrive au sommet. Puis il se retourna vers le groupe qui lui emboîtait le pas et brailla.

— Là, il y a du sang aussi !

Il ne put en dire plus, car il fut projeté en avant avec force et dégringola les rochers sans un mot, désarticulé comme une marionnette. Les hommes ne comprirent pas ce qui venait de se passer, puisqu'aucun mouvement ni aucune autre forme ne se trouvait à ses côtés.

Olaf s'approcha du corps d'Aymeric et le retourna ; il avait le crâne fracassé.

— Il est mort !

Tous levèrent d'unisson les yeux vers l'arête de la falaise, et au même moment, dans le contre-jour de la lune étincelante, une forme massive se leva et projeta dans leur direction un objet. Une grosse pierre frappa l'épaule de Keirin, garde rapproché d'Erik, avec une violence inouïe, celui-ci tomba à la renverse en hurlant de douleur.

— Prenez garde et baissez-vous ! beugla Erik.

Arne, en évitant de justesse une nouvelle pierre, lança de toutes ses forces sa torche, qui éclata en une kyrielle d'étincelles, dévoilant l'espace d'une seconde cette forme trapue et surprenante. Ce jet de feu fit fuir l'agresseur, qui se perdit dans la pénombre des rochers, en bramant un langage inconnu de tous.

Olaf et quelques autres se relevèrent pour le poursuivre, mais Erik les stoppa aussitôt.

— Surtout pas, il semble se mouvoir mieux que nous dans la pénombre, et je ne veux aucun mort de plus ce soir !

— Et pour la fille de Thorvald ? lâcha Olaf, nerveux, prêt à en découdre avec ce monstre.

— Pas cette nuit, Olaf. Il s'est enfui seul, comme vous l'avez tous vu ! La fillette doit être tout près d'ici ! Arne, occupe-toi de Keirin, et nous autres, fouillons les environs, mais restons groupés !

Keirin se releva en grimaçant.

— Il est hors de question que je reste là ; je viens avec vous !

— Keirin, ton bras est ballant ; tu as le bras ou la clavicule cassée, lui dit Arne, d'une voix haletante.

— Peu m'importe, j'ai toujours mon bras gauche, et je ne changerai pas d'avis !

Erik, connaissant l'entêtement de Keirin, acquiesça, et ils gravirent ensemble les rochers, suivant le parcours du fuyard. La recherche ne dura qu'un instant, car l'individu s'était débarrassé de ce poids supplémentaire pour s'échapper, et le corps de Berti apparut entre deux roches.

— Elle est là ! soupira Olaf, résigné.

Aucun ne s'approcha de la fillette, inconsciemment ils espéraient tous la voir bouger, mais leur attente était vaine. Aussi, Olaf et Erik avancèrent auprès d'elle et l'empoignèrent pour la sortir de ce creux. Après l'avoir posée délicatement au sol, Erik fut intrigué par l'état de ses jambes. Il approcha sa torche, et son visage vira instantanément au rouge.

— Par tous les dieux d'Asgard !

— Que se passe-t-il ? demanda Arne, inquiet de voir la réaction de son ami.

Erik jeta son flambeau de colère et se mit à marcher de long en large, marmonnant. Olaf lui-même avait pâli, mais il se retint de toute expression ou mouvement, bien qu'il reculât de quelques mètres.

Keirin franchit les rochers et mit un genou à terre, scrutant ce qui semblait être une anomalie, et un frisson parcourut son corps à la vue des blessures de Berti.

— Il lui a dévoré les cuisses, ce monstre !

L'impact de cette révélation glaça littéralement tous ceux présents. Si cette nuit avait été éprouvante par ses derniers actes barbares, celui-ci dépassait l'entendement, et les mots peur, effroyable, terrifiant prirent alors un réel sens pour ces hommes vaillants.

— Tu penses toujours que ce n'est pas un démon, Erik ? lança Wilfried avec fougue.

Erik ne répondit pas, car le doute s'insinua malgré lui, mais il lui fallait se reprendre pour le bien de tous.

— Il nous faut redescendre tous les corps ce soir... Et demain matin, avertir chacun des Normands, habitant dans les coins les plus reculés de l'île, de rejoindre le centre du village et d'y trouver où se loger. Nous aviserons pour tout le reste, en temps et en heure.

# Chapitre 13

À l'aube, alors que le ciel se teintait de couleurs pastel, Percival, fidèle à son rituel quotidien, avait déjà pris la mer. Ce matin-là, malgré la houle capricieuse qui dansait plus fièrement que d'habitude, il revenait, les bras chargés d'une pêche miraculeuse. Après ses livraisons au château, dont les hautes tours se découpaient fièrement contre l'horizon naissant, il se dirigea vers les confins de l'atoll. Ce petit bout de terre, cerclé par les eaux turquoise de l'océan, abritait une communauté soudée, façonnée par les caprices de la nature et les dons généreux de la mer.

Les maisons, éparpillées comme des perles sur le fil du littoral, racontaient les histoires de ceux qui y vivaient. Percival, connu de tous comme le cœur bienveillant de l'atoll, parcourut ces demeures, partageant les fruits de sa pêche avec ceux éprouvés par une récolte décevante ou le manque cruel de biens nécessaires au troc. Chaque maison visitée était un monde en soi, mais l'accueil y était universellement chaleureux. Percival, bien que d'habitude réservé, se laissa envelopper par la sincère hospitalité de ses voisins, partageant avec eux des moments d'une rare convivialité.

Il ne lui restait plus qu'une modeste réserve de poissons et de crustacés variés qu'il avait soigneusement gardée pour Grégoire, le solitaire de l'atoll. La maison de Grégoire se dressait au point le plus élevé de l'île, une bicoque battue par les vents et les embruns, témoignage de la résilience de son occupant. Le chemin qui y menait serpentait à travers une végétation luxuriante, où les palmiers se balançaient doucement, comme pour guider les pas de Percival.

Arrivé devant la porte du vieux fermier, il fut accueilli par le silence. La porte, habituellement close et verrouillée, était étrangement ouverte, révélant l'intérieur sombre et déserté. Percival sentit une vague d'inquiétude l'envahir. Grégoire et lui partageaient un respect mutuel, forgé au fil des années et des épreuves. L'absence de réponse à ses appels renforça son appréhension.

La propriété de Grégoire, un lopin de terre bravant la stérilité de l'atoll, était le fruit d'un labeur incessant. Mais aujourd'hui, seuls le silence et une atmosphère de désolation y régnaient. En explorant les alentours, Percival découvrit les vestiges d'un feu de joie, des cendres encore tièdes sous ses doigts. L'image de Grégoire, solitaire mais fier, veillant sur son bétail comme sur sa propre famille, lui revint en mémoire. La disparition de cette présence vitale plongeait Percival dans un abîme de questions sans réponses.

La découverte d'un couteau, abandonné sur un bout de papier froissé, rompit le cours de ses pensées. La lettre, de la main de Grégoire, révélait un désespoir profond, une culpabilité insurmontable face à des actes involontaires. Percival, les yeux embués, lut et relut le message, chaque mot résonnant comme un adieu.

Le regard de Percival se perdit vers l'océan, cet infini berceau de vie et de mort. Il savait que l'atoll, dans sa beauté sauvage et indomptée, était à la fois un refuge et une épreuve. La décision de Grégoire de se fondre dans l'immensité bleue était un choix lourd de sens, un dernier geste pour apaiser les tourments d'une âme en peine.

Percival, le cœur lourd, reprit son chemin, laissant derrière lui la demeure de Grégoire, désormais vide. Chaque pas l'éloignait de ce lieu empreint de solitude, mais rapprochait son esprit de la sagesse cruelle de l'océan. dans le grand cycle de la vie, chaque fin est le prélude à un nouveau commencement.

Alors qu'il descendait le sentier escarpé, un bruit de galop stoppa net Percival dans sa progression. Il se pressa contre le flanc de la colline pour laisser passer la monture et son cavalier. Reconnaissant l'homme, un sourire amer étira ses lèvres.

— Et bien, quelle surprise de te trouver ici, loin de tout ! lança Geoffray en arrêtant son cheval devant Percival.

— Percival haussa les épaules, l'ombre d'un sourire dissipant brièvement la lourdeur de son cœur.

— Je pourrais dire la même chose, Geoffray. Que fais-tu seul, et si loin de ta garnison ?

Geoffray démonta avec l'agilité d'un homme habitué à la selle, sa curiosité piquée par la rencontre inattendue.

— Je viens voir Grégoire. Comment va-t-il ?

La question, simple en apparence, pesa lourd sur les épaules de Percival. Il détourna le regard, fixant un instant l'horizon où la mer et le ciel se confondaient.

— Mal, très mal.

Geoffray fronça les sourcils, pressentant la gravité de la situation bien avant que les mots ne soient prononcés.

— Je me doutais bien... C'est pourquoi j'allais le voir.

Le silence qui s'installa entre eux était lourd de non-dits, de compassion et de compréhension mutuelle. Percival, sentant le besoin de rompre cette pesante atmosphère, tenta de faire preuve de légèreté.

— C'est tout à ton honneur, de te faire du souci pour les autres !

La réplique, maladroite dans son intention de détendre l'atmosphère, ne fit qu'ajouter à la tension palpable.

— Que veux-tu dire par là ? demanda Geoffray, l'ombre d'une défense dans la voix.

Percival, réalisant l'effet de ses paroles, s'empressa de clarifier, son ton se faisant plus doux, plus sérieux.

— Rien, excuse-moi. Parfois, je dis des choses sans réfléchir.

Geoffray, scrutant le visage de son ami, y décela la fatigue et la tristesse. Un sourire compréhensif éclaira son visage, dissipant l'ombre d'un malentendu.

— Oui, je sais, répliqua-t-il avec une pointe de malice. Mais dis-moi, pourquoi cette mine sombre ? Qu'est-ce qui se passe avec Grégoire ?

Percival, après un moment d'hésitation, dénoua la corde qui retenait la missive à sa ceinture et la tendit à Geoffray. Celui-ci, intrigué, saisit le papier et le parcourut rapidement, son visage se fermant à mesure qu'il absorbait les mots chargés de désespoir.

— Bon, épargne-toi le voyage, Grégoire nous a quitté, murmura Percival, la voix étreinte par l'émotion.

— Et son corps ? Demanda-t-il, blême face à cette terrible annonce.

— Il n'y a pas de corps. Il s'est jeté du haut de la falaise, et c'est là que j'ai trouvé son couteau et cette lettre, expliqua Percival, le regard perdu dans le vague, comme pour retracer le chemin de Grégoire vers son ultime décision.

Geoffray survola de nouveau le morceau de papier, son visage se marquant d'une profonde tristesse.

**« Ce n'est pas pour mes bêtes, mais pour les vies que j'ai volées. Dieu ne me pardonnera pas mon acte, mais qu'il me pardonne au moins ce fléau dont je ne voulais pas. Grégoire »**

— J'aurais dû laisser quelqu'un avec lui. Il était abattu, mais je n'aurais jamais cru qu'il en viendrait à attenter à sa vie, souffla-t-il, la culpabilité teintant ses mots.

Voyant le désarroi envahir son ami et comprenant qu'il devait se sentir coupable d'avoir été, malgré lui, partie prenante de cette tragédie, Percival tenta de le rassurer.

— C'était un brave homme. Tu n'as rien à te reprocher. Vivre avec ce fardeau sur la conscience, c'était trop pour lui, et cela l'aurait été pour n'importe qui d'autre.

— Oui, certainement ! acquiesça Geoffray, semblant se ressaisir. J'en aviserais « Jacques le Bon » pour qu'il prenne les dispositions nécessaires concernant ses biens.

— Bien, je dois aussi te laisser, car j'ai encore un long chemin avant de rentrer chez moi, annonça Percival, la conversation prenant un tournant plus pratique malgré le poids des émotions.

Geoffray enfourcha sa monture et, avant de partir, s'enquit de la santé d'un autre membre de leur communauté.

— Henri va bien ?

— Je ne sais pas, je ne l'ai pas vu depuis hier, et Eloïse non plus, je crois, répondit Percival, son esprit déjà tourné vers les prochaines étapes à suivre.

— Il serait bon de ne pas le laisser seul ces prochains jours. Je ne voudrais pas qu'il lui arrive malheur à lui aussi.

— Je sais. Ce n'est pas sur ma route, mais je ferais un détour pour aller le voir, promit Percival, conscient de l'importance de veiller les uns sur les autres en ces temps difficiles.

— Bien, je te remercie, Percival. Et je suis ravi de te trouver de si bonne humeur, et… Embrasse bien fort Eloïse pour moi ! lança Geoffray sur un ton facétieux, cherchant à alléger l'atmosphère.

Le ton de Geoffray ne manqua pas de faire sourire Percival, qui répliqua sur le même ton léger.

— Je t'ai déjà dit que c'est une gamine !

-Oui ! C'est cela ! insista Geoffray en souriant, son départ marquant la fin de leur échange sombre par une note d'espoir et de camaraderie.

Et Geoffray le quitta là, le saluant de la main, sous le regard amusé de Percival, un sourire en coin témoignant de leur amitié indéfectible malgré les épreuves.

La solitude de Percival sur le chemin du retour était peuplée de souvenirs et de la promesse tacite entre les membres de cette petite communauté insulaire ; celle de veiller les uns sur les autres, dans les bons comme dans les mauvais moments.

***************

Ce matin-là, l'église était inhabituellement pleine, une aubaine pour le prêtre qui, gonflé d'une ferveur renouvelée, prêcha avec une éloquence ardente sur les péchés en tout genre. Son visage, marqué par les épreuves comme le bois ancien de son pupitre, trahissait une impétuosité peu commune, une force de caractère qui aurait dû inspirer la confiance. Pourtant, une ombre de trouble voilait son regard, un frisson d'inquiétude perceptible même derrière la conviction de ses mots. À l'arrière, les moines, normalement assis en retrait, se tenaient debout comme des sentinelles, une anomalie qui n'échappa à personne.

— Je vous le dis ! Me mentir à moi, c'est comme mentir à Dieu ! Et cela est inexcusable ! tonnait-il, scrutant la foule avec une intensité qui semait l'effroi.

« Lucien Grevais », le prêtre, balayait l'assemblée de son regard perçant, instillant un malaise collectif. Ses paroles, vibrantes de colère et d'accusation, plongeaient chaque paroissien dans une mer d'anxiété.

— Oui ! Parmi nous, certains sont prêts à commettre des actes vils, punissables par les saintes écritures... Blasphème ! Le pire des actes pour un chrétien ! Et certains d'entre vous en sont coupables ! C'est pourquoi le châtiment doit être exemplaire, sans égard pour le rang ou la lignée, sous peine de condamnation éternelle ! Suivez-moi à l'extérieur, sur la grande place, pour assister à la punition divine de ceux qui ont osé défier notre Seigneur, le Dieu tout-puissant !

La foule, saisie d'effroi et de curiosité, se dirigea vers l'extérieur dans un silence oppressant. La mise en scène, inédite et sinistre, annonçait un spectacle d'une gravité sans précédent.

La place, d'ordinaire morne et réservée, se remplit en un instant. Le grand mur du château, témoin silencieux de tant d'histoires, offrait aujourd'hui le décor d'un drame humain. Lucien, avec une autorité sombre, s'avança sur l'estrade de pierre près de la fontaine.

— Allez les chercher, tous les deux ! ordonna-t-il à ses moines.

La tension monta d'un cran, la foule murmurante, spéculant sur l'identité des accusés. Berthe, tenant la main de son époux Eluard, ressentait une angoisse diffuse. Eluard, méfiant envers le prêtre qu'il jugeait corrompu, ne partageait pas la foi inébranlable de sa femme mais l'accompagnait par amour et devoir.

— Il est toujours chez Henri ? s'enquit Eluard, son regard balayant la foule en quête d'un visage familier.

— Je ne sais pas, répondit Berthe distraitement, évitant son regard.

Saisissant l'inquiétude chez sa femme, Eluard insista.

— Que se passe-t-il, Berthe ?

Elle hésita, consciente que la vérité pourrait détruire leur confiance, optant pour un mensonge mineur espérant qu'il serait pardonné au regard du péché plus grand qu'elle dissimulait.

— Rien... Mais tout ceci ne présage rien de bon, admit-elle, son cœur lourd de secrets.

Lorsque les moines réapparurent, traînant derrière eux les deux accusés qui semblaient résignés à leur sort, la foule retint son souffle. Le prêtre, avec une morgue glaciale, annonça leur culpabilité, plongeant l'assemblée dans un abîme de questions et de murmures.

— Silence ! J'ai été dupé, tout comme vous ! Leur crime est impardonnable, et ils doivent répondre de leurs actes, l'un étant le complice de l'autre dans ce mensonge d'une gravité extrême.

La tension était à son comble, chaque mot du prêtre ajoutant poids et gravité à la scène qui se déroulait sous les yeux d'une communauté à la fois horrifiée et captivée.

Eluard plissa les yeux, cherchant à mieux distinguer les silhouettes devant lui. L'un des hommes captura son attention par sa stature imposante.

— C'est Aldebert ! s'exclama-t-il, l'horreur peinte sur le visage en se tournant vers Berthe, qui se retrouva sans voix.

— Je te dis que c'est Aldebert ! Lucien se trompe, il ne pourrait jamais blasphémer, pas lui !

Berthe, voyant le prêtre s'interrompre sous l'effet de l'intervention de son mari, le saisit fermement par le bras, le pressant de se taire pour éviter d'attirer leur colère sur eux aussi.

Eluard fixa le prêtre d'un regard empreint de révolte, mais choisit finalement le silence, malgré la tension palpable qui se lisait sur le visage contracté de cet homme d'église méprisable.

— S'il lui fait du mal, je...

— Tais-toi, je t'en prie, le coupa Berthe, la peur de la répression se lisant dans ses yeux.

Eluard ravala ses mots, mais son corps trahissait une tension extrême, alarmant Berthe quant aux conséquences de leur acte. Pourtant, elle savait que le sort d'Aldebert était désormais scellé, et elle portait une part de responsabilité dans ce tragique destin.

Lucien, détournant son regard acéré d'Eluard vers l'assemblée, prit une profonde inspiration avant de poursuivre son discours.

— Trop souvent, nos concitoyens ont choisi de mettre fin à leurs jours, se privant ainsi du paradis. Il n'existe pas de péché plus grand, raison pour laquelle la fosse commune est leur unique échappatoire. Aucun statut, noble ou commun, n'échappe aux lois divines. Et pourtant, certains s'imaginent au-dessus de ces préceptes. Pourquoi Henri et Aldebert se trouvent-ils ici ? Henri a dissimulé le suicide de sa femme, Lucie, un acte que même moi, je n'ai découvert qu'en lui administrant les derniers sacrements.

La foule, auparavant empathique envers Henri pour la perte de sa femme, se sentait désormais trahie, réagissant avec une rumeur grandissante à cette révélation.

— Quel est donc le rôle d'Aldebert dans cette mascarade ? Malgré ses facultés limitées, il savait que la demande d'Henri était blasphématoire. Considérant sa vulnérabilité, Aldebert recevra quinze coups de fouet. Quant à Henri, pour sa tromperie délibérée, cinquante coups de fouet et cinq jours au pilori sont requis.

Du haut de son estrade, Lucien savourait ce moment, sa décision restant incontestée, affirmant ainsi son autorité longtemps contestée par la royauté.

— Attachez-les !

Aldebert, bien que ne comprenant pas entièrement la situation, anticipait le supplice. Ce n'était pas son sort qui l'inquiétait, mais celui d'Henri.

— N'aie pas peur, Henri, ça va passer, tenta-t-il de rassurer.

Henri, incapable de répondre, offrit à son ami un sourire sanglant, révélant les sévices déjà subis. Aldebert, horrifié par la vue du sang et comprenant l'ampleur de leur torture, fut brutalement interrompu par un moine qui le tirait par les chaînes.

— Henri, Henri...

Un coup violent le fit taire. Ignorant la douleur, Aldebert tenta désespérément de se rapprocher d'Henri, renversant dans son élan le moine qui le retenait. Face à la résistance d'Aldebert, plusieurs moines s'unirent pour le maîtriser, le frappant sans merci jusqu'à ce qu'il s'effondre sous l'assaut.

La foule, d'abord bruissant d'indignation et de curiosité, se tut, glacée par la violence brutale qui se déroulait devant elle. Une onde de choc morale les figea sur place, témoins horrifiés de cet acte de barbarie sans précédent en leur présence. Une fois le silence revenu, Henri et Aldebert furent traînés vers les poteaux d'exécution et y furent enchaînés sans résistance, l'acceptation dans leur défaite.

Henri, l'esprit embué par la douleur et la résignation, observait la foule. Leur regard de reproche glissait sur lui sans écho. À cet instant, seul comptait son désir de rejoindre Lucie, où qu'elle soit. Les coups reçus n'avaient pas ébranlé sa conviction, ni fait fléchir sa détermination. Levant les yeux vers le soleil, il chercha un instant de répit dans sa lumière aveuglante, avant de clôturer ses paupières, se détournant du monde et de son jugement, englouti dans le vide infini de son désespoir.

Marie, habituellement absente des sermons de son maître, fut attirée par l'agitation inhabituelle. À la vue des condamnés, elle s'approcha, son cœur alourdi par l'injustice de la scène. La détresse d'Aldebert, palpable dans ses yeux égarés, la poussa à intervenir.

— Courage, Aldebert, et serre les dents ! s'écria-t-elle, brisant l'atmosphère oppressante.

Sa voix, telle une lueur d'espoir dans les ténèbres, ralluma l'étincelle dans le regard d'Aldebert.

— Marie ! s'exclama-t-il, un souffle de force retrouvée dans son écho.

Eluard, luttant à travers la foule, parvint à rejoindre son fils, l'inquiétude et l'amour se mêlant dans son appel.

— Aldebert, regarde-moi !

Face à l'aveu d'Aldebert, Eluard fut touché par la noblesse de son geste, malgré l'absurdité de la situation. Il tenta de rassurer son fils sur sa capacité à endurer la punition, admirant sa préoccupation pour Henri plutôt que pour lui-même.

Lorsqu'Aldebert demanda après Berthe, son regard se posa sur elle, déchiffrant la culpabilité qui l'assombrissait. Berthe, incapable de soutenir le poids de ce regard, se détourna, laissant Eluard perplexe devant son comportement inhabituel.

Au moment où le bourreau s'avançait, fouet en main, un silence lourd tomba sur la place. Juste avant que le premier coup ne s'abatte, une interruption soudaine captiva l'attention de tous.

Geoffray, faisant irruption à cheval, fendit la foule, sa voix tonnante exigeant l'arrêt immédiat de la punition.

— Stoppez tout !

Le prêtre, confronté à l'autorité incontestable de Geoffray, vit son pouvoir contesté en public. Geoffray, du haut de sa monture, dominait la scène, remettant en question l'autorité du prêtre sur des affaires de foi.

— Jacques le Bon est-il au courant de cette mascarade ?

La confrontation entre Geoffray et le prêtre, marquée par une tension palpable, mettait en lumière la complexité des rapports de force et des convictions au sein de la communauté. Geoffray, en défiant ouvertement le prêtre, ne se contentait pas de sauver deux hommes ; il questionnait les fondements mêmes de la justice et du pouvoir sur l'île.

— Cela ne concerne pas non plus le roi ! rétorqua le prêtre avec véhémence.

— Bien sûr que si, il est la main du roi. Rien ici ne se fait sans son consentement. Libère-les immédiatement, exigea Geoffray, l'autorité vibrant dans sa voix.

— Jamais question ! Et quitte cette place, sinon...

— Sinon quoi ? l'interrompit Geoffray, le défi éclatant dans ses yeux.

Les moines, fidèles à leur maître, se rapprochèrent de lui avec une discrétion maladroite, immédiatement repérée par Geoffray qui, d'un geste rapide et précis, dégaina son épée.

— Dis à tes hommes de reculer, à moins que tu ne souhaites voir cette confrontation prendre une tournure plus violente, menaça-t-il.

Le prêtre afficha un sourire narquois.

— Crois-tu vraiment pouvoir tenir tête à tous, seul ? railla-t-il, sa voix suintant le mépris.

Geoffray savait qu'il était en infériorité numérique, face à des adversaires aguerris. Cependant, l'arrivée soudaine de Jacques le Bon et de sa garde changea la donne, apaisant les esprits échauffés.

— Que se passe-t-il ici ? interrogea fermement Jacques.

— Je ne fais que ce qui est en mon droit, rétorqua le prêtre, la tension palpable dans sa voix face à ces nouveaux venus.

— Et quelle est cette chose qui semble échapper à mon regard ? demanda Jacques, cherchant à apaiser les tensions.

— Blasphème et tromperie, selon les lois sacrées !

Lucien bouillonnait intérieurement, peinant à contenir sa colère.

— Vous représentez le roi, mais je suis la voix de Dieu ici. Seul moi peut juger de la gravité de leurs actes et de leur punition !

Norbert le Noir, jusqu'alors en retrait, s'avança, son expression sombre trahissant son mécontentement.

— Vous pouvez bien réformer ce que vous voulez, mais il y a des limites à ne pas franchir. Même le roi ne peut se placer avant Dieu. Je soutiens notre prêtre dans cette décision. Et à voir la réaction du peuple, ils le souhaitent également !

Un murmure d'approbation s'éleva de la foule, influencée par le discours manipulé du prêtre, témoignant de leur adhésion malgré l'estime qu'ils portaient aux condamnés.

— Quelles sont donc ces fautes si impardonnables ? demanda Jacques, sa voix teintée d'urgence face à l'escalade de la situation.

— Ils nous ont trompés, en faisant croire que Lucie est décédée de manière naturelle, alors qu'elle a mis fin à ses jours. Ils ont souillé la terre sacrée en l'enterrant en ces lieux consacrés ! hurla Lucien, regagnant l'attention de la foule.

L'annonce brutale du prêtre, révélant la mutilation d'Henri pour avoir offensé la parole divine, plongea l'assemblée dans un silence glacé. Tous les regards se posèrent sur lui, un homme sans pitié, tirant une satisfaction malsaine de l'horreur qu'il inspirait.

Cette révélation secoua Geoffray jusqu'à la moelle. La vue des blessures d'Henri attestait de sa souffrance, mais l'extrémité barbare de ses actes dépassait l'entendement. Geoffray s'approcha de son ami d'enfance, tentant désespérément de capter son regard.

— Henri, regarde-moi !

Quand un moine osa l'écarter avec le manche de son fouet, la colère de Geoffray éclata. D'un geste précis, sa lame trancha l'instrument de douleur. Cette action déclencha l'intervention des autres moines, l'épée à la main, prêts à défendre leur prêtre. Les soldats royaux, voyant leur commandant menacé, se préparèrent à l'affrontement. La tension était palpable, chaque faction sur le point de basculer dans la violence.

Jacques, conscient du danger imminent, intercéda.

— Retenez vos hommes, Lucien ! Nous ne pouvons-nous permettre de déchirer notre communauté de l'intérieur.

Le prêtre, flairant l'avantage, lança un ultimatum voilé à Jacques, insinuant que ses frères étaient prêts à tout pour protéger l'autorité de l'Église. Le regard déterminé de Lucien glaça le sang de Jacques, qui chercha du soutien auprès de Louis le Faste. Le signe de résignation du roi scella le sort de l'affaire, bien au-delà d'un simple désaccord entre factions.

— Faites ce que vous avez à faire, mais Geoffray restera pour veiller à ce que tout se passe sans excès, concéda Jacques, lourd de regret.

Geoffray, bien que tiraillé par l'obligation de retenir sa colère pour éviter un conflit plus large, promit de rester vigilant, conscient de l'enjeu critique de la situation.

— Oui, messire. Que le curé et Norbert aillent au diable !

Alors que Jacques et sa garde quittaient la place, laissant derrière eux une atmosphère tendue, Geoffray se tourna vers Henri et Aldebert, leur lançant un dernier encouragement.

— Tenez bon et soyez courageux, mes amis !

# Chapitre 14

Gerda avait assisté à toute la cérémonie sans verser une larme ni prononcer un mot, bien qu'elle ressentît profondément qu'elle était désormais seule au monde. Gislinde, lui tenant la main avec fermeté, était surprise de la voir si stoïque face à ce qui devrait être, pour elle, un moment de profonde tristesse. Lorsque tout fut terminé, ils se dirigèrent vers le « Skali ». Tandis que les hommes se rassemblaient devant l'entrée, Gislinde, accompagnée des autres femmes, s'installa dans la grande salle.

— Tu veux boire quelque chose, Gerda ?

La fillette secoua la tête pour refuser, sans pour autant lâcher la main de Gislinde.

— Tu aimerais que je reste avec toi un moment ?

Gerda acquiesça, se levant ensuite pour guider Gislinde vers un banc isolé où elles s'assirent.

— Si tu as envie de parler, je suis là, l'encouragea Gislinde.

Gerda baissa les yeux, faisant balancer ses jambes dans le vide, puis releva soudain le regard, les yeux emplis d'inquiétude.

— Le vilain monsieur va-t-il nous tuer tous maintenant ?

Gislinde fut émue par cette question, si lucide pour une enfant si jeune. Elle savait pourtant qu'un tel raisonnement ne devrait pas troubler l'esprit d'une enfant et tenta de la rassurer du mieux qu'elle pouvait.

— Non, bien sûr que non. Nous sommes en sécurité ici. Et tous les hommes sont juste à l'extérieur ; tu n'as rien à craindre tant que tu es avec nous.

— Maman disait que c'était un démon, et qu'on ne peut pas tuer les démons, ajouta Gerda avec une candeur troublante.

Gislinde prit alors les deux mains de Gerda dans les siennes, la fixant d'un regard empreint de détermination.

— Ce n'est pas un démon, Gerda, et je te promets que nous le capturerons. Il ne faut pas croire tout ce qu'on dit. Parfois, la vérité est bien plus simple. Même s'il est un homme mauvais, il ne pourra pas nous échapper éternellement.

Gerda, malgré son jeune âge, perçut la détermination et la sincérité dans les yeux de Gislinde. Elle hocha la tête, signe d'apaisement, et continua de balancer ses pieds, satisfaite de cette réponse et sans poser d'autres questions.

**************

Les derniers habitants des contrées les plus isolées convergeaient vers le centre, apportant avec eux le strict nécessaire. À leur arrivée, ils furent accueillis par leurs compatriotes, prêts à leur offrir refuge face à la menace imminente. La promesse tacite était claire. ils resteraient sous leur protection jusqu'à la neutralisation de la créature terrifiante qui les menaçait. Sur la place centrale, les hommes se rassemblèrent autour d'Erik, flanqué d'Olaf et d'Arne, pour une discussion cruciale sur la suite des événements.

Wilfried, le pêcheur à la stature moyenne et au corps trapu, se démarquait dans la foule. Ses tempes rasées contrastaient avec quelques tresses épaisses qui couronnaient le sommet de sa tête, lui donnant un air à la fois farouche et autoritaire. Son regard, souvent scrutateur et critique, ne laissait personne indifférent.

— Bon, je pense que tout le monde est en sécurité maintenant, déclara Erik, tentant d'insuffler une note d'optimisme.

— C'est ce que tu crois, Erik ! Mais combien de temps resterons-nous à l'abri ? rétorqua Wilfried, sa voix portant le poids de l'expérience et de la méfiance. Son physique imposant et son allure de pêcheur endurci par les tempêtes le rendaient d'autant plus imposant lorsqu'il exprimait ses doutes.

— Ce n'est pas de la faute d'Erik, Wilfried ! intervint Olaf, irrité par les critiques persistantes du chef de canot, mais conscient de la nécessité de son rôle critique au sein de leur communauté.

Erik, cherchant à calmer les esprits, adressa un regard apaisant à Olaf avant de se tourner vers Wilfried.

— Wilfried, si tu as une meilleure idée, elle sera la bienvenue. Ton expérience en mer et ta connaissance des dangers pourraient nous être précieuses.

Les regards se tournèrent vers Wilfried, qui, malgré son allure imposante et son tempérament souvent critique, choisit de garder le silence, son esprit tourmenté par les défis à venir.

— Je comprends tes inquiétudes, Wilfried, et je les partage. Jamais auparavant nous n'avons été confrontés à une telle menace. Mais c'est ensemble, en s'appuyant sur la force et la sagesse de chacun, notamment des hommes de ta trempe, que nous trouverons une solution, reprit Erik, reconnaissant implicitement la valeur de Wilfried au sein de leur communauté.

Wilfried, écoutant attentivement, semblait peser chaque mot. Sa présence, à la fois rassurante et intimidante, rappelait à tous l'importance de l'unité face à l'adversité. Bien qu'il fût un homme de peu de mots, son engagement envers son peuple et sa détermination à protéger sa communauté étaient incontestables.

— Pour le moment, notre priorité est d'éliminer cette menace. Avec des hommes comme toi à nos côtés, Wilfried, nous avons une chance de surmonter cette épreuve, conclut Erik, convaincu que le caractère indomptable et l'expérience de Wilfried seraient déterminants dans la lutte à venir.

— Vos craintes résonnent en moi, tout comme vos inquiétudes, commença Erik, captant l'attention de tous. Face à une menace sans précédent, notre union sera notre force. Commençons par fortifier notre village. Organisons des patrouilles de vingt hommes qui veilleront, en rotation continue, jour et nuit. Ensuite, notre quête nous mènera vers le sud de l'île, jusqu'à l'orée de la forêt. C'est là que nous concentrerons notre traque.

Björn, le visage marqué par le souvenir de Thorvald, exprima son doute.

— Et s'il reste introuvable ?

— Pourquoi l'admettrais-je, Björn ? rétorqua Erik avec conviction.

— J'ai entendu dire... comment capturer un démon ? lança Björn, le scepticisme teintant sa voix.

— Ce n'est pas un démon, mais un homme, insista Erik, son regard balayant l'assemblée. Même si ce terme semble insuffisant pour le décrire.

Wilfried reprit, son scepticisme ancré dans son expérience, lança avec ironie.

— Pourtant, nous l'avons tous vu cette nuit-là.

— Oui, je l'ai vu aussi, admit Erik, sa patience s'effritant. Mais ce n'était que la silhouette d'un être difforme, certes étranger, mais néanmoins humain.

— Alors, s'il n'est pas un démon, d'où vient-il ? Des terres chrétiennes ? défia Wilfried, les bras croisés.

Pris de court, Erik répondit.

— Je ne sais pas d'où il vient, mais sûrement pas de là.

— Et qu'est-ce qui te fait dire ça ? insista Wilfried, le défi toujours présent dans ses yeux.

— Son langage étrange, pour commencer. De plus, nous avons observé les chrétiens au large ; ils semblent inchangés.

— Comment est-il arrivé ici, alors ? À la nage ? Wilfried ne cachait pas son scepticisme. Il n'y a pas d'autre terre à des milles à la ronde. Et les requins...

Arne, d'ordinaire réservé, laissa échapper son irritation.

— Wilfried, j'ai du respect pour toi, mais tu vas trop loin. Notre priorité absolue est d'éliminer cette menace.

Olaf, incapable de rester en retrait plus longtemps, se leva, sa voix résonnant avec une autorité incontestée.

— Nous sommes les descendants des Vikings ! Aucun dieu ne nous a jamais intimidés. Nous les honorons, mais jamais nous ne laisserons quiconque dicter notre destin. Soyons les dignes héritiers des Normands !

L'approbation fervente qui suivit ses mots raviva l'esprit guerrier de ce fier peuple. Cependant, le son d'un cor puissant en provenance de l'île de Ragnarök rompit l'élan, plongeant l'assemblée dans un silence absolu.

Malgré tout, inspirés par le discours d'Olaf, certains y virent un présage divin.

— Quelle que soit l'origine de ce signal, l'heure de l'action a sonné. Êtes-vous prêts à affronter tous les dangers, en vrais guerriers ? proclama Erik, sa voix portant au-delà de la place.

Le cri unanime de la foule,

— Pour Odin ! Et pour nous-mêmes ! scella leur serment.

Olaf et Arne, partageant un regard empreint de fierté, se joignirent à l'euphorie collective, prêts à défendre leur terre et leur honneur.

*******************

Perchée sur le bord de la plage, la cabane d'Hilda se dressait comme une sentinelle face à l'océan infini. Elle était la « Volvas », une figure enveloppée de mystère, oscillant entre médecin et sorcière dans l'esprit des Normands. Ses capacités, flirtant avec l'irréel, lui valaient à la fois crainte et respect. Héritière d'une lignée marquée par le fantastique, elle portait le poids d'une histoire où ses ancêtres avaient été témoins de visions surnaturelles.

La porte ouverte de sa cabane révélait un intérieur où la simplicité régnait en maître. Les biens matériels semblaient avoir peu de prise sur elle, son âme entièrement dévouée à l'art ancien qui lui avait été transmis. La lumière du crépuscule baignait la pièce, créant un jeu d'ombres qui semblait danser au rythme des vagues.

— Entre Erik ! Sa voix, portée par le vent salin, trahissait une pointe d'amusement.

Erik, le guerrier au cœur lourd de questions, franchit le seuil avec une hésitation perceptible. Comment avait-elle su ? Son intuition dépassait l'entendement.

— Comment saviez-vous... ? commenta-t-il, interrompu par le sourire énigmatique d'Hilda.

Ses yeux gris, encadrés de rides nées de nombreux sourires et froncements, scintillaient d'une sagesse profonde. Une mèche blanche s'échappait de son chignon négligé, témoignant d'une vie passée loin des vanités du monde.

— Certains savoirs nous sont donnés, Erik. Mais viens, n'hésite pas, ajouta-t-elle, le guidant plus avant dans son sanctuaire.

L'espace, étonnamment spartiate, contrastait avec les récits flamboyants que l'on colportait à son sujet. Les murs, témoins silencieux de secrets anciens, semblaient attendre en retrait.

— Pourquoi cette visite, Erik ? C'est si rare, murmura-t-elle, sa voix aussi douce que le clapotis des vagues à leurs pieds.

— Suis-je donc le seul à n'avoir jamais cherché votre guidance? Sa question était teintée d'une curiosité non feinte.

Hilda, s'asseyant face à lui avec une grâce désarmante, incarnait la tranquillité d'un esprit en paix avec les mystères de la vie et de la mort.

— Peut-être après avoir entendu tant de choses sur toi, espérais-je percer un peu de ton mystère, avoua Erik, son regard se perdant un instant dans l'immensité bleue visible par la porte entrouverte.

— Et que disent les voix du village ? interrogea-t-elle, une lueur taquine dans le regard.

— Que tu es la meilleure, répondit-il, un respect sincère teintant ses mots.

Un rire léger s'échappa d'Hilda. Son existence n'avait jamais été une quête de reconnaissance, mais plutôt un engagement profond envers la vérité et la guérison.

— Mon cher Erik, ce n'est pas la grandeur qui guide mes pas, mais la quête d'une sincérité sans faille, dans les limites de mon humble savoir. Parfois, la vérité se dérobe à nous, et il est préférable d'admettre notre ignorance. Cela te convient-il ?

— Absolument, admit Erik, un sentiment de respect accru pour la vieille Volvas.

— Alors, cherches-tu à savoir si cette ombre qui nous tourmente est de chair ou de légende ?

Erik, scrutant Hilda pour y déceler un indice, un frémissement, quelque chose qui trahirait une faille, ne trouva que la sérénité d'un lac par une nuit sans lune.

— J'espérais en apprendre davantage, oui. La même interrogation brûle toutes les lèvres.

— Je ne suis pas aveugle aux murmures du vent, Erik. Mais attends, ne présumons pas de l'issue de notre échange. Crois-tu vraiment que je détienne les clés de tous les mystères ?

Le silence qui suivit fut un moment de réflexion pour Erik. La simplicité d'Hilda, son refus de se draper dans les atours de la toute-puissance, le frappa de plein fouet. C'était une femme ancrée dans la réalité de son monde, malgré les histoires fabuleuses qui couraient à son sujet.

— Mes excuses, Hilda. Je n'attendais pas de miracles, mais ta franchise est un baume pour mon âme troublée.

Erik se redressa, prêt à quitter ce lieu empreint de mystère.

— Je ne souhaite pas vous importuner davantage, je vais donc prendre congé, annonça-t-il avec respect.

Cependant, à peine eut-il atteint le seuil qu'une question de Hilda l'arrêta net.

— Crois-tu en la magie, Erik ? Sa voix, teintée d'une curiosité profonde, résonna dans l'espace confiné de la cabane.

— Sincèrement ? demanda-t-il, un frisson d'incertitude dans la voix.

— Oui, sincèrement, insista-t-elle, ses yeux gris ayant pris une teinte presque noire, captivant Erik avec une intensité nouvelle. Son visage semblait avoir subi une métamorphose, les traits marqués par le temps s'estompant sous l'effet d'une étrange lueur intérieure.

— Je crois aux dieux et au Walhalla, mais l'idée qu'un humain puisse manipuler des forces mystiques me laisse sceptique, avoua Erik, sa voix empreinte d'une fascination réticente face à la transformation d'Hilda.

— Et tu as raison. Aucun mortel ne possède ce pouvoir. Seuls les dieux, parfois, choisissent de communiquer des signes à ceux qu'ils jugent dignes, révéla Hilda avec une sérénité énigmatique.

— Et vous, Hilda, vous considérez-vous digne ? L'interrogation d'Erik portait l'espoir et le doute.

— Parfois, je l'ose croire, répondit-elle, un sourire empreint de sagesse ourlant ses lèvres.

Erik, touché par cette humilité, acquiesça.

— Alors, montrez-moi. Peut-être réviserai-je mon jugement sur les légendes qui nous entourent.

Se levant avec une agilité surprenante pour son âge, Hilda prépara un petit brasier, parsemé d'herbes aux senteurs enveloppantes, avant de fermer la porte sur le monde extérieur. Elle extrait ensuite de son coffre une bourse de cuir, en dispersant le contenu sur la table. des runes, héritage ancestral taillé dans une dent de morse, témoins silencieux d'une sagesse oubliée.

Tenant fermement les mains d'Erik, elle ferma les yeux, plongeant la cabane dans un silence chargé d'anticipation. Erik, observant cette femme qui défiait ses préjugés, ressentit un regret sincère de ne pas l'avoir rencontrée plus tôt.

Un chant s'éleva, mystérieux et ancien, vibrant dans l'air comme une brise venue d'un autre monde. La voix d'Hilda, portant des mots inconnus, semblait tisser un lien invisible entre le passé et le présent, le visible et l'invisible.

Lorsque le silence retomba, Hilda rouvrit les yeux, scrutant Erik avec intensité.

— As-tu vu quelque chose ? demanda-t-elle, curieuse.

Erik, décontenancé, secoua la tête.

— Aurais-je dû ?

— Rien ? Pas la moindre vision, pas un frémissement de l'au-delà ? Hilda semblait jouer avec lui, un sourire espiègle aux lèvres.

— Vous vous moquez de moi ? Erik ne put cacher sa confusion.

— Autant que tu te moques de la possibilité d'une vérité plus grande, rétorqua-t-elle, pointant du doigt l'ironie de sa démarche.

— Je... Je ne sais pas quoi dire, balbutia Erik, sentant la tension se dissiper sous le regard amusé d'Hilda.

— Alors, laisse-toi guider. Ouvre-toi à l'inconnu, conseilla Hilda, sa voix se faisant plus douce, invitant Erik à un voyage intérieur.

— Dois-je fermer les yeux ? demanda-t-il, prêt à se plier à ses instructions.

— Comme tu le sens, mais fais-le sincèrement. Sois digne de ce que tu cherches à comprendre.

Inspirant profondément, Erik ferma les yeux, s'efforçant de s'ouvrir à un monde qu'il avait toujours jugé avec scepticisme. Le crépitement du feu, le murmure du vent contre la hutte, et même le souffle léger d'Hilda prirent une dimension nouvelle, révélant une harmonie insoupçonnée.

À cet instant, sans prévenir, Erik perçut le sang d'Hilda couler dans ses veines comme si, soudainement, il se déversait en elle. Leurs mains, entrelacées, se crispèrent dans un élan partagé, ne formant plus qu'un tissu de chair et d'os. Erik se sentit alors aspiré dans un maelström de sensations inconnues, retenant son souffle par crainte d'être englouti. Son esprit, ralenti, luttait pour saisir l'inconcevable. Entouré d'une peur indescriptible mais vibrante, il fut soudain projeté par une explosion de lumière, son corps semblant se dissoudre en une brume éthérée.

Plongé dans un néant de lumière oscillant entre le blanc pur et le gris, traversé d'éclairs fulgurants, des silhouettes impalpables virevoltaient autour de lui, chuchotant dans une langue ancienne et oubliée. L'une d'elles, évoquant l'image de son père, s'approcha. Son regard intense croisa celui d'Erik avant de se fondre dans le vide, laissant le jeune homme désemparé.

Un vent furieux se leva, menaçant d'éparpiller son essence à travers cet espace sacré. Résistant, guidé par un instinct originel, Erik parvint au pied d'une montagne illusoire, trouvant refuge des assauts du vent. Là, il vit des formes tomber du ciel, traversant le sol comme s'il n'était qu'illusion, pour disparaître dans l'abîme. Levant les yeux, il assista, horrifié, à la chute d'Odin et des dieux d'Asgard, inertes, suivant le même destin que la première ombre.

Sous lui, l'abysse révélait la Terre, étreinte par le grand serpent Midgard dont les anneaux compressaient le globe jusqu'à son implosion. Ces visions d'apocalypse, insoutenables même pour l'esprit le plus robuste, plongèrent Erik dans une terreur abyssale, l'empêchant de saisir la nature de son expérience.

Se pourrait-il qu'il ait franchi le seuil du royaume des morts ?

Cette interrogation brûlante fut vite supplantée par d'autres visions. Le vide se mua en une terre corrompue d'où émergeaient des milliers de créatures cauchemardesques, mêlant traits bestiaux et humains, qui se mirent à hurler dans un chaos assourdissant.

La terre se mit alors à trembler sous lui, et au loin, il vit leur île. Le volcan, endormi depuis des siècles, entra en éruption avec une violence inouïe, ravageant tout sur son passage.

Soudain, une obscurité massive s'abattit sur Erik, l'enserrant d'une étreinte mortelle jusqu'à l'asphyxie. C'est alors qu'une voix lointaine, presque étrangère, lui ordonna d'ouvrir les yeux. Incapable de répondre, un pic de douleur le ramena brutalement à la réalité, un vertige saisissant l'ébranlant.

Il lui fallut un moment pour reprendre ses esprits, réalisant, en voyant son poignet saigner, qu'Hilda avait dû recourir à un acte désespéré pour le tirer de son voyage spirituel.

Erik, haletant, fixait Hilda, cherchant dans ses yeux une explication à l'expérience troublante qu'ils venaient de partager. Tous deux, sous le choc, se perdirent dans un long silence, leurs regards emmêlés dans une quête muette de compréhension.

Finalement, Erik brisa le silence pesant.

— Ces visions... étaient-elles le fruit des herbes que tu as brûlées ? Une hallucination démente induite par ta concoction ?

Hilda, son regard devenu un puits de gravité, répliqua avec une intensité accrue.

— Crois-moi, Erik, jamais je n'ai vécu pareille expérience.

— Tu as partagé ce que j'ai vu ? s'enquit Erik, ébranlé.

— Je donnerais tout pour n'avoir pas eu à le voir ! avoua-t-elle, une ombre passant dans son regard.

— Alors, une hallucination partagée ? Erik, encore sous le coup, cherchait désespérément une explication rationnelle.

— Ne te perds pas en conjectures vaines, Erik. Ce que nous avons vécu dépasse l'entendement. J'ai vu à travers tes yeux, sans partager ton espace.

— Je n'y étais qu'en esprit !

— Et heureusement ! Sinon, ton esprit serait à jamais perdu, confirma-t-elle. C'est pour cela que j'ai dû intervenir.

Erik, agité, se leva, parcourant la cabane d'un pas nerveux.

— Tu joues avec moi, Hilda ! Tu m'as drogué pour me convaincre de tes pouvoirs ?

Hilda bondit sur ses pieds, indignée.

— Comment oses-tu ! Ces herbes ne sont là que pour apaiser l'esprit. Comment pourrais-je décrire ce que toi seul as vu ? Les dieux chutant d'Asgard, le serpent Midgard étranglant la terre, ces créatures surgissant du sol, notre île anéantie... Crois-tu vraiment à une supercherie de ma part ?

Erik, submergé, baissa les yeux.

— Alors, que signifient toutes ces visions ?

— Je ne saurais l'expliquer. Mais si ce que nous avons vu se révèle vrai... Les dieux sont morts, et notre fin est proche.

À ces mots, Hilda se figea, son regard se perdant dans le lointain. Erik, pris de court par son mutisme soudain, la secoua doucement.

— Hilda, que se passe-t-il ?

Sans réaction à son premier geste, il réitéra son appel. Cette fois, elle cligna des yeux, reprenant conscience.

— Nous avons entrouvert une porte, Erik. Ce que cela présage, seul l'avenir le dira. Et cet avenir, c'est toi qui le détiendras.

— Moi ? Pourquoi moi ? s'interrogea Erik, dérouté.

Hilda posa sa main sur l'épaule d'Erik, un geste empreint de solennité.

— Car mon destin est scellé, tandis que le tien sera déterminant pour nous tous.

Erik, dépassé par les implications, cherchait ses mots. Hilda, percevant son trouble croissant, lui offrit un sourire rassurant.

— En toi réside une force mystique insoupçonnée. Elle se révélera en son temps, bien que tu doives déjà affronter de nombreuses épreuves. Mais sache que le sort de notre peuple repose sur tes épaules.

Retirant sa main de son épaule, Erik la regarda, partagé entre incrédulité et fascination.

— Des divagations, Hilda... Je ne comprends rien.

— Je le sais, et moi-même, je peine à saisir. Mais les dés sont jetés.

Hilda, le regard empli d'une mélancolie profonde, regagna sa place, s'asseyant lentement.

— Il est temps pour toi de partir, Erik.

Face à son expression soudainement absente, Erik sortit de la cabane, marqué par l'étrangeté de cet adieu, tandis qu'Hilda fermait les yeux, laissant le jeune homme face à son destin insondable.

***************

Erik ne rentra pas directement au « Skali », où tous l'attendaient. Il choisit plutôt le sommet de l'atoll, un lieu où le ciel embrasse la terre, attachant son cheval à l'arbre le plus proche. Les visions cauchemardesques le hantaient encore ; il avait besoin d'air et de réflexion avant de faire face aux autres. Arrivé à la falaise, il contempla l'horizon où d'épais nuages noirs promettaient des pluies salvatrices. Pourtant, l'ombre du chaos entrevu lors de sa transe avec Hilda jetait un voile de doute sur leur avenir. Son regard dériva vers le volcan endormi, se demandant combien de temps cette tranquillité allait durer.

Les questions se bousculaient dans son esprit. Avait-il entre-aperçu un fragment du futur ou simplement vécu un cauchemar éveillé ? Pourquoi ces visions, si réelles, l'avaient-elles submergé ? Quelle était cette force mystique censée sauver son peuple ? Hilda, manipulatrice ou véritable sage ?

Pris dans le tourbillon de ses pensées, Erik se résigna à laisser le temps révéler la vérité. Pour l'heure, d'autres urgences le réclamaient. Il se retourna pour rejoindre sa monture quand, soudain, une silhouette bondit de derrière un rocher.

Face à face avec le monstre, Erik saisit l'instant avec une détermination froide. Si cet être était un démon, alors il ferait face à son destin sans trembler. La hache à la main, l'adversaire le fixait, un duel silencieux mais chargé d'intentions mortelles.

— Qui es-tu ? lança Erik, sa voix calme trahissant une résolution inébranlable.

La seule réponse fut un râle profond, un souffle de mort qui émanait de la créature. Elle avança, ses pas lourds.

Erik, résolu, dégaina son épée, l'acier luisant faiblement sous le ciel assombri par les nuages de tempête.

— Que les Dieux, vivants ou morts, puissent assister à cela ! proclama Erik, son arme levée en défi.

Le géant se rua sur lui, poussant un cri bestial qui semblait déchirer le voile entre les mondes. À l'instant critique, Erik esquiva, se mouvant avec la grâce d'un danseur sur le champ de bataille. L'élan de la créature fut sa perte ; Erik, profitant de l'ouverture, frappa. Son épée siffla dans l'air avant de s'enfoncer dans le flanc du monstre. Le sang noir jaillit, une preuve irréfutable de sa mortalité.

— Tu saignes, donc tu n'es pas un démon ! s'exclama Erik, un feu nouveau brûlant dans ses yeux.

Le combat s'intensifia, devenant un ouragan de violence où chaque coup porté était une question de survie. Le monstre, malgré la blessure, redoubla d'agressivité. Son arme décrivait des arcs mortels que Erik esquivait de justesse, répondant par des coups précis et rapides.

Soudain, le son d'une corne provenant de l'ile inconnu retentit, un appel ancien qui figea le monstre dans son élan. Le géant, déconcerté, relâcha son étreinte sur la réalité, offrant à Erik une chance inespérée. Mais au moment où Erik s'élança pour porter le coup de grâce, le destin bascula. D'un geste désespéré, le colosse balaya l'espace entre eux, sa hache rencontrant l'épée d'Erik dans un choc métallique qui la fendit en deux.

Pris au dépourvu, Erik fut saisi à la gorge et soulevé du sol. Le regard du monstre, empli d'une curiosité sauvage, sondait l'âme d'Erik. Mais avant que le coup fatal ne puisse être porté, de nouveau ce timbre de corne, porteur d'effroi pour la créature, la fit hésiter.

— Tu as peur ! Ce son, tu le connais ! s'écria Erik, comprenant l'avantage que lui offrait ce moment de distraction.

Il saisit ce laps de temps pour riposter, mais l'instinct de survie du monstre fut plus rapide. D'un revers brutal, il projeta Erik dans le vide, au-delà du rebord de la falaise. Dans sa chute, Erik, confronté à l'immensité de l'océan déchaîné en contrebas, eut une pensée pour les siens, pour son destin inachevé. La mort semblait l'accueillir à bras ouverts, une fin loin de la gloire qu'il avait imaginée, mais empreinte d'une bravoure indéniable.

# Chapitre 15

La veille, en fin d'après-midi, Percival, n'ayant ni vu Eloïse ni son père, prit une décision inhabituelle. leur rendre visite. Arrivant près de leur maison, il fut accueilli par des gémissements qui accélérèrent son pas, l'inquiétude le gagnant. Mais à peine eut-il franchi le seuil que Eloïse lui barra la route, l'air grave.

— N'entre pas ! l'interdit-elle.

— J'ai entendu des plaintes de l'extérieur et je me suis inquiété, expliqua-t-il.

Eloïse afficha une expression perplexe.

— Tu n'es manifestement au courant de rien ?

— Au courant de quoi exactement ? s'enquit Percival, désorienté.

Exaspérée, elle le tira par la main à l'extérieur.

— Apparemment, tu ignores même les événements d'aujourd'hui.

— Que veux-tu dire par là ? demanda Percival, agacé par cette énigmatique conversation.

— Tu vis ta vie à ta guise, ce qui est louable, mais tu sembles ignorer tout le reste, lui reprocha-t-elle.

— Il me semble que nous avons déjà effleuré ce sujet. Alors, épargne-moi tes énigmes et dis-moi ce que j'ai manqué ! J'ai passé ma journée à parcourir les chemins, à aider ici et là, et me voilà épuisé, s'exaspéra-t-il.

Le ton sombre et las de Percival fit écho chez Eloïse, qui admit avoir peut-être été trop dure, considérant les efforts qu'il déployait pour s'intégrer parmi eux.

— Excuse-moi, je suis encore sous le choc de ce qui est arrivé à Henri et Aldebert, confia-t-elle.
— Henri et Aldebert ? répéta-t-il, interloqué.
— Je t'ai injustement reproché ton ignorance. Mon père et moi-même n'étions pas au courant non plus, jusqu'à ce qu'Aldebert vienne se faire soigner et nous raconte cette histoire effroyable.
— Que leur est-il arrivé, raconte-moi ! demanda Percival, son irritation cédant la place à l'inquiétude en voyant Eloïse si bouleversée.
— Lucien, ce maudit, a découvert le suicide de Lucie. Il a ordonné l'arrestation d'Henri et d'Aldebert hier soir..., commença-t-elle.
— Et pour nous ? l'interrompit Percival, stupéfait et inquiet.
— Ne t'en fais pas, ils n'ont rien révélé nous concernant. Ils ont torturé Henri toute la nuit, jusqu'à lui couper la langue !
Percival frissonna à ces mots.
— Coupé la langue, mais pourquoi ?
— Parce qu'il a blasphémé contre Dieu ! Lucien a voulu lui faire payer cela, et aussi pour avoir menti sur la véritable cause de la mort de Lucie.
Percival resta un moment abasourdi, puis dit pensivement.
— Lucien agit plus par orgueil que par justice. Il cherche à asseoir son pouvoir et son autorité sur tous. Être dupé de la sorte ne pouvait que le ridiculiser devant ses fidèles, et il ne peut tolérer cela.
— Exactement, mais ce n'est pas tout. Ce matin, en place publique, il les a fait fouetter. Il a même placé Henri au pilori pour plusieurs jours, dans un état déplorable.
— Et Aldebert ?

— Il est avec nous. Mon père tente de le soigner. Malgré son dos en lambeaux, il se préoccupe davantage d'Henri que de ses propres blessures.

— Cela ne m'étonne pas de lui. Heureusement, sa robustesse lui permettra de se rétablir plus rapidement. Mais pour Henri, la situation est bien plus compliquée. Je vais aller au village voir ce que je peux faire pour lui, décida Percival, résolu.

Eloïse le retint par le bras.

— Inutile. Les gardes de Lucien ont ordre de ne laisser personne approcher, pas même Geoffray ou Louis le Faste n'ont pu intervenir.

— Alors, nous restons les bras croisés ? s'indigna Percival.

— Pour l'instant. Mais mon père a obtenu la permission de soigner Henri demain, nous en saurons plus après.

Tout au long de cette conversation, Percival ressentit une colère froide qu'il ne se connaissait pas. Bien qu'il ait toujours éprouvé de l'antipathie pour l'aristocratie et surtout pour Lucien, il se découvrait une rage de justice. Conscient de sa propre impuissance, il adressa un sourire forcé à Eloïse avant de regagner sa cabane, l'esprit tumultueux d'une indignation nouvelle.

****************

Alors que le soleil s'effaçait à l'horizon, fusionnant avec son reflet pour esquisser un huit presque parfait sur l'océan, Percival se tenait immobile, insensible au spectacle majestueux qui s'offrait à lui. Debout, le regard égaré vers l'infini, il manipulait distraitement son harpon, l'arme oscillant doucement dans l'air du soir. Les démons du passé et un tourbillon de questions sans réponses assiégeaient son esprit, jusqu'à ce que le bruit caractéristique d'un cheval au galop le tire de sa rêverie. Se retournant, il vit Geoffray descendre de sa monture avec une lenteur inhabituelle pour l'attacher à un piquet près de sa modeste cabane en bois. Percival lui offrit un signe de tête en guise de salut, un geste qui portait en lui tout le poids d'une amitié ancienne.

Geoffray, son visage marqué par les épreuves, ne trouvait pas plus de réconfort dans l'embrasement du ciel que Percival quelques instants plus tôt.

— Des nouvelles d'Henri ? demanda Percival, sa voix trahissant une pointe d'espoir teintée d'inquiétude.

— Tu es donc au courant ? La surprise teintée d'une ombre de soulagement transparaissait dans la réponse de Geoffray.

— Oui, Eloïse m'a tout raconté plus tôt. La simplicité de cette affirmation cachait mal la complexité des sentiments qui l'accompagnaient.

Un silence pesant s'installa entre eux, Geoffray finissant par briser le voile de tension.

— Il est toujours en vie, d'après ce que j'ai pu apprendre. Mais je n'ai pas eu l'occasion de lui parler. Le suzerain en a décidé autrement.

— Le suzerain ! Mais pourquoi donc ? L'incrédulité dans la voix de Percival était palpable, un mélange de perplexité et de frustration face à l'absurdité de la situation.

— Les raisons sont politiques, évidemment. Tu n'ignores pas la lutte de pouvoir entre notre seigneur, le sournois Norbert et son acolyte Lucien. C'est un jeu d'échecs où nous sommes de simples pions.

— Et Jacques ? Avec la garde, ils ne peuvent rien faire ? L'indignation dans la voix de Percival révélait un mélange de colère et d'espoir déçu.

— La garde est divisée. Une loyauté fragmentée, et Louis et Jacques en sont bien conscients, malheureusement.

L'échange se poursuivit, Geoffray exprimant un pessimisme prudent quant à la possibilité d'un changement. Percival, quant à lui, secoua la tête, un geste traduisant une exaspération profonde face à l'injustice qui semblait régner sur l'île.

Leur conversation, teintée d'une gravité croissante, fut ponctuée par le geste soudain de Percival qui, dans un élan de défi, projeta son harpon qui se ficha solidement dans un arbre distant. Geoffray, ébahi, contempla la scène, reconnaissant là une prouesse qui dépassait l'entendement.

Geoffray, les yeux écarquillés, observa la scène, stupéfait.

— Comment as-tu fait ça ? demanda-t-il, l'admiration teintant sa voix d'un mélange de respect et de curiosité.

Percival le regarda, un voile de fatigue dans les yeux.

— Si tu avais passé ta vie à manier un harpon sous l'eau, tu saurais. C'est là que se forge la véritable force.

Un sourire esquissé, Geoffray acquiesça.

— Je ferai bien de m'abstenir de te défier quand tu tiens un harpon, alors.

Le moment de tension dissipé, les deux hommes partagèrent un sourire complice. Percival, la colère retombée, invita Geoffray à l'intérieur de sa cabane.

— Tu veux de l'eau fraîche ?

— Je ne dirais pas non, répondit Geoffray, suivant Percival vers la modeste demeure.

Une fois à l'intérieur, Geoffray ne put s'empêcher de taquiner Percival sur l'état de la cabane.

— Tu pourrais faire un peu de ménage, tu sais.

Percival soupira.

— Je passe la plupart de mon temps en mer ou sur les chemins ces derniers jours. Le ménage n'est pas ma priorité.

— Je vois que la sociabilité te gagne ces temps-ci, Geoffray répliqua avec un sourire.

Percival, légèrement agacé mais amusé, répliqua.

— Ne commence pas, toi aussi.

— Moi aussi ? Eloïse aurait-elle déjà soulevé ce point ? Geoffray lança avec malice.

Percival acquiesça d'un geste, signe de leur conversation antérieure.

Geoffray, ne résistant pas à la tentation de taquiner davantage, suggéra.

— Si ça continue, vous finirez par vous marier avant la fin de l'année.

Cherchant à changer de sujet, Percival servit rapidement l'eau, mettant fin à cette ligne de discussion.

— Bois et tais-toi !

Geoffray, appréciant l'humour de la situation, but d'un trait.

La conversation dériva ensuite vers d'autres sujets, notamment la santé de la fille du lieutenant de Geoffray, qui s'était améliorée grâce aux soins de Jean. Percival écouta, son esprit vagabondant vers des pensées plus profondes, sans révéler l'étendue de ses réflexions.

Finalement, Geoffray se leva pour partir.

— Je vais récupérer mon harpon plus tard, dit Percival, son esprit encore en proie aux événements récents et à leur conversation.

— Promis, je commencerai l'entraînement sous l'eau dès demain, lança Geoffray en partant, un sourire aux lèvres.

Percival le salua d'un geste, son regard se perdant une fois de plus dans le lointain. Les mots de Geoffray résonnaient encore en lui, mélange de défi et de promesse face à l'incertitude de l'avenir.

***************

Était-ce à cause des événements tumultueux de la veille que Percival, à fleur de peau, vit son sommeil parsemé d'images erratiques ? Des visions de fureur, d'appréhension, et de trouble face aux mystères de l'île l'assaillirent. Ce matin-là, épuisé mais résolu, il décida d'agir. Finies les réflexions passives, il chercherait désormais des réponses à ses tourments par des actions concrètes.

Dès l'aube, il se dirigea vers la place, espérant apercevoir Henri. Il priait pour que la surveillance du prêtre se soit assouplie. La place, étonnamment déserte, lui offrit une opportunité.

Au pilori, Henri se tenait dans une posture qui trahissait son inconfort extrême. Ses poignets étaient écorchés par les liens trop serrés, et sa position courbée mettait à rude épreuve chaque muscle de son corps. Sa tenue, typique de l'île et autrefois colorée, était désormais maculée de taches sombres, le sang ayant coulé lors de sa capture et de sa torture.

S'approchant d'Henri entravé, et à la vue de son ami, Percival maudit le clergé. Malgré tout, il devait rester calme pour ne pas accabler Henri davantage.

Tout doucement, il effleura son front, un geste de réconfort face à sa condition déplorable.

— Henri, c'est Percival, murmura-t-il, veillant à ne pas attirer l'attention.

Henri demeurait immobile. Percival insista, une tendresse palpable dans sa voix.

— Ouvre les yeux, Henri.

Les paroles de Percival finirent par percer le brouillard de douleur enveloppant Henri. Avec peine, il ouvrit les yeux, son regard voilé par un voile de souffrance. Malgré tout, il reconnut Percival. Tenter de parler lui était impossible, sa langue lui ayant été cruellement ôtée.

— Ne tente pas de parler. Secoue juste la tête pour répondre, d'accord ? proposa Percival, la compassion évidente dans sa voix.

Henri acquiesça faiblement.

— Penses-tu tenir encore quelques jours ? L'intensité du regard de Henri transmettait une détermination farouche, signalant à Percival des pensées profondes et peut-être des plans.

Voyant la détresse de son ami, Percival lui proposa de l'eau.

— Tu veux boire ? J'ai de l'eau.

Ouvrant la bouche, Henri accepta le liquide salvateur que Percival versait avec soin. La vision des dégâts dans la bouche d'Henri, après qu'on lui eut cruellement coupé la langue, était insoutenable. L'intérieur meurtri et mutilé témoignait de l'acte barbare, un silence forcé imposé par la brutalité. Percival, en découvrant cet acte ignoble, ressentit un mélange de nausée et de colère bouillante. Son cœur se serra à la vue de son ami ainsi mutilé, un homme qui avait toujours eu le don des mots et de la persuasion, réduit au silence de la manière la plus brutale.

Ils furent interrompus par des bruits de pas.

Percival, rapidement, remit le bouchon et, avant de s'éclipser, lança.

— Tiens bon, Henri. Nous sommes avec toi. Et un jour, justice sera faite.

Henri, le regardant s'éloigner, tenta un sourire de gratitude, malgré la douleur.

***************

Alors qu'il descendait le sentier quittant le village, Percival fut interrompu par la silhouette familière de Jean, accompagné d'Aldebert. La résilience de ce dernier, malgré les marques encore visibles des coups de fouet, inspira à Percival un respect silencieux.

— Quelle surprise de te croiser ici de bon matin, lança Jean avec un sourire teinté de curiosité.

— J'étais auprès d'Henri, pour voir comment il se portait, confia Percival, son ton empreint de gravité.

L'étonnement de Jean était palpable.

— Et tu as réussi à lui parler ? s'enquit-il, ses sourcils haussés dans une expression d'incrédulité.

— D'une certaine manière, admit Percival, laissant entendre l'amertume de la situation.

C'est alors qu'Aldebert, dont les traits portaient les stigmates de la veille, prit la parole avec une véhémence qui trahissait sa propre lutte intérieure.

— Parler ? Mais comment, puisqu'ils lui ont arraché la langue, ces barbares !

Percival posa une main réconfortante sur l'épaule d'Aldebert, un geste qui se voulait apaisant.

— Je sais, Aldebert. Mais même réduits au silence, nos esprits restent libres. Comment te sens-tu ?

— Douloureux, avoua Aldebert, mais c'est Henri qui a payé le prix fort.

La tension dans l'air s'adoucit légèrement lorsque Jean, dans un geste frère, toucha l'épaule d'Aldebert, le ramenant doucement à la réalité. Percival lui-même esquissa un sourire, touché par cette marque de solidarité.

— Quelle était son état ? insista Jean, revenant à Henri.

— Malgré ses souffrances, il y a une flamme dans son regard... Une détermination inébranlable, déclara Percival, son admiration pour l'esprit combatif d'Henri évidente.

Jean fronça les sourcils, sceptique.

— De la détermination, tu dis ? Ce n'est pas quelque chose qu'on lit aisément dans un regard, Percival.

— Peut-être pour toi. Mais je sens qu'Henri n'a pas encore dit son dernier mot. C'est juste une intuition, répliqua Percival avec conviction, défendant son ressenti.

Connaissant bien l'esprit parfois énigmatique de Percival, Jean ne poussa pas le débat.

— Je verrai de mes propres yeux, conclut-il, laissant la conversation sur une note d'ouverture.

Avant de se séparer, Percival mentionna une nouvelle qui semblait porter une lueur d'espoir.

— Jean, Geoffray m'a informé hier que la fille de son lieutenant va beaucoup mieux. Ton avis ?

— Ah, oui, c'est remarquable. Le remède fonctionne, miracles. Qui qu'en soit l'auteur, il détient un savoir extraordinaire, répondit Jean, son ton empreint de respect mêlé à une pointe de mystère.

— Ce qui signifie ? poussa Percival, cherchant à en savoir plus.

— Que nous avons un bienfaiteur inconnu parmi nous, admit Jean, laissant le mystère intact.

Ils se séparèrent sur ces mots, chacun emportant avec lui les poids et les espoirs de leur communauté tissée de solidarité et de mystères non élucidés.

\*\*\*\*\*\*\*\*\*\*\*\*\*\*\*\*

Eluard était plongé dans ses pensées, assis dans son fauteuil, les yeux perdus vers la place où Henri avait été supplicié. Berthe, quant à elle, se tenait discrètement en retrait, observant son époux qui, depuis le jugement public, s'était muré dans le silence. N'ayant pas partagé leur lit conjugal depuis cet événement, Berthe s'en était remise à la prière, espérant le pardon de son mari. Mais, le fossé creusé entre eux, Eluard trouvait difficile d'excuser, malgré son affection persistante. Berthe, de son côté, continuait à le servir, espérant secrètement gagner son indulgence.

Le regard d'Eluard s'illumina soudainement à la vue de Jean et Aldebert passant devant leur fenêtre. Se levant précipitamment, il se dirigea vers la porte, laissant Berthe stupéfaite par son soudain élan, sans lui accorder un regard.

— Aldebert ! appela-t-il d'une voix grave qui stoppa net son fils et Jean.

— Comment te sens-tu, mon fils ? demanda Eluard, une fois face à Aldebert qui jetait un regard incertain vers Jean.

— C'est ton père, Aldebert. Rejoins-le, et viens me voir après si tu le souhaites, encouragea Jean.

Aldebert acquiesça d'un signe de tête affirmatif et s'approcha de son père.

— Bonjour, père, dit-il, un peu gêné.

Eluard l'enveloppa dans une étreinte, faisant fi de la stature imposante de son fils.

— Je suis désolé, mon garçon. J'ignorais les actions de ta belle-mère. Mais je vois maintenant que tu as été un ami loyal envers Henri et que tu as honoré la mémoire de Lucie. Je suis fier de toi. Comment va ton dos ?

— Jean et Eloïse m'ont bien soigné, père, répondit Aldebert, reconnaissant.

— C'est bien. Je leur exprimerai ma gratitude. Resteras-tu avec nous ce soir ? demanda Eluard, espérant rapprocher son fils de leur foyer.

Aldebert hésita, son regard se portant vers leur maison où Berthe se tenait, l'air abattu, à la fenêtre.

— Je sais ce que tu penses de Berthe. Elle n'est pas mauvaise, et son amour pour toi est sincère. Ses intentions ont été corrompues par la cruauté du prêtre. Je sens sa culpabilité, et elle regrette profondément. Mais je ne peux pleinement pardonner sans que tu le fasses aussi, expliqua Eluard, cherchant à réconcilier son fils avec la situation familiale.

Aldebert, touché par les mots de son père et la vue de Berthe, sentit sa rancœur s'évanouir, comme souvent auparavant.

— Très bien, père. Je passerai tout à l'heure, conclut-il, un pas vers la réconciliation et la guérison de leur famille ébranlée.

*****************

Percival, absorbé dans ses réflexions, évita délibérément la maison d'Eloïse, son esprit n'accordant aucune attention à celle-ci. Une sensation indéfinissable le tourmentait ; celle de ne pas appartenir à cet atoll, de se sentir étranger parmi ses habitants, persuadé qu'un autre destin les attendait. Cette impression s'intensifia alors qu'il s'approchait de sa demeure, le poussant à rechercher des réponses sur leurs origines sur l'île.

Le mât émergeant au large, vestige des premiers arrivants dans la fosse aux requins, attirait depuis longtemps sa curiosité. Malgré son état délabré, la nécessité de découvrir les secrets de l'épave l'emportait sur toute hésitation. Ce matin, la houle annonçait le changement de saison, un détail qui ne saurait le dissuader de son entreprise.

Fréquemment tenté par l'exploration, il était bien conscient des dangers de ce lieu, niché au-delà de la bande de terre qui les séparait de voisins mystérieux, au pied de leur falaise imposante. Sa détermination surpassait désormais ses craintes. Préparant plusieurs paniers de poissons en guise de diversion pour les requins, armé de son harpon et de son couteau, il lança sa barque avec conviction.

Percival pagayait avec ardeur, bravant les vagues plus rebelles qu'anticipé. Une fois la décision prise, il n'y avait plus de retour en arrière possible. Il franchit la barrière de corail, profitant des vagues pour surmonter les récifs saillants, et réussit à passer ce cap jamais exploré auparavant.

Le roulis devenait plus clément, facilitant sa navigation vers l'épave. C'est alors que retentit la trompe de l'île du démon, un son rare mais inquiétant, rappelant l'existence et la souveraineté de cette terre maudite. Le silence reprit ses droits, troublé uniquement par le fracas des vagues contre les falaises. Le mât n'était plus qu'à quelques dizaines de mètres.

Il dispersa précipitamment le contenu de ses paniers dans l'eau, déclenchant une frénésie chez les requins qui se jetèrent sur ce festin improvisé, lui offrant une chance de poursuivre sa route. Arrivé à proximité du mât, il amarra sa barque et, équipé de son harpon et de son couteau, plongea dans les profondeurs sombres et mystérieuses.

Descendant le long de l'artimon, une silhouette massive se précipita sur lui. Un requin tigre, attiré non par les poissons mais par lui-même. Pris par surprise, Percival esquiva de justesse l'assaut du prédateur, ressentant la rugosité de sa peau contre son flanc, y laissant une trace sanglante. Reprenant rapidement ses esprits, il prépara son harpon pour la contre-attaque. Au moment où le requin se rua à nouveau sur lui, Percival, avec une précision mortelle, enfonça l'arme dans la gorge de la bête, mettant fin instantanément à sa menace.

La chance avait souri à Percival, le requin n'étant qu'un jeune spécimen de trois mètres. Face à un grand blanc mature, il n'aurait eu aucune chance de survie. Ne voulant pas tenter le destin une seconde fois, il replongea dans les eaux désormais sombres, sa tâche rendue difficile par l'obscurité croissante. Sa main, glissant le long du mât de bois, rencontra soudainement le froid de l'acier, une découverte qui le désarçonna. Au fond, là où l'épave aurait dû reposer, il ne trouva que le vide, aucune trace d'un navire naufragé.

Retournant à la base du mât, Percival dégagea vase et algues, révélant une plaque métallique fixée à la roche par quatre vis à tête carrée, une technologie qu'il n'avait jamais vue. Manquant d'air, il remonta précipitamment, conscient que le calme relatif autour de lui ne durerait pas.

De retour dans sa barque, les pensées de Percival tournaient en boucle. Qu'était cette illusion ? Pourquoi monter une telle mise en scène ? Et ces vis inhabituelles, que signifiaient-elles ? Ces nouvelles interrogations s'ajoutaient au poids de ses questionnements existants sur l'île et leurs origines.

Perdu dans ses réflexions, le temps lui échappa jusqu'à ce qu'un deuxième appel de corne déchire le silence, un événement inhabituel en une seule journée. Défait, il leva les yeux, juste à temps pour voir une silhouette tomber de la falaise et plonger dans les eaux agitées. Le temps sembla suspendu, Percival pensant distinguer la forme d'un homme. Malgré le peu de chances de survie après une telle chute, il ne pouvait ignorer la possibilité d'un survivant.

Il pagaya avec une énergie désespérée vers le lieu de l'impact. Aucun corps n'était visible, mais sans hésiter, il plongea à la recherche du disparu. Sa quête fut brève ; il trouva rapidement l'homme, échoué contre les rochers. Avec force, il le saisit par le col et le remonta à la surface, le ramenant dans sa barque. L'homme, inconscient mais respirant, présentait de multiples blessures.

Percival, sans perdre un instant, reprit sa rame avec une vigueur renouvelée, déterminé à le ramener à terre pour obtenir l'aide du père d'Eloïse. La brutalité de l'impact avec l'eau avait assommé l'homme, lui épargnant probablement la noyade. Bien que son état fût grave, il respirait encore, offrant un mince espoir de survie.

# Chapitre 16

Percival, après avoir soigneusement allongé l'homme qu'il venait de sauver sur la couchette sommaire de sa cabane, se lança dans une course effrénée vers la demeure de Jean.

Le trajet, normalement paisible, le long du littoral où les vagues venaient mourir sur le sable avec douceur, se transforma en une épreuve de vitesse et d'endurance. Ses pieds s'enfonçaient dans le sable mouillé, chaque pas l'éloignant de sa cabane située à la lisière où la plage cède la place à la végétation dense, le poussant vers l'urgence de la situation.

La porte de la maison de Jean s'ouvrit brusquement sous l'impulsion de Percival, sans préavis, surprenant Eloïse dans un moment d'intimité. La scène, chargée d'un embarras soudain, fit monter le rouge aux joues de Percival tandis qu'Eloïse, avec une agilité mêlée de précipitation, s'emparait d'un drap pour se couvrir.

Leurs échanges, teintés d'un mélange d'irritation, de surprise, et d'une gêne palpable, posaient les bases d'une interaction complexe, où l'urgence de la demande de Percival se heurtait à l'inconfort de leur proximité inattendue.

— Tu aurais pu frapper, non ? La voix d'Eloïse, bien que teintée d'irritation, trahissait une curiosité mêlée d'inquiétude.

— Je... Je m'excuse, Eloïse. C'est urgent, ou es ton père ?

— Il ne devrait plus tarder, mais qui a-t-il de si urgent pour que tu sois comme ça, à bout de souffle ?

— Ce serait trop long à t'expliquer, Mais peux-tu venir en attendant que ton père arrive, car j'ai dans ma cabane quelqu'un qui a besoin de soin d'urgence.

— Que ce passe-t-il encore ? Demanda-t-elle anxieuse.
— Ce n'est pas une personne de l'ile, ne t'inquiète pas, mais il faut que tu viennes vite.

Eloïse fut dans un premier temps surpris par cette révélation, et se ressaisit aussi vite.

— Retourne-toi idiot, pour que je m'habille !

Percival se retourna gauchement.

— De quoi souffre-t-il ?
— De nombreuse plaies, il est tombé de la falaise et a heurté des rochers dans sa chute.
— Il est conscient ?
— Non, mais il est vivant.

Eloise finit de s'habiller en toute hâte.

— Voilà, on peut y aller maintenant !

Elle prit sur la table un morceau de papier et y griffonna « viens vite chez Percival de toute urgence, et emmène ton sac »

Elle ramassa quelques ustensiles appartenant à son père, Percival attrapa son sac, et ils se mirent à courir en direction de chez lui.

Le trajet de retour vers la cabane de Percival fut un mélange de hâte et d'anxiété. Les dunes et les herbes hautes semblaient se fondre autour d'eux alors qu'ils progressaient, partageant un silence chargé d'interrogations non formulées. Le vent marin, porteur de sel et de mystères, semblait murmurer des avertissements que seul l'inconscient pouvait saisir.

À leur arrivée, la découverte du Normand, étendu dans un état qui trahissait la violence de son combat récent, marqua un instant de stupeur. Eloïse, habituée aux blessures que pouvaient infliger la vie insulaire, se trouva confrontée à une réalité bien plus brutale. Les vêtements déchirés du jeune homme, son corps marqué par des contusions et des plaies profondes, racontaient une histoire de survie face à une adversité sauvage.

La gêne initiale laissa place à une concentration professionnelle, bien que la proximité forcée dans l'espace confiné de la cabane ajoutât une tension sous-jacente à leurs mouvements.

— C'est un Normand ! L'étonnement d'Eloïse se mêlait à une curiosité légitime malgré l'urgence des soins à administrer.

— Il n'est pas d'ici... Il a été attaqué, près des falaises. Les mots de Percival étaient entrecoupés, tandis qu'il luttait contre le temps et son propre trouble face à la situation.

Le processus de déshabillage du Viking, nécessaire pour soigner ses blessures, fut un moment de malaise intense pour tous. Percival, aidant maladroitement, et Eloïse, plus assurée mais visiblement affectée par la proximité physique exigée par les circonstances, travaillaient avec une efficacité empressée. Chaque geste, chaque regard échangé, était empreint d'une gêne palpable, exacerbée par la vulnérabilité de leur invité inattendu.

— Nous devons agir rapidement. L'expertise d'Eloïse transparaissait dans son ton, bien qu'une ombre d'hésitation demeurait, consciente de l'ampleur de la tâche sans la supervision paternelle.

— Sa jambe n'est pas très jolie, il va me falloir lui remettre l'os en place et la lui coudre, ainsi que sa tête, dit Eloïse, examinant les blessures avec une concentration professionnelle.

Percival, le visage marqué par l'inquiétude, hésita un instant avant de répondre.

— Tu ne préfères pas attendre que ton père soit là, avant ?

Eloïse leva les yeux vers lui, sa détermination illuminant son regard.

— Si je ne le fais pas maintenant, pendant que ses blessures sont encore fraîches, il souffrira beaucoup plus, plus tard.

— Mais comment vas-tu t'y prendre ? L'appréhension dans la voix de Percival était pesante, reflétant autant son inquiétude pour le Viking que son admiration pour le courage d'Eloïse.

— J'ai déjà assisté mon père lors de pareille situation, et ce n'est pas si difficile que cela. Tu le tiens par le haut du corps, et moi, je tire un coup sec pour lui remettre son os en place.

Positionné pour maintenir fermement le jeune blessé, Percival sentit son estomac se nouer tandis qu'Eloïse saisissait délicatement mais fermement le pied du Viking. Avec un mélange de grâce et de force, elle effectua le mouvement nécessaire. Le bruit sec de l'os se remettant en place fut suivi d'un gémissement doux du Viking, qui demeura inconscient.

— Voilà, c'est fait ! Eloïse annonça, une lueur de satisfaction dans les yeux.

Percival, impressionné, ne put s'empêcher de commenter.

— Félicitation, je ne t'aurais jamais cru si habile.

— Il y a beaucoup de choses que tu ne sais pas sur moi, mon cher Percival, répliqua-t-elle avec un sourire.

L'atmosphère se détendit légèrement, alors qu'elle préparait ses instruments pour coudre les plaies.

Avec une habileté étonnante, Eloïse s'attaqua d'abord à la jambe, puis au crâne du Viking, ses gestes précis et sûrs. Percival, observant en silence, ne put s'empêcher d'admirer la dextérité et le calme d'Eloïse face à la gravité des soins.

Lorsqu'elle eut terminé, elle nettoya le Viking avec une attention méticuleuse, chaque geste témoignant de sa détermination à le sauver.

— Il ne restera plus qu'à lui bander les côtes, car il y a de grandes chances que plusieurs soient cassées. Mais dans tous les cas, ce Normand est vraiment un bel homme, remarqua-t-elle en se reculant pour examiner son travail.

— Bah, pas tant que ça ! lâcha incorrectement Percival, un brin de jalousie perçant dans sa voix.

Eloïse le fixa, puis éclata de rire.

— Serais-tu jaloux ?

— Je me demande bien pourquoi je devrais l'être ! répondit Percival, tentant de masquer son trouble.

— Tu es de mauvaise foi, mon ami. C'est un très bel homme, c'est tout. L'aisance d'Eloïse contrastait avec la gêne croissante de Percival, qui se contenta de hausser les épaules, provoquant un nouveau rire chez Eloïse.

— Mais tu es encore plus beau que lui pour moi, cela te va ? ajouta-t-elle, taquine.

— Je n'ai rien demandé, et d'ailleurs je m'en moque éperdument, rétorqua Percival, bien que son sourire trahisse son amusement.

La conversation se poursuivit, mêlant taquineries et réflexions sérieuses sur la suite des événements.

— Bon, nous en reparlerons un de ces jours, conclut Percival, reprenant son sérieux. Mais pour l'instant, que pouvons-nous faire de plus pour lui ?

— Attendre ! Eloïse posa son regard sur le Viking endormi. Je pense que quand il se réveillera, il sera aussi surpris de se trouver là, que je l'ai été en le voyant en arrivant.

— Que faisons-nous en attendant ? demanda Percival, un peu trop rapidement, trahissant une nervosité soudaine.

— Pourquoi, tu as une idée ? Le ton d'Eloïse était léger, mais observateur.

Percival rougit, sa façade de confiance vacillant brièvement.

— Pas du tout !

— Mon pauvre ! Tu es certainement le roi des océans, mais pour le reste, tu es consternant d'idiotie. L'affection dans la voix d'Eloïse adoucit ses mots taquins.

Percival baissa la tête, un soupir résigné s'échappant de ses lèvres.

*******************

Dans l'agitation croissante du village, le retour solitaire du cheval d'Erik au Skali avait semé une onde de choc. Gislinde, l'angoisse peinte sur le visage, se tourna vers Arne, la voix tremblante d'appréhension.

— Retrouvez-le ? implora-t-elle, cherchant un espoir dans les yeux d'Arne.

— On fera tout notre possible pour cela, ne t'inquiète pas ! assura Arne, tentant de transmettre une confiance qu'il peinait lui-même à ressentir.

Leur détermination les poussa à galoper vers la hutte de la Volvas Hilda, située à l'orée d'un bois ancien, témoins silencieux des peurs et des espoirs de leurs cœurs. Hilda les attendait, sa présence sur le pas de la porte semblant défier le hasard.

Olaf, dominant le groupe du haut de sa monture, l'interpella.

— Erik est venu te voir, Hilda, et sa monture est revenue seul !

— Pour sa monture, je ne sais pas, mais Erik est bien venu me voir. Et je pense qu'il n'aurait pas dû, répondit Hilda, sa voix empreinte d'une gravité troublante.

— Que veux-tu dire, Hilda ? Arne ne put cacher son étonnement face à l'énigmatique réponse de Hilda.

— Nous... Il a vu des images, plutôt des visions, ou bien des fragments, qui ne sont pas supportables pour nous autres humains, expliqua Hilda, sa voix teintée d'une étrangeté qui fit frissonner l'assistance.

— Écoute, Hilda ! Je ne sais de quoi il en retourne, mais le plus urgent est de le retrouver avant qu'un autre malheur arrive ! De quel côté l'as-tu vue partir ? L'urgence dans la voix d'Olaf trahissait son inquiétude croissante.

— Il se dirigeait par-là, vers les hauteurs, là où son père aimait à se rendre, indiqua Hilda, pointant du doigt une direction qui semblait mener vers le cœur des mystères de l'île.

Après un salut solennel à Hilda, ils reprirent leur course, l'esprit tourmenté par les paroles de la sage. Sur le chemin, Olaf ordonna de se séparer en plusieurs groupes, la tension palpable à chaque craquement de branche sous leurs pas.

Arrivés près de la pointe, ils attachèrent leurs montures avec précaution.

— Ne faites pas trop de bruit, on ne sait jamais qui se trouve par ici. Cherchez la moindre trace d'un éventuel passage, dans les moindres recoins. Si Erik est passé par ici, on se doit de le retrouver, commanda Olaf, son autorité jamais aussi évidente que dans ces moments de crise.

C'est alors qu'Arne, mu par un pressentiment, s'avança vers le grand œil d'Odin, ignorant les mises en garde d'Olaf. Le souvenir de son ami Erik, dans ce lieu si particulier à leurs cœurs, le guidait.

— Des traces ! Par ici ! s'exclama un des gardes, attirant l'attention sur des marques fraîches de sabots au pied d'un arbre. Le désordre des empreintes témoignait d'une lutte, d'une terreur qui avait saisi la monture d'Erik.

Lorsque la découverte de l'épée d'Erik, tachée de sang, confirma leurs pires craintes, un silence oppressant enveloppa le groupe. Arne, saisi d'une douleur muette, fixait l'horizon, la réalité de la perte d'Erik s'imposant avec une brutalité insoutenable.

— Comment vais-je l'annoncer à sa sœur ? La voix d'Arne, brisée, ne fut qu'un murmure emporté par le vent.

Puis, dans un élan de rage et de désespoir, il lança un défi au vide, à l'invisible adversaire qui leur avait enlevé Erik.

— Soit maudit, qui ou quoi que tu sois !

Le son de la trompe résonna, un signal de fin que personne n'avait souhaité entendre, annonçant le retour au village, le cœur lourd de deuil et d'incertitudes.

*****************

Dans le crépuscule enveloppant sa hutte, Hilda restait assise sur sa couchette, une lueur hagarde dans le regard. Les fondations de ses croyances, et plus encore, ses espoirs, avaient été ébranlées par la séance avec Erik. Elle avait entrevu quelque chose de plus, une révélation troublante qui n'avait pas ébranlé sa sérénité face au danger imminent. Lorsqu'elle entendit des bruits de pas à l'extérieur, elle ne montra aucun signe de surprise.

— Entre ! Sa voix, ferme et claire, tranchait avec le silence oppressant de la nuit.

Aucun mouvement ne perturba l'air chargé d'anticipation.

— Tu peux entrer, je suis seule ! insista-t-elle, une note d'invitation dans sa voix qui semblait défier l'obscurité elle-même.

C'est alors qu'un grand pied franchit le seuil, annonçant l'entrée de l'immense silhouette qui le suivait, sa hache en main comme une ombre menaçante.

— Je t'attendais ! L'affirmation de Hilda portait une résignation empreinte d'une force tranquille, contrastant avec la tension qui s'épaississait dans l'air.

L'inconnu la scrutait, un silence lourd suspendu entre eux, troublé par la résonance de sa voix qui portait une résolution inébranlable.

— Donc c'est toi qui as semé la mort parmi les miens. Et c'est les tiens que le serpent de Midgard a envoyé sur terre pour nous anéantir. Si le destin veut que cette heure soit la mienne, alors, que cela soit.

Les mots d'Hilda flottaient dans la hutte, mais l'incompréhension marquait le visage du colosse. Le calme imperturbable de sa voix l'avait déstabilisé, une hésitation fugace dans son regard.

Voyant qu'il ne s'avançait pas, Hilda se leva avec une dignité qui semblait défier la mortalité elle-même et s'approcha de lui.

— Je vois que tu es blessé et que tu as saigné. Cela prouve que tu n'es pas un démon. Mais alors, que pourrais-tu bien être...

Sa phrase fut interrompue brutalement, car le tranchant de la hache lui fendit le crâne. La voix d'Hilda lui était insupportable !

*******************

Alors que Jean terminait de bander le torse d'Erik, une ombre de préoccupation traversait son regard. La gravité des blessures du Viking, plongé dans un sommeil qui ressemblait davantage à une évasion de la douleur, pesait lourdement sur son esprit.

— Voilà, c'est fait ! Maintenant, nous pouvons seulement attendre son réveil. Et félicitations, ma fille, ton habileté dépasse de loin ce que j'aurais pu t'enseigner, déclara-t-il, son ton masquant à peine l'inquiétude qui s'accrochait à chaque mot.

— Je te remercie, père. Mais sans ta guidance, je n'aurais jamais atteint cette compétence, répondit Eloïse, ses yeux trahissant un mélange de fierté et d'anxiété face à l'incertitude de l'état d'Erik.

Alors que Jean se lavait les mains, une pensée le frappa avec une force soudaine.

— Qui aurait cru qu'un jour je soignerais un véritable Viking ! La réalité de leur patient, un guerrier d'un monde si différent du leur, ajoutait une couche complexe de questionnements sur les conséquences de sa présence ici.

— Je te l'avais dit, père, dès ton arrivée. Mais avec tout ce qui s'est passé, il est facile de perdre de vue l'étrangeté de notre situation, rappela Eloïse, une lueur d'inquiétude voilée dans son regard.

La conversation se dirigea vers Henri, un sujet qui portait en lui une tension palpable.

— Je pense qu'il s'en remettra, mais la haine qui le consume... Cela n'augure rien de bon. Henri a toujours été raisonnable, mais ce que j'ai vu dans ses yeux... C'était plus qu'une simple animosité. Quelque chose de profondément personnel l'a marqué, révéla Jean, sa voix chargée d'une gravité qui laissait entrevoir les profondeurs cachées de conflits internes.

Eloïse, captant seulement des bribes de cette complexité, sentit un malaise grandir en elle.

— Mais de quoi parlez-vous ? Sa confusion reflétait son exclusion de certains cercles de décision, soulignant les fissures dans leur unité face à la crise.

Jean, réalisant soudainement l'effet de ses paroles sur sa fille, tenta de dissiper l'atmosphère alourdie.

— Ne t'inquiète pas outre mesure pour Henri. Percival a parfois tendance à surinterpréter les choses. Nous veillerons à ce que tout s'arrange pour le mieux.

Le silence qui s'installa ensuite était lourd d'implications non dites. Chacun perdu dans ses réflexions, ils contemplaient le

Viking, symbole d'un monde en collision avec le leur, et source d'une multitude de questions sans réponse.

La tension monta d'un cran lorsque Jean posa la question qui brûlait sous la surface.

— Et toi, Percival, que faisais-tu là-bas ? Sa demande, simple en apparence, cachait un réseau de soupçons et de peurs quant aux véritables motivations derrière les actions de Percival.

— C'était nécessaire, répondit Percival, esquivant. Sa réponse évasive ne fit qu'ajouter à l'ambiance de méfiance et d'incertitude.

— Il veut parler du navire, n'est-ce pas Percival ? devina Jean, son intuition de père captant la tension non dite dans l'air. Il respectait le silence de Percival, comprenant son hésitation à discuter de certaines affaires devant Eloïse.

— Le navire ? Celui de nos ancêtres ? s'enquit Eloïse, surprise et intriguée.

— Oui, exactement celui-là. La voix de Jean trahissait un sourire mal dissimulé, signe d'une complicité partagée avec Percival qui ne manqua pas d'échapper à Eloïse.

Sensible à la tension croissante et à la gêne évidente de Percival, et piquée par son propre mélange d'agacement et de curiosité, elle lança.

— Il semble que vous me cachiez, de manière assez maladroite, certaines choses. Alors, maintenant...

Leur confrontation fut brusquement interrompue par des gémissements et des soubresauts provenant de la litière d'Erik, coupant court à l'interrogatoire malaisé de Percival.

Se levant précipitamment, suivi de près par Jean, qui s'empressa d'examiner le Viking, une lueur d'espoir teintée d'inquiétude dans le regard.

— Il se réveille ? l'interrogea Percival, l'angoisse voilant sa voix.

— Non, pas encore. Mais c'est un bon signe, rassura Jean, son expertise et son calme offrant un réconfort fragile face à l'incertitude. J'avais peur qu'il soit plongé dans un coma profond, avec des dommages irréversibles. Mais il semble que ses fonctions vitales commencent à reprendre le dessus. Il se réveillera dans les heures à venir.

— Et quand il se réveillera, que devrons-nous faire ? La question de Percival trahissait une profondeur de sentiment et d'engagement envers le bien-être de l'étranger.

— Tu aviseras à ce moment-là, répondit Jean, esquissant un sourire fatigué. Mais pour l'instant, je dois me reposer. Eloïse restera avec toi.

— Toute la nuit ? L'étonnement de Percival se mêlait à une appréhension non dissimulée.

— Oui. Y a-t-il un problème ? La question de Jean portait en elle un défi silencieux, un test de caractère pour Percival.

Avant que Percival ne puisse répondre, Eloïse prit la parole, d'une voix teintée d'amusement et de défi.

— Passer la nuit avec moi semble au-dessus de ses compétences.

Leur échange, piquant et chargé d'une tension non résolue, fut interrompu par l'intervention de Jean, son rire brisant le silence lourd.

— Je m'excuse, mais voir Percival ainsi décontenancé et ta franchise... cela me fait me demander qui de vous deux est véritablement l'adulte.

— En effet, on se le demande parfois, rétorqua Eloïse, sa réplique voilée d'un humour subtil.

Leur légèreté momentanée cachait des courants plus profonds d'affection, de préoccupations, et d'un avenir incertain, exacerbés par les paroles graves de Jean à l'extérieur. Son avertissement à Percival, révélant les enjeux entourant

Eloïse et les sombres intentions de Norbert, soulignait l'urgence d'une décision. Percival, confronté à la réalité de ses sentiments et aux dangers qui menaçaient Eloïse, se trouvait à un carrefour de vie déterminant.

Le dilemme de Percival, amplifié par la révélation de son père, jetait une ombre sur la tranquillité de la nuit, signalant des tempêtes à venir. Eloïse, veillant sur Erik, incarnait la lumière dans l'obscurité, son dévouement et sa force faisant d'elle non seulement la gardienne de leur invité mais aussi le cœur du conflit à venir.

Percival, observant Eloïse depuis le seuil, comprenait que le moment de la vérité approchait. Mais cette nuit n'était pas celle de la révélation. Elle était un préambule à des choix et des déclarations qui façonneraient leur avenir.

— Que fais-tu sur le pas de la porte ? L'interrogation d'Eloïse, pleine d'une acuité perçante, l'invitait à franchir le seuil non seulement de la cabane mais aussi de nouvelles réalités à embrasser.

La conversation qui s'ensuivit, marquée par l'esprit vif d'Eloïse et la détermination renouvelée de Percival, scellait le chapitre sur une note d'attente et d'espoir, promesse d'une aube nouvelle où les secrets et les sentiments longtemps enfouis trouveraient enfin leur voix.

# Chapitre 17

À l'aube, un voile de silence épais enveloppait le village normand, un silence presque palpable, troublé uniquement par la caresse fraîche de la bise matinale. Les rues, baignées dans une lumière blafarde, étaient presque désertes, tandis que les nuages lourds et menaçants semblaient peser sur le moral déjà accablé des habitants. Le Skali, habituellement lieu de vie et d'effervescence, était peuplé mais empreint d'une gravité silencieuse, reflet d'une épreuve intérieure partagée.

Gerda, les cheveux ébène défaits et le visage marqué par une tristesse profonde, avait posé sa tête attristée sur les genoux de Gislinde. Cette dernière, dont les yeux bleus étaient voilés par le chagrin, semblait porter le poids du monde. Vêtue d'une simple robe de laine qui ne parvenait pas à dissimuler sa fragilité, Gislinde était dévastée par l'annonce de la mort de son frère, une perte qui s'ajoutait à celle, récente, de ses parents. Les fils invisibles de leur deuil tissaient un lien silencieux mais puissant entre elles, une interaction muette mais emplie d'émotions.

Arne, quant à lui, observait la scène à distance. Son visage, habituellement marqué par la résilience, trahissait une impuissance face à la douleur de Gislinde. Ses cheveux blonds étaient ébouriffés par le vent, et son regard, d'ordinaire vif, était empreint d'une mélancolie profonde. Incapable de trouver les mots pour apaiser une telle souffrance, il choisit de se tenir à l'écart, laissant à la douleur le temps de s'apaiser avec le temps. La tension dans l'air était presque tangible, chaque respiration semblait lourde de chagrin.

L'extérieur offrait un léger répit, où la bise fraîche et les sons atténués de la nature contrastaient avec l'oppression du deuil. Les gardiens du jour, silhouettes sombres contre le ciel chargé, veillaient avec une vigilance inébranlable. Parmi eux, Olaf, dont le visage buriné par les ans et les épreuves semblait encore plus marqué depuis la perte d'Erik. Son regard, autrefois pétillant d'esprit et de malice, était désormais teinté d'une tristesse infinie. Erik, le fils de son cœur, avait laissé un vide immense, visible dans chaque mouvement, chaque silence d'Olaf.

La conversation entre Arne et Olaf, ponctuée de regards lourds de sens et de silences éloquents, était un échange de douleur non exprimée et de résignation. Les mots étaient superflus, leur complicité se lisant dans l'échange de regards entendus, dans le partage silencieux de leur chagrin.

L'arrivée soudaine d'un chariot, brisant le calme oppressant, apporta avec elle un vent de panique. Falko, le visage pâle et les yeux écarquillés par l'effroi, sauta du chariot avec une précipitation qui trahissait l'urgence de sa nouvelle. La réaction d'Olaf, rapide et déterminée, offrait un contraste frappant avec la torpeur du deuil. La découverte macabre de la vieille Hilda, un personnage jusqu'alors invisible dans leur quotidien mais dont la mort brutale venait rappeler la fragilité de leur existence, était un choc brutal, un rappel de la précarité de la vie.

Le bruit soudain de l'arrivée tumultueuse de Falko perça l'atmosphère lourde, tirant les hommes hors du Skali. Intrigués et tendus, ils se dirigèrent vers le petit attroupement, leurs pas résonnant sur le sol durci par la chaleur. Le ciel, toujours chargé de gros nuages, semblait surveiller la scène d'un œil sombre.

— Du calme, vous tous ! clama Arne, sa voix ferme tranchant le murmure du vent.

— Que se passe-t-il ? demanda Ragnar, les sourcils froncés, ses cheveux roux emmêlés par la brise.

— Le démon a tué Hilda ! lança Falko, sa voix ébranlée par la fébrilité.

La nouvelle tomba sur la foule comme un couperet, gelant l'agitation dans un silence stupéfait.

— Il va tous nous massacrer, les uns après les autres ! intervint Wilfried, la colère faisant vibrer chaque mot.

— Erik te l'a dit à plusieurs reprises, et je te le dis-moi aussi, tais-toi ! coupa Arne, l'exaspération teintant sa voix d'une dureté inaccoutumée.

— Je n'ai pas de compte à te rendre, Arne ! Et Erik, s'il ne s'était pas montré aussi imbu de sa personne, il serait peut-être encore là !

Ces mots, chargés de dédain envers Erik, firent jaillir une étincelle de colère chez Arne. Il se jeta sur Wilfried, ses poings se déchaînant dans un éclat de violence soudaine. Wilfried, surpris, chuta lourdement, incapable de parer les coups.

Olaf, avec une agilité surprenante pour son âge, saisit Arne par le bras et l'écarta avec une force inattendue.

— Vous êtes tous devenus fous, ou quoi ? Sa voix, puissante et farouche, imposa le silence. Nous avons un véritable ennemi à affronter, pas le temps de nous entre-déchirer ! Ce n'est pas un démon ; Erik nous l'a prouvé en le blessant. Si cette chose saigne, alors nous pouvons la vaincre.

La conviction dans la voix d'Olaf éteignit les murmures de la foule, unifiant les esprits égarés par la peur et la colère, et il reprit.

— Wilfried, tu propages la confusion et la peur avec tes paroles empoisonnées. Erik était digne de son père, courageux et noble. Au lieu de le diffamer, rends-toi utile. Rejoins-nous dans la lutte contre cet ennemi, le plus grand danger que nous ayons jamais affronté. C'est l'heure de prouver notre valeur en tant que Vikings ! Par Odin et Asgard !

Galvanisé par le discours d'Olaf, chaque homme leva le poing vers le ciel chargé, un écho de détermination vibrant dans leurs cœurs.

— Par Odin et Asgard !

*******************

La nuit avait enveloppé Eloïse dans ses bras, la plongeant dans un sommeil profond et réparateur. À ses côtés, Percival veillait, partageant son attention entre le jeune normand alité et sa belle endormie. Son regard ne cessait de revenir vers elle, captivé par la sérénité de son visage à la lueur naissante du jour. Les premiers rayons du soleil, filtrant à travers la petite fenêtre avec vue sur l'océan, baignaient la pièce d'une douce lumière dorée, éveillant doucement Eloïse de son repos bien mérité.

Percival, anticipant ce moment, avait déjà préparé l'infusion favorite d'Eloïse. Il la lui tendit avec un sourire, s'asseyant au bord de leur couchage de fortune.

— Bien dormi ?

Eloïse, consciente de son image, secoua ses cheveux avec grâce, replaçant quelques mèches rebelles dans un geste plein de féminité, avant de lui répondre.

— J'ai dormi longtemps ?
— Toute la nuit, et tu as ronflé.
— Menteur ! Son indignation feinte se mêlait à une gêne adorable.

Le sourire de Percival s'élargit, amusé par sa réaction.

— Non, tu as dormi tout aux plus deux heures. Bois ça, ça te donnera un coup de pouce. Tu en auras besoin, aujourd'hui s'annonce long.

— Et notre blessé ? demanda-t-elle en prenant le gobelet.
— Ne t'inquiète pas, il est toujours vivant. Lui aussi a dormi paisiblement.

Elle hocha la tête et avala son infusion en une gorgée, la chaleur du breuvage se répandant en elle, apportant un réconfort immédiat.

— Comment savais-tu que c'était mon préféré ?

Percival, debout près de la porte, lui lança un regard énigmatique.

— Je sais plus de choses sur toi que tu ne le penses.
— Bonne confidence, tu fais des progrès, mon cher !

Il choisit de ne pas répondre, conscient de marcher sur un terrain glissant, ses propres sentiments encore en désordre.

— Tu veux déjeuner ?
— J'aurais bien voulu, mais je veux voir mon père avant qu'il ne parte pour le village.
— Si tu le vois, passe-lui mon bonjour. Même si ça me semble futile vu son état.

Eloïse s'approcha de lui, un grand sourire aux lèvres, et l'embrassa furtivement. Percival, surpris, fit un pas en arrière.

— Je ne te remercie pas pour ta réaction répulsive.
— Non, ce n'est pas ce que tu crois ! s'exclama-t-il, embarrassé.

Sans lui laisser le temps de se reprendre, Eloïse se retrouva dans ses bras, un baiser fougueux scellant leur moment d'intimité. Un instant interloquée, elle retrouva vite ses esprits.

— Et bien, c'était rapide ! Mais je dois admettre que c'est un grand pas pour toi.

Avant qu'il puisse répondre, elle s'échappa en courant, laissant derrière elle un Percival ému et légèrement désorienté.

— Et si notre invité se réveille ? lança-t-il, encore sous le coup de l'émotion.

— Au vu de son état, tu ne risques pas grand-chose, mon grand et fort gaillard. Mais je reviendrai cet après-midi. Bon courage !

*****************

Dans la pénombre de la chambre, Marie gisait sur le lit, la chemise de nuit retroussée, les jambes encore écartées. Les draps, témoins muets de violences non consenties, étaient souillés, contrastant avec le regard vide et lointain de la jeune femme. Une absence profonde, un refuge intérieur où elle s'était retirée pour échapper à la brutalité de l'instant.

À l'autre bout de la pièce, Lucien se rhabillait, maudissant entre ses dents serrées cette "pécheresse", source de sa frustration et de sa colère. Ses paroles, emplies de mépris, résonnaient dans l'air confiné de la chambre, mais Marie, depuis longtemps, avait appris à se dissocier de son corps en ces moments d'effroi. Lucien, la peau encore marquée par l'acte, quitta la pièce en se frottant frénétiquement, comme pour se purger de la "pestilence démoniaque" qu'il attribuait à Marie.

Dehors, l'air frais du matin contrastait avec l'atmosphère étouffante de la chambre. Lucien inspira profondément, scrutant le ciel qui s'ornait d'un voile nuageux. Le silence de la place, habituellement animée, lui rappelait les conséquences de ses actions. Depuis l'exposition d'Henri au pilori, un malaise palpable s'était installé, les consciences du village étant troublées par leur propre lâcheté.

"Qui oserait se dresser contre le serviteur de Dieu ?" Cette pensée lui arrachait un sourire malsain. Son regard se posa sur Henri, entravé au pilori, abandonné à sa merci, lui arrachant un sourire de satisfaction perverse.

— Où vas-tu, prêtre ?

La voix interrompit ses réflexions. Lucien se retourna brusquement, irrité.

— Ah ! Ce n'est que vous, messire Norbert ! Sa réponse, empreinte de condescendance, témoignait de leur relation complexe.

— Je n'apprécie guère le ton que tu emploies, prêtre !

Norbert était son unique bouclier contre l'autorité royale de l'île, et Lucien, mesurant l'importance de cette alliance, modéra ses propos avec une complaisance calculée.

— Mes excuses, messire Norbert. Cependant, votre ton n'était guère plus courtois. Mais souvenez-vous, nous sommes d'égale utilité l'un pour l'autre.

Leur échange, tendu mais nécessaire, dévoilait une alliance de circonstance, régie par des intérêts mutuels plutôt que par une quelconque amitié.

— Tu es au courant que ce supplice ne plaît à personne, n'est-ce pas ?

— Certes, mais cela m'étonne que ce soit vous qui m'en parliez.

— Ne t'y trompe pas, prêtre. Ce n'est pas par compassion que je suis ici, mais par préoccupation pour nos intérêts communs.

La conversation prenait un tournant décisif, Norbert mettant en lumière les enjeux politiques derrière le sort d'Henri.

— Si les choses devaient changer sur l'île, à qui crois-tu que ces hommes prêteraient serment ? Certainement pas à toi !

L'argument de Norbert frappa Lucien de plein fouet, son visage trahissant sa prise de conscience.

— Il sera libre ce soir.

***************

La dernière vision qui hantait l'esprit encore embrumé d'Erik, celle d'un monstre terrifiant, avait déclenché en lui un réflexe bestial. Son bras s'abattit dans l'air avec une force désespérée, cherchant un ennemi qui n'était plus là. Ce geste brusque réveilla les échos douloureux de ses blessures, arrachant à ses lèvres un râle d'agonie.

À l'extérieur, Percival, alerté par ce gémissement de souffrance, se précipita au chevet d'Erik. Il le trouva, les yeux écarquillés de terreur, le regard perdu dans l'inconnu de cette pièce étrangère. Erik, son esprit confus, scrutait les alentours avec méfiance, son regard se posant finalement sur Percival, une silhouette inconnue, enveloppée dans un silence pesant.

Percival, saisissant l'intensité du choc et de la confusion qui étreignait le jeune homme, lui offrit un verre d'eau avec une douceur mesurée. Erik, la gorge brûlée par la soif, saisit le gobelet et l'engloutit d'un trait, l'eau fraîche apaisant momentanément le feu de ses blessures.

— Et bien, tu avais soif ! s'exclama Percival, surpris par l'urgence de sa soif.

Le commentaire, bien que léger, figea Erik, qui fixa Percival avec une intensité nouvelle, mesurant la portée de ses mots. Percival, sentant le poids de chaque syllabe, tenta de briser la glace en articulant lentement, conscient de l'étrange ballet linguistique qui s'offrait à eux.

— Bon...jour ! Je...m'appelle...Percival...et...il...

Erik, intrigué, leva une main pour le faire taire.

— Tu sais parler ma langue ?

Le silence qui suivit fut un témoignage de leur stupéfaction partagée.

— Est-ce que tu me comprends ? reprit Percival, sa voix teintée d'étonnement.

— Bien sûr que je te comprends, tu parles normand ? s'enquit Erik, les yeux grands ouverts d'incrédulité.
— Non, tu parles franc ! rétorqua Percival, les sourcils froncés.
Leur quiproquo linguistique leur offrait un moment de répit inattendu, une pause dans l'urgence de leurs circonstances.
— Tous parlent ainsi de ce côté de l'île ? demanda Erik, abaissant sa garde.
— Et je te retourne la question ? répliqua Percival, adoptant le même ton de curiosité.
Leur échange, bien que bref, les plongea dans un mutuel abasourdissement. Un instant suspendu où ils se jaugèrent, cherchant dans le regard de l'autre des réponses à des questions non formulées.
— Nous aussi, alors qui parle quoi ? lâcha Percival, désarmé par cette révélation partagée.
Tentant de se redresser, Erik fut rapidement rappelé à l'ordre par la douleur lancinante de sa jambe. Percival, avec une précaution qui trahissait une empathie inattendue, replaça doucement sa jambe sur le lit, le ramenant à la dure réalité de sa condition.
— Comment se fait-il que je ne sois pas mort ? À moins, bien sûr, que je sois au Walhalla. Ce qui expliquerait tout.
Le sourire de Percival face à cette conjecture déplacée était un baume sur l'atmosphère tendue.
— Si le Walhalla est ton paradis, alors je crains qu'il ne ressemble guère à ce coin perdu de l'océan. Mais tu es ici grâce à un coup du sort favorable, et à ma présence opportune.
Le poids du temps passé inconscient frappa Erik de plein fouet à l'annonce qu'il avait été alité pendant deux jours. Sa tentative de se lever se solda par un cri de douleur, un rappel cruel de sa vulnérabilité.

— Tu sous-estimes tes blessures. Tu reviens de loin, insista Percival, l'aidant à se rallonger avec une sollicitude qui contrastait avec leur rencontre abrupte.

— Mais il faut que je prévienne les miens. Ils vont penser que je suis mort, grommela Erik, l'ombre de l'inquiétude voilant son regard.

— Ils le pensent déjà. Mais pour l'heure, repose-toi. Tu as survécu, c'est ce qui compte.

Un voile d'abattement transperça le regard d'Erik, un murmure s'échappant de ses lèvres.

— Gislinde...

Percival, familiarisé avec le sentiment de soulagement mêlé d'incertitude qu'Erik éprouvait, se montra délibérément plus encourageant.

— Tu n'es pas mort. Imagine plutôt la surprise et la joie de te revoir en vie. C'est une seconde chance rare. Tu reverras bientôt Gislinde... ta femme ?

Erik, en se calant plus confortablement dans sa couchette malgré la douleur, corrigea Percival avec une pointe d'agacement.

— Gislinde n'est ni ma petite amie ni ma femme, mais ma sœur.

— Mes excuses, mais cela ne change rien à l'immédiateté de ta situation. Patiente encore un peu. Dans quelques jours, tu pourras les revoir tous.

Erik soupira, s'abandonnant sous le poids de la réalité, chaque mouvement éveillant un concert de douleurs à travers son corps.

— C'est toi qui m'as soigné ? demanda-t-il, curiosité perçant à travers sa souffrance.

— Non, j'étais là pour te sortir de l'eau, mais le soin vient d'ailleurs.

La mention d'une bienfaitrice mystérieuse piqua l'intérêt d'Erik, qui n'aperçut personne d'autre dans l'habitation.

— Tu la rencontreras plus tard, elle et son père méritent ta gratitude.

La conversation dériva sur les différences culturelles, notamment sur les termes de guérisseurs et herboristes, un terrain neutre qui détendit légèrement l'atmosphère.

L'échange fut interrompu par un cri extérieur. La tension d'Erik monta d'un cran, mais Percival, reconnaissant la voix, le rassura rapidement.

— C'est Eloïse, celle qui t'a soigné.

À l'extérieur, Percival retrouva Eloïse, rayonnante d'une bonne nouvelle.

— Henri serait libéré ce soir.

Cette annonce, inattendue et chargée de sous-entendus politiques, plongea Percival dans une réflexion sombre, doutant des motivations derrière cette libération soudaine.

De retour auprès d'Erik, Eloïse, tout sourire, salua chaleureusement le convalescent, qui lui rendit son sourire avec gratitude.

— Je vous remercie de ce compliment et de m'avoir soigné avec autant de dévouement, répondit Erik, étonnant Eloïse par sa maîtrise de leur langue.

Cette révélation laissa Eloïse sans voix, un moment de silence rare pour elle, comme le nota malicieusement Percival.

Le débat sur la langue fut brièvement relancé, mais Percival coupa court, affirmant la capacité d'Erik à comprendre et à s'exprimer clairement.

Eloïse, surprise par la fermeté de Percival, ne s'attarda pas sur le ton mais se concentra sur l'état d'Erik.

— Vous avez mal ?

— C'est supportable, mais je ne peux rester ici éternellement. Il me faut regagner mes terres. Quelle est l'étendue de mes blessures ?

Eloïse lui expliqua la gravité de ses blessures avec une douceur professionnelle, soulignant la nécessité de patience et de repos avant toute tentative de retour chez lui.

Dans la pièce baignée par la lumière tamisée, Erik, désespéré, baissa les yeux, un souffle profond traversant ses lèvres.

— Alors, quelqu'un doit aller prévenir les miens. Sa voix portait l'urgence d'une supplique qui sema une onde de choc chez Percival et Eloïse.

— Cela nous est impossible, admit Eloïse, le regret teintant ses mots.

— Et pourquoi cela ?

— Le pacte de non-agression, expliqua Percival, son regard croisant celui d'Erik, chargé d'une gravité nouvelle.

— Porter un message n'est pas une agression !

— Personne n'a jamais franchi la frontière entre nos terres depuis notre arrivée. C'est une première pour nous tous, ajouta Percival, ses paroles soulignant l'inédit de leur situation.

— Et pourtant, me voilà. Et je ne détecte aucun ressentiment de votre part.

— Non, mais les réactions de notre peuple pourraient être imprévisibles.

Le dialogue, teinté d'un mélange de curiosité et de méfiance, ouvrait un espace de reconnaissance mutuelle, malgré les préjugés et les peurs. Erik, poussant un rire face à la caricature que Percival dressait de son peuple, énonça avec fierté son héritage.

— Je suis Erik, fils de Siegfried et de Frigge, du noble peuple normand.

Cette déclaration détendit l'atmosphère, Eloïse et Percival se présentant à leur tour, dévoilant un peu de leur histoire et de leurs origines.

Face à la question d'Erik sur la noblesse de leur peuple, Percival choisit de contourner la question, soulignant plutôt ce qui unit les hommes par-delà les différences.

— Chaque peuple a ses ombres. Mais ce qui importe, c'est ce que nous faisons maintenant. Quant à ta demande, l'océan et la lande nous séparent plus sûrement que nos différences. Attendons une accalmie, et je t'accompagnerai.

Erik, résigné mais reconnaissant, acquiesça. Le murmure de l'océan et l'approche de nuages noirs à l'horizon lui rappelaient la force des éléments, contre lesquels ni Francs ni Normands ne pouvaient lutter.

— Attendons des jours meilleurs, conclut-il, son regard se perdant vers la fenêtre où le ciel promettait bientôt de la pluie.

# Chapitre 18

Dans la grande salle de la garnison, l'air était chargé de murmures et de spéculations sur la libération imminente d'Henri. L'atmosphère était paradoxale, mêlant une sérénité nouvelle à une division plus prononcée entre les clans. Geoffray, le regard perdu dans le vide, ne pouvait s'empêcher de sentir son cœur lourd face à cette nouvelle. À ses côtés, Paul, observant son ami avec inquiétude, rompit le silence.

— Pourquoi cette mine sombre, Geoffray ? N'est-ce pas une bonne nouvelle ?

— Oui, pour Henri, c'est une excellente nouvelle. Mais que Norbert soit à l'origine de cette décision... ça me trouble profondément, répliqua Geoffray, le visage tendu.

— Peut-être que Norbert est plus humain qu'on ne le pense, suggéra Paul, essayant de chercher le positif.

— Norbert ? Humain ? Je doute qu'il connaisse le sens du mot. Non, il y a autre chose derrière son geste, et c'est ce qui m'inquiète, Geoffray secoua la tête, sceptique.

Leur conversation fut brièvement interrompue par l'arrivée de Jean, apportant une lueur de distraction bienvenue.

Bien le bonjour, messieurs ! Je ne vous dérange pas, j'espère ? dit Jean en s'approchant.

— Pas du tout, Jean. Quelles nouvelles nous apportes-tu ? demanda Geoffray, offrant un siège à leur visiteur.

— Juste la dernière dose du traitement pour la fille de Paul. Je suis pressé aujourd'hui, répondit Jean en tendant un petit sachet à Paul, qui le remercia d'un signe de tête.

— Tu prendras bien un verre avec nous avant de repartir ? proposa Geoffray, cherchant à détendre l'atmosphère.

Jean prit place avec soulagement, ses jambes fatiguées par une journée déjà longue.

— Un verre serait le bienvenu, merci, dit-il, un sourire fatigué mais sincère illuminant son visage.

Paul, se levant, servit un gobelet de jus de papaye et le tendit à Jean.

— Désolé pour l'absence de vin, Jean. Il a été confisqué, expliqua-t-il.

— Une question d'économie ? demanda Jean, curieux.

— Plutôt une mesure de précaution. Certains avaient tendance à…. exagérer, répondit Paul avec un demi-sourire.

Jean acquiesça et vida son gobelet d'un trait, appréciant la fraîcheur du jus.

— Je voulais te remercier personnellement, Jean. Ma fille a retrouvé toute sa vivacité grâce à toi, dit Paul, une gratitude profonde dans la voix.

— C'était un plaisir. Je suis ravi que le remède ait fonctionné, répondit Jean, sa voix empreinte d'une tranquillité réconfortante.

Un voile de malaise passa brièvement sur le visage de Jean à l'évocation de son remède mystérieux. Changeant de sujet, il s'adressa aux deux hommes.

— Serez-vous présents ce soir pour la libération d'Henri ?

— Absolument. Les gardes et moi ne manquerions ça pour rien au monde, assura Geoffray.

— Tant mieux. C'est rassurant, Jean sembla soulagé.

— Ton inquiétude est palpable. Tu crains quelque chose de la part de Lucien ? Geoffray ne put s'empêcher de poser la question.

— Avec Lucien, on ne sait jamais à quoi s'attendre, avoua Jean, l'incertitude teintant sa voix.

Geoffray laissa échapper un sourire.

— Cet homme ne laisse personne indifférent, c'est le moins qu'on puisse dire, commenta-t-il.

— En effet. Mais, je dois y aller. D'autres ont besoin de moi, dit Jean, se levant.

— Merci encore pour tout, Jean, Paul se leva par respect tandis que Jean hochait la tête en signe d'adieu avant de disparaître.

Les deux hommes restèrent assis, absorbés par leurs pensées, la salle autour d'eux continuant à bourdonner de conversations et de spéculations sur l'événement à venir.

\*\*\*\*\*\*\*\*\*\*\*\*\*\*\*\*\*

Jean traversait l'enceinte du château, le cœur lourd des événements récents, quand il aperçut Aldebert seul, sa silhouette massive se détachant à quelques mètres d'Henri, dans une contemplation silencieuse. S'approchant de lui, Jean lança avec une voix empreinte de douceur.

— Ne t'inquiète pas pour Henri. Il est fort, et bientôt, tu auras l'occasion de l'aider. Il en aura bien besoin !

Aldebert, tournant lentement la tête vers Jean, secoua légèrement celle-ci. Une inquiétude palpable se lisait sur son visage, ses yeux trahissant une profonde perturbation.

— Quelque chose te tracasse, Aldebert ? demanda Jean, remarquant son malaise.

— Ses yeux... articula difficilement Aldebert, sa voix hésitante.

— Les yeux de qui ?

— Henri... ses yeux étaient si noirs.

Jean, intrigué par cette description inhabituelle, incita Aldebert à expliquer davantage.
— Que veux-tu dire par là ?
— Je... Je ne sais pas. Ça me fait peur, avoua Aldebert, ses mots simples mais lourds de sens.
Jean, comprenant la difficulté d'Aldebert à exprimer ses sentiments complexes, tenta de le rassurer.
— Écoute, Aldebert, Henri a subi beaucoup. Il est normal de le trouver changé. Avec du temps, il guérira. Nous devons tous le soutenir.
Aldebert, bien que peu convaincu, acquiesça silencieusement, ses pensées encore embrouillées.
Voyant le trouble persistant chez Aldebert et voulant détourner son attention de ces pensées sombres, Jean proposa.
— Viens, allons voir Percival. Ça te distraira.
La mention de Percival surprit Aldebert.
— Percival est malade ? demanda-t-il, une pointe d'urgence dans la voix.
— Non, il va bien. J'ai quelque chose à faire chez lui, et je veux que tu viennes avec moi. Mais, Aldebert, c'est important, garde ça pour toi, d'accord ?
Aldebert, comprenant de travers et pensant que Jean faisait allusion à un secret qu'il aurait révélé à sa belle-mère, s'assombrit.
— Je ne dirai rien à elle... ni à personne, promit-il, sa voix teintée d'une détermination naïve.
— Parfait, allons-y, conclut Jean, posant une main rassurante sur l'épaule d'Aldebert, guidant doucement le géant vers une distraction nécessaire, loin des ombres du château.

*******************

Sur cette île où le paradis semblait s'assombrir sous le poids d'un ciel menaçant, Erik observait la pluie tant attendue à travers la vitre embuée de sa chambre. Malgré l'importance de cette averse pour la survie de leur communauté, une tension palpable l'empêchait de partager l'enthousiasme général. Sa contemplation fut interrompue par la silhouette imposante d'Aldebert, déformée par les gouttes de pluie dévalant sur la vitre. L'instinct de survie surpassant sa douleur, Erik lança un cri d'alarme à Percival.

— Prends ton épée ! Sa voix, portée par l'urgence, fit sursauter Percival et Eloïse, qui étaient plongés dans une discussion intense.

— Qu'est-ce qui se passe ? s'inquiéta Percival, se précipitant vers Erik.

— Reste allongé ! Eloïse, plus pragmatique, tenta de le rassurer.

— Ce n'est pas le moment... Un grand danger nous guette... Erik interrompu par un bruit sourd à la porte, sentit son cœur battre à tout rompre.

L'entrée d'Aldebert, complètement trempé, déclencha chez Erik un réflexe défensif. Il saisit un harpon et le projeta vers l'intrus. Percival, dans un geste d'une rapidité surprenante, intercepta l'arme juste à temps.

— C'est ainsi que tu accueilles les amis ici ? Percival, le regard dur, reprocha à Erik son geste précipité.

— Je... je suis désolé. Je pensais que... Erik, confus, peinait à trouver ses mots face à sa méprise.

L'entrée de Jean, tout aussi mouillé, ajouta à la confusion ambiante.

— Quelle est cette atmosphère tendue ? Jean, perplexe, scrutait le groupe.

— Le gentil, normand a failli me tuer, plaisanta Aldebert, inconscient de la gravité de la situation.

La question de Percival à Erik sur les raisons de sa réaction précipitée resta sans réponse convaincante. Erik, conscient du regard inquisiteur de ses sauveurs, sentit la nécessité de s'expliquer.

— Sur vos terres... y a-t-il d'autres personnes comme... votre ami ? La question d'Erik, chargée d'implications, fit peser un silence lourd sur la pièce

La question plutôt étrange, dérangea quelque peu tout ceux présent ici.

— Je suppose que tu parles d'Aldebert, alors sache que malgré son infirmité, il est un brave garçon. Et pour répondre à ta question, non ! Il n'y a personne d'autre comme lui chez nous ! Aldebert est unique. Mais pourquoi cette question ? La réponse de Percival, bien que directe, ne fit qu'accentuer le malaise général.

— Il semble que nous avons tous sous-estimé ce coin de l'océan. Il y a d'autres... entités ici, inconnues jusqu'à présent de nous tous, révéla Erik, introduisant une vérité que tous peinaient à accepter.

La révélation d'Erik, chargée d'une gravité inattendue, les immobilisa, leurs esprits luttant pour embrasser une vérité qui semblait s'étirer au-delà des limites du réel. Un silence épais s'abattit sur le groupe, chacun perdu dans ses pensées, jusqu'à ce que Jean, le front marqué par des rides de perplexité, rompit l'impasse.

— Ceci est impossible, dit-il, sa voix teintée d'une incrédulité profonde. Les marins, y compris mon grand-père, ont navigué ces eaux pendant des générations. Jamais ils n'ont évoqué une telle créature. Vos mots semblent nager en pleine fantaisie.

Erik, debout et légèrement en retrait, leva les yeux vers Jean. Sa stature, celle d'un homme qui avait affronté plus d'une tempête, trahissait une tension presque palpable.

Je comprends votre scepticisme, reprit Erik, la voix chargée d'excuses. Nous aussi, au début, nous pensions à une erreur. Mais la ressemblance est troublante, à l'exception du visage de la créature, qui... qui n'a rien d'humain.

Percival, dont l'intérêt avait été piqué au vif, s'avança, les bras croisés, son regard scrutant Erik pour démêler la vérité du mensonge.

— Similaire à quoi exactement ? demanda-t-il, poussé par une curiosité insatiable.

— À une bête sauvage, Erik baissa la voix, comme pour ne pas invoquer l'image terrifiante qu'il décrivait. Imaginez un visage presque humain, mais déformé par une mâchoire saillante, des dents aiguisées comme des rasoirs, des bras anormalement longs et des jambes courtes, dotées d'une force terrifiante. Sa voix... non, son cri, est d'une nature que je n'ai jamais entendue auparavant. Et le plus terrifiant, c'est qu'il est cannibale. Plusieurs des nôtres l'ont appris à leurs dépens.

Un frisson parcourut l'assemblée. Percival, tentant de détendre l'atmosphère, afficha un sourire ironique.

— Et vous dites qu'il ressemble à Aldebert ? Sa question, mi-sérieuse, mi-moqueuse, semblait vouloir alléger la tension.

— Riez si vous le voulez, Percival, mais je n'ai jamais été confronté à une telle menace. Ma survie tient du miracle. L'expression d'Erik était sombre, son regard fixé sur un point invisible au loin, comme s'il revoyait la scène de sa fuite.

— C'était lors de votre chute de la falaise ? Interrogea Percival, captivé par le récit.

— Exactement. Si cette créature ne m'avait pas lancé du haut de cette falaise, je ne serais pas ici pour vous en parler. La gravité de son ton fit taire les murmures et les rires.

L'attention se porta ensuite sur les implications de cette présence inquiétante sur leur île.

— Si ce que vous dites est vrai, alors nous avons affaire à un mystère de plus dans les annales déjà chargées de cette île. Jean, bien que sceptique, ne pouvait ignorer l'évidence de la douleur et de la peur dans la voix d'Erik.

— Comment cet être a-t-il pu arriver ici ? Eloïse, dont l'intérêt avait été éveillé, posa la question que tous avaient en tête.

— L'île de Ragnarök est la seule explication plausible. Erik semblait avoir mûrement réfléchi à cette hypothèse, bien qu'elle ouvrît plus de questions qu'elle n'en résolvait.

Le débat s'enflamma autour de l'origine possible de la créature, mais Jean, d'un geste apaisant, recentra la discussion sur le présent.

— Peu importe d'où il vient, nous devons soigner vos blessures maintenant. En s'approchant d'Erik, Jean examina attentivement ses contusions, une préoccupation paternelle adoucissant ses traits.

Le soin apporté à Erik par Jean et Eloïse, combiné à l'examen curieux d'Aldebert, ramenait tous à une humanité partagée, un rappel que, face à l'inconnu, la compassion et la curiosité étaient leurs meilleures armes.

— Tu es petit ! La remarque d'Aldebert, bien que déplacée, arracha un sourire à Erik, brisant la lourdeur de leur précédente conversation et rappelant à tous l'importance de l'humour, même dans les moments les plus sombres.

Eloïse, légèrement surprise par la remarque d'Aldebert, ne put s'empêcher de le reprendre avec douceur.

— Ce n'est pas très courtois de dire les choses de cette manière, Aldebert.
— Oh, ce n'est rien. Et il a raison, à côté de lui, nous sommes tous petits, n'est-ce pas, Aldebert ? Erik, cherchant à détendre l'atmosphère, se tourna vers Aldebert avec un sourire complice.
— Tu connais mon nom ? L'étonnement dans la voix d'Aldebert était palpable, un brin d'admiration dans son regard.
Erik échangea un regard amusé avec Eloïse, qui lui rendit un sourire tolérant.
— Bien sûr, et toi, connais-tu le mien ? demanda Erik, étendant la main vers Aldebert dans un geste d'amitié.
— Non, je... Aldebert, un peu embarrassé, fut interrompu par Erik.
— Je m'appelle Erik. Et sur ces mots, il lui tendit la main, que Aldebert serra avec une force qui surprit Erik, lui arrachant une grimace amusée.
— Eh bien, tu es aussi fort que tu es grand, Aldebert ! La réplique d'Erik, teintée d'humour, déclencha un rire partagé par Eloïse, adoucissant l'atmosphère entre eux.
Jean, ouvrant la porte sur la plage balayée par une pluie battante, laissa entrer l'air frais et humide. Le bruit de la pluie créait une toile de fond sonore, presque rassurante dans son intensité.
— Seras-tu des nôtres ce soir pour la libération d'Henri, Percival ? Demanda-t-il, la voix portant au-dessus du fracas de l'eau.
— Bien sûr, je ne voudrais rater cela pour rien au monde. Percival, l'air résolu, acquiesça avec sérieux.
— Pourquoi cette question, Jean ? La curiosité teintait sa voix, un léger froncement de sourcils trahissant son inquiétude.

— Je ne sais pas... Ce temps maussade, peut-être, mais quelque chose me dit que la situation pourrait mal tourner. Jean exprimait ses craintes, son regard sombre se perdant dans l'horizon brumeux.

— Tu penses à Henri, à sa réaction ? Percival, captant l'humeur de Jean, chercha à comprendre ses appréhensions.

— Exactement. Sa libération soudaine, surtout à l'initiative de Norbert, m'intrigue. Et ses regards envers Lucien... Ils ne présagent rien de bon. Jean partageait ses doutes, une lueur d'inquiétude dans le regard.

— En effet, mais dans l'état où se trouve Henri, que pourrait-il faire ? C'est pour plus tard que nous devrions nous inquiéter. Percival tentait de rationaliser, bien que l'ombre d'un doute persistait.

Leur conversation se dirigea ensuite vers un sujet plus personnel, touchant à Eloïse. Jean, avec une pointe de malice, aborda la question de ses sentiments, poussant Percival à avouer son amour pour elle.

— Tu sais, je... Oui, j'aime Eloïse. L'aveu de Percival, bien qu'hésitant au départ, se fit plus assurer, marquant un tournant dans leur discussion.

Jean, amusé par l'embarras de Percival, choisit de ne pas insister, respectant son besoin de gérer cette affaire de cœur à sa manière.

La conversation prit un tournant inattendu lorsque Jean interrogea Percival sur ses aventures récentes, notamment sa découverte troublante concernant l'absence d'épave d'un navire légendaire, suggérant une origine mystérieuse pour leur présence sur l'île.

— Si je comprends bien, tu suggères que l'histoire de nos ancêtres et de leur navire... n'est qu'un mythe ? Jean, bien que sceptique, ne pouvait ignorer les preuves présentées par Percival.

— Absolument. Et le mystère de notre arrivée ici, ainsi que la langue partagée avec les Normands, soulève plus de questions que de réponses. Percival, convaincu de sa découverte, laissait planer un voile de mystère sur leur passé.

Leur conversation se termina sur une note de contemplation silencieuse, tous deux conscients que certaines questions demeuraient sans réponse, du moins pour le moment. Mais l'échange entre Jean et Percival, ponctué de moments de tension et d'humour, reflétait la complexité de leurs relations et la profondeur des mystères qui les entouraient.

# Chapitre 19

Les terres normandes, habituellement épargnées, se trouvaient cette fois assiégées par le mauvais temps. Loin d'être un bienfait, cette intempérie se révélait être un véritable calvaire pour certains. Parmi eux, Baldrik, qui courait à en perdre haleine, s'efforçait de maintenir son équilibre sur le sol rendu glissant par la pluie. Le ciel sombre, conjugué à la pluie battante, obscurcissait sa vision, rendant sa progression difficile. Néanmoins, échouer n'était pas une option. seul dans cette contrée hostile, Baldrik savait le danger omniprésent. Curieusement, sa perception du danger affûtait ses sens, les rendant plus vifs que jamais. La peur, bien qu'étouffante, guidait chacune de ses décisions avec précision, dans cette course désespérée entre la vie et la mort.

Son corps, bien que frêle, dissimulait une puissance remarquable, lui conférant une endurance exceptionnelle dans sa course effrénée. Ses enjambées larges et ses changements de direction, à la fois rapides et imprévisibles, lui permettaient d'esquiver les pièges du terrain accidenté. Baldrik avait astucieusement attaché ses cheveux pour éviter toute gêne et, dans un souci de légèreté, avait décidé de ne porter aucune arme, à l'exception d'un poignard solidement saisi dans sa main droite. Son souffle, calme et mesuré, témoignait d'un entraînement rigoureux. Son cœur, cependant, battait à tout rompre, révélateur de l'adrénaline pulsant dans ses veines. Malgré la conscience aiguë des risques encourus, il était poussé par la nécessité d'accomplir sa mission, cruciale pour le salut de son peuple déjà éprouvé.

À plusieurs reprises, il crut percevoir une ombre fugace du coin de l'œil, attribuant ces visions à son imagination hyperactive. Il se rapprochait de la lisière du village, et l'espoir naissait en lui, lorsqu'une silhouette imposante surgit soudainement sur son chemin. Son instinct ne fit qu'un tour. il identifia immédiatement la menace. Garder son sang-froid était impératif, toute erreur pouvant lui être fatale. Croyant avoir atteint ses limites, il découvrit de nouvelles réserves d'énergie, propulsé par une terreur transcendante. Sa concentration était maximale, chaque muscle tendu à l'extrême, chaque pensée focalisée sur sa survie.

La dernière descente vers le village se profilait, une occasion en or d'accélérer malgré les risques. La réalité de sa poursuite se matérialisa à nouveau quand les échos de pas lourds firent écho aux siens, et un frisson glacial le parcourut à l'écoute du souffle féroce derrière lui. Incapable de se retourner sans risquer de perdre son avantage précaire, il puisa dans ses dernières forces. La proximité de la mort exacerbait sa détermination, mais la chute semblait inévitable lorsque la vitesse surpassa sa capacité à contrôler sa course.

La chute fut brutale, mais son instinct de survie le sauva in extremis, lui permettant d'éviter le coup fatal de justesse. La rage de son poursuivant redoubla, mais la vision du monstre insuffla à Baldrik une énergie désespérée. Alors que le village se dessinait enfin devant lui, une ultime ruse le propulsa hors de portée, Plongeant en avant, il saisit une corde suspendue à la branche d'un arbre, ce qui le projeta trois mètres plus loin. Un bruit sourd résonna, suivi d'un cri perçant.

— Sonnez du cor, allumez vos torches, et apportez le filet ! Olaf, accompagné d'une dizaine de Normands, surgit de leur cachette, jetant rapidement les torches dans de petites rigoles remplies d'huile. Le feu se propagea instantanément autour des cuves, malgré la pluie diluvienne.

Le piège se referma sur sa proie, et le colosse tomba tête la première dans l'un des six bassins d'eau disposés en demi-cercle à la lisière du village, astucieusement camouflés avec des branchages, des feuilles et de la terre.

Un grognement furieux émanait du trou. Olaf s'avança, tandis que ses hommes tendaient le filet pour neutraliser l'assaillant. Jetant un œil dans la fosse, Olaf fut pris par surprise quand la créature bondit, hache en main, visant son cou. Seul un réflexe, affiné par des années de discipline, lui sauva la vie, ne laissant qu'une estafilade sur sa joue.

Tous furent stupéfaits par ce bond de plus de trois mètres, mais l'évidence était là, l'ennemi s'était échappé. Il les survola d'un regard rapide, et, réalisant qu'il était en infériorité numérique, sauta de l'autre côté du bassin, d'un diamètre de cinq mètres, avant de s'enfuir en hurlant à travers les terres.

La fuite fut si brusque qu'Olaf et ses hommes restèrent pétrifiés, la rage montant en eux face à cette évasion.

— Avez-vous réussi ? Demanda Arne, haletant. Olaf et ses hommes, tout aussi essoufflés par leur course effrénée, le regardèrent approcher.

— Je suis désolé, Arne, mais il nous a surpris en sautant hors de la fosse. Arne, observant la scène, partagea leur stupéfaction.

— Il a bondi depuis le fond ? Mais c'est impossible !

— Crois-moi, il l'a fait, en un seul bond !

— Et vous n'avez rien pu faire ?

— Tout s'est passé trop vite, je suis le premier à le regretter.

Les visages tendus témoignaient de leur désarroi.

— Inutile de se lamenter, ce qui est fait est fait, déclara Arne, scrutant les environs alors que les autres groupes les rejoignaient.

— Tous les coureurs sont-ils revenus sains et saufs ?

— Il en manque un, Arne, répondit Falko, l'inquiétude dans la voix.

— Qui ?

— Gunnar, le fils d'Ahrgna, le maître forgeron !

— Ils étaient six, partis de différents points de l'île pour traquer cette bête, et seul Baldrik a été poursuivi. Pourquoi n'est-il pas encore rentré ?

— Il est arrivé quelque chose à mon fils ! Je pars à sa recherche ! S'exclama Ahrgna, l'angoisse palpable.

— Attends, Ahrgna, tu ne peux pas y aller seul, c'est trop dangereux ! Vous autres, allez chercher les chevaux ! Ordonna Arne, les yeux fixés sur l'horizon sombre, les nerfs à vif.

**************

Gunnar, déterminé mais conscient des immenses risques, s'était engagé volontairement dans cette quête périlleuse. Malgré sa jeunesse, il possédait aussi, une vitesse remarquable, un don qu'il avait appris à maîtriser avec précision. L'approbation finalement acquise de son peuple et de son père n'était pas un cadeau, mais le résultat de son obstination. Il savait ce qu'il risquait, chacun des six courageux ayant quitté un coin différent de l'île pour converger vers le piège des bassins. Avec une fierté teintée d'angoisse, Gunnar s'était lancé, esquivant les pièges naturels du terrain, jusqu'à ce qu'un faux pas brise son élan, et son tibia.

La douleur, aiguë et envahissante, ne parvint pas à lui arracher un cri. Gunnar continua, porté par une volonté de fer, glissant et trébuchant vers le bas de la côte. Lorsque le cor résonna, annonçant la capture de la bête, son cœur s'alourdit d'un soulagement précaire. Il dévia de sa route, cherchant le chemin le plus court, porté par l'espoir fragile que ses compagnons étaient sains et saufs, que leur plan avait fonctionné.

La soudaine confrontation avec la créature anéantit ses espoirs. Dans un geste presque réflexe, il dégaina son poignard, le pointant vers l'ennemi avec une détermination mêlée de désespoir.

—Je suis Normand, et je m'appelle Gunnar ! Sa voix, emplie d'une résolution tremblante, semblait défier le destin lui-même. Je serais honoré de rejoindre nos ancêtres au Walhalla. Que ma mort soit digne, comme ma courte vie l'a été ! Ce défi, lancé face à l'obscurité incarnée, était son testament, une affirmation de courage face à l'inévitable.

La réaction de la créature, un mélange de mépris et de fureur, frappa Gunnar d'une terreur qu'il refusa de laisser paraître. Il sentit, plutôt qu'il ne vit, la colère de la bête, une présence oppressante qui le figea sur place. La proximité de la mort aiguisait ses sens, chaque détail, le souffle putride de la créature, le poids écrasant de son regard, gravé dans son esprit avec une clarté terrifiante.

Lorsque la bête avança, Gunnar rassembla ses dernières forces. Le coup de poignard, désespéré mais précis, ne fit qu'effleurer l'adversaire. La facilité avec laquelle sa riposte fut balayée souligna l'absurdité de son geste, un éclat de bravoure face à une force incommensurable.

La créature n'eut même pas besoin de lever sa hache. Elle s'approcha de Gunnar d'un pas lourd, sa détermination à terrasser son adversaire évidente dans chacun de ses mouvements. Reprenant conscience de la gravité de la situation, Gunnar, mu par un désespoir farouche, tenta de nouveau de le blesser à l'avant-bras avec son couteau. Hélas, son effort se révéla futile contre la force brute de son ennemi. D'un geste dédaigneux, la bête écarta l'arme de Gunnar, rendant son attaque dérisoire. Elle le saisit ensuite par la gorge, le soulevant jusqu'à ses yeux, cruel, alors que Gunnar luttait pour respirer.

Dans un acte de brutalité inouïe, la créature plongea sa main dans le ventre de Gunnar. Le jeune homme, les yeux écarquillés de douleur, resta silencieux jusqu'à ce que, dans un geste violent, la bête lui inflige une blessure mortelle. C'est alors que Gunnar poussa un cri déchirant, qui résonna sur toute l'île.

Ce cri sembla irriter davantage la créature, qui, avec une force impitoyable, renversa la tête de Gunnar en arrière pour lui infliger le coup de grâce. Elle se débarrassa alors du corps sans vie avec indifférence, comme si sa rage trouvait enfin un semblant d'apaisement.

La colère de la bête s'était légèrement calmée, mais elle n'avait pas faim. Elle inspira une dernière bouffée de l'air chargé de la lande avant de disparaître dans les ténèbres avec un grognement sourd.

Le cri lancé par Gunnar avait guidé les siens vers le lieu du drame. Mais ils arrivèrent trop tard, ne trouvant que les restes méconnaissables du jeune homme. Ahrgna, le cœur lourd, espéra contre toute attente trouver son fils encore en vie. Devant l'ampleur du massacre, il ne put retenir un cri de désespoir, maudissant la créature responsable. Seuls les échos des gouttes de pluie répondirent à la peine d'un père éploré.

**************

Jacques le bon se tenait en silence, dans le cadre discret de la porte, observant son suzerain plongé dans une réflexion profonde.

De l'autre côté de la vitre, la cour semblait être le théâtre d'événements lointains, préfigurant des temps troublés.

Jacques discernait, dans le regard perdu de Louis, les prémices d'un désarroi qui menaçait non seulement leur souverain mais également tous ceux qui lui étaient fidèles.

La longue période d'isolement avait érodé chez Louis toute velléité de combat, le laissant spectateur passif de son destin. Cette résignation attristait Jacques, qui estimait profondément son seigneur, un homme de culture et de paix, dont l'inaction, pourtant, risquait de les précipiter tous dans le malheur.

Avec une douceur empreinte de détermination, Jacques s'approcha, posant une main réconfortante sur l'épaule de Louis.

— L'heure approche, mon seigneur, pour la libération d'Henri, murmura-t-il, espérant susciter une réaction. Louis, sans quitter des yeux la cour, acquiesça silencieusement.

— Votre présence serait un symbole fort pour tous, insista Jacques, cherchant à éveiller en Louis l'écho de ses responsabilités.

— Ma présence changerait-elle réellement quelque chose ? répondit Louis, la voix teintée de désillusion.

— Certainement, sire, plus que jamais ! affirma Jacques avec conviction.

Louis soupira, la lassitude et le regret transperçant sa voix.

— Si seulement j'avais été davantage parmi mes gens, agi en véritable souverain, ce 'plus que jamais' n'aurait pas lieu d'être.

— Vous semblez bien désabusé aujourd'hui, mon suzerain, nota Jacques, non sans une pointe d'inquiétude.

— Roi, seigneur... ces titres ne me définissent pas. Je n'ai été que le maître de ce château, jamais celui, que j'aurais dû être pour mon peuple, confessa Louis, une amertume certaine dans le ton.

— Vous êtes trop sévère envers vous-même, répliqua Jacques, tentant d'insuffler un brin d'optimisme.

Louis se tourna vers lui, un regard sincère et reconnaissant.

— Je ne suis pas dupe. Je vois bien les manœuvres de Norbert pour mon trône, son alliance avec Lucien. Tout cela me paraît insurmontable.

— Mais vous êtes le roi ! C'est à vous d'agir, de leur montrer avant qu'il ne soit trop tard. Pour vos sujets, pour votre famille, vous devez vous ressaisir ! implora Jacques, sa voix vibrante d'urgence.

Louis baissa les yeux, un moment de doute, avant de les relever, transformé.

— Très bien, je serai là où je dois être. En seigneur, après tout, c'est ce que je suis, n'est-ce pas ?

Le sourire de Jacques s'élargit, voyant son suzerain ainsi revigoré, prêt à affronter son destin.

***************

La foule, dense et mouillée, s'était massée sur l'esplanade, bravant le vent et la pluie qui fouettaient le parvis avec une intensité presque vengeresse. Les premiers jours de colère pure avaient lentement mué en une honte collective, plus nuancée. Réfléchissant aux actes d'Henri avec le recul des jours écoulés, ils en venaient presque à les justifier. N'auraient-ils pas agi de même si l'un des leurs avait été arraché à leur affection de cette façon abrupte ? Ils se reprochaient tous d'avoir été emportés par l'impétuosité et les manipulations de leur prêtre. Face à cet homme capable de manipuler la vie à sa guise, ils se sentaient impuissants.

L'attention générale était captivée par le pilori, où tous espéraient voir Henri montrer un signe de vie. Mais épuisé, son corps inerte laissait planer le spectre de la mort. Le cœur de la foule battait à l'unisson, dans l'attente angoissée du moment où Lucien et ses hommes libéreraient Henri de ce supplice. Seuls deux moines de la garde de Lucien veillaient, stoïques, autour de l'outil de torture, leurs yeux féroces dissuadant quiconque de tenter quoi que ce soit sans l'accord de l'ecclésiastique.

Jean, Percival et Aldebert, trempés jusqu'aux os, le visage battu par les rafales de pluie, se frayèrent un chemin à travers la foule devenue silencieuse et pensive. Leur détermination était visible, même à travers la pluie battante qui rendait leurs silhouettes floues. Arrivés au pied du pilori, ils furent arrêtés par l'un des moines. Jean, l'espoir teinté d'inquiétude dans le regard, tenta de s'approcher mais fut retenu. Il n'insista pas, de peur d'aggraver la situation d'Henri, et fit demi-tour, la pluie coulant sur son visage comme les larmes qu'il retenait.

C'est alors qu'Eloïse, emmitouflée dans son manteau, les cheveux collés par la pluie, s'approcha d'eux. Sa présence, comme une lueur d'espoir sous le ciel assombri, apportait un contraste poignant à l'atmosphère lourde.

— Que fais-tu ici ? lui demanda Jean, sa voix trahissant son inquiétude, couverte par le bruit de la pluie.

— Ne t'en fais pas, père. Il m'a promis de rester tranquille, répondit-elle, un frisson perceptible dans sa voix malgré son sourire courageux.

Percival, essayant de protéger Eloïse des rafales, ajouta avec une pointe d'humour pour alléger l'atmosphère.

— Avec ce déluge et sa condition, il ne risque pas grand-chose.

Le groupe, réuni dans cette épreuve, partageait un moment de solidarité silencieuse, leurs regards souvent détournés vers le ciel en quête d'une accalmie qui ne venait pas.

La tension monta d'un cran avec l'arrivée de Norbert et de la garde royale, leurs capes claquant au vent comme des drapeaux de guerre. Norbert s'avança, son allure assurée tranchant avec l'humilité forcée de la foule. Sa proclamation sur Henri, portée par le vent, semblait presque se perdre dans le tumulte de la nature.

— J'espère que cette libération anticipée vous réjouit, lança-t-il à Jean, la pluie dégoulinant sur son visage, tentant de lire sa réaction.

Jean hocha la tête, son expression mêlant gratitude et scepticisme sous l'averse incessante.

Percival, toujours protecteur, se permit une répartie acerbe à l'adresse de Norbert, sa voix portée par le vent. Norbert, après un regard glacial vers Eloïse, laissa échapper un commentaire déplacé sur sa beauté, contrastant avec la gravité du moment.

Eloïse, impassible face à cette remarque, et Percival, visiblement agacé, symbolisaient la résilience de ceux qui, malgré les intempéries et les adversités, restaient inébranlables

— Je vous remercie, mon seigneur, répondit-elle, sa voix dépourvue de toute conviction.

Norbert, visiblement contrarié, s'apprêtait à répliquer lorsque l'arrivée inattendue de son suzerain, accompagné de Jacques le bon, captiva l'attention de tous. La présence soudaine de leur monarque dans ce climat tempétueux laissa l'assemblée pantoise, et Norbert s'empressa de le saluer d'une révérence.

— Quelle surprise de vous trouver ici, mon cousin, et par ce temps qui plus est ! s'exclama-t-il, son ton empreint d'une légère moquerie.

— Ce n'est pas l'averse qui m'aurait dissuadé de venir, mon cher cousin, rétorqua le roi, affichant un sourire en coin.

— Je ne doutais pas de votre présence, mon seigneur, votre arrivée me surprend simplement, se défendit Norbert, tentant de masquer son embarras.

— Eh bien, ne soyez plus surpris. Libérez cet homme sans attendre, ordonna le roi, son impatience palpable.

— Je crains de ne pouvoir agir sans la présence du prêtre, mon suzerain, répliqua Norbert, hésitant.

L'impatience du roi atteignit son paroxysme.

— Assez attendu. Faites ce que je dis ! Sa voix, ferme et autoritaire, ne laissait place à aucune contestation. Norbert, sous le regard glacial du roi, fit signe à ses hommes d'obéir. Les moines, tentant vainement de s'interposer, furent écartés sans ménagement.

C'est alors que Lucien arriva, hors d'haleine.

— Que se passe-t-il ici ? s'enquit-il, le visage tendu.

— Et vous, où étiez-vous ? tonna le roi, son irritation évidente.

Lucien, bien que bouillonnant intérieurement, se vit contraint de modérer sa colère.

— Il n'était pas encore temps pour sa libération, Sire.

— Dieu vous a-t-il donné rendez-vous précis, prêtre ? ironisa le roi, suscitant un murmure parmi l'assemblée.

Lucien, contenant difficilement son indignation, acquiesça néanmoins à l'ordre de libération. Sous son commandement, Henri fut enfin libéré de ses liens.

Jean, gravissant de nouveau les marches, tenta de soutenir Henri mais fut accablé par le poids de son corps affaibli.

— Aldebert, aide-nous, porte-le jusqu'à chez moi, implora-t-il.

Aldebert, robuste et efficace, prit Henri dans ses bras sans difficulté et s'éloigna rapidement, ignorant les regards des autres.

— Vous pouvez désormais rentrer chez vous, annonça le suzerain à la foule, d'un ton qui ne souffrait d'aucune réplique. Puis, sans plus de cérémonie, il s'éloigna, Jacques le bon lui emboîtant le pas, non sans avoir adressé un sourire complice à Jean et à ses amis.

Norbert, amer, digérait mal d'être ainsi éclipsé par son cousin, pour la seconde fois. Son regard noir croisa celui de Lucien, tout aussi frustré. Un échange de regards lourds de sens précéda leur départ, laissant derrière eux l'esplanade transformée en un champ de boue par les averses incessantes.

***************

Aldebert, malgré sa stature imposante et sa nature habituellement calme, semblait défier le temps lui-même, portant Henri avec une urgence qui démentait son tempérament habituellement pataud. La pluie battante créait un contraste saisissant avec la chaleur de la cabane de Jean, où il arriva essouffler, laissant derrière lui une traînée d'eau et de boue. Avec une précaution empreinte de tendresse, il déposa Henri sur le lit d'Eloïse, transformant la petite chambre en un havre temporaire loin du tumulte extérieur. Assis à ses côtés, il observa son ami, le cœur lourd d'une inquiétude qui se mêlait aux bruits assourdissants de la pluie frappant le toit.

— Henri, tu m'entends ? La voix d'Aldebert, pleine d'espoir mais aussi d'inquiétude, résonna doucement dans la cabane.

Le silence qui suivit fut interrompu par Jean, qui s'avança d'un pas décidé vers le lit.

— Il est crucial qu'Henri reste hydraté, Aldebert, peux-tu te décaler ?

Aldebert, obéissant mais clairement préoccupé, se leva, laissant la place à Jean.

— Tu penses vraiment que de l'eau est ce dont il a besoin maintenant ? Il est déjà trempé de la tête aux pieds, fit-il remarquer avec une pointe de confusion.

— C'est à l'intérieur qu'il doit être hydraté, Aldebert. Prêt à t'en charger ? répondit Jean, sortant une pipette de verre de son sac avec soin.

— je ferai tout ce qu'il faut pour Henri, déclara Aldebert, sa voix empreinte d'une détermination renouvelée.

Jean lui montra comment utiliser la pipette, chaque geste dénotant son expérience et sa préoccupation pour leur ami commun.

— Comme vous le voyez, Henri est loin d'être en forme. Il risque de rester alité un moment. Eloïse, Henri occupant ton lit, il serait peut-être préférable que toi et Percival retourniez-vous occuper de votre autre patient, expliqua Jean, scrutant leurs réactions.

Percival, les sourcils froncés, fixa Jean, cherchant ses véritables intentions.

— Il n'y a aucune arrière-pensée, je vous assure, ajouta Jean, anticipant leurs doutes.

Eloïse, ne pouvant s'empêcher de sourire face à cette situation, lança.

— Qu'avez-vous en tête tous les deux ?

— Rien du tout, ma fille. Mais Percival semble penser que tu te retrouveras encore seule avec lui, ce qui le met mal à l'aise, expliqua Jean, un sourire en coin.

Percival, rougissant légèrement, tenta de se défendre.

— Ce n'est pas exactement ce que...

Eloïse l'interrompit avec un sourire malicieux.

— Ne t'en fais pas, Percival. Après tout, nous avons un invité, n'est-ce pas ?

— Oui, bien sûr. Et il est temps que je retourne à ses côtés, conclut précipitamment Percival, avant de s'éclipser rapidement.

Eloïse suivit son regard vers la porte par laquelle il venait de sortir, puis se tourna vers son père qui lui offrit un sourire rassurant. Avec un soupir, elle décida de rejoindre Percival, laissant derrière elle la cabane où régnait une atmosphère de sollicitude, d'inquiétude et de promesses non dites, le tout enveloppé par le son apaisant de la pluie contre les fenêtres.

***************

Les gémissements immoraux de Lucien résonnaient dans toutes les pierres du sous-sol de son église. Comme toujours, Marie supportait son calvaire, silencieuse et résignée. L'affront qui lui avait été infligé en public par le monarque avait décuplé sa libido sordide. Ce rapport violent et licencieux fit plus de mal à la jeune femme que sa propre douleur physique. Cette haine viscérale pour ce pervers alimentait encore plus son désir de vengeance, si Dieu, dans sa juste miséricorde, lui en donnait l'opportunité. Mais aujourd'hui, Marie ne pouvait que le supporter, encore et encore, jusqu'au jour où l'esprit de son créateur lui insufflerait suffisamment de force pour mettre fin aux jours de ce corrompu.

— Je ne te dérange pas, prêtre ?

Le timbre rude résonna à travers la pièce, stoppant net l'ardeur libidineuse de Lucien, qui resta un instant sans voix. Marie recouvrit son corps dénudé avec hâte, éprouvant, malgré elle, un certain soulagement. Bien que mise mal à l'aise par la situation, elle sortit la tête haute, le regard baissé.

— Qu'as-tu ? Aurais-tu vu le diable ? Asséna Norbert d'un ton moqueur.

Le sang afflua de nouveau au cerveau de Lucien, qui, d'un geste rageur, laissa retomber sa tunique sur ses chevilles.

— Même toi, Norbert, tu ne peux pas entrer ici comme dans un moulin, surtout sans y avoir été invité !

— J'ai touché un point sensible, Curé !

— Ne me parle pas comme à un valet, je te l'ai déjà dit. Tu n'as rien à y gagner, mais tout à perdre !

Norbert ravala sa fierté, conscient malgré lui que Lucien avait raison et qu'il ne pourrait jamais le dominer. En bon manipulateur, il se reprit, par intérêt plus que par amitié ou courtoisie.

— Je m'excuse, Lucien, pour mon manque de tact. Mais avoue que te prendre en flagrant délit de fornication méritait bien une petite pique de ma part, n'est-ce pas ?

Ce fut au tour de Lucien de jouer la carte du politiquement correct, conscient que cette scène pouvait également lui causer bien des ennuis.

— Je sais, Norbert, que nous ne nous apprécions guère. Mais nous avons besoin l'un de l'autre. Je comprends tes objectifs, et toi les miens. Faisons-en sorte que nos désirs respectifs ne nous opposent pas. Nous y perdrions tous les deux. J'ai ma part de fardeau à lutter contre le démon de la chair, et toi, certainement, les tiens. Alors, accommodons-nous de nos travers personnels, pour que l'avenir nous soit favorable.

— Tu as raison, Lucien ! Mais avant cela, je veux te demander une faveur.

— Une faveur ? Persifla Lucien, l'œil brillant.

— Oui, tu as bien entendu. J'ai besoin de deux ou trois de tes moines, les plus discrets si possible, avoua Norbert.

— Qu'ont à voir mes hommes avec tes désirs ? reprit le prêtre, surpris.

— Ne te méprends pas Lucien ! Lâcha Norbert en baissant le regard pour le relever, tout en effectuant quelques pas dans sa direction. Je ne peux me risquer à demander à mes gardes les plus fidèles, vu que cela pourrait me rabaisser à leurs yeux, et nous couté cher dans nos projets proches.

Que pouvait répondre Lucien à cette supplique ardente, qu'il était lui-même incapable de refréner, tout en étant conscient de l'enjeu, pour ne pas le compromettre avec leurs secrets inavouables.

— très bien Norbert, chacun sa croix !

***************

Sous le voile obscur de la nuit pluvieuse, les gardes, vigiles inébranlables, affrontaient les éléments avec une stoïcité exemplaire. La pluie incessante, loin de les décourager, semblait renforcer leur détermination. Malgré le déluge qui faisait suinter la chaleur du sol, une sueur froide coulait le long de leurs visages marqués par l'effort, témoignage de leur lutte contre l'humidité et l'angoisse. Mais leur mission transcendait ces désagréments ; ils étaient unis dans l'objectif vital de repousser la bête, un danger bien plus pressant que le simple inconfort climatique.

Parmi eux, Olaf, figure de proue trempée jusqu'aux os, incarnait le silence et la résolution. Son passage parmi les groupes, marqué par un geste fraternel, une main posée sur l'épaule en signe de solidarité, était un baume pour l'esprit de ses hommes. Cependant, son cœur était lourd, écrasé par le poids de la disproportion. Ces cent vingt guerriers face à une seule entité. Cette chasse disproportionnée le tourmentait, ébranlant son âme de guerrier.

Dans cet environnement chargé de tension, il aperçut Ahrgna, un homme dont la stature imposante était enveloppée dans une cape détrempée qui collait à son corps massif. Ses cheveux, normalement noués en une tresse épaisse, étaient maintenant plaqués contre son crâne par l'humidité. Sa barbe grisonnante, témoin de sagesse acquise, était parsemée de gouttes d'eau qui scintillaient dans l'obscurité comme de petites larmes de chagrin. Les yeux d'Ahrgna, d'un bleu profond, trahissaient une douleur incommensurable, une soif de vengeance pour son fils perdu, que seul un père endeuillé pouvait comprendre. Son visage buriné, marqué par les épreuves de la vie et les cicatrices du deuil, se tournait vers l'obscurité avec une détermination farouche.

Approchant cet homme brisé mais inébranlable, Olaf lui offrit des mots de réconfort avec une douceur inattendue.

— Tu tiens le coup ?

La surprise fit vibrer le regard d'Ahrgna, un mélange de douleur et de détermination, avant qu'il ne reconnaisse Olaf.

— ...Ah, c'est toi, Olaf !
— Oui, ce n'est que moi. Veux-tu que je te fasse remplacer ?
— Et pourquoi donc ?
— Les épreuves d'aujourd'hui... peut-être.
— Je te remercie, Olaf, mais ma place est ici, avec les autres.

Olaf, face à cet homme dont le physique imposant était une forteresse contre la douleur, comprit que rien ne le détournerait de sa quête. Ahrgna, armé de sa seule volonté, cherchait à transcender sa souffrance en acte de vengeance. La dignité avec laquelle il affrontait ce défi forçait l'admiration.

Respectueux, Olaf acquiesça et laissa Ahrgna à son poste, emportant avec lui une image indélébile de force et de courage. face à la rudesse, un témoignage vivant de la capacité humaine à affronter les plus grandes tragédies.

***************

Dans l'atmosphère confinée du Skali, la joie était absente. Gislinde et Freyre, infatigables, distribuaient réconfort sous forme de nourriture et de boissons, agrémentés de mots d'encouragement, à tous les résidents éphémères de ce refuge. Gislinde avait retrouvé une certaine sérénité, bien qu'une lueur de mélancolie persistait dans son regard, témoignage d'une part d'elle-même à jamais évanouie. La jeune Gerda, malgré son âge tendre, emboîtait le pas de Gislinde, apportant son soutien avec une maturité surprenante. Son sourire, bien qu'encore timide face à la gravité des circonstances, incarnait une véritable leçon de résilience pour tous les adultes présents.

Arne était assis près du feu, captivé non par la recherche de chaleur, mais par le ballet hypnotique des flammes sur leur couche incandescente, qui semblait apaiser ses tourments. Gislinde l'observait de loin, saisissant toute l'étendue de son trouble. Dans ses mains, l'épée d'Erik, qu'il effleurait distraitement, symbolisait un lien tangible avec le frère disparu. Touchée par cette manifestation de fraternité, elle s'approcha et s'assit en silence à ses côtés.

Ce n'est qu'à son léger mouvement qu'Arne prit conscience de sa présence, levant soudain la tête.

— Tu vas bien ? Lança-t-il avec une gaucherie touchante.

— La question pourrait tout aussi bien te revenir, Arne.

— Ça peut aller, pour moi. Et toi, comment te sens-tu ?

Un sourire éclaira le visage de Gislinde face à sa tentative d'esquive.

— Arne, je sais qu'il te manque également. Inutile de le dissimuler. Tu es peut-être un fier guerrier normand, mais cela ne t'ôte pas ta nature humaine. Pleurer n'est pas le privilège des femmes.

— Il est vrai... Il me manque plus que je ne saurais dire. Et face à la peur qui étreint le village, je me sens désemparé. Si seulement Erik était là... Il aurait su quoi faire.

— Ne te dévalorise pas ainsi, mon vaillant ami. Tu es, aux yeux de tous, plus que capable. Je suis sincèrement fière de ton engagement pour notre communauté. Tu excelles dans ce rôle ! Alors, reprenons courage, car ta force m'est également indispensable.

Arne enveloppa la main de Gislinde dans la sienne, la caressant avec une douceur infinie.

— Je suis là pour chacun d'entre nous. Mais sache que pour toi, j'irais jusqu'en Helheim et affronterais Loki lui-même si nécessaire. Mon soutien t'est acquis aujourd'hui, et pour toujours.

Avec sa main libre, Gislinde effleura la joue d'Arne.

— Ce sont ces mots, ces promesses, que j'aimerais entendre plus souvent de toi. À présent, tu es l'unique pilier sur lequel je peux m'appuyer, le seul.

— Sache que ceux qui t'étaient chers nous accompagnent encore, invisibles mais omniprésents. Et cela inclut Erik. Je le sens proche, comme s'il veillait sur nous, encore lié à ce monde.

Touchée, Gislinde appuya sa tête contre l'épaule d'Arne un bref instant, avant de se redresser pour reprendre ses tâches, le cœur un peu plus apaisé, fortifiée par cette connexion intangible mais puissante avec les êtres aimés, présents et absents.

# Chapitre 20

Le lendemain matin, la pluie avait cessé, mais l'océan se mouvait encore avec force, signe que ce n'était qu'une accalmie temporaire. Erik, caché derrière son buisson, héla Percival d'une voix forte, marquée par l'impatience.

— Je suis prêt !

Percival s'avança vers lui avec un sourire réconfortant et l'aida à se relever, soutenant son ami avec une douceur calculée.

— Cela fait du bien ! s'exclama Erik, un sourire éclairant son visage malgré la douleur.

— Pour l'intimité, oui. Pour le reste, pas encore, répondit Percival, son ton léger masquant une inquiétude sous-jacente.

— Ta jambe te fait toujours mal ? s'enquit-il, scrutant le visage de son ami pour y lire la vérité.

Erik grimaça légèrement.

— Ce n'est que peut dire. Ma tête et mes côtes vont mieux, mais la jambe me lance encore terriblement.

Percival posa une main rassurante sur son épaule.

— Chaque chose en son temps, mon ami. Tu es sorti de bien pire. Et pour ça, tu peux remercier tes dieux.

Erik soupira, un son chargé d'une exaspération amicale, mais ne répondit pas.

— Ramène-moi à l'intérieur, s'il te plaît.

Avec une solidarité silencieuse, Percival le soutint par la taille, et ensemble, ils se dirigèrent vers la cabane.

Eloïse, ayant profité de leur absence pour ranger un peu, les accueillit avec un sourire maternel quand elle les vit revenir.

— Déjà de retour !

— Oui, notre invité est du genre à ne pas s'attarder, répliqua Percival, échangeant un regard complice avec Erik qui affichait une mine gênée.

— Bien, j'ai refait ton lit, Erik. Tu te sentiras plus à l'aise ainsi, dit-elle, son attention se posant sur Erik avec une douceur évidente.

— Merci, Eloïse. Tu es trop bonne, répondit-il, une lueur de gratitude dans les yeux.

Percival aida Erik à s'installer sur le lit, mais ce dernier fit signe qu'il préférait s'arranger seul.

— Ce n'est plus la peine, merci. Je préfère me débrouiller seul à partir de maintenant. Le ton résigné d'Erik trahissait une détresse plus profonde, captant immédiatement l'attention de Percival.

— Il te tarde de rejoindre les tiens ? demanda-t-il, un soupçon d'inquiétude dans la voix.

— Oui, il est temps pour moi de me reconstruire. Et de vous laisser un peu entre vous. Vous avez beaucoup à vous dire, n'est-ce pas, Percival ? La provocation d'Erik était légère, mais elle atteignit sa cible, provoquant un échange de regards entre Percival et Eloïse.

Percival esquiva la question avec une feinte ignorance, ce qui fit sourire Eloïse.

— Mon tendre homme est un peu réservé sur ce sujet, mais je ne le laisserai pas se défiler.

Percival, après avoir aidé Erik à s'installer confortablement, s'assit à côté du lit, une expression préoccupée voilant son visage habituellement ouvert et amical.

Eloïse, debout à la porte, observait la scène, une ombre de tristesse passant brièvement dans ses yeux.

— Hier soir, vous avez évoqué votre ami commun, Henri, commença Erik, hésitant. Ce n'est pas par curiosité malsaine, mais que lui est-il arrivé ? Sa voix était douce, mais on pouvait y déceler une pointe de tension, comme s'il redoutait la réponse.

La question semblait peser lourd sur Percival, qui prit un moment pour rassembler ses pensées.

— La femme d'Henri, Lucie, souffrait tant physiquement que psychologiquement. Dans un moment de désespoir absolu, elle a mis fin à ses jours. La douleur dans sa voix était palpable, et ses mots tombaient comme des pierres dans l'atmosphère tendue de la pièce. Chez nous, le suicide est un péché condamné par l'Église. Pour protéger sa mémoire, nous avons prétendu qu'elle avait succombé à sa maladie. Elle a été enterrée dignement, à côté de son fils décédé quelques temps auparavant. Percival marqua une pause, son regard se perdant au loin, comme s'il visualisait la scène qu'il décrivait. Mais le subterfuge a été découvert. Notre prêtre a puni Henri de manière brutale, fouetté, la langue coupée, exposé au pilori...
— C'était barbare. L'indignation d'Erik teintait chaque mot.

La révélation provoqua un silence lourd entre les trois amis. Percival baissa les yeux, visiblement affecté par le récit, et reprit.

— Pourtant, il y a encore de l'espoir. Le père d'Eloise, s'occupe de lui désormais. Il le soigne, espérant qu'Henri retrouvera la force de se reconstruire, malgré ses blessures tant physiques que psychologiques.

Eloïse, quant à elle, se rapprocha, posant une main réconfortante sur l'épaule de Percival.

— C'est une tragédie... Mais c'est aussi un rappel de la force de l'esprit humain, dit-elle d'une voix empreinte de chaleur, cherchant à insuffler une lueur d'espoir.

— Et c'est nous qui sommes traités de barbares, reprit Erik, une pointe d'amertume dans la voix. Chez nous, la vie est sacrée. Ceux qui ne supportent plus leur peine partent en quête de liberté, pas de mort. Aucun n'est jamais revenu, mais j'aime à croire qu'ils ont trouvé la paix ou une nouvelle vie, quelque part au-delà des mers.

Percival laissa flotter un silence après les révélations sur leur ami commun. C'est dans cet espace chargé d'émotions que la conversation dériva naturellement vers son père.

Erik, observant la tension visible dans les traits de Percival, aborda le sujet avec une prudence visible.

— Percival, ton père... tu penses qu'il aurait pu... ? Erik laissa sa question en suspens, conscient de fouiller dans un passé douloureux.

Percival se raidit légèrement.

— Il est parti, dit-il simplement, sa voix trahissant un mélange de colère et de résignation. Un jour, sans un mot à personne, il a disparu.

Eloïse, debout à l'entrée de la cabane, observait la scène, une expression empreinte de compassion sur le visage.

— Tu lui en veux encore ? demanda-t-elle doucement, brisant le silence qui s'était installé.

Percival prit une profonde inspiration, ses mains se serrant involontairement.

— Oui, admit-il après un moment, sa voix basse mais ferme. Il m'a laissé alors que j'étais encore jeune, sans explication, sans adieu. Sa décision de partir, où qu'il soit allé, a laissé une cicatrice, un vide...

Il s'interrompit, secouant légèrement la tête comme pour chasser un souvenir douloureux.

— Mais c'est du passé. Nous avons tous des batailles à mener, des démons à affronter. La vie continue.

Erik acquiesça, respectant le besoin de Percival de clore le sujet.

La conversation sur le père de Percival s'acheva sur ces mots, laissant les amis enveloppés dans leurs propres pensées. Eloïse, sentant la tension encore palpable, décida qu'il était temps de changer de sujet.

— Bien, je vais vous laisser maintenant, et je vais m'enquérir de la santé d'Henri, et voir si je peux apporter un peu d'aide à mon père.

Percival et Erik silencieux acquiescèrent de la tête, en la regardant partir désolée d'avoir ressassé un passé aussi sensible.

***************

Jean venait de préparer un café pour Aldebert et lui-même. Henri, quant à lui, profitait encore des bras de Morphée, une réaction tout à fait normale après les épreuves éprouvantes qu'il avait subies, coincé dans son carcan. Ces jours difficiles auraient mis à l'épreuve n'importe qui, après tout. Grâce à l'engagement sans faille d'Aldebert, ce colosse au grand cœur, Jean avait réussi à trouver un peu de repos. Cette dévotion révélait l'ampleur de l'amitié liant les deux hommes, une amitié que même l'absence de paroles ne pouvait diminuer. Jean en était profondément ému.

— Tiens, mon grand, tu l'as bien mérité, dit Jean en tendant un gobelet fumant à Aldebert, qui le prit avec une pointe de surprise.

— Je n'ai jamais bu de café. Ma marâtre me l'a toujours interdit.

— Vraiment ? Et pourquoi donc ? demanda Jean, un sourire en coin.

— Elle pense que je n'ai pas besoin d'être plus excité que je ne le suis déjà, répondit Aldebert, une pointe d'humour dans la voix qui fit sourire Jean.

— Elle n'a peut-être pas tort, mais aujourd'hui est un jour exceptionnel. La fatigue épargne peu de gens, même toi. Alors, bois. Considère cela comme une prescription de ton docteur, déclara Jean, un clin d'œil complice accompagnant ses mots.

Ravi de cette permission exceptionnelle, Aldebert avala d'un trait le liquide brûlant, ignorant la douleur des brûlures au profit de la fierté de goûter à l'interdit.

— C'est délicieux, Jean ! s'exclama-t-il, hochant la tête avec enthousiasme.

— Content que ça te plaise ! Mais la prochaine fois, savoure-le lentement pour éviter de te brûler, conseilla Jean, amusé.

— Ça sent incroyablement bon. Comment fais-tu ton café ? interrogea Aldebert, curieux.

— Ce n'est pas moi l'artisan. Nos meuniers s'en chargent. Ils concassent les grains, les laissent sécher, puis filtrent l'eau chaude à travers la poudre sur un tissu. Profites-en bien, car le café se fait rare sur notre île. Nous n'avons pas su le cultiver correctement, et je crains qu'il ne disparaisse dans quelques années, expliqua Jean, une note de regret dans la voix.

Aldebert hocha la tête, bien que Jean doutât qu'il ait pleinement saisi l'ampleur de la situation. Changeant de sujet, Jean aborda une question plus personnelle.

— Tes parents ne vont pas s'inquiéter de ne pas t'avoir vu depuis hier soir ? demanda-t-il.

La question sembla contrarier Aldebert, qui baissa les yeux.

— Je m'en fiche !

— Et pourquoi donc ? Jean posa la question doucement, incitant Aldebert à s'ouvrir.

Après un moment de silence, Aldebert confia, C'est ma faute pour Henri. J'ai fait confiance à Berthe, et elle a tout raconté à Lucien.

Jean posa une main rassurante sur la cuisse du jeune homme.

— Ce n'est en aucun cas ta faute. Ta belle-mère ne voulait pas faire de mal à Henri. Elle est peut-être trop pieuse, mais je sais qu'elle et ton père t'aiment profondément. Ne leur en veux pas, ce serait injuste.

Aldebert leva les yeux, un air de résolution naissant.

— Tu as raison, Jean. Je leur rendrai visite, peut-être même que je ferai la paix avec elle, comme mon père me l'a demandé.

Leur conversation fut interrompue par l'entrée d'Éloïse, qui salua son père d'un baiser sur la joue et déposa également un baiser sur le front d'Aldebert, le laissant sans voix.

— Comment va Henri ce matin ? demanda-t-elle, se penchant vers l'endormi.

— Il va bien. Laissons-le dormir encore un peu, il en a besoin, répondit Jean, bienveillant.

Confuse, Éloïse s'approcha de la table et prit place sur un tabouret.

— Eh bien, ce matin n'est décidément pas mon jour.

— Pourquoi cela, ma fille ?

— Pour rien, père, mais il m'arrive de parler un peu trop.

— Parfois ?

Eloïse sourit à cette plaisanterie.

— Et toi, Aldebert, tu sembles fatigué ?

Étant encore sous le choc de l'émotion, Jean répondit pour lui.

— Il a veillé toute la nuit sur Henri. Tu imagines bien qu'il doit aussi être épuisé.

— Tu es un vrai ami pour lui, et pour nous également, reprit-elle en lui prenant la main, ce qui, bien sûr, n'arrangea pas l'état émotionnel dans lequel il se trouvait déjà. Jean, remarquant son malaise, changea de sujet pour aider Aldebert à sortir de cet embarras.

— Tout se passe bien chez Percival ?

— Oui, cela peut aller. Notre Normand est sorti ce matin faire ses besoins, donc ça va mieux. Mais il trouve le temps long avant de pouvoir retourner parmi les siens.

— Cela se comprend. Cependant, tant que ses blessures ne seront pas totalement guéries, il lui sera difficile de faire le voyage à pied, d'autant que la traversée par l'océan est impraticable pour l'instant.

— Il en est parfaitement conscient, mais il prend son mal en patience.

Soudain, Aldebert leva la tête, aux aguets.

— Que se passe-t-il ? demanda Jean, voyant son visage se tendre.

— Quelqu'un approche, Jean !

Eloïse et son père tendirent l'oreille et, effectivement, le bruit des sabots d'un cheval se fit entendre.

— Qui cela peut-il être ? lança Jean, inquiet.

Mais avant que quiconque puisse répondre, on frappa déjà à la porte.

— Entrez ! lança Jean d'une voix anxieuse.

La porte s'ouvrit sur Geoffray.

— Puis-je entrer ? demanda-t-il timidement.

L'atmosphère se détendit instantanément.

— Puisque tu es là, entre ! soupira Jean en se levant.

— Je viens aux nouvelles d'Henri, mais je vois que je dérange peut-être ? demanda Geoffray, quelque peu gêné.

— Non, tu es le bienvenu ! Mais il est vrai que personne ne vient d'habitude sans un bon motif, surtout à cheval. Nous avons juste été surpris, vois-tu !

— Pas moi ! Je l'aime bien, Geoffray ! Il est gentil ! reprit Aldebert d'un ton enjoué, ce qui fit sourire tout le monde.
— Bien ! Au moins, il y en a un qui m'apprécie. Merci, Aldebert ! plaisanta Geoffray en lui tapotant l'épaule.
— N'exagère pas, Geoffray ! Tu sais très bien que nous t'apprécions tous ! ironisa à son tour Eloïse pour le taquiner.
— Si vous le laissiez un peu en paix ! Son emploi du temps est sûrement chargé, n'est-ce pas ? conclut Jean, cherchant à ramener un peu de calme dans la pièce.
— Oui, d'ailleurs, je dois rendre visite à Percival pour d'autres motifs après ici, reprit Geoffray en se dirigeant vers la porte.
Jean lança un rapide coup d'œil à sa fille, qui avait déjà saisi le problème.
— Je viens de chez lui, il n'était pas là ! reprit Eloïse promptement, en assumant son mensonge.
— Ah bon, cela tombe mal !
— Pourquoi, c'est urgent ? s'enquit-elle.
Geoffray parut embêté par la question.
— Eh bien... Personne ne l'a revu au château depuis plusieurs jours. Il manque à ses devoirs, et je ne voudrais pas qu'il ait des problèmes.
— Tu as pourtant vu l'état de l'océan ? ajouta Eloïse, lui montrant du geste le ciel chargé.
— Oui, je sais, c'est ce que je leur ai dit ! Mais d'autres pêcheurs moins aguerris que lui ont apporté leurs dîmes. À l'intendance, ils ne sont pas dupes là-dessus.
Un silence pesant s'installa quelques instants, même Aldebert ressentant la délicate situation de Percival, ce qui n'échappa pas à Geoffray.
— Vous me cachez quelque chose ? s'étonna-t-il, se figeant sur place.

— Bien sûr que non ! reprit Jean d'un air faussement enjoué. Nous avons juste été surpris, ce n'est pas dans ses habitudes de manquer à ses devoirs.

— Je le sais bien, c'est pourquoi je veux le voir, reprit-il, sans rien soupçonner.

— Très bien, je vais t'expliquer où en est Henri.

— Moi, pendant ce temps, je vais essayer de retrouver le pêcheur, annonça Eloïse en se dirigeant rapidement vers la porte, échangeant un regard significatif avec Jean, qui le lui rendit tout en emmenant Geoffray vers Henri, toujours plongé dans son sommeil.

Alors que Geoffray suivait Jean vers l'endroit où Henri reposait, Eloïse s'engouffra rapidement à l'extérieur, ses pensées tournées vers Percival et les défis qu'il devait affronter. Le ciel, chargé de nuages menaçants, semblait refléter la tension qui s'était installée dans la pièce juste avant son départ.

Pendant ce temps, à l'intérieur, Jean conduisit Geoffray auprès de Henri, qui dormait paisiblement, ignorant les soucis qui agitaient ses amis. Geoffray, observant le jeune homme endormi, ne put s'empêcher de ressentir une profonde empathie pour lui et pour ceux qui l'entouraient. L'amitié et le dévouement manifestés par ce petit groupe l'impressionnaient profondément.

— Comment va-t-il vraiment ? demanda Geoffray à voix basse, ne voulant pas perturber le repos de Henri.

Jean posa une main rassurante sur l'épaule de Geoffray.

— Mieux, grâce aux soins et à l'attention constante d'Aldebert et d'Eloïse. C'est un long chemin vers la guérison, mais il est entre de bonnes mains.

Geoffray hocha la tête, impressionné par la solidarité de ce groupe soudé par les épreuves.

— Je suis heureux de l'entendre. Votre famille... non, votre communauté ici, c'est quelque chose de rare. Vous avez tous un lien fort, quelque chose qui va au-delà du sang.

Jean sourit légèrement, reconnaissant la vérité dans les paroles de Geoffray.

— C'est vrai. Dans des moments comme ceux-ci, nous découvrons la vraie valeur de l'amitié et de la loyauté.

Le silence qui suivit fut empli de réflexion mutuelle, chaque homme plongé dans ses pensées sur les événements récents et leurs implications pour l'avenir. Geoffray finit par rompre le silence, conscient que le temps pressait.

— Je vais devoir y aller. Comme tu l'as dit, Eloïse essaie de retrouver Percival. J'espère qu'elle le trouvera avant moi, cela lui éviterait des ennuis.

Jean acquiesça, comprenant l'importance de la mission de Geoffray.

— Nous te remercions de ta visite et de ton inquiétude pour Henri. Sois prudent sur la route, surtout avec cet orage qui s'annonce.

Geoffray salua Jean et jeta un dernier regard vers Henri avant de quitter la maison, laissant derrière lui une atmosphère de calme précaire. Dehors, il enfourcha son cheval, ses pensées tournées vers Percival et la tâche qui l'attendait.

# Chapitre 21

Eloïse avait avalé les deux kilomètres qui les séparaient de la cabane de Percival avec une urgence qui battait en rythme avec son cœur. Malgré une douleur lancinante qui lui étreignait le ventre, un mélange de détermination et d'inquiétude lui donnait des ailes. La masure de Percival, nichée au cœur d'une clairière reculée, n'était plus qu'à quelques pas quand sa progression fut brutalement stoppée. Un homme, drapé dans une bure épaisse qui semblait avaler la lumière même en ce jour sombre, se dressa devant elle. À sa stature imposante et à la coupe de sa robe, elle reconnut immédiatement un des moines au service de Lucien, l'air aussi inébranlable qu'un vieil arbre.

— Que me voulez-vous ? Sa voix, bien que calme, portait l'écho de son appréhension.

L'homme la fixa, son visage un masque de marbre, ses yeux deux abysses insondables. Le silence du moine, imposé par un vœu éternel, pesait dans l'air comme une chape de plomb. Tentant de contourner l'obstacle humain, Eloïse se heurta à une force inattendue qui la repoussa sans ménagement. Comme surgissant de l'ombre elle-même, un second moine la rejoignit, renforçant le barrage.

La peur s'empara d'Eloïse, mais elle la transforma en colère, un cri déchirant la tranquillité de la forêt, un appel désespéré à Percival.

Les moines, agiles malgré leur apparence austère, la maîtrisèrent avec une efficacité froide et la traînèrent loin du chemin.

— Que faites-vous, vous deux ? La voix de Percival, tranchante comme le vent d'hiver, fit écho à travers les arbres.

Les gardiens du silence dégainèrent leurs épées avec une lenteur menaçante, cherchant à intimider, à contrôler sans verser de sang. Percival, le cœur serré par le cri d'Eloïse, regretta amèrement de n'avoir pris aucune arme. Dans un geste de désespoir, il saisit une branche, son unique défense face à l'acier froid.

Le duel qui s'ensuivit était déséquilibré. Percival, armé de courage et d'un simple morceau de bois, reculait, calculant chaque mouvement, chaque esquive, tandis qu'Eloïse luttait avec la fureur d'une tempête, son esprit embrasé par la volonté de résister, de survivre.

Dans un acte de rébellion pure, elle mordit l'un de ses ravisseurs, goûtant le fer de sa détermination. Sa gifle, un éclat de défiance, fut suivie d'une riposte brutale qui la fit chuter, la terre accueillant durement son corps frêle.

Percival, témoin impuissant de la scène, son cœur, un tambour de guerre dans sa poitrine, se lança dans la mêlée, poussé par un instinct primaire de protection. Mais le ballet mortel des lames le tenait à distance, chaque parade fut un rappel de sa vulnérabilité.

C'est alors que la situation, déjà tendue, bascula avec l'arrivée inattendue de Geoffray, la voix de l'autorité dans ce tumulte. Son intervention, un phare dans la nuit, offrit une lueur d'espoir, même face à l'adversité et à la trahison du silence.

— Dépose ton arme, moine !

Les mots résonnèrent avec l'autorité d'un commandement, portés par une voix familière à Percival. L'homme en bure se retourna avec une rapidité déconcertante pour faire face à la source de l'interruption. Geoffray, le capitaine de la garde, se tenait là, imposant, son épée déjà dégainée, reflétant les derniers rayons d'un soleil moribond. Sa silhouette, baignée dans la lumière vacillante, avait l'allure d'un guerrier des légendes, prêt à défendre l'innocence contre l'obscurité.

— C'est ainsi que vous combattez, contre des gens désarmés ? Est-ce là tout l'enseignement que vous avez reçu ?

La tension dans l'air était palpable, chaque mot de Geoffray, chargé de mépris pour l'acte de lâcheté, ajoutait une couche de défi à la confrontation. Les yeux du moine scintillaient d'une froideur glaciale, mais Geoffray ne montrait aucun signe d'intimidation. Sa stature, celle d'un protecteur inébranlable, inspirait un sentiment de sécurité, même dans les circonstances les plus désespérées.

Sans attendre une réponse, le moine bondit vers Geoffray, son épée tranchant l'air avec une précision mortelle. Mais Geoffray était prêt ; il rencontra l'acier avec le sien, un choc métallique résonnant dans la clairière. Le combat qui s'ensuivit était un ballet de lames, Geoffray maniant son épée avec une habileté qui trahissait des années d'entraînement. Chaque mouvement, chaque parade, était exécuté avec une précision chirurgicale, reflétant non seulement la maîtrise de l'art du combat mais aussi une profonde compréhension de son adversaire.

— Tu peux t'occuper de lui, Geoffray ! L'autre a emmené Eloïse !

La voix de Percival, empreinte d'urgence, coupa à travers le fracas des épées. Geoffray, sans quitter son adversaire des yeux, acquiesça brièvement, un signe de tête qui transmettait à la fois la promesse de justice et l'ordre de poursuivre la quête.

— Va, mais sois prudent !

Ce simple échange, chargé de confiance mutuelle et de camaraderie, scella leur entente tacite. Percival, bien que réticent à laisser Geoffray affronter seul le danger, savait qu'il n'y avait pas de temps à perdre. Chaque seconde comptait pour retrouver Eloïse et la soustraire aux griffes de ses ravisseurs.

Ainsi, dans un élan de résolution, Percival se précipita à travers la forêt, guidé par l'écho lointain des souvenirs partagés avec Eloïse.

Percival, le souffle court et le cœur battant, s'élança sur le sentier tortueux, chaque pas le rapprochant de l'inconnu. L'angoisse et la détermination fusionnaient en lui, forgeant une volonté de fer. Il devait rattraper le moine avant que l'horizon n'avale Eloïse, avant que son absence ne devienne une cicatrice béante dans son âme. La forêt, dense et impénétrable, semblait se liguer contre lui, mais l'amour et la peur lui taillaient un chemin à travers la confusion.

Sa course effrénée était une lutte contre le temps lui-même, une bataille où chaque seconde s'étirait en une éternité. Les sentiments longtemps enfouis pour Eloïse, ceux qu'il avait tenté de noyer dans les profondeurs de son cœur, remontaient à la surface, inondant son esprit d'une lumière nouvelle et douloureuse. Comment cet homme, fardeau humain sur le dos, pouvait-il défier ainsi la vitesse ? La peur, une ombre glaciale, s'insinuait en lui, mordant sa détermination de ses crocs venimeux.

Percival, à la croisée des chemins, laissa son instinct le guider, une prière silencieuse s'échappant de ses lèvres. Puis, comme une réponse divine, il vit au loin la silhouette sombre du moine, un tableau macabre se découpant contre le crépuscule naissant. Son cœur, un tambour de guerre, redoubla de vigueur à la vue de sa bien-aimée captive. Lorsqu'il ne fut plus qu'à portée, il se jeta dans la mêlée avec la fureur d'un orage d'été.

Leur collision fut un cataclysme, une tempête de feuilles, de poussière et de désespoir, les envoyant tous au sol dans un fracas. Percival, l'œil vif, nota l'inconscience d'Eloïse, un poignard de glace lui transperçant le cœur. Mais la bataille pour sa vie éclipsait toute autre considération.

Le moine, une tempête de rage incarnée, se releva, son visage un masque de fureur barbare. Percival, refusant de lui laisser l'avantage, bondit avec l'agilité d'un prédateur. Le sol devint leur arène, chaque mouvement une danse mortelle. L'absence d'arme ne faisait qu'intensifier leur affrontement, transformant chaque coup, chaque esquive en une question de survie.

La lutte, brutale et sans merci, était le reflet d'une volonté indomptable. Le moine, malgré son habileté, ne pouvait rivaliser avec la force brute de Percival, forgée par des années en mer. Lorsque l'acier luisant d'un poignard fit son apparition, un frisson parcourut l'échine de Percival. Mais sa réaction fut fulgurante, un mélange d'instinct et d'intelligence du combat, retournant l'arme contre son maître dans un geste désespéré.

Le regard du moine, empreint de surprise et de douleur, se figea dans celui de Percival. C'était le regard de la mort, un abîme dans lequel Percival plongeait pour la première fois, porteur d'une vie qu'il venait d'arracher. Un remords fugace traversa son âme, un écho de l'humanité qu'il venait de briser. Mais le dernier souffle du moine, libérant son esprit dans les vents, l'appela à l'urgence du moment présent.

Se précipitant vers Eloïse, Percival laissa la mort derrière lui. Eloïse, Eloïse ! Son appel, chargé d'espoir et de peur, brisait le silence de la forêt. La voir ainsi, inerte, réveilla en lui une cascade d'émotions, un ouragan d'amour et de terreur. Lorsqu'elle ouvrit les yeux, le monde reprit des couleurs, mais la réalité de leur situation restait gravée dans le décor sombre autour d'eux.

— Tu vas bien ? Sa voix tremblait d'une fièvre inconnue, une peur de la perdre à nouveau.

Eloïse, reprenant ses esprits, son regard glissant du corps du moine à Percival, se jeta dans ses bras. Cette étreinte, loin de n'être que réconfort, scellait une promesse, une reconnaissance mutuelle de leur lien indéfectible.

Mais le destin ne leur laissait pas de répit. Geoffray, seul face à l'adversité, occupait l'esprit de Percival. Geoffray ! Je l'ai laissé seul à combattre l'autre moine ! L'urgence de la situation les poussa à courir, les cœurs unis dans une course contre la montre.

— Ne perdons pas de temps alors ! Les mots d'Eloïse, portés par le vent, étaient un vœu pour la sécurité de tous, une lueur d'espoir dans la pénombre qui les enveloppait.

Le combat qui venait de se terminer resterait gravé dans la mémoire de Geoffray comme un affrontement épique, mené dans un silence presque surnaturel. Il devait admettre, malgré lui, que l'entraînement religieux de son adversaire était impressionnant. Plus d'une fois, Geoffray s'était retrouvé en position délicate, ne s'en sortant qu'à la toute dernière seconde grâce à un réflexe désespéré. Mais, alors que la fatigue commençait à peser lourdement sur les deux combattants, rendant leurs mouvements moins précis, Geoffray saisit sa chance. Une attaque trop ambitieuse du moine lui offrit l'ouverture tant attendue ; d'un mouvement vif, il exécuta un quart de tour et porta le coup fatal. Son épée s'enfonça dans la gorge de l'adversaire, lui arrachant la vie dans un souffle.

Le corps du moine s'effondra, une marionnette désarticulée, libérant Geoffray de la pression écrasante du combat. Reprenant son souffle, il contempla le cadavre avec un mélange de soulagement et de tristesse, quand soudain un cri retenti.

— Derrière toi !

Trop épuisé pour réagir rapidement, Geoffray ne vit qu'une ombre filer devant lui avant d'entendre le bruit sourd d'un corps s'effondrant sur le sol poussiéreux. Se retournant d'un geste, il découvrit un autre moine, un harpon transperçant sa silhouette, gisant dans une mare de sang.

— Un troisième moine ! Ce tir inattendu lui avait sauvé la vie.

Cherchant l'origine du cri, Geoffray aperçut un homme qu'il n'avait jamais vu, adossé contre le mur de la cabane. Vêtu simplement, une attelle enserrant sa jambe, l'inconnu, malgré sa souffrance évidente, maintenait une posture empreinte de dignité.

— Vous m'avez l'air mal en point, lança Geoffray, une pointe de compassion dans la voix.

— Je ne suis pas au meilleur de ma forme, il est vrai. Mais mon bras reste fiable, répondit l'homme, un sourire pénible aux lèvres.

— Je ne peux que vous remerciiez, c'était un tir remarquable.

— Aider un guerrier de votre trempe fut un honneur, admit l'homme, visiblement épuisé.

— Vous avez assisté au combat ?

— J'en ai vu suffisamment... mais, si cela ne vous ennuie pas, j'aimerais rejoindre ma couchette, sollicita-t-il avec humilité.

— Votre couchette ? Ici, chez Percival ?

Avant que l'homme puisse répondre, Percival et Eloïse firent irruption, essoufflés. Leur regard se porta immédiatement sur le moine étendu au sol.

— C'est toi qui as affronté les deux moines, Geoffray ?

— Non, Percival. Le premier, oui, mais le second... Et lui, qui est-ce ? Geoffray interrogea, tournant son attention vers l'étranger.

— C'est... mon invité, articula Percival, visiblement pris de court.

Face à l'embarras manifeste d'Eloïse, Geoffray reprit.

— J'avais bien compris, mais est-ce le secret dont vous parliez plus tôt, Eloïse ?

— Écoute, Geoffray, je préfère que Percival t'explique, répondit Eloïse, troublée.

L'échange de regards entre les deux hommes précéda l'aveu de Percival.

— Je te présente Erik, Geoffray.

— Erik qui ?

— Erik, fils de Siegfried... un fier Normand, proclama Percival, non sans une grimace de douleur.

L'étonnement de Geoffray était palpable. Pour la première fois, il se trouvait face à un personnage dont il n'avait jamais imaginé croiser la route.

— Il parle notre langue ! murmura Geoffray, plus pour lui-même qu'autre chose.

— Oui, Geoffray, il parle notre langue. Mais c'est une histoire bien trop longue pour l'instant. Aidons-le à l'intérieur, avant que d'autres yeux ne se posent sur lui, insista Percival.

Aidant Erik, ils se dirigèrent vers la cabane. Eloïse, à peine dissimulant un sourire devant cette rencontre improbable, se tourna vers Geoffray.

— Allons, mon cher, bienvenue dans notre folle aventure !

*****************

Percival partagea avec Geoffray les circonstances de sa rencontre avec Erik, tout en omettant prudemment les détails sensibles de leur quête. Il souligna leur étonnement mutuel à la découverte d'une langue commune et mit l'accent sur le caractère pacifique de son peuple.

Une fois cette histoire partagée, et Geoffray ayant repris ses esprits, une question pressante se posa naturellement.

— Et maintenant, que fait-on des corps ? interrogea Percival.

Cette interrogation fit l'effet d'un électrochoc. Sans attendre, ils s'occupèrent de la tâche sombre mais nécessaire d'enterrer les défunts dans un lieu discret, éloigné des regards.

De retour chez Percival, l'anxiété teintait la voix d'Eloïse.

— Qu'est-ce qu'ils me voulaient ?

— Ce maudit prêtre a dû apprendre que tu étais au courant pour Henri, expliqua Percival.

— Au courant de quoi ? Geoffray, intrigué, scrutait leurs visages.

Réalisant son impaire, Percival hésita, puis partagea la vérité sur le destin tragique de Lucie, provoquant chez Geoffray un soupir profond.

— Vous me cachez encore beaucoup ? La déception perçait dans sa question.

— Geoffray, compte tenu de ta position, nous ne savions pas si nous pouvions te confier cela. De toute façon, que t'aurait apporté cette connaissance, sinon des ennuis ? tenta de justifier Percival.

Geoffray acquiesça, sa tristesse pour Lucie transparaissant.

— Mais si Lucien était au courant pour Eloïse, il devait l'être aussi pour toi, Percival. Je ne crois pas que leur attaque soit liée à ça.

Eloïse, avec une pointe d'angoisse, suggéra.

— Me violer, peut-être ?

— Les moines ? J'en doute fortement, rétorqua Geoffray, confiant dans son raisonnement.

— Pourquoi ? demanda Percival, perplexe.

Geoffray révéla alors une pratique barbare ancienne au sein de l'église, choquant Erik qui, depuis sa couchette, ne put s'empêcher d'exprimer son dégoût.

— Nous ne sommes pas tous comme cela ! Mais au sein de l'église, avant l'arrivée de Lucien, ce qu'ils ont fait était effectivement barbare. Les hommes du clergé de l'époque choisissaient les enfants les plus robustes parmi les nouveau-nés du peuple. Ensuite, ils les confiaient à des nourrices sélectionnées avec soin, et durant toute leur enfance, ces enfants étaient formés sans relâche à l'art du combat par des instructeurs eux-mêmes dévoués aux exigences de l'Église. Depuis, le suzerain a mis fin à ces pratiques d'un autre âge, et ces moines guerriers seront probablement les derniers.

— Oui, mais pour le moment, ils servent bien leur dessein, rétorqua Percival, visiblement agacé.

— Ils ont été conçus pour cela, Percival, ajouta Geoffray de manière pragmatique.

— Alors, pourquoi cette tentative d'enlèvement ? insista Percival.

— Peut-être à cause de Norbert, supposa le chevalier.

— Norbert ? Quel lien a-t-il avec ces moines ? s'étonna le pêcheur.

— Ce n'est pas avec les moines, mais avec Lucien, son grand ami ! Et comme tu le sais, Norbert a toujours eu des vues sur Eloïse, expliqua Geoffray.

À ces mots, Eloïse ressentit une vague de dégoût avant de s'exclamer.

— Qu'il pourrisse en enfer, ce fils de chienne !

Les trois hommes furent choqués d'entendre de tels mots sortir de la bouche de la jeune femme. Remarquant leur stupéfaction, elle demanda.

— Mes mots ne sont-ils pas appropriés ?

Malgré eux, l'insistance d'Eloïse leur arracha un sourire stupéfait. Geoffray se leva, reprenant un air sérieux.

— Bien, je dois retourner avant que mon absence ne soulève des questions. Percival, va pêcher dans le lagon où les vagues ne sont pas trop fortes, et ramène ta part au château, le plus naturellement possible. Quant aux moines... Vous ne savez rien. En ce qui concerne Erik, il serait judicieux de l'emmener à la ferme du vieux Grégoire. Depuis l'épidémie, personne n'ose s'aventurer là-haut. Cela nous évitera le risque qu'il soit découvert ici si des recherches sont entreprises.

— Mais comment ? Avec sa jambe dans cet état ! s'inquiéta Percival.

— Utilise ta carriole ! Et de préférence, fais-le de nuit. Mais ne tarde pas trop.

Geoffray quitta la pièce, laissant les autres méditer sur ses conseils. Il enfourcha sa monture et, s'approchant de la porte ouverte, lança.

— Je te dois la vie, Erik, et je ne manque jamais à mes dettes !

Sans attendre de réponse, il talonna son cheval et partit au galop.

— Geoffray est vraiment un personnage exceptionnel, affirma Erik avec respect.

Percival et Eloïse, d'un hochement de tête affirmatif, partagèrent ce sentiment d'admiration.

# Chapitre 22

Henri ouvrit les yeux en fin d'après-midi, dans cette petite maison au cœur de l'île qui, malgré son atmosphère paisible et la fraîcheur préservée par ses murs de pierre, ne pouvait apaiser le tumulte de son esprit. Il lui fallut quelques minutes avant de retrouver ses esprits, observant son environnement inconnu avec un attrait teinté d'amertume. La lumière du soleil déclinant, filtrant à travers les volets, dessinait des ombres apaisantes sur son visage creusé, où les yeux noirs brillaient d'un éclat sombre. Son regard, bien que fixe sur Jean attablé avec Aldebert, était empreint d'une distance glaciale, un reflet de son âme ébranlée.

Lorsqu'il tenta vainement de se lever, Aldebert l'aperçut.

— Il est réveillé, Jean !

Le médecin se leva prestement et se dirigea vers lui.

— Que fais-tu, Henri ? Il est encore trop tôt pour te redresser debout.

Il finit tout juste sa phrase qu'Henri s'écroula au sol.

— Relève-le, Aldebert ! lui intima Jean puisqu'il l'avait suivi.

Le grand gaillard l'empoigna et le reposa sur le lit sans aucun effort.

— Faut pas te lever, Henri, tu es encore faible !

Henri ne répondit pas, ni même les regarda. Jean saisit alors que sa convalescence serait longue, car son corps seul n'était pas mal en point, mais que sa psyché l'était encore plus.

— Du calme, mon ami, il n'est pas urgent de vouloir te remettre sur pied dans l'immédiat. Comment te sens-tu ?

Henri regardait le plafond dans un parfait mutisme.

— Je ne te vois pas grimacer de douleurs, donc je suppose que tes plaies se sont refermées. Puis-je les voir si cela ne te dérange pas trop ?

Henri se tourna en silence. Jean souleva sa chemise et inspecta minutieusement son dos.

— Je dois dire qu'elles se sont toutes bien cicatrisées. Et pour ta langue ?

Il se remit sur le dos et ouvrit la bouche.

— Bien, très bien, il n'y a pas d'infection.

Jean attrapa un tabouret et s'assit à ses côtés en le dévisageant avec compassion.

— Ne prends pas mal ce que je vais te dire. Je suis conscient du calvaire qu'ils t'ont fait subir, et du handicap que cela va te causer. Mais dans ce terrible malheur, le fait qu'ils ne t'aient pas arraché la langue, mais simplement coupée, si je puis dire ainsi. Tu pourras encore parler, difficilement j'en conviens, mais tu le pourras.

Henri pencha la tête dans sa direction, mais son regard était toujours aussi froid.

Jean comprit à ce moment que rien ne pourrait, pour l'instant, ni même peut-être jamais, calmer ce feu de l'enfer qui brûlait en lui.

— Bon, il te faut manger maintenant, et reprendre des forces. T'en sens-tu capable ?

Ce même regard glaçant le dissuada d'insister, alors Jean, en se levant, se borna à dire.

— Si tu as soif, je te laisse une carafe d'eau près de toi.

Henri se repositionna et fixa de nouveau le plafond, sous le regard affligé d'Aldebert qui, bien que présent dans ce havre de paix, se sentait impuissant face à l'ampleur du désespoir qui habitait son ami.

*****************

Eloïse se tenait sur la plage, balayée par un vent assez fort qui portait en lui l'essence même de l'océan ; un mélange de sel, et d'iode. Bien que la journée fût clémente, les vagues puissantes sculptaient le rivage avec une force brutale et magnifique. Eloïse, les yeux plissés contre le vent, scrutait l'horizon, cherchant la silhouette familière de Percival au milieu de l'eau tourmentée.

Percival, pour sa part, connaissait chaque secret que la crique avait à offrir. Dans ces moments où l'océan semblait déchaîné, il savait précisément où les poissons se cachaient. Peu auraient osé s'aventurer si loin parmi les récifs menaçants, surtout avec une mer aussi agitée, mais la nécessité de ramener la pêche au château poussait Percival à braver ces dangers. Et aujourd'hui, sa prise était exceptionnelle.

Lorsqu'il revint enfin sur le rivage, l'apaisement se peignit sur le visage d'Eloïse. Elle n'avait jamais vraiment douté de sa sécurité, mais le voir émerger de l'eau, baigné dans la lumière rasante du soleil, lui coupait le souffle. Il se détachait contre le ciel en une ombre chinoise, les gouttes d'eau scintillant sur sa peau comme des diamants sur de l'ébène, capturant un instant hors du temps.

— La pêche a été bonne ! s'exclama Percival avec un sourire qui réchauffait plus que le soleil couchant.

Eloïse, se battant avec ses propres émotions, cherchait le bon équilibre entre l'affection qu'elle éprouvait pour lui et la nécessité de maintenir une certaine réserve. Pourtant, devant l'enthousiasme simple et pur de Percival, ses résolutions s'effritaient.

— Eh bien ! Tu as tant douté de ma capacité de survie dans ces eaux agitées ? Le ton léger de Percival portait un sous-entendu, une invitation à partager plus que des mots.

Les caresses d'Eloise, bien que maladroites, étaient empreintes d'une passion contenue, à laquelle Percival répondit par un regard profond, comme s'il cherchait à lire dans son âme. Leur échange, un mélange de taquineries et de tendresse, reflétait une intimité forgée non seulement par l'affection mais par une compréhension mutuelle profonde.

Le baiser qui suivit était un aveu, un moment suspendu où le temps semblait retenir son souffle. Ce n'était pas seulement un geste d'amour, mais la reconnaissance d'un lien indissoluble, forgé au fil des jours entre deux êtres que tout semblait opposer. Eloïse, d'ordinaire si vive et espiègle, trouvait dans le silence et dans l'étreinte de Percival un havre, une réponse aux questions qu'elle ne s'était jamais permise de formuler.

— C'est bien la première fois que je te vois si embarrassée !... Mais aussi, encore plus belle à la fois ! L'admiration dans la voix de Percival n'était pas feinte, elle était le miroir de ce qu'Eloïse inspirait. une beauté non pas superficielle, mais celle qui émane de l'authenticité et de la force d'âme.

Face à cette sincérité, Eloïse se trouvait démunie. Les mots lui manquaient, une rareté pour elle qui avait toujours une répartie à portée de main. Percival, comprenant son trouble, choisit de rompre le moment avec délicatesse, se tournant vers des préoccupations plus terre-à-terre.

— Je suis désolé, Eloïse. Mais il me faut emporter cette cargaison au castel, avant que des inopportuns ne débarquent.

La gravité de la situation les rattrapait, les obligeant à se détacher momentanément de leur bulle de complicité.

— Bien, je m'en vais voir si Erik a besoin de quelque chose, puis je passerai chez mon père… commença Eloïse, son esprit déjà en train de tracer les tâches à venir.

Percival, interrompant ses mouvements vers la barque, se tourna vers elle, un pli soucieux marquant son front. Sa voix, lorsqu'il parla, portait l'écho d'une autorité douce mais ferme.

— Absolument pas, Eloïse ! Avec les évènements d'aujourd'hui, tu ne te déplaceras qu'accompagnée !

Le ton intransigeant de Percival surprit Eloïse, provoquant une étincelle de rébellion dans son regard.

— Tu n'es pas mon père, mon cher ami ! rétorqua-t-elle, l'indépendance flamboyant dans ses yeux.

Percival, loin de se vexer, adoucit sa voix, conscient de l'importance de ses mots.

— Je te prie de m'excuser pour ce cri du cœur. Mais comprends-tu qu'il ne serait peut-être pas judicieux, pendant quelques jours, de te retrouver en situation de danger pour ton propre bien, et le nôtre aussi ? Et je t'assure que mon ton n'était rien d'autre que de la peur de ma part.

Le regard d'Eloïse s'adoucit, touchée par la sincérité et l'inquiétude de Percival. Elle réalisait à quel point leurs destins étaient liés, non seulement par les sentiments mais aussi par les circonstances qui les entouraient.

— Ne t'excuse pas, Percival. Tu as tout à fait raison, et je viens de me conduire comme une imbécile une fois de plus.

— Ne sois pas si dure avec toi, dit-il en souriant, c'est aussi ton cri du cœur !

Ils partagèrent un sourire, un accord silencieux de veiller l'un sur l'autre, puis Eloïse tourna les talons, laissant Percival à ses obligations.

*******************

La nuit était désormais tombée, et chacun avait regagné son logis. Seule la garde vaquait encore à ses obligations, mais sans grande concentration, facilitant ainsi l'escapade nocturne de Percival et d'Erik. Eloïse avait pris soin de rendre la carriole de son bien-aimé plus confortable, afin de rendre le trajet plus aisé pour son passager. Malgré cela, le chemin fut chaotique pour le jeune Normand, qui grimaça à de nombreuses reprises en silence. Le parcours parut plus long et plus pénible que d'habitude à Percival, mais il est vrai que le poids de son passager, ajouté à sa difficulté à se repérer dans l'obscurité, ne lui avait pas facilité la tâche.

Quand ils arrivèrent enfin devant la petite maisonnette, devenue lugubre, du vieux Grégoire, Percival s'assit un instant pour reprendre son souffle. Erik observa un peu les environs de ce lieu peu hospitalier et pas très rassurant, puis il aborda Percival, la voix basse.

— Tu avais raison, je ne pense pas avoir de nombreuses visites ici.

Percival hocha la tête en souriant.

— Tu auras la mienne et celle d'Eloïse, cela ne te suffit pas ?

— Hum ! J'espère que cela ne sera que temporaire, car il me faut vraiment rentrer chez moi.

— Eloïse a vérifié ta jambe, qui est en bonne voie de guérison. Dès qu'un jour d'accalmie se présentera, je te ramènerai au milieu des tiens. Alors, patiente encore un peu.

— Je sais ! Mais ma patience a aussi ses limites.

Percival se leva et s'approcha de lui.

— Bien, en attendant, je vais te faire visiter les lieux.

Il aida Erik à se lever pour se diriger vers la porte d'entrée. L'endroit avait été laissé dans le même état qu'auparavant. Percival le soutint jusqu'à la chambre.

— Comme tu vois, l'endroit est en bon état. Je vais changer les draps qu'Eloïse nous a donnés et te laisser mon vieux harpon, on ne sait jamais.

Il posa le convalescent sur une chaise trônant dans la pièce et sortit chercher le linge. Puis, il fit le lit du mieux qu'il pouvait.

Après avoir allongé Erik sur la couchette, Percival s'assit à son tour sur la chaise, l'air soucieux.

Erik s'en aperçut et lui demanda.

— Tu te fais un sang d'encre pour Eloïse, n'est-ce pas ?

Percival le fixa du regard un court instant et répondit.

— Bien sûr que je suis préoccupé pour elle, mais pas seulement ! C'est aussi la première fois que je tue un homme. Je sais que le prêtre les fera rechercher, que les gardes le feront aussi, que je dissimule un étranger sur notre territoire, et que le moindre faux pas de l'un de nous pourrait nous coûter très cher. Ne devrais-je pas être soucieux ?

Erik soupira en acquiesçant des mains.

— Oui, je comprends ! Mais tu dois te montrer fort pour eux, surtout éviter de le faire transparaître, car ils reposent tous sur toi, et tu ne peux pas fléchir !

— C'est bien du discours de Normand ! Les fiers guerriers valeureux !

Erik ne put retenir un sourire et répondit taquin.

— Sois-en un alors !

— Peuh ! lâcha Percival en se levant. Je viendrai demain voir si tu n'as besoin de rien. Je t'ai laissé une bonbonne d'eau et mon harpon. Alors, en attendant, bonne nuit !

Amusé de le voir partir ainsi en haussant les épaules, Erik lui lança.

— Rentre bien, chrétien !

\*\*\*\*\*\*\*\*\*\*\*\*\*\*\*\*\*

Percival déposa sa carriole derrière la maison de Jean et frappa doucement. Eloïse lui ouvrit et lui demanda discrètement.

— Tout s'est bien passé ?
— Oui ! Et toi, tu n'as pas parlé des événements de cet après-midi ?
— Bien sûr que non ! Je ne veux pas alarmer mon père.
— Que fais-tu sur le pas de la porte ? Entre, Percival ! lança Jean.

Percival se dirigea vers lui et lui serra la main.

— Comment va ton ami ?
— Eloïse a dû te le dire déjà, il va beaucoup mieux.
— Tant mieux, il pourra rentrer chez lui plus tôt que prévu.
— Il lui tarde, c'est vrai. Et Henri ?
— Henri est rentré chez lui en début de soirée.
— Comment cela ? Il tenait à peine debout, s'étonna Percival.
— Je sais, mais il tenait à rentrer, alors Aldebert l'a accompagné, et je n'ai rien pu faire pour l'en dissuader.

Percival, plongé dans ses réflexions, baissa les yeux, puis reprit.

— Il n'est pas prudent de le laisser seul, Jean, malgré la présence d'Aldebert.
— Ne sous-estime pas Aldebert, Percival. Il lui voue une amitié profonde et, bien que son handicap puisse te faire douter, il est conscient que l'esprit d'Henri est plein de ressentiment. Il fera de son mieux pour veiller sur lui, assura Jean en se reculant, tout en tendant le bras en direction d'une chaise. Mais assieds-toi un moment, Eloïse va nous préparer un café.

Percival n'eut pas le temps de s'asseoir qu'au-dehors un bruit de galop se fit entendre.

— Qui cela peut-il être à cette heure-ci ? s'étonna Jean.

L'arrivée des cavaliers rompit le calme qui s'était installé autour de la maison de Jean. Le bruit de galop, lourd et irrégulier, annonça leur approche avant même qu'ils ne fussent visibles. Percival, à peine le temps de se poser, sentit une tension s'installer, une prémonition de l'orage à venir.

Norbert se tenait là, imposant, aussi grand que gros, sa silhouette se découpant contre le ciel nocturne étoilé. Sa présence imposait une sorte de gravité immédiate, son épaisse cape de voyage flottant légèrement avec le vent frais de la nuit. L'odeur qui émanait de lui et de ses hommes était un mélange de sueur, de cuir et de cheval, emplissant l'air d'une note rustique, presque étouffante, témoignage de leur longue chevauchée.

Jean, surpris par cette visite inattendue à une heure aussi avancée, ouvrit la porte. La lumière faible de l'intérieur se projetait sur les visages tendus, créant un contraste saisissant avec l'obscurité environnante. Norbert, avec une assurance qui frôlait l'arrogance, franchit le seuil sans invitation, suivi de Geoffray et de plusieurs gardes dont les armures luisaient faiblement sous le halo de la lumière.

— Bonsoir, Seigneur, que me vaut votre visite plutôt surprenante ? La voix de Jean était empreinte d'une politesse forcée, trahissant son agacement face à l'intrusion.

— Ta fille est-elle ici ? demanda-t-il, sa voix rauque emplissant la pièce d'une autorité incontestée.

Jean, bien que pris au dépourvu par la brusquerie de la question, répondit avec une dignité teintée d'irritation.

— Bien sûr que oui. Pourquoi cette question ?

Norbert, ignorant l'offense perçue, enchaîna sans détour.

— Je voudrais lui poser quelques questions.

La tension monta d'un cran lorsque Norbert, poussant Jean de côté, pénétra plus avant dans la maison, son regard tombant presque immédiatement sur Percival.

— J'aurais dû me douter que tu serais là, le pêcheur. Eh bien, tant mieux, cela m'évitera de venir te voir aussi.

Percival, malgré la surprise, affronta le regard de Norbert avec une détermination calme.

— Et que nous voulez-vous ?

La question semblait pendre dans l'air, lourde de sous-entendus et de tensions non exprimées.

— Je suis chargé par notre prêtre de retrouver la trace de trois de ces moines qui ont disparu, lâcha Norbert, droit au but, mais son ton trahissait une impatience occulte.

Geoffray, jusqu'alors en retrait, fit un pas en avant, son regard se fixant sur Percival dans un mélange de questionnement et de solidarité silencieuse.

— Et pourquoi venir nous voir, nous ? La voix de Percival, bien que ferme, trahissait une trace d'inquiétude.

— Et pourquoi pas ? La réplique de Norbert, acerbe, coupait court à toute tentative de dénégation.

Geoffray, tentant de désamorcer la situation, intervint avec une prudence calculée.

— Je ne comprends pas moi-même ce que nous sommes venus faire ici, sire. Alors qu'il nous faut continuer nos recherches.

L'irritation de Norbert était palpable lorsqu'il se tourna vers Geoffray, son autorité s'affirmant dans un éclat sombre.

— Cela ne vous regarde aucunement. Tenez-vous-en à obéir à mes ordres !

La tension dans la pièce atteignit son paroxysme lorsque Geoffray, dans un dernier effort de médiation, posa la question qui brûlait toutes les lèvres.

— Seriez-vous au courant de certaines choses qui nous échappent, messire ?

Norbert, pris au dépourvu par cette question, se retrouva sur la défensive, son regard se durcissant sous l'effet de l'interrogation directe.

— Il fait trop sombre pour les recherches ce soir. Nous verrons plus tard. Sortez maintenant, capitaine !

L'ordre de retraite, donné dans un souffle de frustration, marqua la fin de leur intrusion. Norbert, avant de quitter les lieux, jeta un dernier regard dans la chambre, son expression trahissant un mélange de suspicion et de déception.

— Henri n'est plus là ?

— Non, il est rentré chez lui, répondit Jean, son ton ferme ne laissant place à aucune réponse.

La porte se referma derrière Norbert et ses hommes, laissant derrière eux un silence lourd, un mélange d'inquiétude et de soulagement temporaire.

— Que se passe-t-il ? La question de Jean, emplie d'une inquiétude légitime, résonnait comme l'écho d'une tempête lointaine.

— Je n'en ai pas la moindre idée, répondit Eloïse, sa voix trahissant une tension à peine contenue.

Percival, quant à lui, se contenta d'un haussement d'épaules, signe d'une résignation face à l'inconnu qui les entourait.

— À vous voir, je n'en serais pas si sûr, reprit Jean, scrutant leurs visages pour y déceler la vérité cachée derrière leurs masques de calme.

— Et pourtant, conclut Percival en s'asseyant.

# Chapitre 23

Henri, accablé par l'épuisement et la peur des cauchemars qui le guettaient, ne parvint pas à convaincre Aldebert de rentrer chez lui. D'un pas lourd, il rejoignit sa chambre, espérant contre toute attente trouver un peu de répit dans le sommeil. Aldebert, quant à lui, s'installa dans un fauteuil aussi près que possible de la pièce où Henri tentait de trouver le sommeil. Luttant contre la fatigue qui menaçait de l'emporter, il s'accrochait à l'espoir de rester éveillé, conscient que son ami avait plus que jamais besoin de lui.

La journée avait été un véritable calvaire pour eux deux, et Aldebert sentait que l'assoupissement ne tarderait plus à le vaincre malgré sa résistance. Comme Henri l'avait redouté, les souvenirs de sa première nuit d'enfermement refirent surface avec une clarté terrifiante. Les moines l'avaient brutalement jeté dans la cellule avant de claquer la porte derrière eux, le laissant seul avec le bruit assourdissant de la serrure qui se fermait. À terre, dans l'obscurité oppressante, Henri s'était retrouvé à ruminer sur les raisons de la colère du prêtre à son égard, bien qu'une partie de lui soupçonnait que leur secret avait été découvert.

C'est alors qu'un murmure familier parvint à ses oreilles. Au loin, dans le couloir sombre, il crut reconnaître la voix d'Aldebert. Mais il savait que son fidèle ami, malgré son apparente naïveté, ne trahirait jamais leur secret. Le bruit des pas qui résonnaient sous les voûtes annonçait l'approche inévitable d'un moment décisif.

Les deux moines ouvrirent la porte, laissant entrer Lucien qui s'avança avec une gravité solennelle. Le silence qui s'installa entre eux était lourd de tensions non exprimées, jusqu'à ce que Lucien brise enfin le silence.

— Crois-tu vraiment que je resterais ignorant de vos manigances ?

Henri, bien que terrifié, tenta de feindre l'ignorance.

— De quoi parlez-vous ?

— Ne joue pas l'innocent avec moi, je ne suis pas dupe, rétorqua Lucien avec véhémence.

— Je n'ai jamais eu cette intention.

— J'espère bien pour toi ! Penses-tu que j'ignorais tout de Lucie ?

L'accusation frappa Henri de plein fouet, l'obligeant à peser ses mots avec soin.

— Je n'ai jamais cherché à vous ridiculiser, mon père. Je voulais seulement que Lucie puisse être auprès de notre enfant.

— Devais ! Ce n'est pas à toi de décider. Tu m'as fait honte, et cela, je ne le tolère pas. As-tu compris ?

Le silence d'Henri face à la fureur de Lucien était sa seule réponse, une soumission forcée à l'autorité de l'homme devant lui.

— Demain, toi et Aldebert serez fouettés en place publique.

— Pas Aldebert ! Il n'est pour rien dans cette affaire, mon père !

L'objection d'Henri fut tranchante, mais désespérée.

— Je t'interdis d'élever la voix contre moi. Et prends garde, je pourrais me montrer encore plus sévère.

La demande suivante d'Henri était empreinte d'une douleur profonde.

— Et Lucie ?

— Lucie a été déplacée. Elle repose désormais dans la fosse.

La rage qui envahit Henri à cette révélation était indescriptible. Son cri de protestation face à cette injustice résonna dans la cellule, mais les moines le repoussèrent sans ménagement.

— J'ai tous les droits ici. Ne suis-je pas la main de Dieu ?

La déclaration d'Henri, bien que désespérée, fut cinglante.

— Vous n'êtes la main de rien du tout, fils de chienne !

Cette insulte marqua un point de non-retour, la haine mutuelle se reflétant parfaitement dans leurs regards.

— Mets-toi à genoux et implore ma clémence ! exigea Lucien, tentant de contenir sa fierté blessée.

— Jamais. Et je maintiens ce que j'ai dit, fornicateur ! Connaissez-vous Marie ?

La révélation fit l'effet d'une bombe, mais loin de ressentir de la honte, Lucien fut envahi par une colère destructrice.

— Ce secret t'accompagnera dans ta tombe. Et si tu tiens à ceux qui te sont chers, sache que je peux leur infliger les pires souffrances.

Henri fut emmené sans ménagement par les moines, serviteurs d'un Lucien qui se drapait dans une piété pervertie.

Dans la sinistre chambre où la lumière peinait à percer l'obscurité épaisse, Lucien avait baptisé cette pièce d'un nom qui se voulait moins cruel que celui de ses actes. Pour lui, le terme de "torture" était inapproprié pour quelqu'un de sa stature spirituelle, bien que les échos des souffrances passées résonnaient encore entre ces murs. Ce soir, toutefois, les pierres froides allaient à nouveau s'imprégner des cris d'un innocent.

Henri, résolu à ne pas donner satisfaction à ses bourreaux, refusa de céder à la douleur, même lorsque les coups s'abattaient avec une brutalité implacable. Lucien, spectateur de cette scène d'agonie, semblait y puiser une perverse jouissance, se gonflant d'une sensation de toute-puissance face à la souffrance qu'il infligeait.

Lorsque Lucien ordonna une pause dans ce déchaînement de violence, il s'adressa à Henri avec une froide ironie.

— En as-tu assez ?

La question, traversant le voile de douleur qui enveloppait Henri, trouva un écho de défiance chez le prisonnier qui, malgré la souffrance, lança une malédiction d'une voix éraillée.

— Soit maudit, suppôt de Satan !

Lucien, secoué par la répartie mais ne voulant pas céder, répliqua avec véhémence.

— N'inverse pas les rôles, Henri ! Je suis l'instrument du courroux divin. Quant à toi, tu n'es qu'une ombre errante dans le jardin de l'Éden.

— Un jardin ? Tu as fait de nos vies un enfer, Lucien. Si c'est là ton paradis, alors oui, que le Ciel même te renie !

Stupéfait par une telle audace, Lucien saisit alors des instruments d'un autre âge, promettant une nouvelle forme de supplice. Ses mots, empreints d'une menace glaciale, précédèrent un acte d'une cruauté sans nom.

— Ouvrez-lui la bouche !

La terreur submergea Henri, une épouvante brute face à l'indicible qui s'annonçait. Son dernier cri de défi résonna d'un écho désespéré, une prophétie de châtiment contre celui qui se faisait juge et bourreau.

— Un jour, justice sera faite, même au nom de ton propre Dieu… Lucien !

Ce qui suivit fut une épreuve d'une barbarie inouïe, un moment suspendu hors du temps où la douleur transcendait toute expérience humaine. Lorsque le silence retomba, lourd et absolu, Henri était seul avec les marques indélébiles de l'inhumanité qu'il venait de subir.

Puis, soudain, la réalité se fractura, ramenant Henri à la brusque lumière de son propre lit, le souffle court et le corps baigné de sueur. Les larmes mêlées à la honte et à la rage façonnaient des spasmes incontrôlables qui secouaient son corps. Mais plus que tout, c'était une soif ardente de vengeance qui brûlait désormais en lui, une promesse silencieuse faite à lui-même dans l'obscurité de la nuit.

*******************

Dans l'étreinte glacée de la nuit, une pluie implacable dominait sans partage, les vents violents accompagnant son règne avec fureur. La voûte céleste, habituellement scintillante de mille feux, était ce soir entièrement voilée par des nuages d'un noir d'encre, si denses qu'ils semblaient engloutir la moindre lueur. Au cœur de cette obscurité oppressante, les Normands, répartis en deux groupes de vingt guerriers, poursuivaient leur quête avec une détermination inébranlable, bravant les éléments déchaînés pour patrouiller leur territoire. Malgré l'absence de résultats, leur volonté restait ferme, refusant de céder à la passivité.

La bête, dont la présence avait été plusieurs fois signalée aux abords du village, demeurait insaisissable, toujours à l'affût mais prudente, consciente du danger représenté par les lances affûtées des hommes. Chaque tentative d'approche était avortée, la créature se repliant dans l'ombre pour chasser, loin des regards.

La pluie battante, mêlée à l'obscurité presque totale, rendait leur tâche robuste. Les chevaux, les sabots s'enfonçant profondément dans la boue, luttaient pour avancer, leurs hennissements trahissant leur malaise. C'est alors qu'Arne, le cor à la main, signala le regroupement, décidant qu'il était temps de battre en retraite vers le village. Mais une observation inattendue retint son attention.

— Arne, vois-tu ces volutes de fumée s'élever au-dessus de la crique ?

Dirigeant son regard vers l'endroit indiqué, malgré la pluie cinglante qui fouettait son visage, Arne aperçut, non sans peine, une étrange brume s'échappant des eaux tumultueuses. Intrigué, il avança vers la source de ce phénomène, mais ce fut la vue macabre des corps d'oiseaux dispersés sur la rive qui captura toute son attention. D'un geste, il descendit de sa monture, s'approchant avec prudence de cette hécatombe silencieuse.

Le reste du groupe le suivit, leurs pas lourds et leurs armures trempées résonnant dans le silence brisé uniquement par le chant de la pluie. Olaf, poussé par une curiosité teintée d'appréhension, fut le premier à s'approcher de l'eau. Sa main plongea dans le liquide avant de se retirer brusquement, un frisson de douleur parcourant son corps.

— Que se passe-t-il, Olaf ? La voix d'Arne trahissait son inquiétude.

Sans un mot, Olaf, le visage pâle, tenta de nettoyer sa main dans une flaque voisine, son geste empreint d'une urgence palpable.

— Ne touchez à rien ! Son avertissement était catégorique.

Rejoignant Olaf, Arne observa avec effroi les doigts de son camarade, à présent rougeoyants et partiellement corrodes par une substance inconnue.

— Qu'est-ce que cela ? La voix d'Arne tremblait d'effroi en saisissant le bras d'Olaf.

— Je ne sais pas, Arne. L'eau... elle brûle. Et elle est... agressive, bien plus que je ne saurais l'expliquer.

Face à la découverte mortelle, le groupe fut saisi d'une stupeur glaciale, la réalité de leur situation s'imposant avec une brutalité sans nom. Ils comprirent alors l'ampleur du désastre qui menaçait leur unique source d'eau potable, essentielle à la survie du village.

— Les Dieux nous ont abandonnés ! L'exclamation désespérée d'un guerrier résonna dans la nuit.

— Ceci n'a rien à voir avec les Dieux ! Arne, reprenant son rôle de meneur, inspira profondément avant de poursuivre. Nous devons agir, et vite. Érigeons des barrières autour de la source naturelle pour prévenir tout débordement dans nos réserves. Même si cela vient du Walhalla lui-même, montrons-leur notre valeur !

Olaf, la douleur oubliée face à la détermination d'Arne, leva les yeux vers les cieux déchaînés, proclamant leur résolution.

— Arne a raison ! À l'œuvre, tous !

******************

La demeure de Jacques le bon, nichée au cœur d'un verger florissant, se dressait comme un havre de paix au milieu de la verdure. Ce sanctuaire, qu'il avait confié aux soins attentifs de voisins agriculteurs, prospérait sous leur labeur. En échange de leur dévouement, une part généreuse de la récolte leur revenait de droit, un arrangement que Jacques considérait comme un échange équitable, vu leur investissement dans cette tâche. Les récentes pluies saisonnières avaient favorisé une maturation parfaite des fruits, source de fierté pour ce vieil homme qui, depuis sa fenêtre, contemplait son domaine avec une satisfaction non dissimulée.

Retiré dans ce coin de paradis, les tumultes et les préoccupations habituelles de la vie semblaient s'éloigner, lui offrant un répit bienvenu. Bien que ces moments le poussent à regretter son engagement auprès de la cour, Jacques, homme d'honneur s'il en était, acceptait son sort avec résignation.

Ce matin-là, toutefois, assombri par les orages grondants, l'avait contraint à l'immobilité, le plongeant dans une rêverie teintée de mélancolie. Perdu dans ses pensées, il revisita les souvenirs de sa jeunesse à la cour de Francis le faste, du temps de sa propre ascension, et surtout, de sa rencontre avec Rosalie, son éternel amour. Leur union, bien qu'elle n'ait pas été bénie par la naissance d'un enfant, avait été le pilier de son existence, la flamme qui guidait chacun de ses pas.

Jacques rêvait d'un avenir radieux pour son île, un désir souvent contrarié par la courte vue des hommes de pouvoir. Malgré cela, il s'était efforcé d'apporter sa pierre à l'édifice, travaillant avec les personnalités en place pour le bien commun. C'est sur cette réflexion amère qu'un bruit sourd, émanant de la cuisine où sa femme s'affairait, lui échappa. Absorbé par ses pensées, il ne perçut pas le danger imminent.

Un soupir s'échappa de ses lèvres, profond et lourd, comme si c'était son dernier. Ce fut alors qu'une présence inattendue, d'une force implacable, l'immobilisa. La sensation glaciale de la lame effleurant sa peau, puis tranchant sa trachée, envahit ses sens. Un flot chaud se répandit sur son corps, ses yeux se fermant dans un réflexe final, tandis que ses bras retombaient, inertes, le long du fauteuil.

Ainsi s'éteignit la vie de Jacques, dans un silence absolu, contrastant avec la richesse et le tumulte de son existence. À l'extérieur, la pluie, indifférente à la tragédie qui venait de se jouer, continuait de verser ses larmes sur la terre, comme pour laver le monde de ce qui venait de se passer, sans jugement ni compassion.

\*\*\*\*\*\*\*\*\*\*\*\*\*\*\*\*\*

Aldebert, émergeant lentement de son sommeil, ressentit les désagréables courbatures dues à une nuit passée sur le fauteuil inconfortable. Avec précaution, il se leva, tentant de ne pas perturber le silence qui enveloppait la maison. Se dirigeant vers la chambre d'Henri, il poussa doucement la porte, espérant ne pas réveiller son ami, mais fut accueilli par la froide réalité d'un lit désespérément vide.

— Henri, tu es là ?

La seule réponse fut le silence pesant de la pièce. Intrigué et de plus en plus inquiet, Aldebert parcourut la maison, appelant Henri tout en scrutant chaque recoin, chaque ombre susceptible de cacher son ami.

— Henri !

Son appel resta sans réponse, son inquiétude montant en flèche jusqu'à ce que la porte d'entrée s'ouvre brusquement, révélant une silhouette méconnaissable. Henri se tenait là, trempé jusqu'aux os, couvert de boue et de terre, comme s'il venait de surgir d'un autre monde. Aldebert recula d'un pas, saisi par la vision d'un Henri qui semblait revenir d'entre les morts.

— Mon Dieu !

Sans un mot, Henri passa la porte et se dirigea vers sa chambre, laissant Aldebert figé, perdu entre soulagement et stupeur. Lorsqu'Henri réapparut, propre et vêtu de frais, il s'assit face à Aldebert, qui percevait un changement dans son attitude, une sérénité nouvelle qui le déroutait profondément.

— Que se passe-t-il, Henri ? D'où viens-tu dans cet état ? demanda Aldebert, la voix empreinte d'une inquiétude mêlée de curiosité.

Henri ouvrit la bouche et, avec effort, laissa échapper quelques mots, sa voix grave et altérée trahissant les séquelles des épreuves endurées. Aldebert, prévenu par Jean des difficultés de communication d'Henri, s'efforça de rester naturel.

— Café, tu veux un café ? proposa-t-il, tentant de briser la glace.

Un signe de tête d'Henri fut sa réponse. Aldebert, bien que brûlant de questions sur les circonstances de cette apparition nocturne, choisit de ne pas insister, conscient de l'effort que représentait pour Henri chaque mot prononcé.

— Je vais te le préparer, Henri. Mais dis-moi, où es-tu allé pour revenir dans un tel état ?

Le geste d'Henri, mimant une marche avec ses doigts sur la table, fut sa seule réponse.

— Tu es allé marcher, c'est ça ? Henri acquiesça de nouveau.

Reconnaissant la difficulté de la situation, Aldebert se leva et se dirigea vers la petite cheminée. Tout en préparant le feu pour le café, il réfléchissait à ce que son ami avait pu vivre durant cette escapade nocturne. Malgré le mystère entourant son retour, Aldebert se concentra sur l'instant présent, cherchant à offrir à Henri un semblant de normalité après une nuit manifestement éprouvante. Le crépitement rassurant du feu finit par remplir la pièce, apportant une chaleur bienvenue en opposition avec le froid et l'humidité extérieurs.

*****************

Erik, les yeux écarquillés, observait la pluie battante derrière les carreaux fragiles de la fenêtre, quand soudain, la fureur du ciel se déchaîna. Un éclair colossal, suivi d'un tonnerre assourdissant, frappa si près que les vitres éclatèrent, projetant des éclats de verre à travers la pièce. Une onde électrique, presque palpable, traversa l'espace, faisant vibrer chaque fibre de son être d'une énergie surnaturelle. Le temps parut se figer, chaque mouvement, chaque pensée d'Erik, se dilatant dans cet instant éternisé par l'effroi.

Dans ce silence oppressant qui s'abattit ensuite, la réalité semblait suspendue, jusqu'à ce que la porte d'entrée soit violemment arrachée de ses gonds par une force invisible, transformant l'ordre établi de la maison en chaos. Le cœur d'Erik battait à rompre, sa peur transcendée par la présence insondable qui s'avançait vers lui avec une lourdeur presque physique.

Malgré l'assaut sensoriel qui le submergeait, Erik parvint à ancrer son regard sur la silhouette scintillante qui se tenait sur le seuil de la chambre. Au premier abord, il douta de sa propre perception, attribuant cette vision à une fièvre délirante, bien que ses blessures ne montraient aucun signe d'infection. Face à cette apparition, son cœur de Normand reconnaissait l'essence de ce qu'il avait toujours vénéré, bien que son esprit peinât à accepter l'incroyable réalité.

— Que fais-tu ici... Thor ? La question d'Erik, murmurée avec une incrédulité teintée de respect, se perdit dans l'éclat enveloppant la pièce.

La figure ne répondit pas, ses yeux ardents fixant Erik avec une intensité qui semblait sonder son âme. La chambre était baignée d'une lumière vive, chaque mouvement de l'entité projetant des étincelles dansantes, évoquant la vision d'un brasier sacré.

Soudain, sans que les lèvres de l'apparition ne bougent, une voix tonitruante emplit l'esprit d'Erik, résonnant avec la puissance d'un millier d'orages.

— Je ne suis que l'image que ton esprit m'a prêtée !

— Alors qui es-tu ? Les mains d'Erik, pressées contre ses oreilles, ne parvenaient pas à atténuer l'assaut sonore.

— Peu importe qui je suis ! Tu dois conduire ton peuple loin de cette terre maudite !

La douleur était presque insupportable, mais Erik, poussé par un mélange de terreur et de détermination, interrogea de nouveau.

— Pourquoi ?

L'entité, levant son bras massif pour pointer son imposant marteau vers Erik, martela son ordre d'une voix encore plus impérieuse.

— Conduis ton peuple loin d'ici !

Alors que la figure se détournait, s'apprêtant à disparaître aussi mystérieusement qu'elle était apparue, Erik, puisant dans des réserves de courage qu'il ignorait posséder, l'interpella une dernière fois.

— J'ai d'autres questions, alors ne pars pas !

Cette demande, empreinte d'une audace désespérée, suspendit l'entité dans son mouvement. Erik, confronté à cet être d'un autre monde, réalisait qu'il se tenait à la croisée des chemins, non seulement pour sa propre destinée mais aussi pour celle de son peuple. La pièce, encore vibrante de l'énergie déployée par l'entité, semblait attendre en haleine la suite de cet échange hors du commun, un dialogue entre un homme et une force qui dépassait l'entendement humain.

— Tu es l'élu de ton peuple et de forces qui te sont étrangères. Les réponses à tes questions ne te seront dévoilées que bien plus tard. Cependant, ta mission sur cette terre est de veiller sur les tiens. Alors, fais ce que tu dois et partez !

Avant même qu'Erik ait eu le temps de réagir, l'entité s'évanouit en un instant, laissant derrière elle un grondement de tonnerre qui résonna sur toute l'île avec une violence inouïe.

Erik, pétrifié par cette disparition soudaine, reprenait son souffle avec difficulté, les yeux écarquillés, son corps secoué d'une fébrilité inédite. Ce moment de stupeur persista jusqu'à ce qu'une voix familière le ramène à la réalité.

— Qu'est-ce qui t'arrive, Erik ?

Se tournant vers l'origine de la voix, Erik peinait à reprendre ses esprits, tant le choc avait été intense. C'est pourquoi il mit un moment avant de réaliser que Percival était là, le regardant avec une curiosité mêlée d'inquiétude.

Percival, conscient du bouleversement profond dans lequel Erik semblait plongé, fit signe à leur amie commune de les rejoindre.

Eloïse, qui rangeait des herbes médicinales dans un coin de la pièce, déposa précipitamment son fardeau et se précipita à leurs côtés, l'expression marquée par une profonde préoccupation.

— Qu'est-ce qui se passe ici ? demanda-t-elle, son regard passant rapidement d'Erik à Percival.

Percival, d'un geste, pointa Erik.

Eloïse s'approcha alors d'Erik, posant délicatement sa main sur son front, cherchant à évaluer son état.

— Tu n'as pas de fièvre, constata-t-elle doucement. Me comprends-tu, Erik ?

Les mots d'Erik s'échappèrent de ses lèvres avec peine, sa voix révélant le tumulte intérieur qu'il endurait.

— Vous... Vous ne l'avez pas vu ?

— Vu qui, Erik ? répondit Eloïse, sa voix empreinte de douceur, cherchant à offrir un havre de paix au milieu de la tempête émotionnelle d'Erik.

Erik, rassemblant ses forces, insista, bien que sa voix tremblât.

— Il était là !

— Nous n'avons rien vu, Erik. Qui était là ? interrogea Percival, son ton empli de prudence et de compassion, reconnaissant la détresse de son ami.

Après un geste de désespoir, Erik demanda un moment pour reprendre ses esprits. La pluie, désormais moins intense, semblait marquer une pause, comme pour écouter le récit d'Erik.

— Je... je deviens fou, je crois, avoua-t-il après un silence pesant.

— Raconte-nous ce qui s'est passé, insista Percival, s'asseyant à côté d'Erik, son attention toute entière portée sur lui.

Erik, le regard échangeant avec Eloïse, qui s'était accroupie devant lui pour se mettre à sa hauteur, cherchait les mots.

— Je n'ai pas rêvé... ce que j'ai vécu, vu, entendu... c'était réel, confia-t-il, la voix chargée d'émotion.

— Peut-être un délire ? suggéra Eloïse, tentant de trouver une explication logique, bien qu'une partie d'elle fût prête à croire à l'incroyable.

— Je vous assure, je suis en pleine possession de mes moyens, rétorqua Erik, son regard fixé sur ses amis, cherchant à y lire la confiance et l'acceptation.

La conversation fut interrompue par un éclair illuminant brièvement la pièce, suivi d'un grondement lointain.

— Il nous faut quitter l'île, c'est une certitude que je ressens au plus profond de moi, conclut Erik avec une fermeté nouvelle.

— Quitter l'île ? répéta Percival, le scepticisme initial cédant la place à une considération sérieuse face à l'insistance d'Erik.

— Oui, tu as bien compris ! Et cela vaut pour tous les tiens aussi.

Cette sincérité qui brillait dans les yeux d'Erik mit à mal ses deux amis, et durant un instant, seuls leurs regards se croisèrent dans un silence angoissant.

# Chapitre 24

En début d'après-midi, deux gardes royaux, l'air sombre et la démarche pressée, informèrent Jean qu'il devait se rendre sans tarder chez Jacques le bon. L'urgence dans leurs voix laissait présager une situation grave, mais rien n'aurait pu préparer Jean à la tragédie qui l'attendait. En pénétrant dans la demeure, il fut saisi d'horreur à la vue des corps de Jacques et de sa femme, baignant dans leur sang. Cette vision d'effroi glaça Jean jusqu'à l'os, malgré la réputation sans tache du couple au sein de la communauté, cette scène macabre lui inspirait une peur viscérale pour l'avenir.

Tandis qu'il enveloppait soigneusement les corps dans des draps propres, préparant leur transport vers la chapelle, Norbert le noir fit irruption, suivi de près par plusieurs soldats. L'entrée brusque de Norbert, sa carrure imposante enveloppée dans une armure sombre, tranchait avec la solennité du moment.

— Que s'est-il passé ? demanda Norbert d'un ton sec, fixant Jean de son regard perçant.

— Ils ont été assassinés tous les deux, répondit Jean, la voix chargée d'émotion.

Norbert s'approcha du chariot, soulevant brièvement le drap recouvrant chacun des corps. Ses gestes, dépourvus de toute compassion, discordait avec la gravité de la situation. Jean ne put s'empêcher de noter l'absence de remords dans l'attitude de Norbert, bien qu'il sût que ce dernier avait de vieilles rancunes envers Jacques. Cette indifférence face au drame semblait inappropriée, voire troublante, aux yeux de Jean.

— Avons-nous une idée de l'auteur de ce crime ? reprit Norbert, feignant l'outrage.

— Quelqu'un qui avait tout à gagner de leur disparition, rétorqua Jean, son ton trahissant son agacement.

Je n'apprécie guère ce ton, Jean. Fais attention à tes insinuations, menaça Norbert, son regard se durcissant.

— Je ne parlais pas de vous, mon seigneur. Mais il est évident que certaines personnes y trouvent leur compte, clarifia Jean, tentant de désamorcer la tension.

Le silence lourd qui s'installa entre eux fut rompu par l'arrivée précipitée d'un cavalier, annonçant avoir trouvé l'assassin. L'information jeta un froid.

— On a trouvé l'assassin ! s'écria-t-il, son visage marqué par l'urgence de la nouvelle.

— Qui est-ce ? demanda Norbert, son scepticisme palpable.

— Henri, mon seigneur ! Henri le mari de Lucie ! répondit le messager, essoufflé.

L'incrédulité se peignit sur le visage de Jean.

— Cela ne peut être Henri... Il n'en serait pas capable, et il tenait Jacques en haute estime, plaida-t-il, soutenant le regard accusateur de Norbert.

— Peut-être ne lui a-t-il pas pardonné certaines choses, suggéra froidement Norbert, laissant planer le doute.

— Je connais Henri. Ce n'est pas l'homme que vous dépeignez. Et qu'est-ce qui prouve qu'il est coupable ? insista Jean, cherchant à défendre l'accusé.

La réponse vint sous la forme d'un couteau ensanglanté, présenté par un soldat comme preuve de la culpabilité d'Henri.

— Nous avons relevé des traces qui nous ont conduit tout près de chez lui, alors en fouillant autour de sa maisonnée, nous avons trouvé ce couteau plein de sang.

Le soldat déballa d'un vulgaire torchon crasseux, un coutelas encore ensanglanté, qu'il tendit devant le regard médusé des deux hommes.

— Etes-vous toujours aussi sûr de vous…Herboriste ? Tacla Norbert avec arrogance.

Jean ne sut que répondre devant cette preuve pesante.

Norbert, accompagné de ses hommes, quitta ensuite les lieux, laissant Jean seul, face à ses doutes. Sous une pluie battante, Jean suivit le cortège à distance, son esprit tourmenté par les événements, cherchant désespérément une explication à cette tragédie qui bouleversait l'équilibre de leur communauté.

\*\*\*\*\*\*\*\*\*\*\*\*\*\*\*\*\*

La nouvelle s'était répandue avec rapidité, embrasant tout le village d'une onde de choc. Sur la grande place, déjà bondée, chacun attendait l'arrivée du chariot mortuaire, ignorant que Henri ne tarderait pas à suivre, accusé de ce carnage. L'affection universelle pour Jacques et sa femme rendait leur mort d'autant plus poignante ; lorsque la troupe fit son apparition, une onde de stupeur submergea la foule, comme si un silence de mort s'était abattu sur les survivants d'un naufrage. Dès cet instant, tous comprirent que rien ne serait plus jamais comme avant.

Les visages empreints de tristesse suivaient le chariot qui traversait la place, son arrêt au centre de l'esplanade plongeant chacun dans une réflexion morose, sous le ciel sombre et la pluie persistante qui ajoutaient à la gravité du moment. Dans ce climat lourd, hommes et femmes cherchaient désespérément un semblant de continuité après cette tragédie inattendue.

Geoffray fut mis au courant des événements par son lieutenant Paul, sa frustration de ne pas avoir été impliqué plus tôt se mêlant à son indignation à la vue de Norbert qui semblait se pavaner malgré le contexte funeste. Tandis que la foule était captivée par la vue des deux corps drapés, Lucien s'avança, bible en main, et bénit les défunts sans montrer la moindre émotion, ce qui ne manqua pas d'étonner Geoffray. La présence des moines aux côtés des gardes royaux fidèles à Norbert suscita également sa surprise et celle de ses soldats loyaux à Louis le Faste.

— Que se passe-t-il encore ? s'exclama Geoffray, plus pour lui-même que pour son entourage.

— De quoi parles-tu ? lui demanda Paul, intrigué.

— Excuse-moi, je pensais tout haut. Mais ne trouves-tu pas étrange que les moines se joignent à nos hommes ?

Paul observa la scène, trouvant lui aussi l'association inhabituelle.

— C'est curieux, en effet. Mais peut-être est-ce simplement dû à leur attachement pour les victimes et ce qui leur est arrivé.

— Possiblement, mais j'ai un mauvais pressentiment, confia Geoffray, son regard fixé sur le chariot.

— Lequel ?

— Difficile à dire pour l'instant. Juste une impression de mauvais augure, répondit Geoffray, perturbé par la situation.

La tension palpable dans l'air se dissipa brusquement lorsque Norbert monta sur l'estrade pour s'adresser à la foule, prêt à révéler l'identité de l'assassin.

— Nous venons de perdre deux êtres d'exception, commenta-t-il. L'auteur de ce crime impardonnable devra répondre de ses actes. Nous savons déjà qui est responsable de cette atrocité...

Sa déclaration fut interrompue par un tumulte grandissant, forçant Norbert à élever la voix pour reprendre son discours.

Il fit une pause, balayant l'assemblée de ses yeux scrutateurs, avant de reprendre d'une voix forte.

— Vous découvrirez son identité sous peu, commenta-t-il, faisant un geste vers l'horizon d'où ses gardes et le prisonnier allaient bientôt émerger. Car mes gardes le ramènent pour être jugé. Il marqua une courte pause. Cependant, avant cela, il est nécessaire de clarifier certaines choses. Norbert fit quelques pas sur l'estrade, ses mains jointes derrière le dos, donnant à son discours une allure solennelle. Ce crime résulte de la disparition du respect de l'autorité sur notre île. Chacun agit selon sa propre volonté, sans considérer les conséquences. Il s'arrêta, fixant certains visages dans la foule. Il reprit, son ton se faisant plus emphatique, Jacques croyait en la liberté et l'équité pour tous, vision que je partageais, malgré les doutes de certains. Norbert leva la main, ce que je ne peux tolérer ! Il marqua une pause, son regard devenant plus sombre, plus déterminé. Et vous non plus ! conclut-il, son index pointant vers la foule, comme pour impliquer chacun des présents. Car vos âmes et votre avenir sont en jeu... Sa voix s'estompait, laissant ses derniers mots flotter dans l'air.

La passion dans la voix de Norbert fut brusquement coupée par l'arrivée des gardes et d'Henri, les poignets liés, trahissant sa fatigue et sa confusion. Sa présence, d'abord incomprise, devint un point de focalisation intense lorsque Norbert révéla son implication dans le meurtre, suscitant une vague de réactions virulentes parmi les villageois.

Dans un instant de basculement soudain, la foule, qui avait momentanément oublié les récentes épreuves traversées par Henri, fut saisie par un élan de colère brutale. Un individu, porté par cet élan de vengeance collective, se baissa pour ramasser une pierre et, avec une force empreinte d'une rage palpable, la projeta contre la poitrine d'Henri tout en hurlant.

— Soit maudit pour ce que tu as fait, Henri !

Henri reçut l'impact sans laisser échapper le moindre gémissement, restant stoïquement debout, faisant face à la foule avec une détermination silencieuse. Ses yeux ne reflétaient ni la peur ni la douleur, mais une résignation profonde face à ce déchaînement de violence.

À cette vue, Geoffray, conscient que la situation pouvait rapidement dégénérer, fit discrètement signe à ses soldats. D'un mouvement de tête subtil mais ferme, il les incita à encercler Henri pour prévenir tout acte de violence supplémentaire. Puis, se dressant avec autorité, il tenta de ramener la raison au sein de l'assemblée.

— Calmez-vous tous ! Vous n'avez pas honte de vous comporter de la sorte ? Il était des vôtres il y a peu, et sans la moindre preuve, vous êtes prêts à le condamner ?

Norbert, visiblement contrarié de voir Geoffray prendre l'initiative, reprit la parole avec une vigueur renouvelée.

— Il est vrai ! Nous ne saurions tolérer une telle justice expéditive sans procès équitable ! Quel que soit le degré d'infamie de son acte, il a le droit de répondre de ses actes devant la justice. Laissez-le avancer pour qu'il soit jugé dignement sur la place !

Dans une accalmie relative, Aldebert, le souffle court et le visage marqué par l'effort de sa course, intervint avec désespoir.

— Henri est innocent !

À ces mots, Lucien, qui avait gardé le silence jusqu'alors, le foudroya du regard, teinté d'un mépris à peine voilé.

— Et toi, que fais-tu encore à ses côtés ? N'as-tu donc rien n'appris de ta première erreur ?

Le prêtre, cherchant à s'imposer dans cette confrontation de volontés, s'avança vers Norbert avec une assurance calculée, espérant marquer son influence en cette circonstance cruciale. Cependant, leur rivalité fut momentanément mise en pause par l'arrivée imposante de "Louis le Faste" et de ses gardes. Un silence presque sacré enveloppa la place, la foule s'écartant avec révérence pour laisser passer leur souverain.

Le roi, d'un geste lent et empreint de solennité, souleva le voile masquant le visage de son ami et confident de longue date. Une onde de chagrin le traversa, tandis qu'un murmure d'adieu s'échappait de ses lèvres.

— Tu vas terriblement me manquer, mon vieil ami.

Se redressant, son regard se durcit alors qu'il interrogeait Norbert.

— Pourquoi n'ai-je pas été averti immédiatement ?

Norbert, tentant de justifier sa décision avec une pointe de condescendance, répondit.

— Connaissant la profondeur de vos liens, mon seigneur, je ne souhaitais pas vous accabler avant d'avoir découvert l'identité du coupable. C'est un maigre réconfort, je l'admets, mais il a son importance.

Louis, observant Henri avec une attention critique, puis fixant Norbert d'un regard empli de scepticisme, rétorqua.

— Je ne connais Henri que de vue, mais rien en lui ne me semble correspondre à l'image d'un assassin. Quel motif absurde aurait-il eu de s'en prendre à un homme aussi respecté que Jacques, surtout quand la disparition de celui-ci pourrait avantageusement servir les desseins de bien d'autres ?

— Que veux-tu dire par là, mon cousin ? reprit Norbert, sa voix emplie d'une véhémence trahissant son agitation.

— Exactement ce que tout le monde sait sur notre île ! asséna Louis d'un ton qui se voulait détacher mais qui, dans le contexte, sonnait comme un coup de tonnerre.

La tension, déjà palpable, sembla prendre un tour encore plus critique. Geoffray et ses hommes, sentant l'atmosphère se charger, se rapprochèrent discrètement de leur souverain, prêts à intervenir au moindre signe.

C'est Lucien qui tenta de désamorcer la situation, prenant la parole avec une assurance feinte.

— Sire, je pense que vous vous méprenez. La culpabilité d'Henri me semble indéniable.

Louis pivota lentement vers lui, son regard interrogeant.

— Et en quoi donc ?

Un des soldats de Norbert s'avança alors, tendant vers le roi un torchon qui dissimulait un couteau encore maculé de sang.

— Et ceci, qu'est-ce donc ? demanda Louis, sa voix trahissant une pointe de curiosité mêlée d'inquiétude.

— Le couteau ayant servi à ôter la vie à Jacques et sa femme. Celui-là même que nous avons retrouvé derrière chez Henri ! clama Norbert, non sans un brin d'arrogance.

— Ce ne peut être Henri, mon roi. J'étais avec lui toute la matinée ! s'écria Aldebert, tombant à genoux devant son seigneur dans un geste de désespoir.

Un autre garde s'approcha, tendant cette fois des vêtements tachés.

— Nous avons également trouvé ceci chez lui.

Geoffray, s'emparant du linge, l'inspecta attentivement avant de trancher.

— Ce n'est pas du sang, mais de la terre !

— Peut-être. Mais cela prouve aussi qu'Henri est sorti ce matin, malgré les intempéries, et dans un lieu qu'il est le seul à connaître ! rétorqua Norbert, visiblement irrité par la répartie de Geoffray.

Geoffray posa alors les yeux sur Henri, dont l'air absent trahissait une détresse profonde. Il s'adressa à lui d'une voix emplie de supplication.

— Défends-toi, Henri !

Henri, la tête baissée, resta silencieux, son esprit semblant naviguer bien loin de cette place où sa situation devenait de plus en plus précaire.

Geoffray, captant le regard d'Aldebert, lui demanda calmement.

— Henri est-il sorti ce matin ?

Aldebert, manifestement gêné, agita la tête de gauche à droite, son embarras palpable.

— Réponds-moi, Aldebert ! Henri est-il sorti ce matin ?

— Oui ! lâcha-t-il finalement, sa réponse empreinte d'une maladresse évidente.

— Vous voyez, il l'admet lui-même ! s'exclama Norbert, triomphant.

Aldebert se redressa soudainement, sa voix claire et ferme traversant la tension ambiante.

— Oui, il est sorti !... Mais c'était pour se rendre sur la fosse où repose Lucie !

— Et tu l'as accompagné ? le pressa le cousin du souverain d'un ton abrupt.

— Non, mais je connais Henri. Ce n'est pas un menteur. Il appréciait Jacques !

— Calme-toi, mon fils.

Aldebert se retourna pour découvrir son père, le suppliant du regard de se maîtriser, Berthe à ses côtés, les yeux baignés de larmes.

— Pas un menteur ? Même quand il a prétendu que sa femme était morte de manière naturelle, ce n'était donc pas un mensonge ? insista lourdement Lucien, appuyant sur le cœur du débat.

À ces mots provocateurs, Henri releva la tête, son regard froid et déterminé se fixant sur l'homme d'église qui venait de prononcer une condamnation si fervente. Profitant d'un moment où l'attention des gardes se relâchait, il avança avec une discrétion presque fantomatique, réduisant la distance entre lui et sa cible à quelques mètres seulement.

— On ne peut laisser le désordre régner sur notre terre ! La colère divine doit s'abattre avec toute sa rigueur sur ce crime odieux, ainsi que sur nous tous. Car, il nous corrompra sans exception. Ce sera la fin de notre humanité si nous ne faisons preuve d'une sévérité absolue ! proclama l'ecclésiastique, sa voix emplie d'un zèle qui insuffla un vent de haine glacial dans l'esprit déjà tourmenté d'Henri.

Résolu à assouvir sa vengeance, Henri, dont l'âme était empoisonnée par les paroles du prêtre, se sentit prêt à tout. La vie terrestre lui pesait comme un fardeau insupportable. Dans un élan de désespoir, il arracha le poignard du fourreau d'un moine et se lança sur l'homme d'église en poussant un cri déchirant.

— Meurs, démon !

Le couteau fendit l'air en direction du cœur intransigeant de Lucien. Un garde, par un réflexe salvateur, parvint à dévier légèrement la trajectoire de l'arme. Bien que la lame ne trouvât pas le cœur visé, elle s'enfonça profondément dans l'épaule de Lucien. Réagissant avec une rapidité et une précision mortelle, le garde porta un coup fatal à Henri, tranchant sa nuque d'un mouvement sec et efficace. La tête d'Henri roula sur le pavé mouillé, son corps s'effondrant lourdement, tel une marionnette privée de ses fils.

Un silence d'effroi enveloppa la place, tous les témoins figés par l'horreur de la scène. Puis, un cri perçant brisa cette torpeur, Lucien, malgré sa blessure, hurla de douleur et de terreur. Ses compagnons, sortis de leur stupeur, le transportèrent précipitamment vers la chapelle pour le soigner.

Cette scène tragique ne dura qu'un instant, mais pour Aldebert, ce fut une éternité. La vision de son ami s'effondrant le pétrifia d'horreur. Puis, comme mû par un instinct sombre, il se jeta sur le moine responsable du coup fatal. Avec une force surhumaine, il souleva l'assassin et le brisa sur son genou dans un bruit sinistre de craquement osseux. Le moine rendit l'âme instantanément, sans même comprendre ce qui lui arrivait.

Les hommes de Norbert et ceux du prêtre, les armes brandies, s'apprêtèrent à venger leur compagnon. Mais Geoffray, dans un geste de protection, tenta de les arrêter. Aldebert, dans un accès de rage inhabituel, repoussa Geoffray avec une force déconcertante et se prépara à affronter ses assaillants.

Geoffray, réalisant que malgré sa bravoure, Aldebert ne pourrait résister longtemps, bondit sur lui et le frappa à plusieurs reprises à la tête avec le pommeau de son épée, criant avec désespoir.

— Tombe mon grand, Aldebert, tombe maintenant !
Dans un tourbillon de confusion, ayant perdu le sens de la réalité et incapable de se maîtriser, Aldebert luttait avec une vigueur démoniaque pour se défaire de l'emprise de son adversaire sur son dos. S'agrippant désespérément, Geoffray redoublait d'efforts, assénant coup après coup, jusqu'à l'inévitable écroulement. Le colosse s'affaissa, l'entraînant dans sa chute. Aldebert sombra dans un évanouissement qui leur offrit un répit providentiel.

Les gardes, saisissant cette occasion d'inconscience, envisageaient de porter le coup de grâce, quand soudain une voix impérieuse retentit.

— Halte là ! tonna Norbert d'une voix qui fendit le silence. Il recevra le jugement réservé à ceux qui, désormais, oseront défier la loi !

Son regard balaya l'assemblée, se posant sur le suzerain figé, témoin impuissant de cette explosion de violence. Norbert y vit l'opportunité tant attendue de s'emparer des rênes du pouvoir.

— Comprenez-vous, mon cher cousin ? Avec la disparition de Jacques, la nécessité d'une main ferme se fait sentir pour prévenir toute récidive. Par les liens du sang qui nous lient, je revendique la succession qui m'est due...

— Absolument pas ! Le roi reste le roi ! s'écria Geoffray, se dressant protecteur devant son suzerain, flanqué de gardes loyaux.

Excédé par cette opposition, Norbert fit un geste impérieux vers ses hommes qui, conjointement avec les fidèles du prêtre, se mirent en position de combat.

— Quelle audace, capitaine ! Vous pensez vraiment pouvoir vous opposer à moi ? Regardez autour de vous, votre résistance est vaine. Je vous somme donc, déposez vos armes avant de le regretter amèrement, Geoffray ! Et cela vaut pour vous comme pour vos hommes !

Face à cette menace, Geoffray et ses hommes se tenaient prêts à l'affrontement, mais le monarque, d'un geste apaisant, dissipa la tension électrique qui emplissait l'air.

— Que cesse immédiatement cette folie ! lança-t-il avant de se tourner vers Geoffray. Mon cher capitaine, si seulement j'avais eu davantage d'hommes d'honneur à mes côtés... Mais la réalité est tout autre. Ne précipitons pas les choses vers un fatras dont les innocents paieraient le prix. Abaissons les armes et acceptons notre sort. Ma cause n'en vaut plus la peine.

— Seigneur...

— Geoffray, je sais ce que tu vas dire, mais suis mon ordre, une dernière fois.

Le suzerain, par son regard résolu, ne laissait aucun doute quant à sa décision irrévocable. Geoffray, le cœur lourd, comprit qu'il ne restait plus d'autre choix que la capitulation, évitant ainsi un bain de sang inutile. D'un signe, il commanda à ses hommes de se rendre.

— Voilà qui est sage, capitaine. Ne dramatisons pas davantage la situation. Si tu te soumets en m'offrant ta loyauté, à genoux, ta place dans ma garde t'est assurée. Qui sait, peut-être continueras-tu à me servir avec autant de dévouement que tu l'as fait pour mon cousin.

Sur ces mots, Geoffray, conscient que le temps des rébellions était révolu, accepta son sort. Avec une dignité empreinte de tristesse, il s'agenouilla, baissant la tête en un ultime geste d'allégeance, scellant ainsi son destin et celui de ses hommes dans l'incertitude d'un avenir encore voilé.

# Chapitre 25

Le crépuscule enveloppait désormais toute l'île d'une ombre profonde. La pluie incessante transformait ce petit paradis en une scène aussi sombre que les descriptions de l'enfer chez Dante. Le silence régnait dans chaque maison, brisé uniquement par le bruit persistant des gouttes d'eau frappant le sol saturé. Les événements de l'après-midi avaient plongé tout le peuple Franc dans une stupeur accablante.

Jean avait partagé ses connaissances, ainsi que les informations glanées auprès des derniers spectateurs sur la place, juste avant que les moines ne l'emmènent soigner Lucien. La révélation avait frappé Percival et Eloïse d'un choc si intense qu'ils restèrent figés, incapables de parler, pendant un long moment.

Finalement, reprenant ses esprits, Percival interpella Jean, sous le regard encore troublé d'Eloïse.

— Ce couteau taché de sang trouvé près de chez Henri, tu ne trouves pas ça étrange ?

Jean, déconcerté, le fixa.

— Comment ça ?

Percival, plus déterminé, continua.

— Ils l'ont trouvé dehors, n'est-ce pas ?

— Exact.

— Alors comment expliquer la présence de sang sur la lame malgré la pluie battante de ces derniers jours ?

Jean se perdit dans ses pensées, cherchant une explication. Après un moment, il admit d'une voix teintée de regret.

— Je n'aurais jamais dû douter...

Intrigué, Percival se pencha légèrement vers l'avant.

— Douter de qui ? De quoi ?

— D'Henri, évidemment ! Jean semblait lutter avec ses émotions. Le sang sur cette lame... Il aurait dû être emporté par la pluie. C'est impossible qu'Henri soit responsable d'un acte aussi cruel. S'il avait vraiment voulu nuire à quelqu'un, ça n'aurait pas été Jacques, qu'il respectait tant, comme nous tous.

Eloïse, silencieuse jusque-là, laissa échapper un soupir mélancolique. Elle se leva, marcha vers la fenêtre et contempla la pluie.

— Qu'allons-nous devenir ? Après tout ce qui s'est passé... J'ai l'impression que le monde entier s'écroule autour de nous.

Percival la rejoignit, se tenant à une distance respectueuse, son regard reflétant une empathie sincère.

— Nous surmonterons cela, Eloïse. Ensemble. C'est ce qu'Henri aurait voulu.

Les mots de Percival semblèrent apporter un petit réconfort à Eloïse, qui esquissa un faible sourire. Ils restaient là, côte à côte, partageant un moment de réflexion et de solidarité, conscients que les événements récents avaient changé leur monde à jamais, laissant leurs cœurs lourds de chagrin.

*****************

Quelques heures plus tard, Norbert, l'air ravi, entra dans la chambre du prêtre. Il le fixa un instant avant de prendre la parole.

— Tu me sembles bien sombre à ce moment même, alors que tout s'est déroulé du mieux possible.

Lucien le toisa à son tour en grimaçant et lâcha.

— Bien déroulé pour toi ! Ce coup de poignard n'était pas prévu au programme, ne crois-tu pas ?

— Pourtant cette action faite par Henri n'est que du pain béni pour nous deux. Cela n'a fait que confirmer qu'il n'était pas aussi respectable que tous ne l'auraient cru, tu ne penses pas ? Norbert esquissa un sourire narquois, cherchant à déceler l'accord dans les yeux de Lucien.

Lucien baissa les yeux et inspira, puis, d'une voix légèrement ébranlée par la douleur, reprit.

— Oui, peut-être ! Mais je me serais bien passé de cette blessure qui me lancine dans tout le corps.

— Visiblement, Jean t'a bien soigné. Dit Norbert en s'avançant pour examiner de plus près la vilaine blessure, sans toutefois la toucher, respectant le seuil invisible de l'intimité personnelle.

— Il a fait son travail, rien de plus, et d'ailleurs, je ne l'ai pas trouvé bien agréable dans son œuvre !

— Ne lui en tiens pas rigueur, Lucien. Il était encore sous le choc ! Tu connais tout comme moi l'attachement qu'il avait pour Henri et Aldebert. Norbert s'éloigna légèrement, croisant les bras, une posture qui trahissait son impatience face à l'attitude de Lucien.

L'ecclésiaste s'assit sur le bord de son lit en se contorsionnant, évitant de montrer la pleine étendue de sa souffrance.

— D'ailleurs, au sujet d'Aldebert, ses parents ont demandé à me voir, certainement pour me demander ma clémence. Mais je n'ai pas voulu les rencontrer, car il est hors de question de la lui accorder ! As-tu saisi le message ?

— Ne t'inquiète pas, Lucien, pour cela. Il n'en serait de toute façon pas question. Norbert se détendit, affichant une assurance calculée. Il nous faut dorénavant montrer plus de poigne si nous voulons pouvoir par la suite assoir notre position sur notre île.

Lucien, satisfait, secoua la tête de bas en haut, un geste lent qui marquait son accord tacite mais résolu.

— Et pour Louis ?

— Louis ! Il ne nous barrera plus la route. Je l'ai fait enfermer avec sa famille dans ses appartements... Ce qui ne le change pas trop, d'ailleurs !

— Bien ! Et ses fidèles gardes ?

— Que veux-tu qu'ils fassent maintenant ? Le seul qui puisse éventuellement nous gêner serait Geoffray, mais je le fais tenir à l'œil.

Lucien, les yeux plissés par la suspicion, inclina la tête.

— Ne pouvais-tu pas l'évincer de la garde ? Sa voix était teintée d'ardeur, révélant un mélange de curiosité et d'inquiétude.

— Non, surtout pas ! Il nous sera plus utile de par ses compétences et le respect qu'ils ont tous pour lui. Et surtout, essayer de l'amener à nous respecter et nous servir dans un avenir proche, car c'est un homme de valeur. Norbert, avec une fermeté surprenante, se planta devant Lucien, le défi dans le regard.

Le prêtre le dévisagea, non convaincu.

— Et qui te dit qu'il finira par le faire ?

— Il n'a pas trop le choix non plus, et il le sait bien. Alors, pour le moment, je l'épargne un peu et lui fait entrevoir un avenir radieux. Quel homme ne saurait saisir une telle opportunité ? Aussi, je l'espère bien, lui aussi.

Cette conversation au sujet de Geoffray sembla quelque peu embarrasser Norbert, ce qui n'échappa pas à Lucien.

— Ton bras droit, Victor, nous serait pourtant bien plus utile que ton capitaine ! Je ne comprends pas ton acharnement à le garder en place, surtout par le nombre de fois où il t'a mis en mauvaise position.

— Je viens de te le dire ! Il nous sera précieux dans les temps à venir ! Riposta Norbert d'un ton vindicatif, ses mains se serrant et se desserrant comme pour canaliser une frustration grandissante.

Lucien décela dans son comportement agité, bien plus que ce que Norbert ne laissait entrevoir, un mélange de stratégie et d'espoir teinté d'une incertitude profonde.

— Me cacherais-tu quelque chose, mon ami ? Se risqua-t-il à lui demander, l'œil vif et scrutateur, sondant les profondeurs de Norbert.

Norbert pencha la tête, adoptant un air de doute mêlé à une pointe de défiance. Il le scruta profondément, puis, avec un calme presque glaciale, il lui somma de s'expliquer.

— Je n'aime guère tes insinuations, alors va droit au but !

— Cela ne me regarde pas, Norbert, mais par simple curiosité, n'a-t-on jamais su qui était son père ? La question, lancée avec une fausse désinvolture, était en fait un leurre chargé de sous-entendus.

Un léger trouble se dessina dans le regard de Norbert, mais il se reprit aussi vite, son visage redevenant aussi impénétrable qu'une forteresse.

— Cela, nul ne le saura jamais ! Quand sa mère est morte dans sa jeune enfance, les gouvernantes du château se sont occupées de lui. Par ce fait, je l'ai toujours vu au château. Bien que je n'aime pas les enfants, je reconnais avoir décelé en lui un futur homme plein de promesses. Ce n'est que pour cette raison que je lui excuse certaines contrariétés qu'il m'a témoignées. Alors, je te préviens, mon ami, je n'accepterai plus aucune remarque sur lui venant de ta part, et je clos maintenant le sujet.

Lucien, devant l'intransigeance de Norbert, se contenta de hausser un sourcil, un geste teinté d'un sarcasme silencieux. Il tourna alors son regard vers la fenêtre, rompant le contact visuel, signifiant clairement son désintérêt feint pour le sujet clos, avant de changer de sujet.

— Très bien ! Il me faut maintenant tester notre arrangement mutuel, et pour cela, je veux savoir quelle sera ta réaction en faveur de mes trois moines disparus ?

Norbert tiqua, son mouvement de tête trahissant une irritation soudaine.

— Quels moines ?

— Tu ne saurais oublier, je l'espère, mes trois hommes qui ont disparu mystérieusement pour ton envie de chair fraîche !

Lucien, en prononçant ces mots, fixait Norbert avec une intensité calculée, le mettant au défi de répondre adéquatement.

Norbert le jaugea sérieusement, mesurant ses mots avec soin, conscient de l'importance de ne pas commettre d'impair devant cet homme au regard décidé et audacieux, mais néanmoins essentiel à son maintien en tant que nouveau seigneur de l'île.

— Je te rendrai justice, n'en doute pas, et je vais de ce pas régler ce problème.

— Je n'en doute pas un instant ! Et ce qui peut être juste pour moi, le sera aussi pour toi !

— Pourquoi cela ? lança Norbert, désorienté par cette phrase aux multiples interprétations.

— Sans rival ! Le champ te sera libre, non ?

— Tu me parles de Percival ?

— De qui d'autre à ton avis !

Norbert, face à cette énigme voilée, resta muet, son esprit tourbillonnant de calculs et de conjectures. Il sortit finalement, laissant derrière lui une expression faciale des plus sordides, un mélange de résolution et d'anticipation face aux manœuvres à venir dans ce jeu dangereux de pouvoir et de trahison.

****************

Les cachots du château, habituellement silencieux, étaient ce soir-là baigné d'une atmosphère encore plus lourde, si cela était possible. Geoffray, marchant d'un pas résolu mais le cœur lourd, s'approcha de la cellule d'Aldebert. Devant la grille, il s'arrêta, observant son ami avec un mélange de compassion et de culpabilité. Aldebert, allongé sur sa paillasse, semblait englouti par ses propres tourments, ne manifestant aucune réaction à l'arrivée de Geoffray.
— Tes parents te passent leurs encouragements, Aldebert. Ils n'ont pas eu la permission de venir eux-mêmes, et ils en sont profondément désolés. Geoffray, malgré son ton encourageant, sentit son cœur se serrer en voyant qu'Aldebert restait impassible, tourné vers le mur, un silence lourd entre eux.
— Je sais la peine qui doit t'envahir pour la perte immense de ton ami Henri, mais sache que c'était aussi mon ami. Je ne voulais pas que tu suives un chemin qui t'aurait mené à une mort inutile. Aldebert, ne te détourne pas de moi, car ami, tu l'es aussi pour moi, continua Geoffray, sa voix teintée d'un désespoir sincère.
Alors, avec une amertume palpable, Aldebert répondit sans se retourner.
— Alors pourquoi les as-tu laissés faire ?
— Penses-tu sincèrement que j'aurais laissé faire si j'avais eu le moindre pouvoir ? Je n'ai aucun pouvoir, Aldebert, surtout maintenant que Norbert a usurpé le trône, répliqua Geoffray, sa frustration évidente.

Ces mots semblèrent atteindre Aldebert, qui se tourna pour s'asseoir sur sa couchette, le regard empli d'incompréhension.
— Et notre roi ?
— Ils l'ont enfermé. Dorénavant, notre seigneur, c'est Norbert, le fourbe ! Geoffray révéla la vérité amère, chaque mot pesant lourd sur son âme.
Aldebert, bien qu'handicapé et souvent sous-estimé, saisit l'ampleur des conséquences de ces manœuvres de pouvoir.
— Rien ne me sauvera alors, conclut-il sombrement.
— J'ai bien peur que non, mon ami, admit Geoffray, son impuissance à soulager la situation de son ami rendant la confession d'autant plus difficile.
Aldebert, le regard dur, déclara alors.
— Je n'ai pas de regret, seul celui de n'avoir pas pu les tuer, lui et Lucien.
— Toi, d'habitude si pacifique... Cela ne te ressemble pas, Geoffray remarqua, surpris par la véhémence de son ami.
— Ils sont des diables ! Et Henri était bon, s'exclama Aldebert, se levant d'un bond, son handicap ne diminuant en rien la force de sa conviction.
— Penses-tu vraiment qu'Henri était innocent ? Geoffray, malgré le désespoir de la situation, cherchait à comprendre la perspective d'Aldebert.
— Tout le monde pense que je suis idiot, mais je suis moins bête que vous ne le pensez. Bien sûr qu'Henri n'a rien fait ! Aldebert, avec une clarté surprenante, défendit l'innocence de son ami disparu.
— Je ne pense pas que tu sois un idiot, Aldebert. Et je crois aussi qu'il était innocent. Henri n'aurait jamais pu commettre un tel crime, Geoffray admit, reconnaissant la justesse des mots d'Aldebert.

— Alors, pourquoi tout cela ? La question d'Aldebert résonna dans le cachot, lourde de conséquences.
— Pour le pouvoir, Aldebert. Tout cela pour le pouvoir, Geoffray soupira, ses yeux baissés, révélant l'ampleur de la tragédie qui s'était jouée, une tragédie où la soif de pouvoir avait coûté la vérité, l'honneur et l'innocence.

*******************

Dans le silence de sa cabane, Percival méditait sur les récents événements qui avaient secoué sa vie et celle de ses proches. La douleur de la perte et l'emprisonnement injuste d'Aldebert pesaient lourdement sur son cœur. Lui, d'ordinaire si résilient et confiant, se trouvait confronté à un sentiment d'impuissance face à l'injustice qui régnait. La décision de laisser Eloïse auprès de son père révélait une facette méconnue de sa personnalité, celle d'un homme capable de reconnaître quand d'autres pourraient offrir le réconfort mieux que lui-même.

La solitude de cette soirée, normalement un refuge, devenait un poids, une prison de réflexions et de doutes. C'était dans ce contexte lourd et introspectif que la tranquillité de Percival fut brutalement interrompue. L'arrivée inattendue et violente des gardes de Norbert transforma sa méditation en cauchemar. La cabane, son sanctuaire, fut violée par la force, sans avertissement ni égard pour sa vie privée.

Percival, surpris et indigné par cette intrusion, se leva d'un bond, prêt à protester, à réclamer une explication. Mais les mots moururent dans sa gorge lorsqu'un des soldats, agissant avec une brutalité dénuée de toute humanité, le frappa avec un gourdin. L'impact fut si soudain, si violent, que Percival ne put même pas formuler une pensée cohérente avant que les ténèbres n'englobent sa conscience. Le coup porté n'était pas simplement une attaque physique ; c'était un message, un symbole de la domination totale de Norbert sur l'île et ses habitants.

****************

Des murmures le sortirent de son inconscience, lui révélant qu'il gisait sur le sol froid d'un lieu inconnu. Cependant, il reconnut la voix de Norbert s'adressant à un interlocuteur.

— Tu vois, je n'ai qu'une parole, et il te revient le droit de faire de lui ce que bon te semble. Maintenant, je te laisse à cela.

Percival entendit des pas s'éloigner et d'autres s'approcher de lui. Avant même qu'il ne puisse réagir, il fut aspergé d'eau, le réveillant irrémédiablement de sa torpeur.

Il se redressa sur ses bras, puis se retourna dans la direction opposée pour découvrir quatre moines, aussi silencieux que l'était le prêtre.

— Que fais-je ici ? demanda Percival d'un ton inquiet.

— Je sens une certaine anxiété dans ta voix, ce qui ne serait pas le cas si tu avais la conscience tranquille, n'est-ce pas ? répondit l'ecclésiaste, impassible.

— Sans vous manquer de respect, être à votre merci n'offre guère de sérénité, répliqua Percival avec une certaine retenue.

— Je suis le jugement de Dieu, et en tant que tel, seul celui qui pèche ne devrait pas se sentir en sécurité. Te sens-tu en paix avec lui ?

Percival, un instant décontenancé par cette rhétorique, ne voyait rien de bon dans cette tournure. Le prêtre, profitant de sa vulnérabilité, insista.

— Ton hésitation prouve bien le contraire ! Qu'as-tu fait à mes trois moines ?

Percival tenta de se lever, mais Lucien ne lui en laissa pas le temps.

— Reste à genoux, galeux que tu es ! lui asséna-t-il avec nervosité.

— Vous faites une grave erreur, Monseigneur. Je ne comprends pas ce que vous me reprochez, trancha Percival d'une voix offusquée.

Le visage de Lucien s'assombrit à ces mots peu convaincants, et il s'avança rapidement vers lui, le giflant violemment.

— Ne me mens pas, toi aussi ! Ton ami Henri, et bientôt Aldebert après lui, ont déjà payé. Alors, ne me pousse pas à bout, car tu pourrais bien le regretter.

— Pourquoi ! Mon sort n'est-il pas déjà scellé ? lança brusquement Percival, avec une pointe de sarcasme.

Lucien, le regard menaçant tout en tenant son épaule blessée, ne répondit pas.

Percival, réalisant que ses heures étaient comptées et n'ayant plus rien à perdre, ajouta avec arrogance.

— Vous souffrez encore ? Alors Henri n'a vraiment pas bien fait son travail.

Cette provocation frappa Lucien de plein fouet, le faisant vaciller. Pour la première fois, emporté par une colère extrême, il participa personnellement au châtiment, accompagné des moines qui frappèrent Percival sans ménagement. Lorsque Percival tomba, ils le relevèrent pour continuer leur assaut brutal. Ensuite, Lucien, haletant de rage, fit signe aux gardiens de s'arrêter. Tandis qu'il reprenait son souffle, Percival glissa de nouveau au sol, aspirant une bouffée d'air douloureusement. La douleur causée par les coups le fit grimacer. Tentant d'ouvrir les yeux, l'un d'eux refusa de coopérer. Du sang coula dans sa gorge, l'obligeant à le recracher avec un toussotement.

— Fais attention à ce que tu dis, pécheur !... Maintenant, dis-moi ce que tu as fait de mes trois moines.

Malgré l'orgueil qui le poussait, Percival se redressa autant que possible, fixant l'ecclésiaste d'un œil tant bien que mal.

— Je ne sais toujours pas de quoi vous parlez.

— Ah, tu ne sais pas ? Nous allons voir cela.

Regardant autour de lui à la recherche de la poulie fixée au plafond, Lucien sourit en la trouvant.

— Apparemment, tu es aussi insaisissable qu'un poisson, d'après les dires. Voyons si c'est vrai. Allez me chercher une corde, mon sablier et le tonneau rempli d'eau.

Percival eut du mal à saisir ces ordres, son cerveau n'ayant pas encore retrouvé toutes ses capacités. Mais, devant le regard diabolique de Lucien, il comprit que son sort ne tenait plus qu'à un fil. Toutefois, s'il devait en arriver là, il était prêt, pour Eloïse, à endurer le pire et à garder le silence. La crainte ou l'obéissance sans faille des sbires fit qu'ils revinrent rapidement dans la crypte. L'un attacha la corde à la poulie tandis que deux autres ramenaient le tonneau avec effort. Le dernier plaça le sablier sur une petite table au coin de la cellule. Une fois tout en place, ils se regroupèrent autour de leur maître.

— Combien de temps peux-tu rester immergé ? ironisa le prêtre.

Percival ne répondit pas.

— Trois, quatre... cinq minutes ? Peut-être plus ? Tu vois ce sablier ? Il contient assez de sable pour trois minutes. Voyons donc si tu es aussi exceptionnel qu'ils le disent tous. Mais d'abord, voyons combien de temps un homme normal peut tenir.

Il fit signe à l'un de ses moines.

— Toi, plonge ta tête et tiens le plus longtemps possible.

L'homme s'exécuta, plongeant sa tête dans l'eau au moment où Lucien retournait le sablier. Tous fixaient le sable s'écouler, bien trop lentement aux yeux de Percival, qui ne laissa rien paraître.

Quand les trois quarts du sablier furent écoulés, le moine remonta à la surface, aspirant l'air pour reprendre son souffle.

Lucien observa attentivement le sablier.

— Un peu plus de deux minutes ! J'aurais pensé qu'il tiendrait davantage. Mais c'est vrai qu'en situation réelle, c'est sûrement plus difficile qu'il n'y paraît. A ton tour de nous le prouver, s'adressa-t-il à ses hommes. Attachez-lui les pieds et soulevez-le au-dessus du tonneau.

Percival pensa un instant qu'ils auraient du mal à le ligoter, mais il fut rapidement détrompé. En un rien de temps, il se retrouva tête en bas, face à son éventuelle fin. Il tenta de gigoter en silence, utilisant ses mains, mais un garde les lui saisit et les attacha derrière son dos sans effort. La peur de ce qui allait arriver le paralysa, le rendant incapable de bouger face à l'eau sombre.

— Ne veux-tu toujours pas me dire où sont mes moines ?

La question résonna dans les oreilles de Percival sans qu'il en saisisse vraiment le sens, tant il tentait désespérément de retrouver son calme pour affronter le supplice à venir.

— J'espère que tu feras mieux que mon moine !

Percival n'entendit que quelques mots avant d'être plongé dans cet élément qu'il aimait tant d'ordinaire. Le contact avec l'eau eut l'effet immédiat de lui faire retrouver sa maîtrise émotionnelle, lui rappelant que chaque mouvement lui coûterait un peu plus d'oxygène.

Alors que le sable s'écoulait inexorablement dans le sablier, Percival ouvrit son âme, reprenant le contrôle de son rythme cardiaque.

Dans un silence presque palpable, sa douleur et sa peur s'évanouirent, laissant place à une quiétude surprenante qui semblait imprégner chaque fibre de son être. Fusionnant avec le liquide environnant, il atteignit une harmonie inattendue avec son milieu.

Autour de lui, les moines observaient le sable s'écouler, incarnant la sérénité même dans leur silence presque sacré. Lucien, de son côté, scrutait Percival avec une attention soutenue, guettant le moindre signe de faiblesse. Mais lorsque le dernier grain de sable chuta, marquant le temps écoulé, rien ne changea pour Percival, suspendu à la corde de son destin. Un moine s'approcha alors, espérant provoquer une réaction en le secouant légèrement tout en le remontant.

— Inutile de le bousculer, il n'est pas passé de l'autre côté, rétorqua Lucien, son calme trahissant une confiance inébranlable.

Au moment même où Lucien prononçait ces mots, les lèvres de Percival s'entrouvrirent délicatement, aspirant l'air avec une lenteur mesurée, comme s'il savourait chaque instant de cette bouffée salvatrice.

— Félicitations ! Il semblerait même que tu aurais pu endurer bien davantage. Le surnom d'homme-poisson que t'ont octroyé tes pairs pêcheurs te sied à merveille. Néanmoins, tu ne fais que retarder l'inévitable. Malgré ton talent indéniable, tu ne pourras échapper éternellement à ton destin. Alors, es-tu prêt à parler ?

Ignorant les menaces voilées de l'homme d'Église, Percival resta de marbre. Quel intérêt de répondre ? Son sort était scellé, la mort, l'unique issue envisageable. Résigné, il accepta son destin avec une stoïcité remarquable.

Face à cette obstination, Lucien ordonna aux gardes de replonger Percival, non sans lui adresser une dernière provocation.

— Voyons si tu tiendras deux minutes supplémentaires.

Replongé dans l'obscurité liquide, Percival conserva son sang-froid, défiant les lois de la nature. Les minutes s'écoulèrent, un silence lourd enveloppant la scène, tandis que Lucien s'impatientait, espérant vainement une réaction quelconque.

Lorsque le temps imparti prit fin, Lucien, visiblement agacé, fit signe de remonter Percival. Ce dernier, avec une dignité inébranlable, expira l'air vicié pour le remplacer par une nouvelle bouffée d'oxygène pur.

Lucien, observant la scène, la colère montant en lui, s'approcha de Percival dans un silence lourd de menaces.

— Il semble que tes capacités surpassent les rumeurs. Impressionnant ! Mais tu n'es pas invincible, et le temps joue contre toi, pas contre moi. Si tu tiens à la vie, révèle-moi où se trouvent mes hommes.

Percival, à peine conscient, ouvrit un œil pour fixer Lucien d'un regard lointain.

— Sois maudit, murmura-t-il, embrassant son sort avec une résignation teintée de défi.

— Ton regard annonce ta fin, mais ta langue reste bien trop affûtée. Je vais m'assurer de la rendre plus... coopérative. Pour cela, tu resteras immergé jusqu'à ce que ton corps supplie pour de l'air. À ce moment-là, et seulement à ce moment-là, je te conseille vivement de parler.

Sans attendre davantage, Lucien fit signe de replonger Percival dans les abysses de son épreuve.

***************

Les soldats ayant livré Percival au prêtre se tenaient à l'écart dans la vaste salle du château, plongés dans une discussion animée. L'arrivée de Geoffray depuis les cachots capta leur attention, les incitant à adopter une discrétion soudaine qui éveilla sa curiosité. Il s'approcha alors de Paul, son lieutenant et ami, qui observait la scène à distance.

— Que se passe-t-il ? demanda Geoffray en prenant place à ses côtés.

— Il semblerait que sur ordre de Norbert, ils ont remis quelqu'un à Lucien, expliqua t' il.

— Quelqu'un ? Geoffray ne dissimula pas son étonnement de n'être au courant de rien.

— Aucun nom n'a été mentionné, donc difficile de savoir de qui il s'agit.

— Et pourquoi Norbert aurait-il ordonné cela ?

— Aucune idée. Comme tu le sais, ces deux-là n'arrêtent pas de comploter, répliqua Paul avec une pointe d'ironie.

Geoffray acquiesça, inquiet.

— C'est précisément ce qui m'inquiète. Mais qui peut bien être cette personne ?

— Pourquoi ne pas leur demander directement ? Tu restes leur commandant, après tout.

Convaincu par cette suggestion, Geoffray se leva d'un bond et s'avança vers les soldats avec fermeté.

— Pourquoi murmurer dans les ombres ?

Les hommes, pris au dépourvu, détournèrent le regard, visiblement mal à l'aise.

— Réponds, intima-t-il au plus proche.

L'homme leva les yeux, embarrassé, mais resta muet. C'est alors que Geoffray entendit derrière lui.

— Cela ne te concerne pas.

Se retournant vivement, il se trouva face à Victor, le fidèle de Norbert, affichant un air provocateur. Cela n'ébranla guère Geoffray.

— Ne t'y trompe pas, Victor. Norbert t'a peut-être nommé mon bras droit, mais je demeure ton commandant. N'oublie jamais cela. Suis-je clair ?

Victor serra les dents, défiant.

— Pour l'instant, je n'ai pas le choix, mais les choses changent...

— Peut-être, mais pour l'heure, je suis ton supérieur, le coupa Geoffray avec autorité. Alors, explique-toi.

— Ton cher ami... Percival, est aux mains du prêtre, lança Victor avec une insolence démesurée.

Stupéfait par cette révélation, Geoffray sentit monter en lui une colère froide, rapidement apaisée par un coup de poing directement adressé à Victor. Le choc fut tel que ce dernier s'effondra, le nez en sang, visiblement sonné.

— Modère ta langue, ou je te promets qu'elle restera à jamais silencieuse. Ai-je été clair ? gronda Geoffray.

Victor, encore sonné, acquiesça faiblement, lançant un regard empli de rancœur qui ne troubla guère Geoffray. Sans se retourner, ce dernier se hâta vers l'abbaye, résolu à tirer au clair cette affaire.

***************

Un léger mouvement de jambes fit clapoter l'eau dans le tonneau, interpellant Lucien qui leva les yeux dans sa direction en soupirant. Il observa son sablier, qu'il avait déjà retourné deux fois, pour constater qu'il venait de se remplir une troisième fois. Le moine chargé de le maintenir par la corde voulut le remonter, mais le prêtre l'arrêta d'un geste de la main.

— Pas encore !

Les mouvements se firent plus violents, pourtant Lucien maintenait sa main figée. Puis, quand des soubresauts prirent le relais sur l'agitation vigoureuse, il leva enfin sa main. Percival inspira comme il ne l'avait jamais fait de toute sa vie. Il se mit à tousser et à recracher l'eau qui avait finalement commencé à remplir ses poumons, sous le regard impitoyable de son bourreau. Lucien s'approcha nonchalamment, se positionna devant le pêcheur, puis se baissa à la hauteur de ses yeux.

— Extraordinaire ! Si je ne l'avais pas vu de mes propres yeux, je ne l'aurais jamais cru. Neuf minutes ! Neuf minutes ! Incroyable ! Le temps a dû te paraître long, car moi, je l'ai trouvé long ! Pour cela, crois-moi... Je n'attendrai plus une minute de plus !

Ne le voyant pas bouger, Lucien le secoua durement.

— M'entends-tu ?

L'œil de Percival s'ouvrit dans sa direction.

— Bien sûr que tu m'entends ! Alors, pour la dernière fois, je te le redemande, qu'as-tu fait des corps de mes trois moines ?

Percival se contenta simplement de refermer son œil, ce qui exaspéra son tortionnaire.

— Ta décision est donc prise ! C'est la mort que tu veux ! Très bien ! Alors profite de ces derniers mots sortis de ma bouche pour inspirer ton dernier souffle de vie !

Il fixa ses gardes et leur lança froidement.

— Faites tourner le sablier. Puis, quand plus aucun signe de vie de sa part ne se manifestera, laissez-le immergé. Après cela, tenez-moi informé du temps qu'il aura tenu avant de rendre l'âme. Aisi soit-il !

Percival n'entendit pas la sortie de l'ecclésiastique, car il sombra de nouveau dans les eaux noires, qui étaient, pensa-t-il, celles de sa fin sur cette terre.

******************

Geoffray se tenait, l'épée à la main, face à cinq moines qui lui barraient le passage.

— Écartez-vous !

Mais ceux-ci ne bougèrent pas.

— Je veux voir votre maître, alors faites-le venir sur-le-champ !

Aucun signe d'expression n'apparut sur leur visage, ce qui l'exaspéra davantage.

— Que soit maudit votre serment de silence...

— Que se passe-t-il ! Coupa une voix solennelle venant du fond de l'enceinte.

Geoffray vit Lucien, contrarié, s'approcher.

— Pourquoi détenez-vous Percival ?

L'agressivité dans la voix de Geoffray figea l'expression déjà austère du prêtre.

— Tu es dans la maison du Seigneur, et je ne tolérerai pas de débordement dans ce lieu sacré !

— Pourquoi Norbert vous a-t-il livré Percival ?

— Sache, commandant, que tu manques de respect à ton nouveau suzerain. Veille à ce que cela ne se reproduise plus. Car, bien que je ne le comprenne pas, il t'apprécie, mais je m'assurerai de l'en informer fermement.

Geoffray serra la mâchoire mais baissa le ton.

— Qu'a fait Percival pour se retrouver entre vos mains ?

— Tu le sais que trop bien !

Cette réponse désarçonna Geoffray, mais il se reprit vite.

— De quoi parlez-vous ?

— La disparition de mes trois moines !

— Vos trois moines ? Percival ? Il n'a jamais tenu une épée de sa vie. Que pourrait-il avoir fait à vos trois moines experts ?

— Je ne sais pas comment il s'y est pris, mais ils ne sont jamais revenus !

— Mais pourquoi Percival ? Cela pourrait être n'importe qui sur cette île, insista Geoffray, espérant le faire se trahir.

— Je le sais, un point c'est tout.

— Dieu ? reprit-il, un brin moqueur.

— Ne blasphème pas, Geoffray, car tu pourrais le regretter !

— Alors, comment le savez-vous ?

— Cela ne te regarde pas ! Occupe-toi plutôt de ta charge !

— Je veux le...

Lucien le fit taire en levant la main, voyant arriver trois autres moines. L'un d'eux montra le chiffre onze de ses doigts. Lucien, stoïque, acquiesça sous le regard perplexe de Geoffray.

— Onze minutes ! lança Lucien posément à Geoffray.

— Que signifie cela ? reprit Geoffray, anxieux, car le ton posé de Lucien n'augurait rien de bon.

Lucien plongea ses yeux sordides dans ceux du capitaine.

— Ton ami a payé sa dette à notre seigneur. Tu peux maintenant le récupérer en bas, dans ce qui a toujours été, de son vivant, son élément préféré.

Et sur ces mots, l'ecclésiastique sortit, entouré de ses moines, laissant Geoffray dans une incompréhension totale, juste avant qu'une image n'apparaisse dans son esprit, blanchissant son visage d'effroi.

*****************

Les dernières images qui vinrent ponctuer l'esprit de Percival furent celles de sa vie, un fil existentiel à la fois court, riche et teinté de tristesse. Son enfance, son adolescence, les disparitions des êtres qui lui étaient chers, ses amis comme ses ennemis, tout défila en quelques instants. Cependant, l'image qui persista jusqu'à la fin, obsédante et viscérale, fut celle d'Eloïse. Percival perdit toute notion du temps pendant cet ultime supplice, ayant atteint la limite de sa capacité à ralentir son rythme cardiaque. Pourtant, il ne souffrit pas, car il sombra lentement dans une profonde léthargie. Ainsi, sans même s'en rendre compte, il fut emporté dans les limbes.

# Chapitre 26

Geoffray dévalait les couloirs sombres, son cœur battant au rythme effréné de ses pas. Chaque écho de ses bottes sur le sol froid des escaliers menant aux cellules était un rappel de l'urgence de la situation. Son esprit était en proie à une tempête d'émotions. espoir, désespoir, et une détermination farouche. Lorsqu'il atteignit enfin la cellule de Percival, un rapide coup d'œil lui suffit pour comprendre l'horreur de la scène devant lui. Sans une seconde d'hésitation, il extrait Percival du tonneau avec une précision et une force qui témoignaient de sa résolution. L'épée en main, il trancha d'un geste sûr la corde fixée à l'un des barreaux et déposa délicatement Percival sur le sol froid.

Il vérifia le pouls de Percival, espérant contre tout espoir sentir un battement, une preuve que la vie n'avait pas encore quitté son ami. Mais le silence de sa poitrine lui transperça le cœur. La réalité cruelle l'envahit. Percival semblait avoir franchi le seuil d'un monde auquel Geoffray ne pouvait pas le suivre. Pourtant, refusant d'accepter cette fin, il commença à gifler doucement puis avec plus de force le visage de Percival, chaque coup accompagné d'un cri désespéré. "Allez, reviens à toi ! Allez Percival, du cran, reviens !"

L'absence de réponse, le silence de Percival face à ses supplications, ne fit qu'attiser le feu de la détermination de Geoffray. Il posa ses mains sur la poitrine de Percival, improvisant un geste qui se voulait réanimateur, malgré son ignorance en la matière.

— Percival ! Pas toi aussi... Allez, un effort ! Reviens ! supplia-t-il, sa voix se brisant sous le poids de l'émotion.

— Tu as souvent douté de mon amitié, confia-t-il à l'oreille de Percival, comme s'il pouvait encore l'entendre, mais je t'ai toujours aimé comme un frère. Toi et ton océan maudit, vous nous avez oubliés. Nos chemins se sont éloignés, mais maintenant que l'on commençait à se retrouver, tu ne peux pas nous abandonner de nouveau ! Ses mots, chargés de souvenirs et d'un chagrin profond, étaient un hommage à leur amitié, à tout ce qu'ils avaient partagé et aux promesses non tenues.

Exténué, Geoffray se releva, observant avec une douleur insupportable le corps sans vie de Percival.

— Ouvre tes yeux ! Fais fonctionner ton cœur !... Revient, mon ami ! Son appel au miracle était teinté d'une douleur brute, celle de se retrouver face à l'inéluctable absence de son ami.

Dans un dernier élan de colère, une impulsion incontrôlable le poussa à donner un coup de pied dans le ventre de Percival. Ce geste, brutal et désespéré, fut le catalyseur inattendu qui força l'air à s'engouffrer dans les poumons de Percival, comme si la vie elle-même défiait la mort. Son premier cri après ce choc fut une déchirure dans le silence de la cellule, un cri qui signait son retour parmi les vivants.

— Bienvenue, mécréant ! lança Geoffray, un rire nerveux secouant son corps, mélange de soulagement et d'incrédulité. Percival, reprenant peu à peu ses esprits, leva les yeux vers Geoffray, l'air perdu. Je ne suis donc pas mort ?

— Je ne sais pas comment tu as survécu, ni pourquoi la mort ne t'a pas emporté. Mais ce temps passé dans ton tonneau a bien prouvé que personne d'autre que toi, à part peut-être les poissons, n'aurait pu survivre à ça. Un sourire timide se dessina sur les lèvres pâles de Percival, une lueur de vie dansant dans ses yeux.

— Je suis resté longtemps immergé ? bafouilla Percival, cherchant à comprendre.

— Oui ! Beaucoup trop pour le commun des mortels. Mais nous n'avons pas le temps d'en parler maintenant. Il te faut fuir, et tout de suite ! Geoffray, bien que soulagé, savait que le temps leur était compté. La survie de Percival tenait du miracle, mais le danger n'était pas écarté

La raison avait repris le dessus sur ce moment de frayeur pour Geoffray, car la réalité brute et sombre venait de nouveau refaire surface.

— Ils ne tarderont pas à descendre. S'ils te trouvent en vie, je crains que cela ne soit que de courte durée. Il te faut donc prendre la poudre d'escampette sans tarder.

— Bien, je comprends, mais comment ? Comment remonter sans me faire repérer ?

Aidant Percival à se relever, Geoffray réfléchit un court instant.

— Je ne vois qu'une solution ! Et cette solution, c'est par la source !

— Quelle source ? De quoi parles-tu ? s'étonna Percival en s'étirant.

— Celle qui alimente le puits ! Elle passe en dessous de nous, puis sous les cachots du château, pour finir dans le puits.

Percival, circonspect, lui rétorqua.

— Et comment y accéder ?

Geoffray, sortant de la cellule, lui fit signe de le suivre.

— Il y a quelque part ici, une grille semblable à celle que l'on trouve au château. Elle doit être par... ici !

Il désigna à Percival une petite grille d'où émanait effectivement le son de l'eau clapotant. Ensemble, ils réussirent à soulever la grille.

— Mais sache avant tout qu'il y a de grandes chances que le conduit soit complètement immergé à cause des fortes pluies. Il y a environ deux cents mètres jusqu'à la prochaine grille, qui se trouve au château. Je ne pense pas que cela représente une épreuve insurmontable pour toi, après ce que tu as enduré dans ce tonneau. Cependant, avant que tu reprennes ton souffle pour atteindre le puits, je souhaiterais, si cela te paraît possible, que tu récupères Aldebert en chemin pour l'emmener avec toi.

Percival, pensif, puis rapidement résolu, répondit.

— Cela ne pourrait en être autrement ! Sauf que je connais la peur bleue qu'Aldebert a de l'eau.

— Je le sais aussi, Percival, et je compte sur toi pour l'y contraindre. Car, tu le sais tout comme moi, ses jours sont également comptés.

— Bien, je ferai de mon mieux. Mais y a-t-il un risque de tomber sur un des gardes, ou pire, sur plusieurs ?

Geoffray, soucieux, marqua une pause avant de répondre.

— Difficile à dire. Mais à cette heure tardive, je ne l'espère pas.

— Ne pourrais-tu pas me devancer au château pour assurer que tout se passe bien ?

Geoffray baissa les yeux, visiblement contrarié.

— Là-dessus, je ne peux rien pour toi. Si je remonte et qu'ils constatent ta disparition, ma vie serait également en jeu. Le comprends-tu, Percival ?

Percival, comprenant la situation, posa sa main sur l'épaule de Geoffray.

— Oui, bien sûr, que suis-je bête ! Mais et toi ? Ils te trouveront ici, seul ?

— C'est pour cela qu'avant ton départ, tu vas être dans l'obligation de m'assommer, de façon à ce que cela soit bien visible.

Percival, ahuri, ne saisit pas immédiatement la demande.

— Tu as bien entendu, Percival. Tu dois le faire pour que cela paraisse crédible.

Geoffray le repoussa doucement, présentant son visage.

— Allez, il est temps maintenant !

Comprenant ce qu'il devait faire, Percival serra le poing et asséna un violent coup à la mâchoire de Geoffray. Mais le choc ne fut pas suffisamment fort.

— Tu peux faire mieux ! Utilise la garde de mon épée, insista Geoffray.

Percival prit l'arme tendue par son ami et frappa de nouveau, cette fois sur le front. Le coup fut efficace. Geoffray s'écroula, inconscient, l'arcade ouverte.

Percival sauta dans le conduit situé deux mètres plus bas. Une fois à l'intérieur, il évalua les lieux. L'obscurité était complète, et le courant, bien que modéré, témoignait des pluies récentes. La source coulait en direction du château, ce qui lui facilitait la traversée de cette longue goulotte. Malgré les eaux hautes, l'absence de poches d'air ne l'impressionnait pas. Après une profonde inspiration, il plongea, se guidant à l'instinct dans l'obscurité totale. Chaque mouvement était un mètre de gagné, comptant sur ses sensations pour estimer la distance parcourue.

Cinq minutes plus tard, ayant parcouru la moitié du chemin, ses doigts touchèrent des pierres. Il crut s'être égaré, mais en tâtonnant, il comprit qu'il était toujours sur la bonne voie. En remontant le long de l'obstacle, il réalisa que le sol s'était effondré, confirmant ainsi la direction à suivre.

La découverte de l'effondrement sous ses doigts offrit à Percival une pause inattendue dans son périple aquatique. Ce moment de réalisation lui donna un nouvel élan. Les ténèbres enveloppantes et le courant qui le guidait devenaient soudainement moins intimidants, transformant son voyage forcé en une aventure dont l'issue pourrait signifier bien plus qu'une simple évasion.

Avec une prudence renouvelée, il explora l'étendue de l'affaissement, ses mains glissant sur les pierres froides et humides, traçant les contours de cette cavité imprévue. L'eau, filtrant à travers les débris, créait un murmure constant, un son presque rassurant dans l'obscurité oppressante.

Percival réalisa alors que cet obstacle pourrait bien être un atout inattendu. L'éboulement avait probablement perturbé le flux habituel de l'eau, ce qui pourrait le rendre moins prévisible aux yeux de ceux qui connaissaient bien ces passages souterrains. C'était une chance, un avantage qu'il devait saisir.

Il prit une profonde inspiration, rassemblant ses forces et son courage. La pensée de ses amis, attendant son retour, lui insuffla la détermination nécessaire pour surmonter les défis à venir. Avec soin, il commença à naviguer autour de l'obstacle, ses mouvements précis et calculés pour conserver autant que possible son énergie.

La traversée de cette zone effondrée se révéla moins ardue que prévu. Percival sentait sous ses pieds le changement de texture du sol, signalant la fin de la zone perturbée. L'eau, ici, semblait reprendre son cours normal, le guidant à nouveau en direction du château.

Le temps semblait s'étirer, chaque seconde dans l'obscurité devenant indiscernable de la suivante. Mais Percival restait concentré, comptant mentalement chaque mouvement pour estimer la distance parcourue. Alors que ses poumons commençaient à réclamer de l'air avec insistance, il sentit une variation dans le courant, un signe annonciateur de la proximité de la grille de sortie.

Ses doigts rencontrèrent enfin les barreaux métalliques, froids et glissants sous ses mains épuisées. Avec un mélange de soulagement et d'urgence, il tâtonna à la recherche du mécanisme d'ouverture, ses dernières réserves d'oxygène s'amenuisant rapidement. Lorsque ses doigts se refermèrent sur la manette, une vague de gratitude le submergea. Il actionna le mécanisme avec toute la force qui lui restait, sentant les barreaux céder sous son effort.

L'eau fraîche du puits l'accueillit, marquant la fin de son périple souterrain. Percival émergea, aspirant l'air frais de la nuit avec avidité, chaque bouffée remplissant ses poumons d'une douce euphorie. L'obscurité de la nuit l'enveloppait, mais pour la première fois depuis longtemps, il se sentait véritablement libre.

Toutefois, sa mission était loin d'être terminée. Il devait maintenant retrouver Aldebert et s'assurer de leur fuite en sécurité, loin des dangers qui les guettaient encore. Mais pour l'instant, Percival s'accorda un bref moment pour savourer la douce victoire de son évasion, avant de se replonger dans les défis à venir.

Une lueur orangée perça l'obscurité, une indication claire pour Percival que cette lumière ne pouvait provenir que des flambeaux du château. Motivé par cette révélation, il redoubla d'efforts pour terminer cette traversée éreintante. Émergeant silencieusement de l'eau, sa respiration longue mais discrète se mêla au clapotis de l'eau sans attirer l'attention.

La grille se situait juste au-dessus de lui, à hauteur d'homme. S'appuyant contre une paroi et utilisant ses pieds sur l'autre, il grimpa lentement cet entonnoir. Arrivé en haut, il écouta attentivement, mais aucun bruit ne troubla le silence. Avec précaution, il poussa la grille, qui céda plus facilement que prévu. Il pénétra alors dans le couloir sombre, un soulagement teinté d'anxiété l'étreignant à la pensée de la mission qui l'attendait. libérer Aldebert.

La cellule d'Aldebert n'était gardée que par une unique porte. Après un rapide coup d'œil à l'intérieur, il trouva son ami étendu sur sa paillasse. La clé tourna sans difficulté, et Percival fit irruption dans la cellule. Le bruit alerta Aldebert, qui se retourna brusquement, surpris de voir Percival.

— Percival ! Que fais-tu là ?

— Chut ! Ne fais pas de bruit. Je suis venu te chercher, murmura Percival, geste silencieux à l'appui.

Aldebert, encore sous le choc, se releva.

— Mais je suis prisonnier !

— C'est précisément pourquoi je suis là, rétorqua Percival, son visage sérieux trahissant l'urgence de la situation.

— Pourquoi es-tu trempé ? demanda Aldebert, intrigué par l'apparence détrempée de Percival.

— C'est une longue histoire, je t'expliquerai plus tard. Pour l'instant, il nous faut partir.

La proposition semblait incompréhensible pour Aldebert, qui restait pétrifié.

— Comment as-tu passé la salle des gardes sans te faire remarquer ?

Percival le prit par le bras, l'urgence dans sa voix.

— Il n'y a pas de temps pour les questions. Nous emprunterons le chemin que j'ai pris, jusqu'au puits à l'extérieur.

— Lequel ? demanda Aldebert, perdu.

— La source, sous nos pieds. Je sais que tu crains l'eau, mais tu dois surmonter cette peur. Si tu restes, tu connais les conséquences. Si tu veux vivre, tu n'as pas le choix.

— Mais je ne sais pas nager ! s'exclama Aldebert, paralysé à l'idée.

— Le conduit est suffisamment haut pour que tu puisses marcher. Il suffit de retenir ta respiration sur une courte distance.

— Retenir ma respiration ?

La peur se lisait dans les yeux d'Aldebert, mais Percival, déterminé, tenta de le rassurer.

— Affronte ta peur, Aldebert. Pour toi, pour ta famille, pour ceux qui tiennent à toi. Tu comprends ?

Aldebert acquiesça lentement, réalisant qu'il n'avait pas d'autre choix.

— Que se passe-t-il ici ? La question, abrupte et inattendue, résonna dans le silence, suspendant leur évasion dans l'incertitude.

Une voix grave et inattendue brisa le silence, ajoutant un élément de surprise à la tension palpable entre les deux hommes. Un garde se tenait à l'entrée de la cellule, visiblement surpris par la scène devant lui. Avant qu'il ne puisse réagir ou même sortir son arme, Percival, rapide et résolu, saisit le seau utilisé par Aldebert pour boire et le projeta d'un geste vif en plein visage du soldat. Le garde s'effondra, abattu par la soudaine attaque, sans avoir eu le temps de comprendre ce qui lui arrivait.

— Voilà, Aldebert, les dés sont jetés ! Nous n'avons plus d'alternative que la fuite ! déclara Percival, son esprit déjà en train de forger un plan audacieux.

Percival, avec une vivacité d'esprit forgée par des années en mer, proposa un stratagème audacieux.

— Écoute, Aldebert, je me suis déjà retrouvé dans une situation délicate en mer, mon canot ayant chaviré. J'ai constaté que de l'air restait emprisonné sous l'embarcation, offrant un précieux sursis. Ce seau, bien que rudimentaire, pourrait servir de bulle d'air temporaire pour toi. Nous devons agir vite, fais-moi confiance, expliqua-t-il avec assurance, tandis qu'ils se préparaient à plonger dans l'inconnu.

Aldebert, bien que réticent face à l'idée de se fier à un seau pour leur survie, ne pouvait nier l'urgence de leur situation. Ensemble, ils s'engagèrent dans les profondeurs obscures, le cœur battant à l'unisson contre le péril.

Une fois immergés, Percival s'assura de la stabilité d'Aldebert, sa voix se voulant un phare dans l'obscurité.

— Peux-tu toucher le fond ? C'est crucial pour notre progression, demanda-t-il, tentant de calmer les battements affolés de son propre cœur.

Aldebert, malgré la peur qui l'étreignait, confirma faiblement, sa voix trahissant son appréhension. Percival, conscient que chaque seconde sous l'eau comptait, expliqua rapidement le plan.

— Une fois ce seau sur ta tête, avance le plus rapidement possible sans céder à la panique. L'air à l'intérieur est limité ; respire calmement pour le préserver, conseilla-t-il, mettant en place le seau comme une armure improvisée contre la suffocation.

Le chemin était semé d'obstacles invisibles, et à mi-parcours, alors que l'air commençait cruellement à manquer, Aldebert se débattit contre l'envahissante claustrophobie. Percival, poussant son ami avec une force née du désespoir, savait qu'ils devaient atteindre la lumière salvatrice du puits, et enfin, ils émergèrent, l'air frais de la nuit les accueillant comme un doux baume.

Aldebert, haletant et tremblant, se cramponna aux parois du puits, ses poumons se gorgeant d'oxygène.

— Reprends-toi, nous devons maintenant grimper, encouragea Percival, évaluant la paroi glissante et le défi qu'elle représentait.

Mais Aldebert doutait de ses capacités.

— Je suis trop lourd, les pierres trop lisses, gémit-il, son courage vacillant sous le poids de l'épreuve.

Percival, après avoir évalué la situation, prit une décision.

— Reste ici, je vais trouver un moyen de nous sortir de là. Grimpant avec précaution, il atteignit le sommet, cherchant à assurer un chemin pour Aldebert. La corde du seau devenait leur dernier espoir.

C'est à ce moment précis, dans cette lutte contre le temps et les éléments, que Marie fit une apparition aussi soudaine qu'inattendue, ajoutant un nouveau niveau de complexité à leur plan d'évasion déjà périlleux.

— Que fais-tu là, Marie, à une heure pareille ? s'exclama Percival, surpris mais également soulagé de voir un visage familier.

Marie, tout aussi étonnée, recula d'un pas.

— Percival ? Mais je croyais... Sa confusion était palpable, miroir de la situation improbable dans laquelle ils se trouvaient tous.

Percival, conscient de la nécessité de discrétion, fit un geste pour qu'elle s'abaisse, partageant en murmures la réalité de leur fuite désespérée.

— Je n'ai pas le temps de tout expliquer, mais tu sais bien que si je suis découvert ici, ma vie ne vaut plus rien. Vas-tu donner l'alerte ? Ses yeux cherchaient dans ceux de Marie un signe de trahison ou de loyauté.

Marie, surprise par la question, exprima son étonnement non pas par des mots, mais par un simple haussement de sourcils et d'épaules, manifestant une indépendance d'esprit inattendue.

— Pourquoi le ferais-je ? Sa réponse, simple mais puissante, ébranla légèrement l'image que Percival s'était faite d'elle.

Le soulagement visible sur le visage de Percival lui arracha un sourire sincère.

— Je m'excuse, Marie. Comment pourrait-on seulement éprouver de l'affection pour Lucien ? Il reconnaissait ainsi implicitement la complexité des allégeances et des sentiments au sein du château.

La conversation prit alors un tournant pragmatique.

— Mais pourquoi restes-tu ici au lieu de fuir ? interrogea Marie, l'urgence de leur situation se reflétant dans ses yeux.

— Aldebert est dans le puits, et je crains qu'il ne puisse pas s'en sortir seul, répondit Percival, la voix teintée d'une urgence palpable.

Il se retrouva face à une Marie prête à offrir son aide sans hésiter. Ce geste démontra à Percival que, derrière l'apparence docile de la jeune femme, se cachait une force et une volonté insoupçonnées.

— Aldebert est là ? Comment a-t-il fini dans cette situation ? Il était pourtant enfermé dans les cachots du château, s'étonna Marie, son intérêt piqué au vif.

— Je l'ai libéré, mais nous sommes dans une impasse, comme tu le vois, admit-il, un soupir trahissant sa frustration.

Marie baissa les yeux, laissant un court silence s'installer, puis les releva avec une détermination nouvelle.

— Attache-lui la corde autour de la taille. Je vais t'aider à le remonter, proposa-t-elle, son ton ne laissant place à aucun doute quant à sa volonté de participer à leur évasion.

Percival ne put s'empêcher de sourire face à sa réaction, reconnaissant à quel point il avait sous-estimé la jeune femme devant lui.

— Marie, tu es pleine de surprises, pensa-t-il, un respect naissant illuminant son regard. C'est une idée brillante, reconnut-il, un élan de gratitude dans la voix.

Il se pencha alors dans le trou, élevant la voix pour qu'Aldebert l'entende clairement.

— Aldebert, écoute attentivement. Attache cette corde autour de ton torse, et nous allons te tirer vers le haut. Pas de questions, agis !

Rapidement, ils mirent leur plan à exécution. Percival, avec une précision et une rapidité qui témoignaient de son expérience, guida Aldebert à se sécuriser avec la corde. L'intervention de Marie dans leur sauvetage permit à Aldebert de regagner la surface beaucoup plus aisément qu'il ne l'aurait jamais imaginé.

— Marie ? Sa surprise se mêla à une lueur d'espoir en la voyant participer activement à son sauvetage.

Elle lui offrit un sourire rassurant, sa présence soudaine dans cette épreuve offrant un réconfort inattendu.

— Oui, c'est bien moi, confirma-t-elle doucement, une chaleur évidente dans sa voix.

Percival interrompit leur échange, l'urgence de la situation reprenant le dessus.

— Nous n'avons pas de temps à perdre. Aldebert, je t'expliquerai tout une fois en sécurité, promit-il, coupant court à toute discussion.

Une fois tous réunis en dehors du puits, Percival se tourna vers Marie, son regard transmettant une profonde gratitude.

— Marie, je te suis infiniment reconnaissant pour ton aide. J'espère sincèrement que nos chemins se croiseront à nouveau dans de meilleures circonstances, dit-il, la sincérité de ses mots teintant l'air d'une promesse silencieuse.

— Bonne chance à vous deux. Et prends soin d'Aldebert, lui dit-elle, un sourire tendre aux lèvres, son regard se posant sur Aldebert avec une affection non dissimulée.

Percival capta l'échange de regards entre eux, un sourire complice naissant sur ses lèvres.

— Ne t'inquiète pas pour lui. Nous veillerons l'un sur l'autre, assura-t-il, reconnaissant tacitement le lien qui les unissait tous.

Aldebert, un peu en retrait de cet échange émotionnel, leva sa main en direction de Marie, un simple "Merci" résonnant comme un adieu plein d'espoir.

Sans attendre davantage, ils s'éclipsèrent dans l'obscurité, laissant derrière eux Marie, une alliée inattendue dont l'aide et la bienveillance avaient illuminé un moment de désespoir.

# Chapitre 27

Dans l'obscurité humide du sous-sol, deux moines se hâtaient, leurs pas résonnant contre la pierre froide, à la recherche de Geoffray. Ce dernier, qui tardait bien trop à leur goût à réapparaître, fut bientôt découvert gisant inconscient sur le sol, une blessure saignante défigurant son visage. Alarmé, l'un d'eux, le visage blême, courut vers la cellule de Percival, espérant y trouver le corps. Mais il ne trouva que le vide, une découverte glaçante qui le poussa à agiter frénétiquement les mains vers son compagnon, lui faisant signe de remonter en urgence pour alerter leur maître.

Lucien, entouré de ses gardes, dévala le corridor avec une fureur froide.

— Prenez un seau d'eau et réveillez-le ! Ordonna-t-il d'une voix qui ne souffrait aucune contestation. L'eau froide, jetée sans ménagement, fit revenir Geoffray à lui en un sursaut, son réveil marqué par un grognement de douleur.

— Que s'est-il passé ? exigea Lucien, son visage marqué par une colère contenue.

Tâtant sa plaie d'une main tremblante, Geoffray grimaça.

— Il ne m'a pas loupé, ce misérable !

Lucien, les dents serrées, fixait Geoffray avec une circonspection glaciale.

— Où est le corps de Percival ?

Geoffray, confus, répondit d'une voix faible.

— Le corps !... Percival tout court, veux-tu dire !

— Percival a rendu l'âme ! Insista Lucien, une note d'impatience dans la voix.

C'était là que Geoffray, se permettant une ouverture dans leur échange codé, lança.

— Et bien je crois que tu te trompes, comme je me suis trompé sur lui, moi aussi.

Le prêtre, une lueur de défaite passant brièvement dans son regard, insista, sa voix teintée de fatalisme.

— Il est mort ! Personne n'aurait pu survivre à ça !

Geoffray, avec une assurance qui défiait la réalité de leur situation, conclut.

— Et bien, lui il l'a fait. Ce constat, laissé en suspens, invitait à questionner l'impossible.

La conversation prenait une tournure philosophique, Lucien marquant une pause, son esprit tourmenté par les implications de cette révélation.

— S'il est vrai qu'il a survécu, c'est qu'il ne peut pas être autre chose qu'un suppôt de Satan.

Geoffray, debout malgré sa douleur, rétorqua avec vigueur.

— Cela je ne le pense pas, prêtre ! Il est simplement plus habile et malin qu'il ne le parait. Sa défense de Percival, voilée sous l'apparence d'une analyse, révélait leur lien inavoué.

Lucien, arrêtant net son déplacement agité, fixa Geoffray d'un regard glacial.

— Percival est ton ami, si je ne m'abuse. Alors, pourquoi t'aurait-il frappé si rudement ?

Geoffray, se redressant avec effort, souffla, un mélange complexe d'émotions traversant son visage.

— C'est ce que je croyais aussi ! Car après l'avoir sorti du tonneau en pensant qu'il était mort, puis après l'avoir détaché, il a saisi mon épée que j'avais posée au sol, et avant même qu'il ne me frappe comme Judas, je l'ai vu sourire. Cela, je ne lui pardonnerais pas.

Leur échange, dense de non-dits et de tensions, se trouvait interrompu par l'arrivée brusque de Norbert, ajoutant une couche supplémentaire de complexité à la toile déjà intriquée de leur situation.

L'intervention de Norbert et de ses hommes, brisant le silence avec la subtilité d'un bélier, introduisit une nouvelle pagaille.

— Aldebert s'est enfui avec l'aide de Percival ! Sa déclaration, abrupte, sema des graines de doute et de confusion.

— Je sais pour Percival, mais comment a-t-il pu faire évader Aldebert ? Lucien, confronté à cette nouvelle énigme, se trouvait désarmé, sa colère se transformant en quête de vérité.

— Ils ont utilisé la source sous nos pieds, celle qui se termine dans le puits. Geoffray, en révélant ce détail, jouait sur les deux tableaux, sa loyauté envers Percival se dissimulant derrière chaque mot mesuré.

— Et bien retrouvez-les et amenez-les-moi ! Je m'occuperais moi-même personnellement de leur sort ! La décision de Norbert, bien que ferme, ne perturbait pas Geoffray, son esprit déjà tourné vers son prochain mouvement dans cette partie d'échecs vivante.

Geoffray, son épée en main, offrit un salut qui portait en lui la promesse d'un acte ultérieur non révélé, son départ accompagné par la garde marquant non pas une fin, mais le début d'une nouvelle phase dans ce jeu d'ombres et de lumières.

*******************

Dans l'obscurité qui enveloppait la vieille bicoque de Grégoire, l'arrivée inattendue de Percival et Aldebert, porteurs de marques de coups et d'épuisement, créa une atmosphère tendue, imprégnée d'urgence et de mystère.

Erik, surpris par cette visite nocturne, ne put cacher son inquiétude face à leur état délabré.

— Que vous est-il arrivé ? Sa voix trahissait une profonde préoccupation pour ses amis, une lueur d'alarme dansant dans ses yeux à la vue de leurs blessures.

Percival, le regard grave, marqué par les épreuves de la nuit, répondit avec une fermeté teintée de regret.

— Il n'est pas l'heure maintenant des explications, Erik. Il nous faut tous partir, et toi de rejoindre les tiens ! Son ton, bien que pressant, portait en lui une promesse non dite de sécurité et de solidarité.

Erik, sa propre mobilité réduite par les blessures, exprima ses doutes d'une voix emplie d'incertitude.

— Mais comment, je ne marche encore que difficilement ?

La réponse de Percival, chargée d'une détermination inébranlable, résonna dans le petit espace confiné.

— Et bien, nous allons t'y accompagner, et j'espère même que tu pourras nous y accueillir.

L'ironie d'Erik, un sourire amer étirant légèrement ses lèvres, ne dissimulait pas son scepticisme.

— C'est une blague ? Demanda-t-il, fixant ses compagnons d'un regard scrutateur.

— Non, pas du tout ! La voix d'Aldebert s'éleva, pleine de conviction.

— Aldebert et moi nous sommes condamnés sur cette partie de l'île. Nous n'avons pas d'autre choix pour l'instant. Sa déclaration, bien que sombre, était imprégnée d'une résilience face à leur sort commun. Penses-tu que ton peuple n'y verra aucune objection ?

La réponse de Percival était empreinte d'une confiance tranquille.

— Bien sûr que non, Percival ! Mon peuple n'est pas un peuple de sauvage, et vous y serez les bienvenus.

Le soulagement palpable dans leurs échanges fut brièvement interrompu par une préoccupation plus personnelle d'Erik.

— Mais pour Eloïse ? Sa question, chargée d'inquiétude sincère, révélait l'ampleur des enjeux qui les dépassaient.

Percival, son assurance tempérée par une ombre de doute, offrit une lueur d'espoir.

— Pour le moment, elle ne risque rien, et j'espère que nous trouverons une solution pour la ramener avec nous plus tard.

Cette promesse semblait être ce dont Erik avait besoin pour s'ancrer à l'action. Il se leva de son lit avec une résolution nouvelle, hochant la tête en signe d'accord.

— Partons alors !

****************

Norbert fixa Lucien intensément avant de lui répondre d'un ton tranchant.

— Tu le croyais toi-même mort ! Alors pourquoi Geoffray aurait-il pu penser autrement ?

Lucien, la méfiance creusant ses traits, rétorqua d'une voix froide,

— Je ne sais pas, je ne lui fais pas confiance.

— Il n'est pas stupide, Lucien ! De plus, qu'aurait-il eu à gagner, à part se mettre lui-même hors-la-loi ? Il est dans la garde depuis longtemps maintenant ; il sait bien qu'il a tout à y gagner. La logique de Norbert cherchait à percer l'armure de scepticisme de Lucien.

Comprenant qu'il ne gagnerait pas cette bataille de mots, Lucien préféra clore le sujet. Malgré sa conviction que Geoffray ne lui portait aucune affection, l'entêtement de Norbert à lui faire confiance lui restait incompréhensible.

Changeant d'angle d'attaque, Lucien lança, le regard lourd de sous-entendus,

— Et pour Eloïse ?

— Et bien quoi, Eloïse ! Norbert répondit avec une assurance qui frôlait l'arrogance. Dans quelques jours, elle sera dans mes appartements, et plus personne ne pourra s'interposer entre nous !

Lucien, un brin moqueur, insista,

— Et son père ?

— Jean ? Que pourrait-il bien dire ou faire ! Si cela ne lui plaît pas, eh bien, quelques jours de cachot ne le tueront pas, à ce que je sache.

— Tu sais tout comme moi que le peuple le respecte beaucoup. Lucien ne pouvait s'empêcher de souligner l'importance de l'opinion publique.

Avec une pointe de défiance, Norbert affirma,

— Je le respecte aussi ! Après tout, ne sera-t-il pas mon futur beau-père ?

— Après avoir été au cachot ? Lança Lucien, sa remarque empoisonnée d'ironie.

— J'espère ne pas en arriver là. Mais rien, ni personne, ne pourra plus se mettre en travers de ma route. L'assurance de Norbert était inébranlable, marquant chaque mot d'une détermination sans faille.

*****************

Le bruit des sabots avait réveillé la plupart des habitants proches du centre du village, et chacun, derrière sa fenêtre, regardait avec curiosité ce qui pouvait bien se passer.

— Ceux qui sont à pied, vous allez longer la plage. Pour les autres, les cavaliers, vous allez vous séparer en deux groupes et prendre la direction des hauteurs, en commençant par le nord de l'île. Puis vous longerez le haut des falaises et vous rabattrez vers le sud. Ouvrez l'œil, Dieu sait où ils peuvent se cacher ! Alors allez maintenant !

— Et toi, Geoffray ? Lança Victor, suspicieux.

— Moi, je vais rejoindre les soldats chargés de veiller sur la frontière avec la lande, puis nous remonterons du côté de la ferme de Grégoire. As-tu d'autres questions bêtes à me poser ?

Victor ne répondit pas, tant il se trouva vexé par cette réflexion, surtout devant les hommes. Alors, sans plus attendre, il lança la troupe au galop, non sans maudire Geoffray intérieurement.

Il les regarda s'éloigner un instant, puis se dirigea sans se retourner vers le passage.

Geoffray, son cœur battant au rythme effréné de sa monture, s'approchait du lieu connu sous le nom de « passage ». Cet endroit, une étroite bande de rochers s'étirant comme une veine vers le cœur brûlant du volcan, était crucial pour la survie et l'économie de leur communauté grâce aux précieuses pierres chargées de minerai de fer qu'on y trouvait. Mais ce soir, le passage revêtait une importance stratégique tout autre.

À son arrivée, Geoffray trouva les soldats abrités sous un porche improvisé, une structure simple sans murs destinée à offrir un refuge contre les caprices du climat. Ce soir, le porche remplissait sa fonction, protégeant les gardes d'une pluie battante qui transformait le sol en une boue glissante, rendant chaque mouvement périlleux.

— Vous avez vos chevaux ? Geoffray s'enquit dès qu'il fut à portée de voix, sa silhouette se découpant contre le ciel chargé de nuages.

— Seulement trois d'entre nous, commandant ! Répondit l'un des gardes, la surprise évidente dans sa voix à la vue de Geoffray en ce lieu reculé.

— Bien ! Alors ceux qui disposent d'une monture, vous allez me suivre. Son ordre était ferme, résonnant d'autorité malgré le bruit de la pluie. Celui qui est à pied, qu'il retourne au campement et qu'il demande qu'on lui octroie deux hommes pour la surveillance du passage.

Les gardes échangèrent des regards incertains, leurs visages éclairés par la lueur vacillante de leurs lanternes.

— Mais que se passe-t-il, mon commandant ? Vous le savez tout comme moi, que nous ne pouvons laisser le couloir ainsi.

Geoffray, le regard fixé sur l'obscurité qui les enveloppait, leur révéla la gravité de la situation.

— Je le sais bien ! Mais vous ignorez que pendant votre garde, certaines choses se sont passées au village. Sa voix, empreinte d'une urgence contenue, soulignait l'importance de leur mission. Et j'ai besoin de tous les hommes disponibles pour retrouver les deux fugitifs.

Les mots « des fugitifs ? » s'échappèrent des lèvres d'un garde, sa confusion reflétant celle de ses compagnons.

— Oui, vous l'apprendrez bien assez tôt.

Geoffray, maintenant le commandement malgré les doutes qui l'assaillaient, déployait son plan.

— Aussi, pendant que Victor cherche de son côté, un autre groupe cherche du sien, et j'ai besoin de vous pour longer le côté sud jusqu'en haut des falaises.

Les gardes, malgré leur hésitation, ne pouvaient ignorer le ton impérieux de Geoffray.

— Vous avez peur de quoi ! Que nos voisins profitent de ce moment de relâche pour nous envahir ? Sa question rhétorique trancha le dernier fil de leur résistance.

Conscients de la gravité de leur tâche, les soldats s'exécutèrent sans autre objection, leurs silhouettes se fondant dans la nuit pluvieuse.

Geoffray, seul avec ses pensées, scrutait l'obscurité, la pluie diluvienne limitant sa vision. Face à l'incertitude de la nuit, il ne pouvait que s'en remettre à la chance, espérant protéger non seulement ses amis mais aussi l'ensemble de leur communauté.

******************

Dans l'ombre de la nuit agitée, Geoffray, perdu dans ses propres pensées, n'avait pas remarqué les trois silhouettes dissimulées derrière une vieille carriole abandonnée.

Leur soulagement fut immense quand ils virent Geoffray et les soldats s'éloigner, laissant derrière eux un chemin désormais libre. Sans la moindre hésitation, ils s'élancèrent dans la lande, Erik juché sur le dos d'Aldebert, Percival ouvrant la marche avec détermination.

À mesure qu'ils avançaient, franchissant le périmètre de leur monde connu, une anxiété palpable s'empara de Percival. Il savait qu'Aldebert partageait son inquiétude, bien que peut-être de manière différente. Traverser cette lande vers un avenir incertain équivalait à marcher dans un cauchemar éveillé, aggravé par l'idée de laisser derrière soi tout ce qui avait constitué sa vie jusqu'alors.

Erik, sentant l'angoisse qui menaçait de les submerger, décida de changer de sujet pour alléger leur esprit. Sa voix s'éleva au-dessus du rugissement des éléments, portant un message de réflexion et d'espoir.

— Après avoir entendu parler de votre politique et de votre monarchie, si un seul homme devait régner sur votre peuple, ce ne pourrait être que Geoffray. L'assertion d'Erik, pleine de conviction, tranchait avec le chambardement ambiant.

Percival, poussé par un élan de sincérité, répondit presque malgré lui.

— Malheureusement, il n'est pas de sang royal. La possibilité même semblait le tenter, malgré la réticence que lui inspirait leur système rigide.

— Quand un peuple se soulève, personne ne peut se mettre en travers Percival ! Erik insista, sa voix empreinte d'une foi inébranlable dans la capacité du peuple à choisir son destin. Et votre peuple devrait, comme c'est le cas chez nous, avoir le droit de décider qui devrait les mener, et pas autrement !

— La démocratie ? Percival lança l'idée comme un défi à la tempête qui les entourait. C'est une belle utopie de par chez nous, et je crains fort que cela n'arrive jamais. Son ton, bien que négatif, ne cachait pas une pointe de désir pour un tel changement.

Erik, inébranlable, conclut avec une pointe d'optimisme.

— Personne ne sait ! Mais l'espoir est un bon vecteur de conscience, alors peut-être un jour !

Percival, sceptique au cœur mais nourri par l'espoir, laissa ses sourcils se soulever dans un moment d'évasion vers la possibilité d'un monde plus clément. Autour d'eux, la nature déchaînée faisait rage.

Le grondement incessant des vagues se brisant avec fureur contre les rivages désolés de la lande, le vent hurlant comme une bête sauvage dans leurs oreilles, et la pluie battante, implacable, testaient leur résilience à chaque pas de leur traversée périlleuse.

— Aldebert, tu résistes ? Hurla Percival, sa voix luttant contre la tempête pour atteindre son compagnon.

— Oui, ça va ! Mais ma vue est pris en otage par ce déluge, Percival ! Répondit Aldebert, la tension palpable dans sa voix éraillée.

Erik, sentant le fardeau de son poids sur le dos robuste d'Aldebert, lui murmura presque tendrement.

— On fait une pause, Aldebert ? Je sais que ça doit être dur avec moi.

— Non, continue ! Tu es léger comme la brume, mais mon esprit est tourné vers la fin de ce périple infernal. Le souffle d'Erik dans son oreille fut un baume d'encouragement, alors qu'il admirait sa résistance face aux caprices de la nature. Ensemble, ils affrontaient les éléments déchaînés, avançant avec une détermination farouche malgré les assauts incessants de la tempête.

Presque les trois quarts du chemin s'étaient déjà dérobés sous leurs pas épuisés, la silhouette menaçante du volcan s'élevant désormais à portée de main, un phare dans la tourmente les appelant à redoubler d'efforts.

Soudain, un éclair zébrant le ciel de jais précéda un tonnerre si puissant qu'il semblait ébranler le monde lui-même, les enveloppant d'une peur originelle. C'est à ce moment que les doigts d'Erik se serrèrent autour des épaules d'Aldebert, un signal d'alarme silencieux mais impérieux.

— Percival ! Percival ! L'appel désespéré d'Aldebert perça le tumulte.

Percival, son cœur battant à tout rompre, se précipita vers Aldebert et Erik, le souffle court, l'esprit en alerte. La lande autour d'eux, vaste étendue sauvage dominée par l'imposant volcan, était un théâtre de forces naturelles débridées, où chaque éclair semblait être une attaque directe du ciel.

— Besoin d'aide, Aldebert ? Sa voix portait une urgence palpable, brisant le tumulte des éléments.

Aldebert, secoué mais résolu, détourna le regard de Percival pour le poser sur Erik, qui paraissait transporté hors de ce monde, ses yeux fixés sur l'immense silhouette sombre du volcan. La mystique montagne, avec son sommet menaçant qui se découpait contre le ciel orageux, semblait être l'épicentre de leur destin, attirant les forces cosmiques dans une danse macabre.

— Pose-le, ordonna Percival, la gravité de la situation lui pesant sur les épaules.

En posant Erik au sol, les deux amis se joignirent dans une veillée silencieuse, scrutant avec appréhension le jeune Viking qui restait immobile, son regard fixé sur le mont dormant. Le volcan, témoin éternel de cette scène, restait impassible, ses flancs raides baignés dans l'obscurité, seuls les éclairs illuminant par moments ses contours, lui donnant une allure presque vivante, comme s'il respirait au rythme de la tempête.

— Pourquoi reste-t-il ainsi ? Aldebert, sa voix tremblante, cherchait des réponses là où il n'y en avait aucune.

Percival, tentant de rassembler son courage, posa une main rassurante sur l'épaule d'Aldebert.

— La peur ne nous aidera pas ! Donnons-lui un instant

Quand Erik, dans un sursaut presque surnaturel, tourna brusquement la tête vers eux, ses yeux brillant d'une lumière autre, Percival et Aldebert furent parcourus d'un frisson d'effroi.

— Maintenant ! À terre ! était un ordre impérieux, une invocation à se protéger de la colère du ciel.

Imitant immédiatement Erik, Percival et Aldebert se jetèrent au sol sans hésitation.

Dans cet instant suspendu, une explosion d'une puissance inouïe secoua l'atmosphère, résonnant à travers l'île entière comme le rugissement d'une bête mythique libérée de ses entraves. Leur monde semblait vaciller sous le choc, les vents furieux se mêlant à la colère du volcan en éruption. La terre trembla sous eux avec une violence qui leur fit craindre le pire, persuadés un instant qu'ils assistaient à la désintégration de leur réalité même.

Lorsque les secousses se dissipèrent enfin, ils osèrent relever la tête, leurs yeux capturant la vision spectrale de fumées noires et incandescentes s'élevant du volcan, une vision d'apocalypse.

— Que se passe-t-il ? La voix d'Aldebert, ébranlée, trahissait son désarroi.

Erik, face au spectacle de ce titan réveillé, murmura comme s'il prononçait un verdict inéluctable.

— Le commencement de la fin.

— Comment as-tu su, avant même que cela arrive ? Percival, bouleversé, se redressa pour confronter Erik.

Le calme imperturbable d'Erik, ses yeux reflétant une sérénité énigmatique, en disparité avec le désordre ambiant.

— Il me l'a été révélé.

Percival, encore sous le choc, se remémora l'étrange rêve qu'Erik avait partagé dans la vieille bicoque de Grégoire.

— C'est encore un de tes dieux ?

Un sourire courtois effleura les lèvres d'Erik.

— N'as-tu pas vu de tes propres yeux, Percival ?

— Je suis désolé, Erik, mais tout ce que j'ai vu, c'est toi, immobilisé comme une statue.

— Cela n'a aucune importance maintenant. Nos jours sur cette île sont comptés. Avançons, nous n'avons plus de temps à perdre. L'urgence dans la voix d'Erik remit le groupe en mouvement.

Aldebert, offrant son dos à Erik, s'excusa pour le fardeau.

— Je suis désolé de t'infliger cela !

Secouant la tête, Aldebert était visiblement accablé par la peur, mais malgré l'angoisse qui étreignait le trio, ils reprirent leur marche.

Lorsqu'ils atteignirent enfin le pied du volcan, le vent sembla se calmer, comme si la masse imposante du titan bloquait les courants aériens. Leur soulagement de ne plus lutter contre cette force dévastatrice fut palpable, mais le grondement menaçant émanant des profondeurs de la terre raviva leur anxiété.

À l'orée de la forêt, une étrange structure captiva leur attention, se dressant comme un présage au milieu du tumulte naturel.

— Qu'est-ce que c'est ? interrogea Percival, pointant du doigt l'étrange construction qui se dressait devant eux.

— Aucune idée ! Répondit Erik, tout aussi intrigué.

— Approchons-nous, Aldebert, demanda Percival avec une courtoisie teintée d'urgence.

Le groupe s'avança vers la structure faite de bois et de métal, permettant enfin à Aldebert de soulager son fardeau.

Percival examina de près cet assemblage inusité, long de deux mètres et tout aussi large, construit d'une essence de bois étrangère à l'île. Il nota les clous à tête carrée identiques à ceux qu'il avait observés sur leur faux navire. Ce qui l'étonna le plus, toutefois, furent les inscriptions délavées recouvrant le panneau.

— Qu'y a-t-il d'écrit, Erik ?

À la lueur d'un éclair, Erik tenta de déchiffrer.

— Sogemo, entrep... Il manque un morceau, impossible de lire la suite !

— Qui a bien pu faire ça ? s'exclama Percival, dépassé par l'étrangeté de la découverte.

— Certainement pas nous, ni vous, j'imagine ? Ajouta Erik, tout aussi perplexe.

Le regard de Percival balayait la zone, tandis qu'Aldebert, moins concerné par cette curiosité, suggéra.

— Ne devrions-nous pas continuer notre chemin ?

Mais son intervention passa inaperçue. Erik, ayant aperçu un morceau de lanière accroché à l'un des clous, demanda à Percival.

— Peux-tu décrocher ce morceau de sangle, s'il te plaît ?

Après avoir arraché et jeté la sangle à Erik, Percival l'interrogea.

— Qu'y a-t-il de si particulier avec ce morceau de cuir, Erik ?

Erik, absorbé par son examen du fragment, semblait perdu dans ses pensées, ignorant la question de Percival. Soudain, il releva les yeux vers le ciel, une lueur de compréhension dans le regard.

— Je sais maintenant comment il est arrivé ici ! S'exclama-t-il, l'œil brillant d'une révélation.

— Qui ? La voix de Percival monta d'un cran, surpris de voir Erik si soudainement apaisé.

Un craquement derrière eux attira leur attention, mais seul Erik y prêta vraiment attention, son visage se figeant d'horreur.

— Lui !

Se retournant d'un même mouvement, Percival et Aldebert découvrirent une silhouette imposante, une créature armée d'une hache, les observant avec une hostilité glaciale.

Puis, le monstre d'un mouvement rapide leva son arme et frappa au plus près.

Percival esquiva de justesse le coup mortel, roulant sous la structure pour échapper à son agresseur.

La bête dévisageait silencieusement, et particulièrement Aldebert, avec une curiosité malsaine.

— Pourquoi me fixe-t-il ainsi ? Aldebert ne cachait pas son inquiétude.

Erik, le regard fixé sur la bête, tenta de dédramatiser la situation avec une pointe d'humour.

— Il n'en a jamais vu un comme toi ! Je suppose qu'il se demande si tu fais partie de son espèce ! Tout en prononçant ces mots, il saisit discrètement son harpon, prêt à défendre ses compagnons.

— Je comprends maintenant ta surprise, quand tu as vu Aldebert pour la première fois. Il est finalement bien plus effrayant que je ne l'aurais cru. Ajouta Percival.

Juste à ce moment, un éclair zébra le ciel, illuminant le sommet embrasé du volcan, attirant brièvement l'attention de la créature.

C'était l'ouverture que Percival attendait. S'emparant de l'arme des mains d'Erik, il se prépara à affronter leur adversaire.

— Il va me falloir combattre cette chose, Erik. Toi, tu n'es pas encore assez vaillant.

Erik, avec un soupçon de regret dans la voix, admit la dure réalité.

— Je suis désolé, mon ami, mais seul, tu ne feras pas le poids contre ce colosse. Occupe-le un peu, le temps qu'Aldebert et moi trouvions de quoi nous défendre.

La tension était palpable, Percival hochant la tête en comprenant le rôle crucial qu'il jouait. La situation ironique lui échappa un sourire.

La confrontation imminente ne laissait place à aucune hésitation. Soudain, avec une agilité surprenante pour sa taille, la créature bondit vers eux, son regard fixé sur Aldebert. Heureusement, le coup fatal manqua sa cible, Aldebert tombant en arrière dans un mouvement réflexe.

Percival, rapide et déterminé, riposta d'un coup habile au flanc de la bête, une manœuvre désespérée pour protéger son ami.

Cependant, l'attaque sembla à peine ébranler leur adversaire. Le colosse, peu affecté, fixa Percival de son regard intimidant, avançant lentement vers lui. La lutte s'intensifia, la créature déchaînant une série de coups violents avec sa hache, obligeant Percival à reculer, chaque mouvement un combat pour sa survie.

La danse mortelle entre le jeune pêcheur et la bête se poursuivait sous les yeux angoissés d'Erik et Aldebert, conscients que chaque seconde gagnée était précieuse.

Dans le tumulte de la bataille, Erik interpella Aldebert avec une urgence teintée d'exaspération.

— Il va falloir te ressaisir, mon grand ami, et venir m'aider à extirper un morceau de fer de ce tas de débris ! Sans attendre une réponse, Erik se lança sur les vestiges entremêlés, s'acharnant sur un longeron récalcitrant. La tâche s'avérait ardue, le combat contre les entraves métalliques se faisant désespérer.

Aldebert, secoué par les paroles d'Erik, retrouva ses esprits et se précipita pour lui prêter main forte.

Percival, de son côté, commençait à fléchir sous l'assaut implacable de la créature, reculant dangereusement à chaque offensive. L'épuisement menaçait de le vaincre.

— Dépêchez-vous, je ne tiendrai pas éternellement ! Criait-il, l'urgence dans la voix.

Erik, les mains écorchées par l'effort, commanda à Aldebert de s'emparer du morceau de fer qui lui résistait. Galvanisé,

Aldebert arracha d'un coup sec la barre de métal, un exploit qui leur offrait une lueur d'espoir.

— Bien, Aldebert ! Maintenant, arme-toi et rejoins-nous. Ta force nous est indispensable ! Erik, malgré sa boiterie, se hâta vers le théâtre de l'affrontement, renforçant Percival juste à temps. D'un geste audacieux, il frappa l'adversaire dans le dos, attirant instantanément sa fureur.

La bête, en un mouvement rageur, se retourna, poussant un grognement de colère. Dans sa fureur, elle parvint à désarmer Percival, jetant son harpon au loin.

Face à Erik, elle inclina la tête, une lueur de reconnaissance dans le regard, avant de se jeter sur lui avec un cri différent, plus nuancé.

Erik, surpris par l'agilité et la force de l'attaque, lutta avec une vigueur renouvelée. La réalisation que cette créature n'était pas la bête sans esprit qu'il avait imaginée lui insuffla une détermination farouche. Malgré la douleur lancinante de ses blessures, il tenait bon, parant chaque coup avec une adresse surprenante.

Le combat prenait une tournure inattendue, révélant des profondeurs insoupçonnées chez leur ennemi et eux-mêmes. Dans cet affrontement désespéré, chaque coup porté, forgeait entre eux un pacte de survie.

*******************

Après la formidable explosion provoquée par le volcan, le souffle dévastateur balaya les deux côtés de l'île. Certaines toitures furent emportées, forçant les habitants à quitter leurs demeures, totalement hébétés. Un à un, ils se rassemblèrent pour scruter les environs, cherchant l'origine de ce terrible grondement. Lorsque la vision du mont enflammé s'offrit à leurs yeux, une onde de choc émotionnelle les traversa tous sans exception, et la peur s'insinua dans chaque cœur. Les Dieux étaient en colère !

******************

Dans l'obscurité oppressante, exacerbée par la pluie battante, Percival cherchait désespérément son harpon, tâtonnant le sol glissant sous lui. La noirceur et l'intempérie entravaient sa recherche. Se redressant difficilement, il aperçut Erik en fâcheuse posture et, sans hésiter, il se précipita à son secours. Avec un cri de guerre, il bondit sur le dos de leur ennemi, exhortant Aldebert à rejoindre la lutte.

— Réveille-toi, Aldebert, et viens nous aider ! son appel déchira l'air.

Aldebert, pétrifié par la terreur face à cette créature gigantesque, restait immobile, paralysé. Son corps entier criait l'action, mais son esprit, submergé par la peur, le retenait prisonnier de son inaction. Il se maudissait de sa propre lâcheté tout en ne pouvant détacher son regard du combat acharné.

Percival, agrippé fermement, tenta désespérément d'étrangler la bête en enserrant son cou robuste de ses bras, mais son effort semblait futile, ne faisant qu'irriter davantage leur adversaire. Néanmoins, son intervention offrit un répit crucial à Erik.

— Ne le lâche pas, Percival ! Je dois retrouver ton harpon ; ce bout de fer n'est pas assez tranchant ! hurla Erik, scrutant fébrilement les alentours, se demandant quand Aldebert trouverait enfin le courage d'intervenir.

— Je ne sais pas ! Il a l'air absent ! répondit Percival, jetant un regard désolé vers Aldebert, figé dans son incapacité à agir.

Les cris stridents de ses compagnons exaspéraient la créature, sa frustration grandissant à mesure qu'il peinait à les saisir. Enfin, d'un geste brusque, il attrapa Percival par l'épaule et le projeta au sol d'un revers de bras puissant.

Percival atterrit lourdement sur le sol détrempé, atténuant quelque peu le choc de sa chute. Mais le colosse, galvanisé par cette courte monte d'adrénaline, ne lui laissa aucun répit. Il leva son poing et l'abattit avec une force brutale sur la poitrine de Percival, arrachant de lui un cri de douleur aigu. Voyant son ami en détresse, Erik intervint de nouveau, prêt à tout pour le sauver d'un autre coup potentiellement fatal.

— Viens-là, maudite créature, viens ! lançait Erik, vilipendant l'énorme bête tout en essayant de la frapper avec son arme improvisée, espérant ainsi détourner son attention de Percival. Ce dernier, étendu au sol, luttait pour reprendre son souffle, tandis qu'Erik, distrait un instant, fut désarmé.

La brute écarta avec mépris cette arme jugée ridicule et fixa Erik de son regard perçant. Avançant lentement, elle se concentra sur le Normand, qui, reculant, ne détachait pas ses yeux de ceux, cruels, de l'adversaire.

— Tu me reconnais, n'est-ce pas ? Je le vois à ton regard d'animal, lui susurrait Erik, d'un ton à la fois provocateur et dédaigneux, espérant ainsi gagner du temps pour Percival qui cherchait encore à reprendre son souffle.

Le colosse, ne saisissant pas les mots mais en comprenant l'intention grâce au ton employé, laissa échapper un grognement plus ardent et agressif.

— Vas-y, mets-toi en colère...

L'énervement de la créature atteignit son paroxysme. Levant sa hache, elle bondit vers l'avant, saisissant Erik pour l'immobiliser et s'apprêtant à le frapper. Mais son mouvement fut brutalement interrompu par une autre main imposante.

Aldebert, le regard empreint de la même détermination qu'au jour tragique de la mort d'Henri, intervenait enfin.

— Pas cette fois-ci !

Avec une force surhumaine, Aldebert fit lâcher l'arme de la créature.

Intriguée par cet adversaire de sa taille, elle fut prise au dépourvu lorsque Aldebert, d'une main ferme, la propulsa en arrière. L'instinct primitif de la bête l'empêchait de comprendre l'ampleur de ce qui venait de se passer.

Elle se releva rapidement, chargeant de nouveau avec fureur.

Aldebert, plein de colère, bloqua les bras tendus de la créature, les deux titans luttant pour imposer leur force.

Profitant de cette distraction, Erik se précipita auprès de Percival, qui commençait à se remettre.

— Comment vas-tu, Percival ?

— Je crois qu'il m'a brisé quelques côtes, mais je respire à nouveau.

— Tu peux te relever ?

Il le faut. Et je dois retrouver mon harpon, tandis que tu prendras sa hache.

Ils fouillèrent le sol trempé, espérant retrouver rapidement leurs armes. Aldebert, malgré son courage, commençait à ressentir la pression de lutter contre un être dont la vie avait été forgée par la force brute.

— Je ne pourrai pas le retenir longtemps ! gémit-il.

Cette admission pressa Erik et Percival dans leur quête. La situation précaire d'Aldebert accentuait l'urgence. La bête finit par mordre Aldebert à la poitrine, lui arrachant un cri de douleur.

— Je suis mordu.... Avant qu'il ne puisse terminer sa phrase, le colosse bondit vers lui avec un cri si perçant qu'il sembla déchirer le voile de la nuit. S'abattant de tout son poids sur

Aldebert, le sol boueux amortit à peine le choc. Dans un mouvement réflexe, né de l'instinct de survie, Aldebert, utilisant ses jambes avec une agilité désespérée, parvint à propulser la créature plus loin, offrant une démonstration violente, de la force brute contre la force brute.

Le géant poussa un hurlement de douleur en atterrissant, mais se redressa avec une détermination farouche, ses yeux féroces balayant le sol à la recherche de son arme. C'était le moment que choisit Aldebert pour bondir, saisissant fermement le bras armé de l'ennemi.

D'un geste rapide, Aldebert frappa la créature au front, la faisant reculer momentanément. Touché, le monstre toucha sa blessure, et, voyant son sang, releva la tête avec un regard empli de fureur glaciale, prêt à se lancer de nouveau dans la bataille.

Erik et Percival, spectateurs de cette lutte acharnée, ne pouvaient qu'admirer la rapidité et la prévoyance d'Aldebert face à ce péril imminent. Leur soulagement fut de courte durée, car la vision de la bête récupérant son arme les plongea dans une terreur nouvelle. C'est alors que Percival, son regard fouillant fébrilement le champ de bataille, aperçut enfin son harpon égaré.

— Je l'ai trouvé ! Il ne put s'empêcher de crier, brandissant l'arme tel un trophée.

Dans l'intervalle, Erik, en tentant de se redresser, émit un cri de souffrance qui glaça le sang de Percival.

— Qu'y a-t-il ? s'enquit ce dernier, accourant vers son ami.

— Ma jambe ! Elle doit être brisée... La voix d'Erik était empreinte de douleur et de désespoir.

Un voile de désolation s'abattit sur eux. Aldebert, engagé dans un combat titanesque, et Erik, physiquement diminué, la situation semblait désespérée.

— Fuyez, tous les deux ! Les mots d'Aldebert, empreints d'une résolution tragique, résonnèrent comme un adieu.

Leur regard échangé était empreint de tristesse et de reconnaissance, avant qu'Erik ne murmure, la voix brisée.

— Il a raison, Percival. Nous devons partir, maintenant.

Avec une hésitation palpable, Percival acquiesça enfin, soutenant Erik par la taille pour commencer leur retraite. Sous les yeux d'Aldebert, un mélange de soulagement et de résignation transparaissait, tandis que le souffle chaud de la bête menaçait de sceller son sort.

Arrivés à la lisière de la forêt, Percival s'arrêta soudainement, Erik confus l'interrogeant du regard.

— Que fais-tu, Percival ? Nous devons continuer !

Percival, luttant contre l'inévitable, refusa de partir.

— Non !... Je ne peux pas le laisser ainsi !

— Que comptes-tu faire ? La voix d'Erik trahissait son incrédulité face à la détermination de Percival.

Sans répondre, Percival évalua la distance, son regard fixé sur le monstre, l'esprit calculant, alors qu'Erik, réalisant l'intention de son ami, douta de la faisabilité du plan.

— C'est impossible, Percival ! Nous sommes à plus de cent cinquante mètres ! s'exclama Erik, même si Percival semblait sourd à ses protestations.

Aldebert, entre-temps, sentit la menace imminente de la créature, Une goutte de salive glaciale glissa le long de sa gorge, la menace des crocs effilés de la bête planant à un souffle de sa peau.

Levant les yeux vers le ciel agité, il murmura une prière désespérée.

— Dieu, protège ceux que j'aime ! Avant de fermer les yeux, résigné à son sort.

Cependant, le silence qui suivit fut brisé par un bruit sec, une sensation aiguë frôlant le cou d'Aldebert. Lorsqu'il rouvrit les yeux, il vit une pointe de harpon transperçant la gorge de la créature, le sang chaud jaillissant sur lui. Un dernier râle s'échappa de la bête avant qu'elle ne s'effondre, vaincue.

Un moment auparavant, dans l'éclairage fugace d'un éclair, Percival avait lancé son harpon avec une précision divine. Les ténèbres, l'orage et le fracas de la pluie enveloppèrent de nouveau le duo dans une tension palpable, suspendus entre deux battements de cœur dans une attente écrasante.

Un autre éclair déchira le ciel, illuminant la scène dramatique. un guerrier tombait, l'autre restait debout, victorieux.

Erik, stupéfait, contempla Percival avec une admiration sans bornes.

— Personne... Personne n'aurait pu réussir ce tir ! Qui es-tu vraiment Percival ?

— Un pêcheur, tu le sais bien ! Rétorqua-t-il, un sourire fatigué aux lèvres malgré la douleur de ses côtes.

Aidant Erik à se relever, Percival insista.

— Allons voir Aldebert, il a besoin de nous.

Immobile depuis son acte héroïque, Aldebert contemplait le monstre désormais inerte, conscient du destin qu'il avait frôlé de justesse.

— Tu ne l'as pas assez vu, Aldebert ? Lança Erik, un brin de malice dans la voix.

Aldebert, le regard levé vers ses compagnons épuisés, répliqua.

— Il est hideux, Erik. Et je ne lui ressemble en rien !

Un éclat de rire partagé effaça un instant la tension, rappelant leur première rencontre.

— Non, tu as raison, Aldebert. Et je m'excuse de t'avoir confondu avec cette... cette abomination ! Erik lui assura, clôturant la discussion en arrachant le harpon du corps de la bête.

— Voilà ton fabuleux harpon, Percival !

Saisissant l'arme, Percival souligna.

— Ce n'est pas le harpon qui est fabuleux, mais celui qui sait l'utiliser !

— C'est indéniable ! Ajouta Erik, son esprit toujours vif.

Leur sérénité étonna Aldebert, qui les questionna.

— Pourquoi cette joie après une telle épreuve ?

— La fatigue, Aldebert. Juste la fatigue, répondit Percival, modestement.

— Que faisons-nous à présent ? Interrogea Percival, tournant son regard vers Erik.

— La nuit est tombée, et nous sommes épuisés. Je propose de nous abriter sous cette structure, il y a assez de place pour nous tous, avant de reprendre demain, notre voyage. Suggéra Erik, en désignant la plateforme mystérieuse.

Consentant, ils s'avancèrent vers leur refuge improvisé, le volcan calmé peignant l'horizon de ses lueurs apaisantes, signant la fin d'une journée où la mort avait frôlé la vie.

# A suivre
## Atolls 2eme partie « Révélation »

Sortie : juin 2025

## Livres à paraître

Les papillons noirs. Déjà paru
Atolls — Tome 1 — Les oubliés. déjà paru
Atolls — Tome 2 — Révélations
Jusqu'au bout de la vie
La légende de Terrail
Au détour d'un chemin
Les êtres de lumière
Moi, fils de Satan
Mésopotamiens
Moi, putain du troisième Reich, libertine des sixties et juive
Le second fils de Dieu
Les sept péchés capitaux
La grande traversée
Immortel
La génétique du loup
Schizophrénie
La dame blanche
Le fil d'or
Un duo d'enfer
\*\*\*
Et cetera, et cetera... Si Dieu me prête vie.